Annette Hohberg

Alles, was bleibt

Roman

KNAUR

Besuchen Sie uns im Internet:
www.knaur.de

FSC
www.fsc.org
MIX
Papier aus verantwortungsvollen Quellen
FSC® C083411

Vollständige Taschenbuchausgabe Mai 2012
Knaur Taschenbuch

Ein Imprint der Verlagsgruppe
Droemer Knaur GmbH & Co. KG, München

Covergestaltung: ZERO Werbeagntur, München
Coverabbildung: © Philip Harvey/Corbis
Satz: Adobe InDesign im Verlag
Druck und Bindung: CPI books GmbH, Leck
ISBN 978-3-426-50714-8

6 8 9 7 5

Für Peter

1

Alles war so sauber. Der Parkettboden versiegelt, die Wände geweißelt, die Räume geputzt. Es roch nach Reinigungsmitteln. Nach Bohnerwachs. Nach Farbe. Nach ihrem Leben roch es nicht mehr. Ihr Leben hatte nach Braten gerochen. Nach Calvados. Nach Kräutern. Nach ihm.

Gesine holte tief Luft. Nein, da war nichts mehr. Die Wohnung empfing sie wie eine Fremde. Wie eine der vielen Mietinteressenten, die in den letzten Wochen durch die Zimmer gezogen waren: manche mit kritischer Herablassung, andere mit unterwürfiger Freundlichkeit, alle neugierig. Es sehe gut aus, hatte die Maklerin Gesine gesagt. Es gebe viele, die einziehen wollten. Und auf diese gutgelaunte Art, die so typisch ist für Leute ihres Schlags, hatte sie noch hinzugefügt, alle seien bereit, die Ablöse für die einmalige Küche zu zahlen, Begeisterung, wenigstens Anerkennung von Gesine erwartend. Stattdessen war sie mit einem müden Nicken bedacht worden.

Gesines Absätze hallten auf dem blanken Eichenholz

wider. Wie ein Echo gaben die Wände das harte Klacken zurück. Vorsichtig zog sie ihre hochhackigen Pumps aus. Leo mochte Schuhe mit hohen Absätzen. »Du hast so schöne Beine darin«, hatte er ihr immer gesagt. Schöne Beine hatte sie immer noch, fand sie.

Sie stand im ehemaligen Esszimmer, barfuß, die Schuhe in der Hand, und als sie für einen Moment die Augen schloss, hörte sie Musik. Ein Chanson von Georges Brassens – der passe so gut zum Essen, hörte sie ihn sagen –, dazu dieses Geräusch, das Gläser beim Zuprosten machten, und Stimmen, viele Stimmen von vielen Freunden. Sie öffnete die Augen abrupt, und ihr wurde fast schwindlig von der plötzlichen Stille, die sie umgab. Sie taumelte, als sie ihren Gang durch diese leeren Räume fortsetzte, die nur darauf zu warten schienen, sich mit anderem Leben zu füllen – Huren gleich, die ihre Reize neuen Freiern anboten.

Im Badezimmer öffnete Gesine die Einbauschränke. Abgeräumte Regale, auf denen bis vor kurzem ihre hellblauen und seine grauen Handtücher gelegen hatten und sein Parfum neben ihrem gestanden war. Manchmal hatte sie morgens seines aufgetragen, um den ganzen Tag von ihm begleitet zu werden. »Escort Service«, hatte sie das genannt. Meine Romantikerin, hatte Leo dann zu ihr gesagt und sie in die Arme genommen. Diese Arme, auf die sie jetzt kein Anrecht mehr hatte. Wie ein Grundstück, auf dem man als Kind Verstecken spielte und das plötzlich einen neuen Besitzer hat, der Zäune zieht und Schilder aufstellt: Zugang verwehrt!

Sie drehte sich um und sah ihr Spiegelbild. Tausende Male hatte sie sich hier gesehen, nach durchfeierten Nächten, nach Rotweinabenden zu zweit. Nachdenklichkeit und Übermut, Traurigkeit und Trunkenheit, Ausgelassenheit und Zuversicht – Widerspiegelung all dessen, was Leo in ihr hinterlassen hatte. Heute trug sie Make-up. Trotzdem sah man sie, die Fältchen an den typischen Stellen, die unweigerlich kommen, wenn man sechsundvierzig Jahre Leben hinter sich hat. Sie hatte viel gelacht in ihrem Leben mit ihm. Der Kummer hatte noch nicht genügend Zeit gehabt, sich in ihrem Gesicht einzunisten, aber sie wusste, dass er nicht mehr lange warten würde. Konnte man Kummer Einhalt gebieten? Ihn aufhalten?

Sie betrachtete sich: hohe Wangen, grüne Augen, breite Lippen. Ein paar Sommersprossen um die Nase herum, »meine Gesichtspunkte« hatte er die genannt. Dunkelblonde Haare, die erstes Grau zeigten. Es hatte ihn amüsiert, als sie vor zwei Jahren vom Friseur gekommen war, mit Strähnchen. Und dann hatte er ihren Kopf in beide Hände genommen und diesen Satz gesagt, einen dieser Leo-Sätze, die noch heute in ihr nachklangen: »Du und ich – das bleibt. Für immer.« Wohin war das Immer verschwunden? Vielleicht hielt es sich nur irgendwo verborgen, darauf wartend, zu gegebener Zeit hervorzukommen und sein Werk wieder aufzunehmen? Was kann uns schon passieren – so hatte sie damals gedacht. Heute wusste sie, was passieren konnte …

Das Schlafzimmer würdigte Gesine nur eines kurzen Blickes. Verschob die Gedanken, die aufkommen wollten. Später, später, versuchte ihr Verstand ihr einzureden. Ausnahmsweise gab sie ihm nach. Vertagen wir's. Ein schönes Wort, eines, das half – Tage, die sich aus dem Staub machen, mit unbestimmtem Ziel.

Und nun die Küche. Nein, hier wich sie nicht aus. Die Küche ist das Herz eines Hauses, war einer von

Leos Lieblingssätzen. Dieses hier hatte aufgehört zu schlagen. Langsam fuhr sie mit der Hand über die Arbeitsflächen – unzählige Schnitzer im dunklen Nussholz. Kerben, die von Bœuf bourgignon und Salade niçoise und Ratatouille erzählten. Kurz überschlug sie, wie viele Kilo Gemüse, Fleisch, Fisch hier zerlegt, wie viele Liter Wein hier getrunken, wie viele Küsse hier mal eben so gegeben worden waren. Das reinste Zahlenkarussell. Ihr Blick glitt über die leeren Stangen, an denen Schneebesen, Pfannenwender, Teigrädchen, Spatel, Zestenreißer, Trüffelhobel, Kartoffelstampfer gehangen hatten, über die Regale, in denen die von ihr beschrifteten Dosen mit Kreuzkümmel und Safran, Kardamom und Kubebenpfeffer, Zimt und Fenchelsamen gestanden hatten – und blieb schließlich hängen an den kalten Ceran-Kochfeldern. Es piepte kurz, als sie den Herd einschaltete. Kurz darauf glühte eine Platte in erwartungsvollem Rot, und Gesine wollte fast reflexhaft die Schublade mit den Töpfen und Pfannen aufziehen. Doch sie hielt inne. Wusste sie doch – auch da erwartete sie Leere. Eine Leere, die stellvertretend war für die, die sich in ihrem Leben ausgebreitet hatte. Ein übergroßer Hunger, dem man nur Brotkrumen hinwarf. Fast verzweifelt riss sie die Tür zum Kühlschrank auf. Da waren sie doch immer gewesen, die Pasteten und Schinken und Käse. Jetzt gab es da nur geputzte Gitter und blanke Kunststoffschalen und kühles Licht.

Sie öffnete das Tiefkühlfach – und hielt inne. Da stand etwas. Ganz hinten, nahezu versteckt von dem Eiswürfel-Kasten. Fast in Zeitlupe tastete sie nach einem Kunststoffbehälter mit blauem Deckel. »Fischfond à la normande« stand darauf in Leos großer runder Handschrift. Sie griff nach diesem kleinen Eisklotz. Die Kälte spürte sie kaum. Sie spürte nur, wie ihr Wassertropfen in den Ärmel ihres Blazers liefen. Und plötzlich kamen die Tränen. Sie stand dort in der Küche, ihrer Küche, während auf einmal alles floss. Ein Stausee an Gefühlen. Dammbruch allerorten. Heiß und kalt. Sie hörte sich selbst schluchzen. Und irgendetwas in ihr dachte: Endlich! Jetzt konnte hier nichts mehr innehalten.

Als es an der Tür klingelte, zuckte Gesine zusammen, suchte mit der linken Hand in ihrer Tasche nach einem Taschentuch. Mit der rechten hielt sie noch immer den eisigen Klotz umklammert. Ihre Schuhe lagen vor dem geöffneten Kühlschrank. Schließlich hatte sie ein Taschentuch gefunden, schneuzte kurz hinein, und wieder klingelte es, diesmal ungeduldiger, fordernder. Gesine ließ sich Zeit, als sie zur Tür ging. Das sind die letzten Momente, die ich hier allein bin, dachte sie. So viele Jahre sind diese Räume Zuflucht und Zentrum gewesen, ihrer beider Basisstation. Jetzt gab sie alles fremden Menschen preis.

Mit einem Ruck öffnete sie die Tür. Ein junges Paar und die Maklerin standen davor. In ihren Gesichtern erschienen sofort Erstaunen, Irritation, Verlegenheit, als sie eine Frau, barfuß, mit einem tropfenden Etwas in der Hand da stehen sahen, die zwischen verlaufener Wimperntusche, verschmiertem Lippenstift und Tränen vergeblich so etwas wie ein Lächeln versuchte.

»Entschuldigen Sie«, begann die junge Frau, während sie verlegen an dem Griff ihrer roten Tasche drehte. Der Mann übernahm sofort: »Wir wollen nicht aufdringlich sein, aber wir haben jetzt den Termin für die Schlüsselübergabe.«

»Ja, ja, kommen Sie herein«, entgegnete Gesine. Und während die zwei fast erleichtert an ihr vorbeidrängten, hielt sie die Maklerin am Arm fest: »Ich habe noch einen dringenden Termin. Können Sie das hier für mich erledigen?« Ohne eine Antwort abzuwarten, fügte sie hinzu: »Falls noch irgendetwas sein sollte, Sie wissen ja, wo Sie mich erreichen. Moment, ich gebe Ihnen hier die Schlüssel.« Aus ihrer Tasche holte sie einen schweren Umschlag und drückte ihn der verblüfften Frau in die Hand.

»Wollen Sie denn nicht über die Ablöse für die Küche sprechen?«, fragte die und holte ein paar Unterlagen aus einer Aktenmappe.

»Das ist mir egal«, sagte Gesine nur. »Die zwei sollen mir einfach einen Betrag überweisen, den sie für angemessen halten.«

In diesem Moment kam der junge Mann mit Gesines Pumps an die Tür. »Hier, die haben Sie vergessen.«

»Danke«, flüsterte sie, schlüpfte in die Schuhe und stürzte die Treppe hinunter, eine Spur von Tropfen hinter sich lassend. Sie spürte das Kopfschütteln der Maklerin in ihrem Rücken, als sie den kleinen Eisklotz in ihre Tasche steckte.

2

Die Fischhändlerin begrüßte sie mit einem kurzen Nicken, während sie noch eine andere Kundin bediente. Wie immer hatte sie diese kleine Wollmütze auf dem Kopf, und wie immer überlegte Gesine, ob sie die wohl trug, weil es in ihrem Laden so kalt war oder weil sie keine Haare mehr hatte. Sie hatte sie nie danach gefragt. Sie hatte nur nach Fischen gefragt, nach Sardinen und Sepien und Doraden. Sie hatte wissen wollen, ob die Wolfsbarsche aus der Zucht kamen oder Kutterfang waren und wann nach der Sommerpause, nach den Monaten ohne »r«, die ersten Miesmuscheln eintrafen.

»Warum tragen Sie eigentlich diese Mütze?«

Die Frau sah sie erstaunt an. »Ich war sehr krank«, sagte sie dann.

»Entschuldigung, ich wollte nicht indiskret sein …«, entgegnete Gesine.

»Ach was«, unterbrach sie die Fischhändlerin, während sie mit einem großen Schlauch Wasser über die Arbeitsfläche aus Alu spritzte. Etwas Blut lief in einer

Rinne am Boden ab. »Wir kennen uns ja schließlich schon so lange.«

»Ja, ja, aber irgendwie haben wir immer nur über Fische geredet.«

»Wundert Sie das?« Sie drehte das Wasser ab.

Gesine musste lachen, sie war selbst erstaunt, dass noch Lachen in ihr war. »Nein, eigentlich nicht.«

»Also, was darf's sein?« Die Frau mit der Mütze hatte ein freundliches Gesicht. Gesine war oft mit Leo hier gewesen. Es sei erstaunlich, dass jemand, der den ganzen Tag dumme Leute bediene, deren einzige Frage sei, ob es auch keine Gräten im Fisch gebe, dabei so freundlich bleibe, hatte er immer gesagt.

»Ich brauche eine Seezunge, Muscheln und einen Topf Crème fraîche.«

»Aha, ist wieder ein Feiertag?«

»Ja«, sagte Gesine leise, »und nein.«

»Pardon, ich wollte auch nicht ...«

»... indiskret sein? Nein, das sind Sie nicht.«

»Ist etwas mit Ihrem Mann?« Die Frau legte ein Zögern in ihre Frage. »Die Seezunge gab es doch immer zu besonderen Anlässen?«

»Ja, das stimmt. Der Anlass heute ist auch besonders. Ich koche dieses Gericht zum ersten Mal für mich allein. Mein Mann, nun ja, mein Mann ist nicht mehr da.«

In diesem Moment betrat ein Mann den Laden. Die Verkäuferin holte einen Fisch aus der Auslage, schaufelte ein paar Muscheln in eine Tüte, wog beides ab und nannte Gesine den Preis.

Als sie zahlte, trafen sich ihre Blicke.

»Viel Glück«, sagte Gesine beim Hinausgehen.

»Das wünsche ich Ihnen auch«, rief die Frau ihr nach und zog kurz an ihrer Mütze.

Am Gemüsestand holte Gesine ein paar Schalotten, ein Bund Möhren und Petersilie. Als sie in ihr Auto stieg, hielt sie kurz inne, bevor sie den Gang einlegte. Nach Hause – das war jetzt woanders. Das war dort, wo sie bislang nur ihr Büro gehabt hatte. Ihr Büro mit Frank, für jeden ein großes Zimmer, in dem sie ihre Klienten empfingen.

Seit sieben Jahren arbeiteten sie jetzt zusammen. *Management- und Einzel-Coaching* stand auf dem silbernen Schild am Eingang. Früher hätte man Therapie dazu gesagt, doch das war es nicht, was die Leute heute wollten. Coaching dagegen war wie ein Türöffner. Plötzlich trauten sich nicht nur alle, über ihre Probleme zu reden, es war sogar verdächtig, keine zu haben. »Wir sind ein Auslaufmodell«, hatte Leo oft gesagt – und gelacht. »Kummer ist etwas für die anderen.« Jetzt hatte der Kummer sie eingeholt.

Sie hatte mit dem Hausbesitzer geredet, als neben dem Büro eine kleine Wohnung frei geworden war – und natürlich willigte der sofort ein. »Mein Gott, Sie Arme! Ich kenne Sie jetzt schon seit so vielen Jahren. Und Ihren Mann auch. Wie konnte das bloß passieren?« Sie fertigte seine Fragen mit einem Achselzucken ab. Merkwürdig, wie vertraulich die Leute auf einmal werden, wenn jemand anderem ein Unglück widerfährt. Wie nahe sie einem kommen, jegliches Mindestmaß an Abstand fahren lassend. Und sie dachte: Eigentlich würde ich ihm jetzt am liebsten sagen: »Behalten Sie doch Ihre Wohnung.« Aber das tat sie natürlich nicht. Sie willigte sogar ein, einen Kaffee mit ihm und seiner Frau zu trinken und deren Rührkuchen zu essen. Irgendwie fand sie dieses Wort plötzlich so passend – »Rührkuchen«. Als sie kurz lachte, bekam sie ratlose Blicke. Die Wohnung bekam sie auch.

Nun standen dort ihre Möbel, zumindest ein Teil davon. Wie Passagiere, die ins Ungewisse aufbrechen, aber ihren Platz an Bord noch nicht gefunden haben. Das hellbraune Sofa und die grauen Sessel hatte sie behalten, ebenso den Esstisch mit vier der ehemals acht Stühle; die anderen vier hatte Leo genommen. Das Bett wollte sie nicht, stattdessen hatte sie sich an einem Freitagnachmittag schnell ein schmales gekauft. Fast so schnell wie ein Kilo Kartoffeln; der Verkäufer war enttäuscht gewesen, dass sie keine Beratung wollte, sondern nach einer Minute sagte: »Das da nehme ich.« Vier Tage später wurde es geliefert. Es war bequem, aber sie legte sich trotzdem nicht gern hinein.

Auf dem Nachttisch lag eine blaue Schachtel; darin bewahrte sie Fotos auf, von sich und ihm. Es waren siebzehn Fotos, für jedes Leo-Jahr eins. Wenn sie abends nicht schlafen konnte, ließ sie die Bilder ans Licht. Gab ihnen Ausgang, wie einem unwilligen Hund, den man Gassi führt. Sie blieb immer an denselben Orten stehen, manchmal kurz, manchmal länger, bevor sie weiterging – bis zum Ende ihrer Erinnerungsrunde. Wenn sie zurückkam, zurückkam in ihr neues Leben, nahm sie oft eine der Tabletten. Sie mochte keine Tabletten, aber diese hier hatte ihr der Arzt verschrieben, gegen Schlaflosigkeit. Und sie halfen, halfen ihr durch die Nächte.

Ihre Bücherkisten harrten noch unausgepackt auf dem Boden aus. Frank hatte ihr schon ein paarmal angeboten, die Regale aufzubauen. Doch sie hatte immer wieder abgewunken. Sie merkte, dass sie keine Eile hatte.

Frank war jetzt im Büro. Er war mehr als ein Partner in

ihrem gemeinsamen Unternehmen. Er war ein Freund. Ihr Trauzeuge war er auch. Und er war auf ihrer Seite. So bedingungslos, dass sie Leo manchmal sogar verteidigte.

»Na, wie ist es gelaufen?«, fragte Frank. Und sie spürte so etwas wie Dankbarkeit. Auf seine ruhige Stimme war Verlass – eine Konstante in ihrem Leben, in dem die Konstanten sich ansonsten davongemacht hatten.

»Die Wohnung ist weg«, sagte sie leise.

»Gut so.«

»Ja, ja, ich bin erleichtert. Aber auch traurig. Als hätte ich keinen Boden mehr unter den Füßen.«

»Das ist normal, Gesine. Nach so vielen Jahren. Aber du wirst sehen, das Leben geht weiter.« Er kommentierte diesen Satz mit einem Grinsen, das nicht ganz gelingen wollte. Als ob er selbst nicht glaubte, was er gerade gesagt hatte.

Sie lächelte bitter. »Warum fallen uns in solchen Momenten eigentlich nur Plattitüden ein?«

»Bei den großen Themen wie Liebe, Leidenschaft, Verlust, Hass, Rache haben wir alle ähnliche Reaktionsschemata. Und die sind ziemlich simpel, man kann auch sagen platt.«

»Danke für den Vortrag.«

»Das ist mein Job.«

»Ich weiß, ich weiß. Wenigstens einer von uns ist noch in der Lage, den Leuten zu sagen, wo's langgeht … Apropos, hast du meine Klienten heute übernommen?«

»Ja, aber davon später. Magst du ein Glas Weißwein? Ich glaube, du könntest eines vertragen.«

Ohne eine Antwort abzuwarten, ging er in die kleine

Küche, holte zwei Gläser und eine Flasche Albariño. Und seine Zigaretten. Er sieht gut aus, dachte Gesine. Groß, immer noch schlank, blaue Augen, kurze dunkelblonde, mittlerweile etwas weniger Haare. Sie dachte das nicht zum ersten Mal. Sie kannte Frank länger als Leo. Er war ihr Freund gewesen, seit sie ihm damals in der Uni begegnet war. Niemals ihr Liebhaber. Er hatte andere Frauen; sie hatte viele kommen und gehen sehen. Er hatte andere Frauen, weil sie Leo hatte. Manche blieben Tage, andere Monate. Keine blieb für immer. Weil Frank nicht wollte, dass sie blieben. Jahrelanges Glück mit irgendeiner Frau war in seinem Lebensbauplan nicht vorgesehen. Er war ein Mann in der Warteschleife, und Gesine wusste nur zu gut, warum das so war.

Beim Einschenken sah er sie kurz an. »Heute Abend schon was vor?« Er reichte ihr ein Glas und zündete sich eine Zigarette an. Es passt zu ihm, dachte sie. Sie dachte das nicht zum ersten Mal. Er war ein Mensch, dem sie gern beim Rauchen zusah.

Sie stieß mit ihm an. »Ja. Und nein.«

»Was heißt das?«

»Ich«, sie stockte, »ich koche.«

»Wer kommt?«

»Niemand. Es wird eine Art Erinnerungsessen …« Wie zur Erklärung holte sie die kleine Plastikbox aus ihrer Tasche und hielt sie ihm hin. Der Inhalt war fast aufgetaut.

»Was ist das?«, fragte er und runzelte die Stirn.

»Das hier habe ich heute in unserem Kühlschrank in der alten Wohnung gefunden«, erklärte sie. »Leo hat es gekocht, und ich will daraus das Essen machen, das es bei uns immer zu besonderen Anlässen gegeben hat.«

»Gesine …«

»Ja, ich weiß, es klingt komisch, aber ich möchte uns noch einmal schmecken.«

»Brauchst du dabei vielleicht Gesellschaft?«

Sie zögerte kurz, ihr Gesicht wirkte plötzlich verschlossen, als hätte Frank mit seiner Frage Türen verriegelt. »Nein«, sagte sie. »Das ist eine Sache, die ich allein hinter mich bringen muss.«

Er nahm einen Schluck. »Ich habe dir für morgen Nachmittag einen Termin vereinbart«, wechselte er das Thema. Er hat Routine im Wegschalten, Abdrehen, Umlenken, dachte sie. Er wusste immer, wann es genug war, hatte es immer gewusst.

»Und wer ist es?« Sie hatte jetzt ihre Geschäftsstimme.

»Diese Frau, die Probleme mit ihrem Chef hat. Und nächste Woche hast du das Seminar in der Computerfirma.«

Sie lächelte wieder, wie zur Probe. »Manchmal frage ich mich wirklich, wie ich anderen Leuten helfen soll, ihre Probleme zu lösen, während ich an meinen herumkaue.«

»Das ist ein altes Thema bei dir.«

»Bitte, Frank, fang jetzt nicht damit an.«

»Ich hör schon auf.«

»Ich kann mich einfach so schwer auf die Arbeit konzentrieren.«

»Vielleicht solltest du mal eine Auszeit nehmen.«

Auszeit, dachte sie – die Jetzt-Zeit ausschalten.

Frank fing ihren entleerten Blick auf und goss ihr noch ein Glas Wein ein. Sie trank es in einem Zug aus.

3

»Mir ist da etwas passiert«, hatte Leo gesagt. An diesem Abend vor zwei Monaten.

Sie saßen im Wohnzimmer. Gesine auf dem Sofa, er im Sessel ihr gegenüber. Auf dem Plattenspieler lief Miles Davis. Die Titelmusik zu *Fahrstuhl zum Schafott,* diesem Film mit Jeanne Moreau, in dem lauter Missverständnisse in die Katastrophe führen. Existenzialismus von seiner schwärzesten Seite, sagte Leo immer. Er liebte diesen beharrlich lauernden Jazz, in dessen Tonfolgen so etwas wie Unerbittlichkeit zu liegen schien. Die Schallplatte arbeitete sich gerade an einem Kratzer ab. Leo mochte keine CD-Player. Das sei nur etwas fürs Auto, sagte er immer. Richtig Musik hören könne man nur analog. Gesine gab ihm recht, über die irritierten Blicke ihrer Freunde amüsierten sie sich gemeinsam.

Sie sah von ihrem Buch hoch. »Was denn?«, fragte sie. Sie ließ sich ungern beim Lesen stören. Das wusste er doch.

Er legte seine Zeitung zur Seite. Seit einer guten

halben Stunde hatte er im Feuilleton gelesen. Ohne umzublättern.

»Gesine, wir müssen reden.«

»Das tun wir doch gerade. Aber vielleicht hat es auch noch Zeit bis später ...«

»Nein«, unterbrach er sie. »Hat es nicht.«

Etwas in seinem Tonfall ließ sie aufhorchen. Es klang so anders, so gar nicht nach Leo. Sie legte ihr Buch neben sich und sah ihn an. »Also«, sagte sie, bemüht, ihre Stimme gleichmütig klingen zu lassen. Es gelang ihr nicht. »Worüber willst du mit mir reden?«

»Ich habe eine Frau kennengelernt. Und ich möchte mit ihr zusammenleben.«

Gesine griff wie instinktiv nach ihrem Rotwein und nahm einen viel zu großen Schluck. Als könnte sie seinen Satz damit verdünnen. Sie lachte. Das Lachen klirrte wie dünnes Glas. »Bitte, sag, dass das nicht wahr ist.«

»Es ist wahr.«

»Aber wer ...?«

»Sie arbeitet seit einem halben Jahr als Praktikantin in meinem Ressort. Sie heißt Jule. Vor drei Monaten sind wir zusammen essen gegangen; du warst in Berlin an dem Abend. Es ist einfach geschehen. Ich dachte, es gibt sich wieder. Aber ich liebe sie.«

Gesine wartete auf Tränen. Sie kamen doch sonst so schnell und bei nichtigeren Anlässen. Aber ihre Augen blieben trocken. Wie ihr Mund. Sie trank noch einen Schluck Wein. Er schmeckte bitter. Schmeckte nach Tannin. »Praktikantin ... Leo, ausgerechnet du! Älterer Mann nimmt sich jüngere Geliebte. Du, du ...« Sie suchte nach passenden Worten, doch es gab keine. »Du hasst doch Klischees«, stammelte sie schließlich.

»Es ist nicht das, wonach es aussieht.«

»Ach, und was ist es dann?«

»Ich sagte es schon: Es ist Liebe.«

»Aber, wir, wir lieben uns doch, Leo. Was ist damit? Das kann doch nicht auf einmal einfach so aufhören …«

»Du wirst mir immer viel bedeuten …«

»Lass das«, schrie sie auf einmal. Er zuckte zusammen, doch sie wurde noch lauter. »Verschone mich mit solchen Sätzen. Das ist wie in einem schlechten Film. Warum, Leo? Warum?«

»Gesine, mir fällt es auch nicht leicht.«

»Merkst du eigentlich nicht, wie du eine Worthülse nach der anderen produzierst?« Ihre Stimme überschlug sich.

Er suchte ihren Blick. Vergeblich. »Manchmal ist das Leben so … so schlicht«, flüsterte er fast.

Die Platte war zu Ende, aber sie drehte sich weiter; man hörte nur noch das Laufen der Nadel auf den Rillen und zwischendrin ein leises Knacken. Keiner von beiden stand auf.

»Wie alt ist sie?«, fragte Gesine, bemüht, mit einer nüchternen Frage wenigstens wieder einen Zipfel ihrer Fassung zurückzuholen.

»Neunundzwanzig.«

»O mein Gott, Leo. Tu mir das nicht an.«

»Ich weiß, wie schwer das für dich ist …«

»Warum hast du nie mit mir geredet? Kein Wort hast du zu mir gesagt. Seit drei Monaten betrügst du mich jetzt schon und hast die ganze Zeit so getan, als sei nichts. Wir waren sogar noch zusammen in Frankreich. In unserem Haus …«

»Ich habe immer gehofft, es hört wieder auf. Wie eine schwere Grippe, die man irgendwann überstanden hat.

Deshalb habe ich dir nichts gesagt. Ich … ich wollte dir nicht weh tun.«

»Aber das tust du.«

»Ich weiß. Aber ich und Jule …«

»Bitte nenne diesen Namen nicht mehr!«

»Also gut, wir haben etwas miteinander, das so frisch, so unbeschwert, so jung ist. Ich weiß, dass ich darauf nicht verzichten will. Ich will diese Frau, Gesine.«

»Und was ist mit uns?« Jetzt kamen sie doch, die Tränen. »Was haben wir?«

»Muss ich darauf wirklich antworten?« Er stand auf und schaltete den Plattenspieler ab. Dann setzte er sich neben sie, nahm ihre Hand. Sie ließ sie dort liegen. Wie ein kleines sterbendes Tier.

»Was soll ich ohne dich tun, Leo?«, fragte sie tonlos und hielt ihm ihr nasses Gesicht entgegen.

»Du hast Freunde. Du hast Frank.«

»Weiß er es?«

»Ja, ich habe es ihm gestern erzählt. Ich dachte, er kennt dich so gut …«

»Und was hat er gesagt?«

»Nichts. Er hat mich rausgeschmissen aus seiner Wohnung.«

»Guter Junge!«

Sie lachten auf einmal beide. Ein kurzes Miteinander. Ein Rückfall in das, was er gerade beendet hatte. Siebzehn Jahre wir. Zweisamkeits-Kokon. Vorzeigepaar. Dann rückte Gesine von ihm ab. »Was hast du jetzt vor?«, fragte sie leise.

»Wir suchen bereits eine neue Wohnung. Wenn du es mit mir nicht mehr erträgst, kann ich das verstehen. Ich packe vorher ein paar Sachen und ziehe zu Ju… zu ihr.«

»Und das hier?« Sie machte eine Handbewegung, die ausladend sein wollte, aber müde geriet.

»Darüber reden wir später.«

Sie nickte.

Das Schweigen, das folgte, dauerte eine kleine Ewigkeit. Sie weinte nicht mehr. Da war nichts mehr in ihr, nur Leere. Ein fremdes Gefühl. Wie ein Besucher, der einem unheimlich ist. Von dem man nur will, dass er schnell wieder geht.

»Leo?«, fragte sie plötzlich.

Er schreckte hoch. »Ja?«

»Kann sie kochen?«

»Nein.«

Sie schlief nicht in dieser Nacht; sie lag nur da und hörte auf seine Atemzüge neben sich. Sie rechnete, siebzehn mal 365 – so viele Nächte hatte sie neben ihm gelegen. Es war eine unvorstellbar hohe Zahl. Es war ihre letzte Nacht.

Zumindest dachte sie das damals.

Gesine machte noch Frühstück am nächsten Morgen, diesem letzten Morgen. Warum sollte sie etwas lassen, das sie so viele Jahre getan hatte? Sie trug den gelben Bademantel, den er ihr mal zu Weihnachten geschenkt hatte. Sie stellte Brot, Butter, Marmelade, Honig und Schinken auf das große Holztablett. Zwei Teller, zwei Messer, zwei Tassen. Zweisamkeit auf einem Frühstückstablett. Sie wollte nicht glauben, dass das hier das Ende war. Als die Eier anfingen zu kochen, sah sie auf die Küchenuhr, ein kitschiges Teil aus weiß-blauer Emaille, das sie auf einem Flohmarkt in Rouen gefunden hatten. Vier Minuten. Sie schnitt sechs Orangen auf und presste sie aus. Den Saft verteilte sie auf zwei Gläser.

»Was machst du, Gesine?«

Sie zuckte zusammen, verschüttete etwas von dem Saft. »Frühstück.«

»Aber hast du überhaupt Hunger?«

Sie schluckte und schüttelte den Kopf. »Nein, aber ich dachte, du vielleicht?«

Er sah sie an, ein Blick aus grauen Augen. Ein Blick, der mal alle Liebe für sie reserviert hatte. Fast resigniert wandte er sich zur Espressomaschine, gab Kaffee in den Einsatz, drückte den mit dem kleinen Metallstampfer fest, fester als nötig, hakte den Einsatz in die Maschine ein und ließ den dunklen Kaffee in eine kleine Kanne laufen. Er ging zum Kühlschrank, holte Milch heraus und füllte sie in eine Karaffe. Der Lärm, den das Aufschäumen verursachte, tat beiden fast gut. Die Stille danach war umso beklemmender.

Wortlos trug er das Tablett ins Esszimmer, deckte den Tisch, goss ihr und sich den Milchkaffee ein. Er wusste, welche Mischung sie mochte.

Gesine setzte sich ihm gegenüber, zog ihren Bademantel fester um sich, als könnte der ihr Schutz bieten. Schutz vor Leolosigkeit.

»Wie hast du geschlafen?«, fragte sie leise.

»Was glaubst du?«, entfuhr es ihm. Er schien über die Heftigkeit, mit der die Worte herausbrachen, selbst erschrocken.

Sie zögerte, hielt ihre Kaffeetasse mit beiden Händen umfasst. Es war das Einzige in diesem Raum, das ihr noch eine Ahnung von Wärme gab. Sie versuchte einen Schluck, um gleich danach zaghaft zu pusten. Als ob sie diesen Kloß in sich einfach wegpusten könnte, aber er blieb dort, wo er sich festgesetzt hatte. Sie schluckte. »Magst du etwas Brot?« Ihre Stimme war nicht mehr als ein Hauch.

Leo ignorierte den Korb, den sie ihm hinhielt. »Was soll das, Gesine? Du kannst doch nicht hier sitzen und so tun, als ob nichts wäre.«

Sie sah ihn an, und er duckte sich fast unter diesem Blick, der ihn so plötzlich, so unerwartet traf. Wie ein Seziermesser bohrte sie ihre grünen Augen in seine, legte offen, was er verbergen wollte.

»Und was wäre deiner Meinung nach die angemessene Reaktion?«, schrie sie auf einmal, als hätte jemand den Lautstärkeregler ihrer Stimmbänder heimlich bis zum Anschlag gedreht. »Soll ich von jetzt auf gleich umschalten? Mein Leben wegwerfen und mir ein neues kaufen? Wie stellst du dir das vor? Du gehst mit dieser ... dieser Frau ins Bett und musterst uns einfach aus. Siebzehn Jahre auf die Müllhalde, in den großen Schredder!«

»Das, was wir zwei hatten, wird immer bleiben«, hielt er dagegen. Es klang kraftlos.

»Ach ja«, jetzt kannte sie kein Halten mehr, »und was machen wir dann mit dem ganzen Mist hier?« Mit einer ausladenden Handbewegung fegte sie über den Tisch, erwischte die Saftgläser, den Marmeladetopf, die Butterschale, die alle mit einem lauten Krachen zu Boden gingen.

Er sprang auf. »Gesine ...«

Sie antwortete mit einem Weinen, das sie so nicht von sich kannte. Es kroch aus den Tiefen ihres Körpers empor und schüttelte sie. Immer und immer mehr. Ein Erdbeben der maximalen Stärke auf der Richterskala der Verzweiflung. Bin ich das?, fragte sie sich, während Töne aus ihr hervorbrachen, die ihr Angst machten, weil sie sie nicht mehr einfangen konnte.

Sie merkte nicht, dass Leo Kehrschaufel, Besen und

einen Lappen geholt hatte und mit den Scherben beschäftigt war, in die jetzt seine Tränen fielen, nahezu lautlos. Erst als er sich vor ihr aufrichtete, sah Gesine das Glitzern in seinen Augen. Und verstummte.

»Ist sie das wert?«, fragte sie Minuten später, ihre Stimme langsam wiedererkennend.

Er stand noch immer vor ihr, die Schaufel in der Hand. »Ich hoffe es.«

»Und«, sie stockte, »was tun wir jetzt? Ich ... ich habe keine Übung in solchen Dingen.«

»Ich packe ein paar Sachen zusammen und ziehe erst mal aus«, erklärte er – und sie hörte seinen Worten an, dass er einen lange vorher gefassten Plan formulierte. »Ich bin die nächsten zwei Wochen nicht in der Stadt, danach reden wir darüber, wie alles weitergeht. Mit der Wohnung und so.«

»Wo bist du? Fährst du weg?«

»Wir fahren nach Griechenland.«

Das »Wir« saß. Wie ein gut plazierter Fausthieb. So musste sich ein Boxer nach einem K.o. fühlen. Nur dass Gesine ihre blauen Flecke und Blessuren nicht sehen konnte. Sie spürte lediglich, wie tief in ihr drinnen etwas zu bluten begann.

Sie blieb auf ihrem Stuhl sitzen, während Leo das restliche Geschirr abräumte. Und als er eine Stunde später mit einer Reisetasche zurückkam, saß sie immer noch dort.

Er ging zum Telefon, wählte eine Nummer und wartete. Er roch nach dem Eau de Toilette, das sie für ihn ausgesucht hatte. »Hallo, Frank«, hörte sie ihn sagen. Und dann: »Bitte, lass mich ausreden. Ich habe ihr alles gesagt. Könntest du herkommen?« Es entstand eine lange Pause, gefüllt mit Franks Worten; eine Ahnung von Vorwürfen kroch in die Stille. »Ich weiß, ich weiß«, entgegnete Leo schließlich, »aber ich kann nicht anders. Ich melde mich in zwei Wochen.«

Sein »Frank kommt gleich« hörte sie kaum. Sie hörte nur das Fallen der Tür im Schloss und konnte nicht glauben, dass seine Stimme nun diese Wohnung für immer verlassen hatte. Sein Duft hing noch im Raum; am liebsten hätte sie ihn eingefangen und konserviert; so roch es, wenn Liebe sich verflüchtigt.

Als Frank klingelte, hatte sie die Fenster geöffnet und die Betten abgezogen und seine nassen Handtücher zusammen mit den Laken in die Waschmaschine gegeben. Irgendetwas musste sie ja schließlich tun.

4

Die Seezunge lag jetzt auf dem Küchentisch. Ein großer, platter Fisch mit einem kleinen Kopf. Die Filets, die Gesine gleich herausschneiden würde, waren im Vergleich zur Körpergröße klein. Die Muscheln hatte sie ins Waschbecken geschüttet und Wasser einlaufen lassen. Luftbläschen stiegen an die Oberfläche. Die Muscheln, die sich nicht schlossen, würde sie später wegwerfen. Sie schnitt Schalotten, Möhren und Sellerie in winzige Würfel, hackte Petersilie. Dann holte sie eine Flasche Calvados und goss sich ein Glas ein. Es war der erste Schluck seit zwei Monaten; er schmeckte wie früher – weich, nach Holz und Apfel. »Auf uns, Leo«, sagte sie leise. Dann holte sie einen großen Topf und eine kleine Kasserolle aus dem Schrank. Einen Klecks Butter gab sie in beide. Während das Fett in dem großen Topf zerlief, schüttete sie das Gemüse hinein; nur ein paar Schalottenwürfel ließ sie übrig. Als alles angeschwitzt war, warf sie die Muscheln hinein, gab Weißwein zu und schloss den Topf. Etwa acht Minuten dauerte es, bis die Muscheln sich geöffnet hatten und gar waren. Gesine würde sie aus den Schalen lösen und das zarte orangefarbene Fleisch beiseitestellen.

Sie ließ die Butter in der Kasserolle schmelzen. Die Schalotten mussten glasig sein, ehe Gesine den Calvados und schließlich den Fond zufügte. Sie öffnete die kleine Plastikbox: Fischfond à la normande. »Also dann, Leo.« Sie goss die hellgelbe Flüssigkeit in den Topf. Ein Duft nach Meer und Gewürzen stieg ihr in die Nase. Während sich das von ihm gekochte Konzentrat auf großer Flamme reduzierte, filetierte Gesine den Fisch. Die Seezungenfilets legte sie in eine Pfanne und briet sie auf jeder Seite kurz an. »Nicht zu lang, sonst gerinnt alles Eiweiß, und sie werden zäh«, hörte sie Leo. Er hatte immer alles besser gewusst – nicht zuletzt dafür hatte sie ihn geliebt. Liebte sie ihn.

Die zartweißen Filets legte Gesine auf einen vorgewärmten Teller, den sie kurz in den Ofen stellte. Jetzt noch etwas Crème fraîche in die Kasserolle, salzen, pfeffern, Muschelfleisch und Petersilie dazu. Das Ganze goss sie über die Seezunge. »Et voilà.« Sie trank den letzten Schluck Calvados.

Sie hatte schnell gearbeitet, war fast ein wenig atemlos, als sie sich an den Küchentisch setzte. Beim ersten Bissen hielt sie kurz inne; dann begann sie langsam zu kauen, schmeckte den Fisch, die Sauce, die Muscheln. Es war wie nach Hause kommen. Wo bin ich nur gewesen?, fragte sie sich erstaunt. In einem Nirgendwo aus Angst, Wut, Verzweiflung, gab sie sich selbst die Antwort. Die Lähmung, die sie seit diesem Abend vor drei Monaten fest im Griff hatte, löste sich. Fast instinktiv bewegte Gesine ihre Finger. Und es kam ihr vor, als kehre Leben in sie zurück nach all den Wochen der Blutleere.

Genüsslich führte sie Bissen für Bissen zum Mund, ließ diesen cremigen Schmelz aus Meer, Calvados, Sahne auf der Zunge zergehen. Und Leo war wieder da. War wieder bei ihr wie in den siebzehn Jahren, die hinter ihr lagen. Sie spürte ihm mit der Zunge nach, wurde eins mit ihm. Die Gewürze seien wichtig bei einem Fond, hatte er immer gesagt. Gib das hinein, was du später brauchen kannst, aber nur ein Hauch von allem. Hier waren es Piment, Muskatblüte, Wacholder, weißer Pfeffer.

Der letzte Bissen war für Gesine wie ein Anfang. Ein Neuanfang. Da wollte etwas aufbrechen in ihr, wollte raus. Raus aus der Starre, die sie umklammert gehalten hatte. Sie nahm einen Löffel zu Hilfe, um die verbleibende Sauce vom Teller zu kratzen.

Als sie zum Telefon griff, spürte sie die Wirkung des Calvados. Sie wählte Leos Handynummer. Die Zahlen fügten sich wie selbstverständlich aneinander. Seine Stimme klang wie immer. Weich, fast zart.

»Ich bin's«, sagte sie.

»Gesine?«

»Entschuldige, dass ich so spät anrufe, aber ...«

»Du störst mich nicht.«

»Wie geht es dir?«

»Willst du das wirklich wissen?«

»Eigentlich nicht, du kennst mich gut ...«

»Siebzehn Jahre ...«

»Ich fahre morgen ins Haus.«

»In die Normandie?«

»Ja. Ich denke, es ist Zeit, auch das aufzulösen.«

»Gesine, schaffst du das? Ich meine, ist es nicht noch zu früh? Wir brauchen das Geld nicht so dringend. Und außerdem ... ich könnte das auch übernehmen.«

»Nein, nein, Leo. Mir ist diese Reise wichtig. Außerdem sind Camille und Jean-Luc ja da.«

Er schwieg.

»Bist du noch dran?«

»Ja, ja. Ich dachte nur an die beiden. Mir fiel gerade ein, wie sehr sie mir fehlen.«

»Leo …«

»Ja, Gesine, es ist auch meine Vergangenheit.«

»Fehle ich dir auch?«

»Möchtest du darauf eine ehrliche Antwort?«

»Ja.«

»Ja!«

Ihre Stimme stockte etwas, als sie sagte: »Ich kümmere mich um alles. Vielleicht brauche ich ein paar Wochen, bis ich einen Makler gefunden habe. Ich rufe dich an, Leo.«

»Ich bin in knapp vier Wochen für ein paar Tage in Paris«, entgegnete er, und es klang schon jetzt wie ein Angebot. »Beruflich«, fügte er noch hinzu, ehe er auflegte.

In dieser Nacht kochte Gesine aus den Gräten der Seezunge einen Fond. Sie gab Piment, Muskatblüte, Wacholder und weißen Pfeffer hinein. Dann füllte sie alles in ein kleines Glas mit Schraubverschluss und klebte ein Etikett darauf: *Fischfond à la normande,* schrieb sie. Ihre Schrift war klein und akkurat.

5

Es lag ganz unten in der blauen Schachtel. *Barcelona 1988* stand auf der Rückseite des Fotos. Daneben hatte Gesine ein Herz gemalt, wie man das eben so tut, wenn das Leben sich plötzlich mit Liebe füllt. Das Herz war mittlerweile blass geworden wie das Foto. Es zeigte eine junge Frau mit Pferdeschwanz, ein paar Sommersprossen auf der Nase und grünen Augen. Sie trägt ein orangefarbenes Trägerkleid mit weißen Tupfen. Sie sitzt in einem Café, und sie lacht. Sie sieht glücklich aus, so glücklich, dass ein Paar am Nebentisch zu ihr hinüberguckt, als wolle es etwas von diesem Glück abbekommen. Sie blickt direkt in das Auge des Fotografen. Sie wusste noch, dass Leo ebenfalls lachte, als er auf den Auslöser drückte.

Zwei Tage zuvor hat sie in einer kleinen Tapas-Bar im Barrí Gòtic gesessen, vor sich ein Stück kalte Tortilla, ein wenig Serrano, schwarze Oliven, ein Glas Weißwein. Eine Frau in Jeans, weißer Bluse, Espandrilles. Es ist später Nachmittag, und es ist laut. Gläser werden abgeräumt und wieder aufgetragen, Tellerchen gefüllt mit dem, was die Vitrine am Tresen hergibt. Gesine versenkt sich in das Stimmengewirr aus Spanisch und Katalanisch, schnappt hier und dort einen Satz auf, den sie versteht.

»Probieren Sie das mal!« Sie zuckt zusammen, als sie die deutschen Worte hört, und dreht sich um. Hinter ihrem Barhocker steht ein Mann und hält ihr eine Schale mit Schnecken hin.

»Woher wissen Sie, dass ich Deutsch spreche?«, fragt sie. Sie kann streng fragen.

»Caracoles in einem Sud, der leicht nach Anis schmeckt. Das ist die Spezialität hier«, gibt er zurück.

Sie sieht ihn jetzt direkt an. Er wirkt nicht unsympathisch: schwarze Haare, graue Augen, große Nase. Sein hellblaues Hemd hat er an den Ärmeln hochgekrempelt, die Unterarme sind leicht gebräunt und sehen muskulös aus. Gesine mag gut gebaute männliche Unterarme. Diesen Mann mag sie auch. Sie schickt ein kleines Lächeln über ihr Gesicht.

»Ach ja, Sie lesen Uwe Timm«, sagt er. »Beantwortet das Ihre Frage?«

Sie sieht auf das Buch, das sie neben ihr Glas gelegt hat. »Beobachten Sie mich schon lange?«

»Eine Weile.« Er scheucht den Anflug eines Lächelns weg.

Sie hat es trotzdem bemerkt. Jetzt lacht sie. »Okay, wie isst man die Dinger?«

Er stellt die Schale auf den Tisch und zeigt auf zwei kleine Gabeln darin, die aussehen wie gebogene Stopfnadeln. »Sie müssen damit einfach nur ins Gehäuse stechen und dann kräftig ziehen.«

Gesine nimmt sich eine Schnecke, führt die Gabel vorsichtig ein und zieht. Was sie schmeckt, ist neu für sie. Kräftiges Fleisch mit leichtem Salzgeschmack und etwas, das an Pastis erinnert. »Hmmm«, macht sie und greift sofort wieder in die Schale.

Er hat sich einen Hocker an ihren Tisch gestellt. »Meeresschnecken«, sagt er. »Die holen die hier sozusagen als Zugabe mit aus dem Wasser. Meine ersten habe ich in Cádiz gegessen. Seitdem bin ich süchtig danach.«

»Sind Sie oft in Spanien?«, fragt sie kauend.

»Manchmal.« Mehr sagt er nicht. Er sieht ihr zu, wie sie ein Gehäuse nach dem nächsten aushöhlt.

Das Schweigen ist nicht unangenehm. »Es ist schön, mit jemandem schweigen zu können«, fällt ihr ein. Von wem war das? Sie schenkt dem Mann gegenüber einen Blick ... Es ist derselbe Dichter, der geschrieben hat: »Sie fassten sich mit den Augen bei den Händen.«

»Sie haben Augen wie Sommerteiche«, nimmt er ihren Blick auf.

»Ich glaube, das habe ich schon mal irgendwo gelesen«, erwidert sie, als könnte sie damit die Röte kaschieren, die sich über ihre Sommersprossen legt.

»Kann sein. Ich lese viel.« Und dazu wieder dieses Zucken um die Mundwinkel. »Ich heiße übrigens Leo.«

»Und ich bin Gesine.«

»Mögen Sie Cava? Der ist hier besser als der Weißwein, den Sie da trinken.« Er wartet ihre Antwort nicht ab, sondern winkt den Kellner heran und gibt in fließendem Spanisch an, was er will. Kurz darauf stehen viele kleine Teller auf dem Tisch und zwei Gläser, in denen die Kohlensäure stürmisch nach oben perlt.

Sie stoßen an. Der kühle, leise schäumende Cava tut gut. Es ist, als würde seine Leichtigkeit Gesine an die

Hand nehmen und in ein Land entführen, in dem die Gesetze der Schwerkraft aufgehoben sind. Gibt es so etwas wie Schweben als Daseinsform? Neugierig sieht sie auf all die Sachen, die vor ihr stehen.

»Darf ich vorstellen?« Leo wandert mit seinem Finger von links nach rechts. »Gegrillter Oktopus mit Zitrone und etwas Knoblauch, Kaisergranaten mit grobem Meersalz, frittierte Sardinen, Merluza in Petersilien-Wein-Sud, Stockfischpüree mit Safran.«

»Woher kennen Sie das alles?«

»Sagen wir mal, es ist mein Job.«

»Sind Sie Koch?«

»Nein, ich arbeite als Gastrokritiker für ein deutsches Magazin. Und da kommt man eben herum.«

»Das heißt, Sie gehen beruflich essen. Würde mir auch gefallen ...« Sie pult einen Kaisergranat aus seiner Schale und steckt das rosa Fleisch in den Mund.

Er lacht. »Na ja, es ist nicht immer ein Vergnügen. Man isst nicht überall so gut wie hier in Barcelona.« Mit einem kleinen Löffel nimmt er etwas von dem Püree. »Und was tun Sie in dieser Stadt?«

Gesine kaut. »Ich bin mit einer Freundin hierhergekommen, um einen Sprachkurs zu machen. Wir haben ein kleines Apartment gemietet, ganz in der Nähe. Tja, und dann hat sie vor zwei Wochen einen netten Spanier kennengelernt, mit dem sie sich seitdem über ihren verflossenen Freund in Deutschland hinweggetröstet. Ich wohne also inzwischen allein und treffe sie nur noch in der Sprachschule beim Unterricht. In drei Tagen fliege ich zurück nach München.«

»Sind Sie Ihrer Freundin böse?«

Sie überlegt kurz. »Irgendwie schon. Sie war schließlich diejenige, die mich zu Barcelona überredet hat.«

»Was machen Sie, wenn Sie nicht gerade Spanisch lernen, Uwe Timm lesen und mit fremden Männern Fisch essen? Übrigens, schmeckt's?«

»Das ist so ungefähr das Beste, was ich in den letzten Wochen gegessen habe.« Wie zum Beweis pikst sie einen Oktopus-Tentakel auf. »Ich bin Psychologin und arbeite in einer Klinik für Herz-Kreislauf-Krankheiten am Starnberger See, in der Nähe von München. Dahin kommen all die ausgebrannten Menschen, die nicht nur ihr Herz, sondern auch ihre Seele wieder flottmachen möchten.«

»Und das schaffen Sie?«

»Ich bemühe mich zumindest.«

Was folgt, ist ein Pingpongspiel aus Fragen und Antworten: ihr Leben, sein Leben im Schnelldurchlauf. Ein Schlagabtausch kleiner Vertraulichkeiten. Gesine merkt, dass sie mehr redet als sonst und dass dieser Mann allein durch die Art, wie er sie ansieht, die Worte aus ihr hervorholt. Auch sie wird neugieriger. Er kommt aus Hamburg und ist seit einer Woche für eine größere Restaurantreportage in Barcelona. Er reist allein, doch er hat Freunde in der Stadt. Solo zu essen sei eine Strafe, meint er und beschenkt sie mit einem Lachen, in das er bereits ein »Mehr« webt. Sie spürt die Wirkung des Cava, und sie spürt, dass sie seine unverblümte Sicherheit zu mögen beginnt. Als er sie fragt, ob sie Lust hätte, erst an den Hafen zu gehen – zum Luftschnappen – und dann noch in eine andere Bar, eine, die besser sei für ein letztes Glas, willigt sie ein, ohne nachzudenken. Ihre ansonsten so gut funktionierende Abwehr zeigt Systemausfall.

Sie laufen auf den Ramblas Richtung Meer. Leos Gegenwart hat schon fast etwas Selbstverständliches. Sie sieht ihn oft von der Seite an, und manchmal verhaken sich ihre Blicke ineinander, und dann müssen beide lachen. Ein Lachen, das sich noch versteckt, wie kleine Kinder, die sich die Hand vor das Gesicht halten, weil sie glauben, dann würde sie keiner sehen.

Gaukler, Schausteller, Musikanten buhlen um Aufmerksamkeit. Touristen tragen Stadtpläne und Reiseführer und Kameras spazieren. Spanische Jungs mit diesem Die-Nacht-gehört-mir-Blick gehen auf Jagd nach spanischen Mädchen mit Röcken bis kurz unterm Po. Ein warmer Wind spielt mit den Platanen, und die Prunkbauten links und rechts sehen auf die immer gleiche allabendliche Szenerie, auf dieses Flanieren der Eitelkeiten, wenn die Nacht sich anschickt, Paare zu bilden.

Leo und Gesine sagen nichts. Wie auf ein Stichwort wenden sie sich an der Placa Portal de la Pau nach links, als ob sie die Auslagen der Straßenverkäufer, die hier ihre Taschen und Ketten und Tücher anbieten, und die Menschen, die in den Restaurants am Hafen Paella essen und Sangria trinken, betrachten wollten. Als ob sie ahnen, dass alles, was sie tun, Ablenkung ist, Garnitur auf einem noch fremden Gefühl, das diese Stadt zur Kulisse für ein Zwei-Personen-Stück macht.

Die Bar, in die Leo sie schließlich führt, liegt in El Raval. Ein paar Stufen abwärts, eine schwere Holztür und dahinter Stimmengewirr, untermalt von Keith Jarretts *The Köln Concert.* Sie bahnen sich einen Weg zu einem kleinen Tisch, und als sie kurz darauf mit einem Brandy anstoßen, breitet sich in Gesine eine Wärme aus, die nicht nur vom Alkohol kommt.

Sie finden ihre Sprache wieder, und wie selbstverständlich nehmen sie den Faden auf. Von Gesines Spanischunterricht reden sie, von Almòdovars Filmen und

Dalís Bildern, von Weinen aus der Rioja und dem Penedès, von den Stränden Andalusiens, den weißen Dörfern und dem Fischmarkt von Cádiz. Sich selbst sparen sie aus. Als würde ihnen die Nähe, die bereits da ist, erst einmal genügen. Um zwei Uhr sagt Gesine, sie habe morgen um halb zehn Schule, den letzten Tag, mit einer kleinen Abschlussprüfung. Da wolle sie einigermaßen ausgeschlafen sein.

Ihr Apartment liegt nicht weit, und er bringt sie bis vor die Tür. »Hier wohnen Sie also?«

»Ja, zwei Zimmer, Küche, Bad im ersten Stock. Es gibt sogar einen Balkon zum Hinterhof. Die Schule hat uns die Wohnung vermittelt. Mir war das lieber als ein Hotel.« Sie redet mehr, als sie eigentlich will.

Sie stehen sich gegenüber. »Drei Tage sind Sie noch hier?«, fragt er.

»Ja.« Jetzt sind ihre Worte aufgebraucht.

»Ich will Sie wiedersehen.«

Dass sie das auch will, bleibt irgendwo auf dem Weg zum Mund in ihrem Hals stecken.

Er lächelt. »Also abgemacht? Ich melde mich.«

Sie nickt und schaut nach unten, als stünden auf dem Kopfsteinpflaster irgendwelche Antworten.

»Gute Nacht, Gesine.« Er streicht ihr kurz mit der Hand über die Schulter.

Sie sieht auf und landet geradewegs in seinen grauen Augen, die sie empfangen, als hätten sie ihre Bestimmung gefunden.

»Gute Nacht.« Sie entwindet sich schnell, bevor sie im Eingang verschwindet.

Während sie die Stufen im Treppenhaus hochsteigt und sich ihre Gedanken dabei in den Mustern der weiß-blau-gelben Kacheln an den Wänden verlieren, fällt ihr auf einmal der Name des Dichters wieder ein, der von zwei Menschen gesagt hatte, dass sie sich mit den Augen bei den Händen fassten. Es ist Tucholsky gewesen. Sie schüttelt den Kopf, als sie mit dem Schlüssel nach dem Schlüsselloch sucht. Die Antwort auf das, was da gerade mit ihr passiert, verschiebt sie erst mal.

Es ist acht Uhr am nächsten Morgen, als Gesine von der Klingel aufgeschreckt wird. Der Ton ist fremd, sonst klingelt hier nie jemand. Sie trägt einen Bademantel und ein Handtuch um den Kopf, weil sie ihre Haare gewaschen hat. Vorsichtig öffnet sie die Tür.

»Du bist die ganze Nacht durch meine Träume gelaufen«, sagt Leo. Und es ist dieses Du, dieses Umschalten auf Vertrautheit, das sie dort anfasst, dort berührt, wo sonst niemand hinkommt. Sie stehen sich gegenüber, und jetzt sagt keiner mehr etwas. Sie warten in ihr Schweigen hinein, das sich von Sekunde zu Sekunde auflädt mit Verlangen. Er ist es, der sie endlich, nach einer kleinen Ewigkeit von zwanzig, dreißig Sekunden, in die Arme nimmt und küsst. Seine Lippen sind weich, suchend, fordernd zugleich, und in einem Taumel aus Erstaunen und Wehrlosigkeit registriert sie, dass sie diesen Kuss mit einer Heftigkeit erwidert, die sie an sich nicht kennt, und dass sie immer mehr will. Sie stehen in dem kleinen Flur mit der altmodischen Blümchentapete und lösen ein, was sie am Abend zuvor mit Blicken vorbereitet haben.

Das Handtuch ist zu Boden gefallen. Leo greift ihr in die langen feuchten Haare, streicht sie ihr aus dem Gesicht. »Willst du auch?«, fragt er mit einer Stimme, die klingt, als würde sie gleich zerbrechen. Gesine nickt. Sie fragt sich nicht mehr, was sie hier eigentlich tut. Sie lässt sich von diesem Mann den Bademantel ausziehen, und als sie nackt vor ihm steht, nimmt sie seine grauen Augen bei den Händen und führt ihn zu ihrem Bett, das noch ungemacht ist, zerwühlt von einer zerträumten Nacht. Sie knöpft ihm das Hemd auf, legt keine Eile in ihre Bewegungen und spürt, wie sie dadurch dem, was beide so sehr wollen, ein letztes Innehalten gewährt.

Als sie sich lieben, scheint die Welt um sie herum zu verschwinden, sich zu entmaterialisieren. Da sind nur noch ihre beiden Körper, die alle Vorsicht fahrenlassen, die sich kennenlernen und eins werden.

Das Erste, was Gesine hört, als sie die Augen wieder aufschlägt, sind zwei Kinder, die im Hof einen Schlager singen. Sie liegt mit ihrem Kopf auf Leos Schulter, während er mit seinen Fingern Figuren auf ihren Rücken malt. »Das war ein guter Anfang«, sagt er.

»War es ein Anfang?«, fragt sie.

Jetzt dreht er ihren Kopf so, dass sie sich direkt ansehen. »Ein Ende sieht anders aus.« Und nach einer Weile: »Irgendwelche Einwände?«

Sie schüttelt den Kopf. »Es ging nur so schnell.«

»Ich konnte nicht warten.«

»Bist du dir immer so sicher?«

Er gibt ihr ein Lachen als Antwort, und plötzlich lacht sie mit. »Es ist schön mit dir, Leo.«

Sie lieben sich wieder, sanfter diesmal, sich alle Zeit gebend. Und als eine Kirchturmuhr in der Nähe neunmal schlägt, fragt er, ob sie auch Lust auf einen Kaffee habe. Gesine nickt. Leo steht auf, zieht sich sein Hemd über und verschwindet Richtung Küche. »Wie magst du ihn?«, ruft er.

»Viel Milch, wenig Zucker.«

Sie bleibt noch eine gute Minute liegen, während sie

das Klappern von Geschirr hört. In diesem Moment weiß sie: Es ist wirklich ein Anfang. Und mit den Sonnenstrahlen, die durch die Spitzengardinen durchs Fenster auf ihre Bettdecke kriechen, legt sich etwas zu ihr. Es ist das Glück – es fühlt sich fremd an, aber gleichzeitig warm, und es bringt den Wunsch nach Wiederholung, nach Fortbestand, nach Nur-nicht-Aufhören gleich mit.

»Gibt es jemanden in deinem Leben?«, fragt sie, als sie Leo an dem kleinen Küchentisch gegenübersitzt und ihre Tasse mit beiden Händen festhält.

Er zögert kurz. »Es gab einige, die wenig bedeuteten. Ab heute gibt es sie nicht mehr.«

Sie nimmt einen kleinen Schluck. »Oh, der ist gut.«

Leo löffelt sich etwas Zucker in seinen Kaffee. »Und wie ist es bei dir?«

»Ich hatte einen Freund, bis vor fünf Monaten. Es hat nicht funktioniert zwischen uns. Dies ist mein erster Urlaub allein seit vier Jahren.«

Er legt seine Hand auf ihre. Und das Schweigen zwischen ihnen füllt sich mit Erleichterung.

Als Leo Gesine am nächsten Nachmittag in ihrem orangeroten Sommerkleid mit den weißen Tupfen fotografiert, sind bereits Pläne in ihr Leben eingezogen.

6

Nachdem sie den Hörer aufgelegt hatte, klang Leos Satz noch lange in ihr nach. »Ich bin in knapp vier Wochen für ein paar Tage in Paris.« Sie saß da mit diesem Satz, in dieser kleinen Küche, die niemals ihre werden würde. Den Fischfond hatte sie diesmal nicht eingefroren. Er stand luftdicht verschlossen in dem kleinen Einmachglas auf ihrem Tisch. Das Glas war das Erste, was Gesine für ihre Reise bereitstellte.

Dann holte sie ihren braunen Koffer mit einem kaum noch lesbaren, verblichen-gelben Aufkleber von Vietnam Airlines. Die Vergangenheit, diese Vergangenheit mit ihm, steckte überall. Fürs Entfliehen gab es kein Programm. »Lassen Sie Ihre Trauer zu.« Wie oft hatte sie diesen Satz zu ihren Patienten und Klienten gesagt! Und so oft Unverständnis, manchmal sogar Wut dafür geerntet. Heute konnte sie diese Wut verstehen.

Gesine warf Blusen, Hosen, Röcke, Kleider in den Koffer. Es ging schnell, sie würde nicht viel brauchen. Das Einmachglas stellte sie in einen Korb, in den sie auch den Beutel mit ihren Cremes, ihrem Parfum, ihrem Make-up legte. Und die blaue Schachtel mit den siebzehn Fotos. Es war ein unkoordiniertes Packen, das nur ein Ziel kannte: Fort von hier!

In der Küche standen noch die Töpfe und das Geschirr von gestern Abend. Wozu abspülen?, dachte Gesine, und während sie die Tür schloss, wusste etwas in ihrem Inneren bereits, dass dies nie ihr Zuhause werden konnte.

Sie sah auf die Uhr, als sie unten auf der Straße zu ihrem Auto ging. Ein Uhr nachts. Bis auf ein paar junge Leute, die laut lachend aus einer Bar kamen, war niemand mehr unterwegs.

Frank müsste noch wach sein; sie wusste, dass er spät zu Bett ging. Sie brauchte zehn Minuten bis zu seiner Wohnung. Diese Wohnung, die ihre Anlaufstelle war, nachdem Leo sie verlassen hatte, die Zeuge all ihrer Gefühlsausbrüche geworden war, ihrer Weinkrämpfe, ihrer nächtelangen Gespräche mit Frank, die nur ein Thema kannten: Warum? Diese Wohnung war ihr näher als ihre eigene, dachte sie, als sie klingelte.

Frank trug einen grün-blau gestreiften Schlafanzug. Als sie ihm einen Kuss auf die Wange gab, roch sie, dass er Whisky getrunken hatte.

»Bist du allein?«, fragte sie.

Er nickte und hielt ihr die Tür auf. Aus dem Wohnzimmer hörte sie Musik – Sting. Melancholisch und dabei nicht wenig pathetisch.

»Möchtest du auch einen Whisky?« Er sah sie an und holte ein zweites Glas. »Tallisker, den trinkst du doch gern …«

Dankbar nahm sie an. Frank setzte sich neben sie auf das Sofa und zündete sich eine Zigarette an. Sie schätzte ihn dafür, dass er nicht viele Fragen stellte.

Eine Weile sagte niemand etwas. Sie trank zu schnell und spürte die Wirkung des Alkohols. Als er ihr nachschenkte, sagte sie endlich den Satz, den sie bereits im Auto auf der Fahrt hierher geübt, im Stillen vorbereitet hatte. »Ich möchte mit dir schlafen, Frank.« Ihre Stimme zitterte ein wenig. Sie spürte es, und sie spürte, dass sie rot wurde.

Er nahm einen tiefen Zug von seiner Zigarette und blies den Rauch schnell aus. »Gesine, hältst du das für eine gute Idee?«

»Willst du nicht?«

»Das ist es nicht. Du weißt, dass ich immer ...«

»Ich weiß, Frank. Deshalb bitte ich dich ja auch darum.«

Als er sie küsste, war da zunächst dieser Geschmack nach Tabak. Seine Lippen begannen zaghaft zu suchen, aber durch die Membran seines Zögerns hindurch fühlte sie sein Begehren. Und sie fühlte, dass sich in ihr gleichzeitig etwas entkrampfte und verkrampfte.

Sie taten es auf dem Sofa, und als Franks Hände, diese rauhen, ihr gleichermaßen vertrauten und fremden Hände ihre Brüste, ihren Bauch, ihre Schenkel streichelten und dabei immer fordernder wurden, schloss sie die Augen. Jetzt war er bei ihr, in ihr. Und sie empfand auf einmal eine Leere, die sie fast genoss. Es war noch nicht einmal schlechter Sex, den sie hatten. Es war ein Freundschaftsdienst, für sie und für ihn, das wussten sie beide. Er hatte Routine in diesen Dingen, und dabei war er nicht mehr der Frank, den sie kannte. Er war der Mann, der sich endlich holte, was jahrelang direkt vor ihm gelegen hatte. Nichts würde mehr so sein wie vorher, dachte sie kurz – aber war das nicht genau das, was sie gewollt hatte? Sie kamen fast gleichzeitig.

Danach sammelte Gesine schnell ihre Sachen ein. »Danke«, sagte sie, bevor sie ins Bad verschwand. Im Spiegel sah sie sich an. Sie suchte nach Spuren, die ihr zeigten, wie es war, nach siebzehn Jahren einen anderen Mann in sich hineingelassen zu haben. Sie sah eine Frau mit einem immer noch schönen Körper, und plötzlich legte sich darüber das Bild aus Barcelona. Mit einer Beharrlichkeit, die keinen Einspruch duldete. Da war er wieder, dieser erste Morgen mit Leo. Dieses Glück, das mit der Sonne zum Fenster hereingekommen war. Und sie wusste plötzlich mit einer Klarheit, die sie selbst fast erstaunte, dass ihr Leben auf Fortsetzung pochte.

Frank hatte seinen Schlafanzug wieder angezogen, als sie zurückkam. Er rauchte. Die Whiskygläser hatte er nachgefüllt.

»Ich fahre morgen früh in die Normandie«, sagte Gesine. Sie sah ihn dabei nicht an.

Er stellte sein Glas, das er gerade in die Hand genommen hatte, zurück auf den Tisch, dass es laut klirrte. »Für wie lange?«

»Ich weiß noch nicht. Einige Wochen …«

»Und der Job?«

»Der ist mir jetzt ausnahmsweise mal egal. Sagtest du nicht selbst etwas von einer Auszeit? Genau die brauche ich. Du musst alle meine Termine absagen. Dir fällt schon etwas ein.«

Er nickte langsam, wie er es immer tat, wenn ihn etwas aufregte.

»Bitte, Frank, versteh mich doch.«

»Was gibt es da zu verstehen? Du hast gerade mit

mir geschlafen, und jetzt sagst du mir, dass du weg willst.«

»Ich dachte …«

»Manchmal ist Denken nicht hilfreich.« Er stand auf, um die CD zu wechseln. *I'm just a jealous guy* von John Lennon. Sie musste plötzlich lachen.

Er drehte sich um, und an seinem Grinsen sah sie, dass er seine Gefühle zurückgeholt und wieder in sich eingeschlossen hatte. »Mir bleibt bei alldem wohl nur die Flucht ins Melodramatische.« Er setzte sich neben sie, fuhr mit seinen Fingern langsam durch ihre Haare. »Du fühlst dich gut an, Gesine.«

»Hattest du … hattest du es dir so vorgestellt?«

Er schüttelte den Kopf, wich ihr aus mit einer Gegenfrage: »Weiß Leo, dass du nach Frankreich fährst?«

»Ja, ich soll ihn anrufen. Er ist demnächst in Paris.«

»Mach keine Dummheiten, mein Mädchen.«

Sie sah ihn an; so hatte er sie nicht mehr genannt seit jenem Abend auf ihrer Hochzeit.

»Ich habe nicht aufgehört, ihn zu lieben, Frank. Das hat nichts mit dem zu tun, was wir zwei eben …«

»Das habe ich auch nicht erwartet.«

»Ich glaube, eine wirklich große Liebe kennt kein Ende.« Sie griff nach seiner Hand, als könnte sie so ein Ausrufezeichen hinter ihren Satz setzen. Seine Finger antworteten ihren sofort, formulierten ein Fragezeichen.

»Na ja, manchmal soll sie auch in Hass umschlagen, habe ich gehört.« Sein Versuch, flapsig zu sein, misslang. Er merkte es und räusperte sich.

»Hass ist nur ein anderer Aggregatzustand«, sagte sie leise. »So als ob man das Gefühl eingefroren hätte. Aber es bleibt doch Liebe.«

Frank zündete sich eine neue Zigarette an. »Versuch doch zu verstehen, Gesine.« Seine Stimme klang jetzt sanft. »Es ist vorbei. Er hat dich verlassen.«

Ganz langsam schüttelte sie den Kopf. »Das war nicht vorgesehen in unserem Spiel.«

Er nahm sie in den Arm, und Gesine fühlte, dass auch Resignation in dieser Geste lag. Den Rest der Nacht schlief sie bei ihm in seinem Bett; es war das erste Mal seit fast zwanzig Jahren, dass sie Frank so nah war – und in dieser Nähe lag bereits der Keim der Distanz, die sich zwischen sie beide geschoben hatte. Eine Distanz, die sie jetzt brauchte, die sie freier machte für alles, was kommen würde.

7

Frank schlief noch, als sie sich aus seiner Wohnung schlich. Ihre Wehmut ließ sie bei ihm zurück. Sie fuhr durch die menschenleeren, vertrauten Straßen ihrer Stadt und fühlte eine Erleichterung, in der fast so etwas wie Übermut mitschwang.

Sie wusste, dass Leo noch immer in München lebte, aber sie hatte nie nach der Adresse gefragt. Vor einem Monat, bei diesem Anwalt, der so unsäglich munter getan hatte – eine Scheidung sei schließlich kein Weltuntergang, oder? –, hatte Leo nur wortlos den Fragebogen mit den Angaben zu seiner Person ausgefüllt, und sie hatte nicht hingesehen, was er unter »aktueller Wohnsitz« angab. Wozu sich quälen mit Details?, hatte sie damals gedacht. Und: Bloß alles ganz schnell hinter sich bringen. Wie eine Operation ohne Narkose, bei der man nur von einem Gedanken erfüllt ist: der Schmerz möge nachlassen. Sie blieben wortkarg bei diesem Termin, vermieden es, sich in die Augen zu sehen, vielleicht aus Angst, dort Anklage, Schuldbewusstsein, Bedauern zu finden. Als Leo anschließend fragte, ob sie noch zusammen einen Kaffee trinken gehen sollten, lehnte sie ab. Ihre Tränen gehörten ihr, sie wollte sie nicht vor ihm ausschütten. »Also dann, bis irgendwann«, sagte er und drückte kurz ihre eiskalte Hand. Seine war warm wie immer, und es durchzuckte sie der Gedanke, dass sie diese Wärme von nun an würde entbehren müssen, und dieser Gedanke fühlte sich noch kälter an als ihre Hand …

Kurz vor Straßburg überquerte Gesine die Grenze, die Uhr in ihrem Auto zeigte gerade mal acht.

An der ersten französischen Autobahnraststätte hielt sie an. Die Luft war klar und frisch. Fast schon Septemberluft mit dem leicht süßlichen Duft nach Heu, den der Sommer hinterlässt, und den ersten Tautropfen, die der Herbst einträufelt. Sie tankte ihr Auto voll, den kleinen, alten, weinroten Peugeot, von dem Leo immer gesagt hatte, er falle bestimmt bald auseinander. Sie trank einen Milchkaffee, der viel zu dünn schmeckte, aber wenigstens heiß war. In sechs Stunden bin ich zu Hause, dachte sie, und in diesem Gedanken kam alles, was sie in den letzten Wochen so aufgewühlt hatte, zur Ruhe. Es war eine eigenartige Ruhe, aber sie tat gut.

Gesine holte das zweite Foto aus ihrer blauen Schachtel, bevor sie losfuhr. Sie klemmte es auf dem Armaturenbrett fest. So hatte sie Leo im Blick, während sie sich wieder auf die Autobahn in den spärlichen Verkehr einfädelte. Leo vor sechzehn Jahren – mit weißen Shorts und weiß-blau geringeltem Shirt auf einem Bootssteg am Starnberger See. Er trägt diesen leicht skepsisumwölkten Ausdruck, den er immer aufsetzte, wenn jemand ihn fotografierte. Er spielt damit, denn seine Augen fokussieren eigentlich nur einen Punkt: sie. Als hätte er die Brennweite seines Lebens auf sie ausgerichtet – eine neue Grundeinstellung. Seine Augen halten Gesine mit einer Wärme fest, die sie jetzt noch spürte. Neben ihm stehen eine Flasche Wein und zwei Gläser. Die Decke, diese grasgrüne Decke mit den pinkfarbenen Blumen, die ihr damals eine Freundin geschenkt hat und die später in der Normandie ihre Stranddecke werden sollte, hat er schon auf dem Steg ausgebreitet.

»Magst du erst schwimmen oder erst trinken?« Ohne ihre Antwort abzuwarten, dreht Leo den Korkenzieher in die Flasche, zieht kurz und gießt den Wein schnell in die Gläser. »Na ja, ein Schluck vorher kann nicht schaden.«

Sie prosten sich zu, und dann zieht Gesine ihr Kleid aus. Leo will sie noch festhalten, aber sie entzieht sich ihm und springt laut jauchzend in den See. Das Wasser ist eiskalt, für einen Moment bleibt ihr die Luft weg, doch als sie wieder auftaucht, winkt sie ihm zu. Im nächsten Moment ist er bei ihr. Ihre Umarmung ist Bibbern und Frösteln und Atemlosigkeit, und sie küssen sich, als könnten sie sich damit wenigstens ein bisschen wärmen.

Sie schwimmen so weit hinaus, dass der Steg nur noch schemenhaft zu erkennen ist, fühlen sich eins in der Gleichförmigkeit ihrer Bewegungen, genießen das Plätschern der Wellen, die sich zwischen ihnen aufgeregt kräuseln, wenn weiter draußen ein Dampfer vorbeifährt. Kurz bevor sie umkehren, hält Gesine inne. Leo sieht fragend zu ihr herüber. »Was ist?«

»Ich liebe dich«, ruft sie. Und dann noch einmal: »Ich liebe dich, ich liebe dich.« Unter Wasser sucht er nach ihrer Hand und drückt sie. »Lass uns zurückschwimmen, ganz schnell.«

Wie oft hat Leo ihr in den letzten Monaten seit Barcelona diese drei Worte gesagt, am Telefon, in Briefen, an Wochenenden bei ihm und bei ihr, beim Schneckenessen in Cádiz, in diesem Andalusien-Urlaub, den sie unternommen haben, um nicht gleich am nächsten Tag wieder die Koffer packen zu müssen? Und sie? Hat alle Nähe zugelassen, hat Liebe gespürt und gegeben, aber nicht in Worte fassen können. Als hätte ein kleiner Rest Angst in ihr gesessen, den sie nun auf den Grund des Sees schickt.

Sie keuchen, als sie wieder an Land sind und sich in ihre Badetücher wickeln. Der erste Schluck Wein schmeckt wie ein Versprechen.

»Gesine«, sagt Leo leise.

»Ja?«

»Du hast mich gerade zum glücklichsten Menschen gemacht.«

Sie sieht ihn an, und sie weiß in diesem Moment, es würde nie wieder ein Zurück geben. »Dann sind wir ja schon zu zweit«, entgegnet sie und lächelt, wissend, dass sie ihm mit ihrem Lächeln Zuversicht schenkt.

Später fahren sie in Gesines Wohnung nach München. Zwei Zimmer unterm Dach, große Küche, kleiner Balkon. Es gibt Blumenkästen, in denen Lavendel, Rosmarin, Salbei und Rosen wachsen, und es gibt einen Tisch mit zwei wackeligen Stühlen, die Gesine blau angestrichen hat.

Sie lieben sich auf dem großen Bett in dem hellen Schlafzimmer. Sie nennen das Sommer-Sonntag-Nachmittags-Liebe, weil alles ein wenig schläfrig und warm und dösig ist und sich vielleicht gerade deshalb so gut anfühlt. Sie lassen sich Zeit, führen ihre Hände auf ihren Körpern spazieren, langsam, tastend, suchend, damit ihnen nur nichts verborgen bleibt.

»Ich liebe dich«, flüstert Gesine. Sie genießt es, diese Worte endlich zum Gebrauch freigegeben zu haben. Sie nimmt sie in den Mund und lässt sie auf der Zunge zergehen, immer und immer wieder, wie bei einer Schachtel Pralinen, bei der man nicht aufhören kann, weil alles so gut schmeckt. Auch Leo bedient sich im Übermaß.

»Wo magst du heute essen gehen?«, fragt er, als er nur mit einem Handtuch um die Hüften aus der Dusche kommt.

»Wir bleiben hier«, erklärt sie.

»Hier?«

»Ja, ich habe eingekauft und alles vorbereitet. Ich koche heute für uns.«

Sein Blick hellt sich auf. »Bist du lebensmüde?«

Sie lacht. »Ich weiß, ich weiß, es ist verrückt, sich für den großen Restaurantkritiker an den Herd zu stellen. Für einen Mann, der nicht nur ständig gut isst, sondern auch noch selbst die besten Cassoulets, Pasteten, Currys und, und, und macht. Aber ich koche nun mal gern und dachte mir, es wird Zeit für eine Premiere mit dir. Oder eine Revanche, wie man's nimmt ...«

»Ich liebe mutige Frauen.« Er geht zum Kühlschrank und öffnet die Tür. »Und was gibt es?«

Gesine tritt hinter ihn und küsst ihn auf den Nacken. »Erst mal Champagner.«

»Alter Trick. Du willst mich betrunken machen.« Er holt die Flasche heraus und lässt den Korken mit einem sanften Plopp heraus. Sie hält ihm zwei Gläser hin.

»Auf unsere Premierenfeier«, sagt er.

Sie essen auf dem Balkon. Gesine hat tags zuvor eine Lammterrine gemacht, zu der sie jetzt Senffrüchte legt. Danach gibt es Rotbarben in einem Tomatensud mit Safran und Cayenne. Drei Stunden hat sie das Ganze schmurgeln lassen, bis es endlich die Konsistenz hatte, die sie wollte. Die Fische kommen ganz zum Schluss darauf und für wenige Minuten in den Ofen. Der Käse ist ein Zugeständnis an Leos Leidenschaft für Frankreich; sie weiß, dass sie ihn mit Chaource, Pont L'Evêque, Saint-Nectaire und Bleu d'Auvergne glücklich machen kann. Vor allem weiß sie, wo sie diese Käsesorten richtig gereift und gut gelagert in München bekommt. Zum Schluss hat sie eine Zitronentarte gebacken; das Rezept stammt von der Großmutter einer französischen ehemaligen Kommilitonin.

Leo sitzt da und isst. Löffelt und gabelt das, was Gesine für ihn zubereitet hat. Sie hat rote Backen, und obwohl sie ihre langen Haare zusammengebunden hat, hängen ihr ein paar Strähnen ins Gesicht. Der Wein, den sie zum Essen trinken, tut ihr gut und lässt ihre Handgriffe in der Küche wie von selbst gelingen. Manchmal sieht sie Leo von der Seite an, ohne dass er es merkt, und die drei Worte, die sie heute für sich entdeckt hat, schlagen Kapriolen in ihrem Kopf. Das Leben lässt auf einmal Leichtigkeit, Übermut, Waghalsigkeit zu. Zieht langsam seine Sicherungsnetze ein.

Als Leo den letzten Krümel ihrer Tarte aufgepikst hat, lehnt er sich zurück, die Hände am Hinterkopf verschränkt. »Das hier möchte ich für den Rest meines Lebens«, sagt er, und sie sieht wieder dieses nur angedeutete Lächeln, mit dem er bereits vor einem Jahr in Barcelona gespielt hat.

»Gleich so viel Zukunft?«, gibt sie zurück.

»Hast du Angst vor der Zukunft?«

Sie spürt, dass das Gespräch auf unwegsames Terrain zusteuert.

»Nein, Leo, ich bin nur vorsichtig gewesen, bis jetzt.«

»Warum?«

»Das mit uns ist so schön, so intensiv ... Ich habe«, sie zögert, »ich hatte Schwierigkeiten, mich fallen zu lassen. Ich kenne mich. Ich bin ein Ganz-oder-gar-nicht-Typ.«

Er sieht sie an. Sucht ihre grünen Augen, um darin etwas zu finden, das sie gut versteckt hält.

»Ich weiß, ich bin manchmal etwas kompliziert«, sagt sie vorsichtig.

»Ich würde eher sagen, verschlossen. Woher kommt das? Warum bremst du dich so oft selbst aus?«

Sie löst sich aus seinem Blick. »Das hat wohl mit meiner Kindheit zu tun. Meine Eltern gingen auseinander, da war ich fünf. Mein Vater liebte eine andere Frau. Schwer zu begreifen für ein kleines Mädchen, so etwas. Aber ...«, sie versucht Leos Anteilnahme fortzulächeln, »... ich hatte meine Großmutter. Wenigstens sie hat mein Kinderleben doch noch mit schönen Erinnerungen aufgefüllt.«

»Lebt sie noch?«

»Ja, sie ist jetzt 73. Ich besuche sie öfter, die Gespräche mit ihr tun mir gut, erden mich irgendwie.«

»Hast du ihr von mir erzählt?«

»Natürlich.«

»Und?«

»Sie hat gesagt: Du liebst ihn, Gesine. Das hat sie schon gesagt, bevor ich es wusste ...«

»Und«, er zögert, »was ist mit deiner Mutter?«

»Ach, wir hatten mal einen ziemlich schlimmen Streit. Seitdem haben wir uns nicht mehr gesehen. Ich glaube, es ist besser so. Aber komm, lass uns von etwas anderem reden.« Sie will weg, weg von diesem Thema.

Er lässt nicht locker. »Wo lebt sie jetzt?«

»Sie hat Karriere gemacht, lehrt als Professorin an der Boston University. Meine Großmutter meint immer, sie kümmert sich sehr um ihre Studenten. Sie hat nie wieder geheiratet.«

»Und dein Vater?«

»Der schon. Er ist immer noch mit dieser anderen Frau zusammen und hat mit ihr ziemlich unausstehliche Kinder.« Sie lacht, als könnte dieses Lachen ihr Halt bieten. »Manchmal an Weihnachten besuche ich sie und bin froh, wenn ich nach zwei Tagen wieder heimfahren kann. Er ist schwach, mein Vater, und egoistisch. Wir haben uns nicht viel zu sagen.«

Leo bleibt eine Weile still, bis er mit der nächsten Frage regelrecht Anlauf nimmt: »Hast du je einen Mann geliebt?«

Gesine zögert in seine Ungeduld hinein. »Nein, Leo«, sagt sie endlich. »Da war öfter mal Verliebtsein, so ein angenehmes Kribbeln im Bauch, aber mehr, mehr habe ich nie gespürt.«

»Warum?«

»Ich habe meine Gefühlsläden zugemacht. Aus Angst, mag sein ... Irgendwie meinte ich besser zu leben, in dieser Unverbindlichkeit. Das hat mich unangreifbar gemacht. Bis du in mein Leben gelaufen kamst.«

Sie gießt beiden etwas Wein nach. »Auf uns.«

»Auf uns.« Mit seinem Blick rodet er alle Zweifel, die bis dahin noch in ihr ausgeharrt haben. Erleichtert lehnt sie sich zurück. »Und was ist mit dir, Leo? Jetzt wird's Zeit für deine Lebensbeichte.«

Er lacht. »Da gibt es wenig zu erzählen. Du weißt doch, ich bin der verzogene Jüngste von drei Brüdern.

Klassisches Nesthäkchen-Syndrom. Von Eltern und Geschwistern mit Liebe überhäuft …«

»Klingt nach Starallüren.«

»Tja, du wirst mich noch kennenlernen. Soll ich uns Espresso kochen?«, wechselt er das Thema.

Sie nickt.

Er verschwindet in die Küche, und sie hört, wie er die Kaffeemühle in Betrieb setzt. Den Espresso kocht er mit diesem Ziehharmonika-Modell, das sie aus ihrem letzten Italienurlaub mitgebracht hat. »Du brauchst mal eine gute Maschine«, ruft er. »So eine, die richtig Druck macht.«

Gesine lächelt in sich hinein. Irgendwie tut es gut, dass er ihr sagt, was sie tun soll.

Es ist ungefähr neun Uhr, als es an ihrer Haustür klingelt. Leo sieht sie erstaunt an. »Erwartest du jemanden?«

Gesine schüttelt den Kopf und geht zur Tür.

Frank steht dort mit einer Flasche Wein und auffallend guter Laune. Mit Leo im Rücken bemerkt Gesine plötzlich etwas, das sie sonst kaum wahrnimmt: Frank sieht gut aus. Groß, etwas größer als Leo, schlank, blaue Augen, kurze dunkelblonde Haare.

Er wolle den Sonntagabend »würdig beschließen«, sagt er. Sein Lächeln nimmt sie in den Arm. Sie versucht sich zu wehren. Er spürt es und sieht sie erstaunt an.

»Komm rein«, sagt Gesine und schickt gleich hinterher: »Ich bin nicht allein.«

»Leo?«, fragt er.

Sie nickt. Sie merkt, dass er schon getrunken hat.

»Na, dann lerne ich den großen Herzensbrecher ja endlich auch mal kennen.«

»Frank, bitte. Lass deinen Zynismus vor der Tür.«

Er probiert ein Grinsen. »Okay, für dich tue ich alles, meine Schöne. Übrigens, du siehst gut aus heute, verdammt gut.«

Ihr Lächeln gerät auf Abwege. »Danke«, erwidert sie knapp.

Sie stellt die beiden Männer einander vor – »Das ist Frank, ein alter Studienfreund und jetziger Kollege. Und Frank, das ist Leo, ich habe dir ja von ihm erzählt« – und kann förmlich spüren, wie sich die laue Sommerluft mit Spannung auflädt. Die zwei umkreisen sich mit Blicken. Verwirrt sieht Gesine von einem zum anderen. »Frank wollte noch einen Wein mit uns trinken«, wirft sie Leo hin. Ihre Stimme strauchelt.

Leo sieht sie an und verzieht amüsiert die Mundwinkel. »Er wollte wohl eher einen Wein mit *dir* trinken.«

»Leo!«

Jetzt mischt sich Frank ein. Er klingt nüchterner als noch eben an der Haustür. »Natürlich wollte ich das, Gesine. Aber jetzt lassen wir diese Albernheiten.« Er sieht zu Leo: »Ich freue mich, Sie endlich kennenzulernen, nachdem Gesine schon so viel von Ihnen erzählt hat. Und das ist jetzt mein voller Ernst.«

Leo entspannt sich etwas. »Dann schlage ich vor, die Flasche aufzumachen. Was ist es denn?«

»Ein Brunello.«

»Oh, sehr gut. Ich mag Menschen mit Geschmack.«

Frank räuspert sich. »Dann ist das hier nun der Beginn einer wunderbaren ... na, Sie wissen schon?«

Leo holt einen Korkenzieher und drei neue Gläser. »Ich finde, dass wir du sagen sollten«, meint er, als er einschenkt. »Immerhin scheint uns Gesine beiden am Herzen zu liegen. Also, ich bin Leo.«

»Und ich bin Frank.«

Es wird spät in dieser Nacht auf dem Balkon. Als Gesine und Leo um ein Uhr das Geschirr zusammenräumen, hält sie plötzlich inne. »War das Eifersucht vorhin?«

»Klar«, sagt er und nimmt sie in die Arme. »Da ist ein netter, gutaussehender, nicht mehr ganz nüchterner Kerl, der hier am Sonntagabend um zehn Uhr bei dir klingelt ...«

»Du kannst ganz schön bissig sein.« Sie kichert.

»Ja, ich warne dich. Wenn sich jemand in deine Nähe wagt ...« Er zieht sie noch enger an sich.

Sie entlässt ihr Kichern aus dem Küchenfenster. Als sie sich zu ihm umdreht, ist sie ernst. »Das musst du nicht, Leo. Ich bin bei dir – und da bleibe ich auch. Frank ist ...«

»... ein guter Freund, das habe ich gemerkt.« Er räuspert sich. »War da mal was zwischen euch?«

»Nein. Er ist jemand, der – wie soll ich sagen? – die Frauen vielleicht *zu* sehr liebt. Sie kommen und gehen bei ihm. Ich habe beschlossen, besser eine sehr gute Freundin zu bleiben.«

»Einverstanden.«

»Hey, das klingt jetzt nach Erlaubnis. Sind wir schon so weit, dass du mir sagst, was ich tun darf?«

»Wenn du so willst ...« Seine Hände suchen ihren Nacken, erspüren die Gänsehaut, die sie auslösen. »Übrigens, wo hast du so gut kochen gelernt?«

»Bei meiner Großmutter.«

»Die Frau muss bemerkenswert sein. Wann lerne ich sie kennen?«

Es dauert noch etwa fünf Wochen, bis es so weit ist – und Gesines Großmutter nach viel Konversation und

Huhn in Weißwein, das Leo überschwenglich lobt, ihre Enkelin beiseitenimmt und sagt: »Er gefällt mir, er hat Geschmack, und er liebt dich. Ihr solltet heiraten.«

Als Gesine Leo später im Auto davon erzählt, meint er lachend, es sei gut, auf ältere Leute zu hören. Und sie schließt die Augen und findet ihr Leben einfach nur schön.

8

Heute nahm sie die Strecke über Paris – auch wenn es etwas länger dauerte, sich über den Péripherique zu schlängeln. Sie mochte diese Stadt. Allein die Namen der Viertel, die sie auf den Ausfahrtsschildern las, lösten eine unbändige Freude in ihr aus. Freude über das, was Paris ihr geschenkt hatte: ein einzigartiges Bühnenbild für ihr Leben mit Leo. Unzählige Male waren sie hier gewesen, hatten in unzähligen Restaurants unzählige Abende gegessen. Sein Chefredakteur wusste, wie sehr Leo Frankreich liebte. Also schickte er ihn immer wieder hierher. Seitdem Leo eine Frau an seiner Seite habe, der man »Kochen« nicht erst buchstabieren müsste, seien seine Texte »irgendwie schmackhafter« geworden, meinte er. Gemeinsam hatten sie und Leo über diese Altherren-Ausdrucksweise gelacht und die Spesen genossen.

Gesine fuhr nicht links Richtung Rouen ab. Im letzten Moment ordnete sie sich rechts ein – »Centre Ville«. Es war gegen Mittag, als sie die Seine überquerte und rechts nach Saint-Germain-des-Prés abbog. Da war der

Botanische Garten, in dem sie mit Leo Blumen für ihr Haus in der Normandie ausgesucht hatte – Hortensien und Rosen und Lavendel und Wandelröschen. Da waren die Stände der Bouquinisten, deren Angebot kein französisches Klischee ausließ – Schallplatten mit Chansons von Edith Piaf, Postkarten mit Lautrecs Moulin Rouge, Fotobände, in denen Cary Grant und Audrey Hepburn *Charade* spielten. Eiffeltürme aus quietschbuntem Plastik und kleine Katzen aus Ton. Die Händler saßen auf der Mauer am Fluss und hielten nach Kundschaft Ausschau, einige genehmigten sich in der Septembersonne einen Schluck Wein.

Notre-Dame streckte seine Türme selbstsicher in den blauen Himmel, zeigte sie den unzähligen Touristen, die genau in diesem Augenblick auf den Auslöser ihrer Kameras drückten. Gegenüber am Quai d'Orfévres fuhren die Polizeiautos ein und aus. Oft hatten Leo und sie sich aus alten Simenon-Krimis vorgelesen, wenn sie abends in einem dieser knarzenden Pariser Betten in einem dieser engen Pariser Hotels lagen. Leo mochte die Beschreibungen von Parks, Plätzen und Boulevards, Gesine hatte ein Faible für Maigrets Spürsinn. Sie hatten gewettet, wer als Erster das mörderische Knäuel entwirren würde – ein Spiel mit vielen Unbekannten und viel Rotwein.

Sie bog nun links ein auf den Boulevard Saint-Michel und suchte einen Parkplatz. In einer kleinen Seitenstraße fand sie einen, schloss ihr Auto ab und schlug, als hätte sie sich selbst auf Autopilot geschaltet, den Weg Richtung Jardin du Luxembourg ein. Sie hielt kurz inne, als sie fünf Minuten später den Park betrat. Da waren sie wieder, die alten Bäume, die bereits so vielen Liebespaaren bei so vielen Liebesschwüren zugesehen hatten. Sie sah zu ihnen hoch und nickte, als würde sie von ihnen eine Antwort auf ihre stumme Begrüßung erwarten. Langsam ging sie um den Palais herum zu dem kleinen See, in dem die Kinder und die Alten kleine Holzsegelboote mit großen Stecken anschoben, so dass diese leise über das Wasser glitten. Wie oft hatte sie mit Leo hier gesessen und den Weg dieser hübschen, liebevoll lackierten Boote mit den zerzausten Fähnchen verfolgt. »Meinst du, dass die zwei sich treffen?«, hatte Leo immer wieder gefragt – und sie hatten Wetten abgeschlossen und sich gefreut, wenn einer von ihnen gewann.

Gesine setzte sich auf einen der mattgrün lackierten Liegestühle. Ihr war fast so, als müsste sie den Stuhl neben sich frei halten – aber dann nickte sie doch freundlich, als sich ein alter Herr dort niederließ. Sie tat das, was sie immer mit Leo getan hatte: Sie sah den Menschen zu. Da war die Mutter, die ihrem Kind die Boote zeigte, da waren die Eltern, die kleine Sandwichs für ihre Tochter auspackten, da waren die zwei, die so taten, als würden sie gerade das Küssen entdecken, beide in abgerissenen Jeans, bedruckten Shirts und Turnschuhen, da waren die anderen zwei, die abgeklärt nebeneinander herliefen und sich im Nicht-Kommunizieren übten, sie auf goldenen Stöckelschuhen, er im dunkelblauen Zweireiher, der irgendwie zwei Nummern zu groß schien. Gesine lächelte. Wo war Leo, der mitlächelte?

Sie kramte in ihrer großen hellbraunen Handtasche mit den vielen Fächern – ein Geschenk von ihm, »damit du immer alles wiederfindest im Leben«. Die Tasche war mittlerweile sieben Jahre alt – in Anbetracht dessen, was sie verloren hatte, entfuhr ihr jetzt ein Lachen. Verwundert sah der alte Mann Gesine an. Sie holte ein Foto heraus, auf dessen Rückseite die Jahreszahl 1990 stand.

Ein Bistro in Montparnasse, ein altes Lokal, das nach Jahren den Besitzer gewechselt hatte und nun in der Küche Tradition und Moderne verband. Außen rot gestrichene Fensterrahmen, drinnen feinster Jugendstil. Hinterglasmalerei, kunstvolle Decken und Böden, dabei jedoch lässig jeden Überschwang vermeidend. Rotbraun gekachelte Tische, helle moderne Lampen, alte Terrinen und Karaffen als Dekorationstupfer. Und eine Begrüßung, als ob man jeden Tag hier vorbeikäme. Franzosen öffnen ihr Herz, wenn man sie in ihrer Sprache anspricht. Leos Französisch war nahezu ohne Fehler, und wenn Gesine ihre Schulkenntnisse beisteuerte, fanden das alle »très charmant«. Sie hatten bereits Crémant getrunken, als Leo dem Kellner seine Kamera gab und ihn bat, sie beide zu fotografieren.

Seine Haare wirken auf der Aufnahme etwas zerzaust; Gesine trägt ihre im Nacken zu einem Knoten gebunden. Er hat einen grauen Pullover an, sie eine hellblaue Strickjacke. Beide wirken etwas verlegen – der typische Ausdruck von Menschen, denen man sagt: »Und jetzt bitte freundlich gucken!«

Leo bedankt sich bei dem Kellner, um dann unvermittelt, unerwartet jenen vor einem Jahr von Gesines Großmutter ausgerollten Faden wieder aufzunehmen. »Willst du mich heiraten?«, fragt er und versucht dabei das Vibrieren in seiner Stimme mit einem Räuspern wegzuscheuchen.

Sie sieht ihn an, und in ihrem Blick versammeln sich Freude und Ängstlichkeit, Zweifel und Zuversicht. Sie schluckt, weil ihr Hals plötzlich so trocken ist. Sie sagt nichts.

»Du erinnerst dich doch noch an unseren Besuch bei deiner Großmutter?«

Sie antwortet mit einem zaghaften Nicken, in das sie ein kleines Lächeln mischt, damit es nicht zu abweisend aussieht.

»Seitdem bekomme ich den Wunsch nicht mehr aus meinem Kopf«, fährt Leo fort. »Er ist gewachsen und gewachsen. Ich will mit dir zusammen sein und bleiben, Gesine, für immer.«

In diesem Moment bringt der Kellner die Vorspeise, sieht von einem zum anderen und wünscht schnell »Bon appétit«.

Gesine ignoriert die gedämpften Venusmuscheln, die vor ihr stehen. Über den Tisch hinweg greift sie nach Leos Hand. Als sie seinen Blick abholt, liegt ein Strahlen in ihren Augen, das er so noch nie bei ihr gesehen hat. Sie ist selbst erstaunt, wie sich in einem Bruchteil von Sekunden die letzten ihrer Bedenken davonmachen. Diese Bedenken, die sie nun schon ein ganzes Leben mit sich herumgetragen hat, die ihr immer eingeflüstert haben, die ganz große Liebe sei für sie nicht reserviert. Trotz der zwei Jahre mit Leo. Trotz aller Unbeschwertheit und Unbekümmertheit, die sie mit ihm, bei ihm entdeckt hat. Trotz der Selbstverständlichkeit, mit der sie diesen bedeutungsschweren Drei-Wort-Satz, den sie früher nicht mal zu denken gewagt hat, in sich aufgenommen hat – ihren neuen Sprach-Schatz.

In diesem Moment jedoch spürt sie, wie eine harte, feste Kruste in ihr aufbricht, die ein unbekanntes weiches, warmes Etwas freigibt, das sich lavagleich in ihr ausbreitet. Sie hat plötzlich keine Angst mehr vor diesem Gefühl, das da beharrlich in jeden Winkel ihres

Körpers kriecht. Sie nimmt es als Glück, und sie nimmt es an.

»Ja, Leo«, sagt sie und drückt seine Hand. »Ja, ja, ja, ich will deine Frau sein.« Er lacht mit den Augen; sie kommen Gesine vor wie zwei Inseln, und sie beschließt, dort, auf diesen hellgrauen Eilanden für alle Zeiten ihre Zelte aufzuschlagen.

Sie essen die Muscheln, die mittlerweile kalt geworden sind. Sie machen Pläne. Wo feiern? Wen einladen? Was kochen? Leo verrät ihr, dass er mit seinem Chef gesprochen habe – wegen eines Umzugs nach München. Er könne auch dort seine Geschichten schreiben, habe der ihm zugesichert, wenn er sich nur dann und wann in der Hamburger Redaktion sehen lasse. Nach ihrer Rückkehr werde sie nach einer Wohnung Ausschau halten, versichert Gesine. Am liebsten Altbau mit Parkett und Stuck – und einer großen Küche, natürlich. Sie sprechen sogar von dem Herd, den sie sich anschaffen wollen.

Der Kellner setzt ihnen Kalbskopf in Senfsauce mit Kapern und Kartoffeln vor. Irgendwie scheint er zu spüren, dass dieses Paar hier gerade etwas feiert, das größer ist als ein Geburtstag, eine Beförderung oder ein gelungener Vertragsabschluss. »Noch eine Flasche Wein?«, fragt er, und Leo nickt: »Suchen Sie einen aus, der passt.«

»Du bist die erste Frau, mit der ich Kalbskopf essen kann«, sagt er danach und sieht ihr zu, wie sie das leicht gelierende Fleisch und das sich weiß kräuselnde Hirn in die hellgelbe Sauce taucht und genüsslich in den Mund steckt.

»War das ein Kriterium für deinen Antrag eben?«, fragt sie kauend.

»Nicht das entscheidende, aber eines, das auch die letzten Zweifel ausgeschaltet hat.«

»Hattest du Zweifel?«

»Irgendwie habe ich mir immer eingebildet, ein Freigeist zu sein. Aber seit ich dich kenne …« Er lacht.

»Sie kommen aus Deutschland?«, fragt auf einmal eine Frau vom Nebentisch auf Deutsch. Sie ist ein bisschen älter als Gesine, etwa Mitte dreißig, hat kurz geschnittene schwarze Haare und blaue Augen. Die Nase ist etwas zu groß geraten und wirkt trotzdem gefällig in dem freundlichen Gesicht. Die Frau trägt ein rotes Kleid mit ziemlich tiefem Ausschnitt und etwas zu roten Lippenstift. Sie sieht interessiert aus; ihr Interesse ist einnehmend. An ihrem Tisch sitzt ein untersetzter Mann mit schwarzer Hornbrille. Seine Augen scheinen es gewohnt zu sein, genau hinzusehen. Auf sein dunkelblaues Jackett haben sich ein paar Fusseln verirrt, aber das tut seiner Wirkung, einer irgendwie typisch französischen Mischung aus Aristokratie und Intellektualität, keinen Abbruch. Er lächelt zu dem, was seine Frau oder Freundin da zu den Tischnachbarn sagt.

Gesine lächelt zurück. »Ja. Ungewöhnlich, dass hier jemand unsere Sprache spricht. Man glaubt sich immer so ohne Zuhörer …«

»Ich bin Deutschlehrerin«, erklärt die Frau und entblößt hinter ihren rot geschminkten Lippen eine kleine Zahnlücke. Es ist wahrscheinlich diese Mischung aus Charme und Unvollkommenheit, die Gesine sofort für sie einnimmt. »Wo unterrichten Sie?«, fragt sie.

»Am Gymnasium von Deauville.«

»Eine Lehrerin, in die sich die Schüler verlieben«, sagt Leo. Vielleicht sagt er das zu dieser wildfremden Frau, weil er in diesem Moment, hier in diesem kleinen

Pariser Restaurant, einfach nur glücklich ist. Vielleicht auch weil er zu viel Wein getrunken hat ... Egal, er sagt es, und er sichert sich damit die Aufmerksamkeit des Mannes mit der schwarzen Brille, in dessen Gesicht sich ein amüsiertes Zucken zeigt. »Sie scheinen meine Frau gut einschätzen zu können«, sagt er. Dann hebt er sein Glas: »Darf ich uns vorstellen – Camille und Jean-Luc Osmond.«

Leo gibt seinen und Gesines Namen mit einem Schluck Wein zurück.

Sie rücken im Laufe des Abends ihre Tische zusammen. Leo und Gesine erfahren, dass Camille und Jean-Luc eigentlich in der Normandie leben. Sie haben dort ein Haus, in der Nähe von Honfleur, mit einem großen Garten und zwei Katzen. Jean-Luc arbeitet während der Woche in einem Institut in Paris; er sei Schmetterlingsforscher, erklärt er. Vielleicht hätten sie ja mal Zeit, vorbeizukommen und sich seine Prachtexemplare anzusehen. Es gebe da so eine kleine Ausstellung mit Faltern, die er selbst präpariert habe. Sie reden viel über Raupen und Puppen und Schönheit, die sich irgendwann entfaltet. Sie sprechen auch über Schmetterlinge im Bauch.

»Wissen Sie, woher der Ausdruck kommt?«, fragt Jean-Luc.

Leo und Gesine schütteln den Kopf, während Camille dem Kellner ein Zeichen macht.

»1908 erfand die amerikanische Autorin Florence Converse in ihrem Roman *House of Prayers* einen neuen Ausdruck für Verliebtsein. Sie nannte es ›butterflies in the stomach‹. Die Schmetterlinge im Bauch setzten sich erst in Amerika und bald darauf in der ganzen englischsprachigen Welt durch.«

»Die Redensart beschreibt ja auch ziemlich anschaulich die körperlichen Anzeichen von Verliebtheit«, entgegnet Leo. »Ein Kribbeln, Ziehen, Flattern …«

»Dieses flaue Gefühl heißt im Englischen ›flutter‹ – wie ›flattern‹ eben«, antwortet Jean-Luc. »Tja, das schönste aller Bauchgefühle mit Schmetterlingen zu vergleichen, den flatterhaftesten Tieren überhaupt, leuchtete den Menschen wohl irgendwie ein. Bei uns setzte sich der Ausdruck erst lange nach dem Zweiten Weltkrieg durch.« Er fasst sich an die Brille und sieht erst seine Frau und dann die beiden jungen Leute am Nebentisch an. »Es scheint«, sagt er schließlich, »als hätten Sie auch Schmetterlinge im Bauch.«

Als Leo und Gesine das mit dem Heiratsantrag verraten, ist es Camille, die meint, das müsse man mit einem ganz besonderen Calvados begießen. Sie würden den Produzenten kennen; von ihrem Haus sei es nicht weit dorthin, und falls sie wollten, würden sie mal mit ihnen bei Monsieur Dupont vorbeifahren. Das sei übrigens ein Grund, warum sie dieses kleine Pariser Lokal so liebten – hier gebe es »ihren« Calvados.

Der Alkohol liegt goldbraun im Glas, und man spürt noch die Äpfel, die vor über zwanzig Jahren herangewachsen sind und es sich nun in dem weichen Holz bequem gemacht, sich mit ihm verbunden haben und auf unnachahmliche Weise wärmen. »Eine Sache, die im Laufe der Jahre immer besser wird, wie die Ehe«, sagt Jean-Luc; dabei spielt er mit einem Lächeln, das Ironie verrät.

»Folgen nun die Ausführungen über das Leben und die Liebe?«, gibt Camille zurück, und weil sie plötzlich so unverblümt lacht, nimmt ihr Mann ihre Hand und drückt sie mit einem geradezu feierlichen Ernst, den sonst nur Menschen zustande bekommen, die ein paar Jahre Schauspielunterricht hinter sich haben. »Manchmal meine ich auch, was ich sage, meine Gute«, sagt er, und er sagt es so, dass alle ihm glauben.

Der Kellner hat das Lokal bereits zugesperrt, als Jean-Luc die Rechnung verlangt. Zu dem Zeitpunkt ist der Besuch in der Normandie zwischen ihnen beschlossene Sache. Sie tauschen Telefonnummern aus, und als sie sich verabschieden, nimmt Camille Gesine beiseite. »Es tut gut, so ein glückliches Paar zu sehen«, erklärt sie. Sie lacht dabei, und in diesem Lachen liegt eine Wärme, die Gesine bisher bei noch keiner Frau gefühlt hat.

Noch in derselben Nacht ruft sie Frank an. Sie ist aufgekratzt. »Habe ich dich geweckt?«

»Nein, ich arbeite noch. Es gibt da so ein paar Gutachten …«

»Leo und ich heiraten, Frank.«

Sie hört, wie er sich eine Zigarette anzündet. Sie hört, wie er den Rauch ausbläst.

»Ich wollte, dass du der Erste bist, der es erfährt.« Sie sendet diesen profanen Satz in sein Schweigen hinein.

»Das ist schön für euch.«

Diese fünf Worte lassen sie wieder nüchtern werden. »Was ist, Frank?«

»Ich bin ein mieser Psychologe.«

»Wie meinst du das?«

»Ich hätte geschworen, du lässt dich nie ganz auf einen Mann ein.«

»Aber ich liebe Leo, und er liebt mich.«

»Liebe macht schutzlos. Und Schutz schien das, was du bislang am meisten gebraucht hast. Versprich mir eines …«

»Ja?«

»Nimm dich in Acht.«

Sie holt Leos graue Strickjacke vom Bett und zieht sie sich über. Auf einmal ist ihr kalt. »Es klingt irgendwie bedrohlich, wenn du das so sagst. Dabei bin ich so glücklich. Ich fühle mich, fühle, dass da ganz tief in mir drinnen etwas ist. Etwas, das Lust auf Leben macht. Endlich, Frank, endlich habe ich nicht mehr diese Angst vor Nähe.«

Er braucht einen Moment für seine Antwort. »Ich freue mich für dich, Gesine. Wahrscheinlich sehe ich Gespenster. Und«, er zieht wieder an seiner Zigarette, »Leo ist ein guter Mann.«

»Findest du?«

»Ja, er sorgt sich um dich – und das brauchst du.«

»Frank?«

»Ja?«

»Zwischen uns bleibt alles ...«

»... wie es ist?« Plötzlich lacht er. »Was denkst du, Gesine? Ich wollte immer schon mal um eine verheiratete Frau buhlen.«

»Du machst Witze.« Ihr Lachen antwortet ihm mit Zeitverzögerung.

»Darin bin ich gut. Wo ist Leo eigentlich, während du hier mit mir telefonierst?«

»Er sucht einen Parkplatz. Wir sind gerade vom Essen gekommen.« Und dann erzählt sie ihm von Camille und Jean-Luc und davon, dass sie gern in Frankreich Hochzeit feiern würden.

Als Leo ins Zimmer kommt, sitzt sie auf dem Bett, seine Jacke fest um sich gewickelt, als könnte die ihr jetzt den Schutz bieten, den sie heute preisgegeben hat. Sie ist glücklich, und ihr ist kalt.

9

Der alte Mann in dem Liegestuhl neben ihr holte Gesine in die Wirklichkeit zurück. Er sah Gesine fragend an, als sie das Foto wieder in ihre Handtasche steckte. »Sie wirken so traurig«, sagte er.

Sie schaute hoch, wie ertappt.

»Entschuldigen Sie, ich wollte nicht indiskret sein.« Seine Stimme hatte einen singenden, leicht vibrierenden Tonfall. Sein Blick war freundlich, sein grauer Anzug wirkte gepflegt. Er trug einen dunklen Rollkragenpullover darunter, was ihn jünger erscheinen ließ. Dagegen wirkte der Gehstock, den er an seinen Stuhl gelehnt hatte, wie ein fast indiskreter Hinweis darauf, dass sich das Alter doch nicht austricksen ließ.

»Nein, das macht nichts«, entgegnete sie. »Ich habe über die Liebe nachgedacht.«

»Ein weites Feld ...«

»Glauben Sie, dass sie ewig hält?« Sie wusste selbst nicht, warum sie diesem Fremden gegenüber so offen war.

Er lächelte, und sie spürte eine Wärme in sich, wo die

letzten Wochen nur Frost gewesen war. Sie war erstaunt, so erstaunt, wie man nach einem langen Winter ist, wenn plötzlich wieder die ersten Blumen aus dem Boden gucken, der bis vor kurzem noch gefroren war.

»Meine Frau ist vor zwei Jahren gestorben«, sagte der alte Mann. »Ich besuche sie jeden zweiten Tag in Montparnasse. Sie hat ein schönes Grab dort, mit weißen Malven. Die mochte sie immer so. Und sie liegt nicht weit von Simone de Beauvoir. So eine Art Gefährtin im Geiste für sie. Wer weiß, vielleicht haben die zwei sich im Himmel getroffen und diskutieren dort über die Männer.«

Gesine lachte. Es tat gut.

»Sie sind hübsch, wenn Sie lachen«, gab er zurück. »Das sollten Sie öfter tun.«

Sie wurde wieder ernst. »Vielleicht sollte ich mir neue Gründe dafür suchen. Meine sind mir abhandengekommen.«

Er legte die Stirn in Falten.

»Mein Mann hat sich von mir getrennt«, erklärte sie. »Er hat eine jüngere Frau kennengelernt. Die alte Geschichte ...«

»Darf ich offen sein?«

»Bitte sehr.«

»Er ist ein Dummkopf, Ihr Mann.«

»Er hat sich neu verliebt, sagt er.«

»Das ist immer eine Illusion, glauben Sie mir. Ich war auch einmal kurz davor, meine Frau zu verlassen.«

»Und warum sind Sie bei ihr geblieben?«

»Weil wahre Liebe etwas für die Ewigkeit ist. Klingt pathetisch, ich weiß, aber so ist es. Ich hatte mit ihr so viel, da wäre die andere immer im Rückstand geblieben. Es ist wie beim Sport, manchmal holt man eben nicht mehr auf, weil der Gegner stärker ist.«

»Aber es gibt gute und schlechte Verlierer.«

»Und Sie haben es mit einer Vertreterin letzterer Kategorie zu tun, stimmt's?«

»Ich kenne sie gar nicht, diese Frau.«

»Das müssen Sie auch nicht. Sie müssen nur fest daran glauben, dass Sie die Medaille mit nach Hause nehmen und die andere sich schon mal fürs nächste Turnier warmlaufen kann.«

»Aber wir waren bereits beim Scheidungsanwalt, mein Mann und ich.«

»Diese Leute müssen auch leben, klar. Und sie leben nicht schlecht von unseren amourösen Kurzschlusshandlungen. Wie lange waren Sie verheiratet?«

»Vierzehn Jahre.«

»Na also. Kämpfen Sie. Versuchen Sie es zumindest. Männer sind Gewohnheitstiere. Da macht Ihrer bestimmt keine Ausnahme.«

»Das klingt so simpel. Als bräuchte ich nur mit dem Finger zu schnippen, und schon ist alles wieder im Lot.«

»Das Leben *ist* simpel. Wir haben ein paar Verhaltensmuster, wir Menschen, und die deklinieren wir immer wieder durch. Liebe, Eifersucht, Hass, Rache, Versöhnung ...«

Frank, dachte Gesine, hatte es mit fast denselben Worten ausgedrückt.

Sie sah den Fremden an und versuchte sich vorzustellen, wie er mit dreißig ausgesehen haben mochte. Er hatte sich einen Rest an Attraktivität bewahrt. Er hatte graue Augen. Wie Leo.

»Woran ist Ihre Frau gestorben?«, fragte sie.

»Sie hatte Krebs. Ich war bei ihr, als sie wegging. Habe ihre Hand gehalten. Schon eigenartig, wenn so eine Hand, die stets warm war, plötzlich kalt wird.«

»Abschiede sind immer irgendwie befremdlich, fühlen sich an, als würden sie nicht zu einem gehören.«

»Ja, das stimmt. Aber sie haben auch etwas Tröstliches an sich.«

Sie sah ihn fragend an.

»Das Ende von etwas ist meist der Anfang von etwas Neuem«, erklärte er. »Wollen wir oft nicht wahrhaben, ist aber so.«

»Und wie merkt man das?«

»Man spürt es. Solche Dinge machen sich bemerkbar, glauben Sie mir. Es ist etwas in Ihrem Blick, das mir sagt, Sie wissen es schon längst.«

»Vielleicht haben Sie recht.«

Der alte Mann stand auf und verbeugte sich. »Geben Sie sich nicht auf. Und hören Sie vor allen Dingen nicht auf, an sich zu glauben.«

Sie jonglierte mit einem Lächeln, als wollte sie Angst in die Luft werfen und Zuversicht auffangen. »Es tat gut, mit Ihnen zu reden.«

»Manchmal sind Fremde die besten Zuhörer.« Er nahm seinen Stock. »Ich wünsche Ihnen Glück. Es ist bei Ihnen gut aufgehoben.«

Sie sah ihm nach, er ging langsam, bemüht, sich aufrecht zu halten. Als sie aufstand, segelten zwei Miniaturboote geradewegs aufeinander zu, trafen sich in der Mitte des Sees. Die beiden Jungen, die sie mit ihren langen Stöcken angeschoben hatten, strahlten – als hätten sie ein kleines Wunder vollbracht.

Gesine war jetzt klar, wohin sie gehen würde. Sie wollte wieder tun, was sie die letzten siebzehn Jahre getan hatte. Sie wollte wieder kochen. Die Seezunge gestern war erst der Anfang gewesen. Auf dem Weg in die Rue Mouffetard kam sie am Panthéon vorbei. Strahlend weiß stand es in der Septembersonne. Touristenbusse, die mit ihren gewaltigen Rückspiegeln aussahen wie überdimensionale Hirschhornkäfer, spien kurzbehoste Männer und Frauen aus. Gesine inhalierte ein paar deutsche Wortfetzen zusammen mit der dieseldicken Luft, die der Bus ausstieß, während er zum Wenden ansetzte. Sie bog nach rechts ab. Die kleinen, ineinandergreifenden kopfsteingepflasterten Straßen dieses Viertels waren ihr vertraut. Sie hätte Zwiegespräche mit den Fassaden und Balkonen halten können: Hallo, bin wieder da. Sie beschleunigte ihren Schritt, um endlich anzukommen.

Die Rue Mouffetard zeigte sich wie immer verschwenderisch. Opulenz als Daseinsform. Da waren die Fromageries mit Hunderten von Käsesorten. Da waren die Metzger, die Schwarzfußhühner, Wachteln und in ihr eigenes Fett eingehüllte Kalbsnieren anboten. Da waren die Fischläden, in denen man zwischen vier verschiedenen Austernsorten und doppelt so vielen Garnelenarten wählen konnte, in denen sich Petersfisch und Seeteufel nicht auf Filetgröße zurechtgestutzt, sondern in ihrer ganzen Pracht ein Rendezvous auf Eis gaben, in denen sich riesige Krebse auf ihrem Bastbett räkelten und Schnecken auf Abnehmer warteten. Da waren die Pâtisserien, die kunstvoll in Gelee gegossene Früchte auf Mürbeteig-Tartelettes präsentierten. Und schließlich war da am Ende der Straße dieses kleine Café, das seine Holzbänke in die Sonne gestellt hatte.

Zahllose Male hatten Leo und Gesine hier mit Croissants und Baguette und hausgemachter Konfitüre und Café au lait gefrühstückt. Zahllose Küsse hatten sie sich hier gegeben – und mit ihnen die Vorfreude auf das, was sie aus den in ihren Einkaufstüten befindlichen Sachen zubereiten würden, besiegelt, fast zelebriert. Camille und Jean-Luc hatten ein Appartement auf der Île Saint-Louis; nachdem Camille ihre Trauzeugin geworden war, konnten sie jedes Mal, wenn sie in Paris waren, dort wohnen. Die kleine Küche mit Blick auf die Seine war fortan ihr Fixpunkt in dieser Stadt geworden.

Bevor sie in dieses Café gegangen waren, hatte Leo stets eine Zeitung gekauft und Gesine dann daraus vorgelesen. Er wusste, welche Meldungen sie mochte – Vermischtes, Lokales, Feuilleton –, und gemeinsam hatten sie gelacht, wenn mal wieder irgendein Lokalpolitiker mit irgendeiner Frau, die nicht seine war, erwischt worden war. »La grande passion«, hatte Leo das genannt. Dieses immanente Kalkül mit Liaison und Amour fou. Und natürlich hatten sich mit dem letzten Schluck Kaffee nicht selten Camille und Jean-Luc in ihr Gespräch geschlichen. Die Freunde, die so gar nicht treu sein konnten und trotzdem beieinanderblieben. Die eine Ehe führten, die aus diversen Seitensprüngen ihre Energie bezog. Als brauchte die Liebe zu ihrem Fortbestand den Betrug.

Gesine suchte sich einen Tisch und bestellte einen Pastis – und während sie beobachtete, wie die Eiswürfel in ihrem Glas die hellgelbe Flüssigkeit in so etwas wie Milch mit Anisgeschmack verwandelten, plante sie ihre Einkäufe. Sie würde Kalbsbrust besorgen und sich eine Tasche hineinschneiden lassen – für die Füllung aus Brät, Mangold, Petersilie, Knoblauch, Schalotten und altem Weißbrot. Ein paar Austern vorweg und hinterher einen Schokoladenkuchen; sie würde ihn diesmal nicht selber machen, sondern in der Pâtisserie ein paar Meter weiter kaufen.

Sie holte ihr Handy aus der Tasche und suchte die Nummer von Camille und Jean-Luc. Es klingelte siebenmal, bis Camille sich mit einem hastigen »Allô« meldete.

Gesine räusperte sich. »Hallo, ich bin's.«

»Gesine?«

»Ja.«

»Meine Güte, lebt ihr noch? Euer Haus hat Sehnsucht nach seinen Besitzern.«

»Camille, ich bin in Paris.«

»Ja, wunderbar. Und wo ist Leo? Bei dir?«

»Nein, ich ...«

»Kommt er nach? Wann seid ihr hier? Ich muss Jean-Luc Bescheid sagen, damit er euren Lieblingswein besorgt.«

»Camille, ich ...« Sie spürte plötzlich, wie ihr die Tränen kamen. Und sie spürte, wie eine Frau am Nebentisch sie erstaunt ansah.

»Ja?«

»Ich bin allein.«

»Das ist doch egal. Muss Leo noch arbeiten, während du endlich mal wieder Ferien machst?«

»Nein, Camille. Ich erkläre euch alles später.«

Sie hörte, wie die Frau, die für sie in den Jahren mit Leo so etwas wie eine beste Freundin geworden war, kurz Luft holte. »Wann bist du hier?«

»Ich schätze mal, in drei Stunden.« Sie machte eine Pause. »Habt ihr Lust auf gefüllte Kalbsbrust?«

Camilles Lachen klang, als hätte man es unerwartet ins Freie gelassen. »Ja, natürlich.«

»Gut, das ist gut. Dann erwarte ich euch heute um acht Uhr. Und sag Jean-Luc, dass er unseren Lieblingswein mitbringen soll. Der schmeckt auch zu dritt.«

»Fahr vorsichtig, Gesine«, sagte Camille noch, bevor sie auflegte.

Gesine trank den letzten Schluck von ihrem Pastis, winkte die Kellnerin herbei und suchte in ihrem Portemonnaie nach Kleingeld.

»Wird hier gleich frei?« Ein junges Paar lachte sie an.

Sie lächelte unwillkürlich zurück. Wo die beiden wohl in siebzehn Jahren sein würden? Sie las Zuversicht und Selbstvertrauen in den Gesichtern – und dieses fast unverschämte Glück, das Liebende spazierentragen, damit es nur ja jeder sieht. Auch Leo und sie waren damit unter die Leute gegangen …

»Ja«, sagte sie hastig, als sie merkte, dass die zwei sie fragend ansahen. »Ich bin schon weg. Einen schönen Tag noch.«

»Danke. Keine Kunst, wenn das Leben es so gut mit einem meint.« Die junge Frau zeigte in den strahlend blauen Himmel.

»Wie man's nimmt.« Gesines Lächeln hatte sich davongemacht.

Als sie eine Stunde später mit Tüten beladen an ihrem Auto ankam, war es kurz nach Mittag. In etwa zwei Stunden würde sie zu Hause sein. Das letzte Zuhause, das ihr geblieben war.

10

Auf den Champs-Élysées, stadtauswärts, holte sie ihr Hochzeitsbild aus der blauen Schachtel. Es lag mit der Vorderseite nach unten darin; bislang hatte ihr der Mut gefehlt, es anzusehen – jetzt legte sie es neben sich auf die hübsch verzierte Tüte mit dem Schokoladenkuchen.

Die Fotos konnten wie Dolche sein; dieses hier traf sie dort, wo es am meisten weh tat. Sie sah sich an, eine fröhliche Frau mit einem weit schwingenden Sommerkleid, auf dem sich Hunderte von Streublümchen versammelt haben. Der reinste Blütenüberschuss. Leo hatte es ausgesucht. »So viele Blumen für meine Blume«, hatte er gesagt, und sie hatte sich über seine Sentimentalität amüsiert und ihn gleichzeitig dafür geliebt.

Sie wirkt etwas erhitzt auf dem Bild, die Wangen glühen, eine Haarsträhne hat sich aus der Hochsteckfrisur gelöst und fällt ihr ins Gesicht. In der Hand hält sie ein Champagnerglas, Leo stößt mit seinem dagegen. Mit dem anderen Arm umfasst er ihre Hüfte. Sein Blick scheint sich in ihrer Haarsträhne verfangen zu haben, als wollte er sich dort mit ihr verflechten. Sie sitzen an einer langen Tafel, die mit Malven und Weinblättern geschmückt ist – und das Glück, das drei Jahre zuvor in Barcelona durch die Spitzengardinen in das kleine Apartment gekrochen ist, hat ebenfalls Platz genommen, hier in diesem Garten unter Apfelbäumen. Es plustert sich geradezu auf, wissend, dass es ein gern gesehener, da seltener Gast ist.

Gesine und Leo haben in München auf dem Standesamt geheiratet. Nur ihre Trauzeugen, Camille und Frank, sind dabei gewesen. Gefeiert wird ein Tag später in der Normandie, auf einem freistehenden Nachbargrundstück von Camille und Jean-Luc. Ein Garten, in den nur die Kühe von der Weide nebenan mit ihren großen schwarz umrandeten Augen trauerumflorte Blicke werfen. »Von wegen Trauer«, hat Leo zu Gesines Vergleich gelacht. »Die sehen eher aus wie Walt Disneys Panzerknacker. Die holen sich das, von dem sie glauben, dass es ihnen zusteht.«

Jean-Luc hat einen befreundeten Koch aus Paris kommen lassen, der mit seinen Gehilfen in einer improvisierten Küche nebenan ein neungängiges Menü zubereitet. Es gibt Austern und Krebse und Hummer und Steinbutt und Jakobsmuscheln und Salzwiesenlamm und Calvadossorbet und Käse und eine Hochzeitstorte aus Schokolade mit Orangen, die Leo und Gesine feierlich anschneiden. Und es gibt Ansprachen. Von Gesines Großmutter, die vieles über die Liebe und manches über die Vergänglichkeit sagt. Von Leos Vater, der seinem Sohn und seiner Schwiegertochter das wünscht, was ihm selbst nicht vergönnt gewesen ist: ein langes Leben miteinander. Leos Mutter ist vor zehn Jahren gestorben. Seine beiden Brüder sind mit Frauen und Kindern gekommen, der eine aus der Schweiz, der andere aus Italien.

Gesines Vater hält sich mit seiner Frau im Hintergrund. Als er seine Tochter kurz in den Arm nimmt, entwindet sie sich ihm sofort. Leos erstaunten Blick pariert sie mit einem entwaffnenden Lächeln. Er lächelt zurück; zum ersten Mal entdeckt sie so etwas wie Irritation darin. Ich muss aufpassen, denkt sie, darf seinen Ahnungen keine Nahrung geben.

Ihre Mutter ist nicht gekommen; Gesine hat sie nicht eingeladen. »Du weißt, dass da nichts ist zwischen uns«, hat sie zu Leo gesagt, als sie die Gästeliste zusammengestellt haben. Er hat zwar genickt, doch sein Blick hat Fragen gestellt. Sie hat schnell das Thema gewechselt. Wissend, dass er zu glücklich war, um nachzufassen.

Franks Rede ist kurz – doch jedes Wort sitzt. Natürlich psychologisiert er auf seine unnachahmliche Weise; er kann es nicht lassen, alles unter sein Mikroskop zu legen. Gefühle in Großaufnahme. Er tut es mit Bedacht, und während er spricht, spürt Gesine wie so viele Male zuvor, dass sie einen Freund hat.

»Bist du glücklich?«, fragt er sie, nachdem sie sich später, erschöpft vom Tanzen, auf eine Bank gesetzt haben. Die Musik dringt nur gedämpft zu ihnen.

»Ja, sehr glücklich.«

Er sieht sie an und streicht ihr diese widerborstige Haarsträhne aus dem Gesicht. »Pass auf dich auf, mein Mädchen.«

»Natürlich, und im Übrigen – das erledigt Leo schon.« Sie lacht, und dabei spürt sie den Champagner und den Wein, den sie getrunken hat. Sie würde Frank am liebsten von ihrer Unbekümmertheit abgeben; ihr ist, als hätte ihr jemand an diesem Tag eine Überdosis davon verabreicht.

»Nein, nein, Gesine. Du musst auf dich selbst achtgeben.« Er ist ernst, als er ihre Hand nimmt. »Du bist so verletzlich. Weiß Leo das?«

Sie lässt die Hand in seiner liegen. »Muss er das?«

Frank nickt nur; sein Schlucken bleibt ihr nicht verborgen.

Sie sieht ihn an. Ihr Lachen hat sie über die Wiese zu den feiernden Gästen geschickt; geh schon mal vor, ich komme gleich nach. »Ich kann nicht mit ihm über diese Dinge sprechen.«

Wieder ein Nicken. Halbherzig, als wollte es eigentlich ein Kopfschütteln werden.

»Ich würde ihm damit zu viel Verantwortung aufladen. Das würde ihn unfrei machen. Liebe lässt sich nicht gern in die Pflicht nehmen. Sie entwickelt da leicht Fluchtgedanken.«

»Vielleicht hast du recht.« Er scheint seinen Worten selbst nicht zu glauben.

»Frank?« Ihre Stimme strauchelt.

»Ja?«

»Bist du wirklich nur mein Freund – oder ist da mehr?«

Er beginnt mit ihrer Hand zu spielen. »Ja, da ist mehr. Ist immer mehr gewesen. Aber das packen wir jetzt mal in die Vergangenheitsform. Du hast heute geheiratet, du hast einen wunderbaren Mann, der dich allem Anschein nach wirklich liebt. Und das allein zählt.«

Sie erwidert das Streicheln seiner Hand, während ihr Blick Halt bei der Hochzeitsgesellschaft sucht, die nur ein paar Meter entfernt so ausgelassen feiert.

»Ich hatte dich jahrelang in meiner Nähe und meinte, warten zu müssen«, fährt Frank fort. »Worauf, kann ich heute auch nicht mehr erklären. Vielleicht war ich einfach nur dumm, es nicht bei dir zu versuchen. Aber wahrscheinlich war es eher mein Hang zum Hadern. Meine, ja, nennen wir es einmal nur beim Namen, meine Liebe zu dir schicke ich heute fort, irgendwohin, wo sie nichts anrichten kann …«

»Frank, bitte sag jetzt nichts mehr.« Ihre Finger halten seine fest, als könnten sie ihm Einhalt gebieten.

Er redet einfach weiter. »… und dass ich jetzt nichts lieber täte, als dich in den Arm zu nehmen und zu küssen, sage ich dir auch nur einmal. Mein Gott, Gesine, sieh mich nicht so an.«

Sie senkt den Blick und fängt damit ihrer beide Hände ein, die ineinander verschränkt in ihrem Schoß liegen. »Warum hast du nie etwas gesagt?«

»Weil ich ein Idiot war. Und Leo ein Glückspilz.«

»Frank …«

»Und nun Schluss damit«, sagt er. »Ich bleibe dein Freund, Gesine. Egal, was passiert.«

Jetzt nimmt sie ihn in den Arm, obwohl sie weiß, dass sie ihm weh damit tut. Für einen Moment vergräbt sie ihr Gesicht in seiner Schulterbeuge. Als sie aufsieht, ist sie ihm ganz nah. Ihr Atem verbindet sich mit seinem. »Danke, Frank«, flüstert sie. »Ich verspreche dir, auf mich aufzupassen.«

Sie spürt, dass er kurz davor ist, den Kuss doch noch auf den Weg zu ihr zu schicken. Hundertstelsekunden, die Für und Wider abwägen, ersehnte Nähe und notwendige Distanz ausloten. Dann löst er sich aus ihrer Umarmung. »Das ist gut, mein Mädchen. Ich werde darauf achten, dass du dein Versprechen auch einhältst.« Er steht auf. »Und jetzt lass uns wieder zu den anderen gehen. Die Braut muss doch auf ihrer Hochzeit tanzen, oder?«

Sie laufen direkt in Leos Blicke hinein, als sie zurückkommen. »Wo wart ihr?«, fragt er und nimmt Gesine in den Arm.

»Ich habe ihr ein paar Verhaltensregeln für die Ehe mit auf den Weg gegeben.« Frank versucht ein Grinsen; es gerät schief.

Leo lacht. »Mit psychologischem Feinsinn …«

»Das ist meine Stärke.«

»Habe ich gemerkt. Deine Rede vorhin war wunderbar.« Er sieht den Freund seiner Frau an. »Danke dafür.«

Frank verbeugt sich, als würde er Ovationen entgegennehmen. Dass in dieser übertriebenen Geste ein Hauch von Ironie liegt, bleibt Leo nicht verborgen. Er sieht verwirrt von ihm zu Gesine. Sie kneift ihren Mann in den Arm. »Komm, wir tanzen.«

Früh am Morgen verabschieden sich die letzten Gäste. Die Freunde aus München und Hamburg, die Eltern und Geschwister, Gesines Großmutter – sie alle fahren in ihre Hotels. Nur Jean-Luc, Camille und Frank bleiben mit dem Brautpaar sitzen.

»Eine letzte Flasche Champagner?«, fragt Jean-Luc und wartet die Antwort erst gar nicht ab. Er lässt den Korken knallen – »heute dürfen wir das« – und gießt ein. »Auf Leo und Gesine!«

Gesine strahlt, während sie mit allen anstößt. Zum Schluss sieht sie Leo an. »Auf uns …« Er nimmt ihr das Glas aus der Hand und küsst sie. Das Glück hat sich ihr in diesem Moment auf den Schoß gesetzt; es wärmt sie, und sie hat das untrügliche Gefühl, so nahe würde es ihr nie mehr kommen.

Als die Sonne sich gegen halb sechs zögerlich zeigt, debattieren Camille und Frank gerade über das besondere Verhältnis zwischen Deutschen und Franzosen. Gesine bemerkt die Blicke, die sich beide über den Tisch schicken. Stille Post mit vielen Ausrufezeichen. Leo nimmt ihre Hand und drückt sie, während Jean-Luc seine Brille putzt und der Braut Komplimente macht.

Gesine hat Frank später nie gefragt, ob er und Camille den Tisch zwischen sich irgendwann überwanden, beiseiteschoben, um sich näher zu sein. Aber irgendetwas in ihrem Inneren sagt ihr damals schon, dass da etwas passiert ist an diesem Tag, an dem nichts ist wie immer.

In ihrer Hochzeitsnacht, die bereits ein sonnendurchfluteter Morgen geworden ist, liegt sie in Leos Armen.

»Jetzt sind wir verheiratet«, sagt Leo. »Irgendwie ein eigenartiges Gefühl, nicht?«

Sie setzt sich auf. »Ja und auch wieder nein. Alles anders und alles so vertraut. Aber näher, fester, inniger.«

Er umfasst sie von hinten; seine Hände auf ihrem Bauch fühlen sich warm an, und sie fühlen sich an, als ob sie da hingehörten. »Ich gehe nie mehr von dir weg, Gesine. Du und ich, das bleibt, für immer.«

Sie hat das Gefühl, die Welt um sie herum löse sich auf. Da ist kein mahnender Frank mehr, da sind nur noch sie und Leo, ihre Lust aufeinander und diese Abmachung mit der Zukunft, dieses Auf-immer-und-ewig, das sich zu ihnen aufs Laken legt und so tut, als gäbe es so etwas wie Garantie auf Lebenszeit.

Gesine drehte das Foto wieder um, als sie es in die blaue Schachtel zurücklegte. Sie wunderte sich fast, dass sie nicht weinte.

Sie reichte dem Mann an der Mautstelle zehn Euro und ließ sich das Wechselgeld herausgeben. »Merci, madame, et bonne route.«

Werde ich haben, dachte sie und gab Gas. Der Motor heulte auf, und sie ahnte, dass der Mann in seinem Glashäuschen dem weinroten Peugeot erstaunt nachsah.

11

Die Ausfahrt fand ihr Auto fast von allein. Als sie kurz darauf von der Nationalstraße links abbog, umfing sie die Landschaft mit einer Wärme, die Gesine fast den Atem nahm. Sie kurbelte die Scheiben der Fenster herunter und atmete den süßlichen Duft von getrocknetem Heu ein, das in riesigen Ballen links und rechts auf den Feldern verstreut lag, als hätte jemand Boule gespielt und vergessen, seine Kugeln aufzusammeln. Die Kühe hatten noch immer ihren trauerumflorten Blick, nur schien er heute passender. Die »Zebra-Häuser«, wie Leo und sie die sich hinter niedrigen Hecken zeigenden *manoirs* und *fermes* immer genannt hatten, grüßten wie alte Bekannte. Die Apfelbäume hingen voller roter Früchte, hatten bereits etwas Fallobst zu ihren Füßen versammelt.

Können Felder, Gärten, Kühe, Häuser, Bäume trösten? Können sie den Schmerz einpacken, so dass er nur noch dumpf zu spüren ist? Können sie Traurigkeit außer Kraft setzen und in Euphorie verwandeln? In diesem Augenblick hatte Gesine das Gefühl, sie vermochten all das. Und sie nahm es dankbar an.

Sie fuhr ihren Wagen an den Straßenrand, stellte den Motor ab, lehnte sich in ihrem Sitz zurück. Die Sonne schien ihr ins Gesicht, und sie schloss die Augen. Das Foto, das jetzt kam, musste sie nicht ansehen. Sie war umgeben von der Luft, der Wärme, dem leichten Insektengesumme, die sie und Leo auch damals umgeben hatten.

Auf dem Bild steht Gesine neben einem Fahrrad. Es ist ein altes, leicht angerostetes Rad mit nur fünf Gängen, das sie sich von Camille geliehen hat. Sie trägt kurze weiße Hosen, ein hellblaues Hemd, und sie macht ein mürrisches Gesicht. Leo hat das zunächst amüsiert, und als er auf den Auslöser seiner Kamera drückt, sagt er: »Dieses Foto nennen wir: *Gesine hat schlechte Laune.*« Sie will nicht mitlachen. Ärger hat ihre anfängliche Freude über den Ausflug verscheucht. Er hat sich breitgemacht in ihr, dieser Ärger. Leos Rad hat ein paar Gänge mehr – und er fährt immer vorweg. Manchmal kann sie ihn kaum noch sehen. Er wird zu einem kleinen Punkt, dem sie hinterherkeucht. Und dann ist da noch die Sache mit der Karte. Sie haben sich verfahren, und Leo hat ihr die Schuld gegeben. Scherzhaft zwar, aber es hat sie gekränkt. Sie hat sich gerechtfertigt und dadurch alles nur noch schlimmer gemacht.

Irgendwann wird Leo laut. »Merkst du gar nicht, wie sehr du mir auf die Nerven gehst?« So etwas hat er noch nie zu ihr gesagt.

Sie zuckt zusammen. »Warum musst du immer so tun, als wüsstest du alles besser?«, gibt sie zurück. Es klingt scharf; diesen Tonfall hat sie bislang nicht für ihn reserviert.

Er sieht sie wütend an. »Weil es so ist. Ohne mich

würden wir nie ans Ziel kommen. Mal abgesehen davon, dass ich an jeder Kurve auf dich warten muss.«

»Das ist unfair.« Ihre Stimme wird schrill, und sie hasst sich in diesem Augenblick. »Ich möchte dich mal auf diesem alten Rad sehen …«, schreit sie.

»Ach ja, jetzt ist es das Fahrrad. Du bist mal wieder an allem unschuldig.«

»Was willst du damit sagen?« Sie zittert, zittert vor Wut.

»Du willst immer alles richtig machen. Immer schön perfekt sein …«

»Ja, und? Was ist daran auszusetzen?«

»Dabei wirkst du so …« Er sucht nach dem passenden Wort. »… so verkrampft. Und ich mag keine verkrampften Menschen.«

Gesine schluckt. Sie würde am liebsten alle bösen Worte wieder einfangen. Einfach den Film zurückspulen und die ganze Situation lachend parieren. Sie probiert ein Lächeln. »Das meinst du nicht ernst, oder?«

Sein Blick ist ohne jede Wärme. »Doch – und du solltest mal darüber nachdenken.«

»Das werde ich«, sagt sie leise. »Und jetzt werde ich zurückfahren. Allein«, setzt sie hinterher.

»Na dann, einen schönen Tag noch.« Er schwingt sich auf sein Rad und fährt los. Ohne sich noch einmal umzudrehen.

Sie unterdrückt den Impuls, ihm hinterherzurufen. Stattdessen lässt sie ihren Tränen freien Lauf.

Als er spätabends in das Pensionszimmer kommt, das sie in Honfleur für eine Woche gemietet haben, stellt sie sich schlafend. Er zieht sich leise aus, ohne Licht zu machen, und kriecht unter die Bettdecke.

»Gesine?«, flüstert er. Er riecht nach Wein.

Sie sagt nichts, versucht, ruhig zu atmen.

Er legt den Arm um sie und gibt ihr einen kleinen Kuss in den Nacken. Kurz darauf hört sie an seinen ruhigen, gleichmäßigen Atemzügen, dass er eingeschlafen ist.

Am nächsten Morgen hat er bereits das Frühstück aufs Zimmer bestellt. Gesine ist im Bad, als die Wirtin klopft und das Tablett auf die Terrasse bringt. Gesine hört Leo reden und lachen. Sie zieht ihren Bademantel an und rubbelt sich die feuchten Haare mit einem Handtuch trocken. Dann geht sie nach draußen.

Er begrüßt sie mit einem Blick, in den alle Wärme zurückgekehrt ist. »Guten Morgen«, sagt er.

»Guten Morgen«, erwidert sie. An ihrem Platz steht eine Vase mit einem Strauß Malven. Sie setzt sich. »Danke für die Blumen.«

»Gut geschlafen?«, fragt er.

»Geht so. Und du?«

»Ganz ordentlich. Bist du mir noch böse?«

Sie schüttelt den Kopf. »Vielleicht war ja sogar etwas Wahres dran. Ich meine, an dem, was du gestern gesagt hast.« Sie nimmt sich ein Croissant und beißt hinein. Es schmeckt knusprig und buttrig, so, wie sie es mag. Sie taucht es kurz in ihren Kaffee, was Leo normalerweise mit Kopfschütteln kommentiert.

Jetzt greift er über den Tisch nach ihrer Hand. »Ich wünschte mir manchmal, du würdest nicht alles so unglaublich ernst nehmen, Gesine.«

»Tue ich das?«, fragt sie kauend.

»Ja, das tust du.« Er trinkt einen Schluck Kaffee. »Dabei bist du so süß, wenn du unvernünftig bist, wie damals an jenem ersten Morgen in Barcelona. Ich liebe dich mehr als alles auf der Welt, das weißt du. Was musst du dir und mir also noch beweisen? Sei einfach ein bisschen unverstellter, weniger verbissen. Nimm deinem Leben diese verdammte Ernsthaftigkeit. Es ist doch nicht schlimm, wenn du langsamer Fahrrad fährst. Schimpf ruhig mit mir! Das ist besser, als mit versteinerter Miene hinter mir herzustrampeln.«

Jetzt lacht sie.

»Und es ist auch okay, mal nicht den richtigen Weg zu finden und irgendwo falsch abzubiegen«, sagt er. »Und außerdem siehst du einfach hinreißend aus, wenn du lachst.«

Sie nimmt sich ein Stück Baguette, bricht es auseinander und streicht dick Butter und Pflaumenkonfitüre drauf. »Was hast du gestern noch gemacht, so ohne mich?«, fragt sie.

»Ich war in diesem kleinen Bistro unten an der Straße und habe dem Wirt erklärt, dass du dich nicht wohl fühlst. Dort habe ich dann Lammragout gegessen und einen Roten getrunken, na ja, zwei Rote, um genau zu sein.«

»Aha, den Appetit habe ich dir also nicht verdorben ...«

Er schüttelt den Kopf. »Essen hilft, finde ich. Immer. Und du? Was war mit dir?«

»Ich habe mich hier verkrochen, gelesen und über uns nachgedacht.«

»Nichts gegessen?«

Sie schüttelt den Kopf.

»Das musst du noch lernen, Gesine. Egal, was passiert – man darf es nie an seinem Magen auslassen.«

Sie nickt und nimmt sich noch ein Croissant. »Ich werde es mir merken.«

Gesine öffnete die Augen. Das war ihr erster Streit

gewesen. Eine Trennung von ein paar Stunden – wegen eines Fahrrads und einer Karte. Ein Witz, der sich, mal so zum Spaß, als Drama verkleidet hatte – bereits ahnend, dass im nächsten Akt die Versöhnung folgen würde. Die wahren Dramen hatten damals noch keinen Platz in ihrem Leben gehabt.

Sie seufzte, als sie den Wagen wieder startete. War sie naiv gewesen all die Jahre? Hatte sich damals schon angekündigt, was jetzt Wirklichkeit geworden war? Nein, nein, nein. Sie schüttelte energisch den Kopf, als sie den Gang einlegte. Leo hatte sie geliebt. Hier, in dieser Umgebung, spürte sie es mehr denn je. Sie hatten einen Streit gehabt, zugegeben. Einen Streit, an dessen Ende die Trennung stand. Aber Liebe hält doch so etwas aus. Liebe ist dafür gemacht, dass sie so etwas aushält.

12

Ihr Herz schlug schneller, als sie an der kleinen Einfahrt hielt. Sie stieg aus und ging nach rechts zu dem großen Stein; darunter lag, in einen Plastikbeutel gepackt, der Schlüssel. Sie sperrte das Tor auf und schob die beiden Flügel zur Seite. Es quietschte. Das müssen wir ölen, hatte Leo gesagt, als sie im Frühjahr hier gewesen waren. Sie erinnerte sich, dass er in Trouville sogar ein Ölkännchen gekauft hatte. Es stand wahrscheinlich noch unausgepackt im Gartenschuppen.

Sie fuhr ihr Auto auf den Vorplatz und parkte unter der großen Ulme. Dann holte sie ihren braunen Koffer, den Korb und die Tüten mit den Lebensmitteln aus dem Wagen und trug alles zur Haustür. Der Schlüssel steckte in einem kleinen Seitenfach ihrer Handtasche. Ihre Hand zitterte, als sie ihn herausholte.

Im Korridor roch es leicht muffig. Abgestandene Luft, die sich danach sehnte, herausgelassen zu werden. An den Garderobenhaken hingen ihre und Leos Regenjacke; darunter standen die Gummistiefel. Ein Paar große und ein Paar kleine.

Als Erstes ging Gesine in die Küche. Energisch öffnete sie Fenster und Fensterläden und musste blinzeln, als die Sonne sich unerbittlich auf Tisch, Regalen, Herd, Spüle, Kühlschrank ausbreitete, plötzlich alles ausleuchtete, was jahrelang auf sie beide, auf Leo und Gesine, gewartet hatte.

Fast mechanisch trug sie ihre Tüten herein und räumte Fleisch und Gemüse in den Kühlschrank. Dann holte sie eine Flasche Calvados von einem Regal in der Ecke und hielt sie gegen das Sonnenlicht. Halb voll. Sie goss sich ein Glas ein und trank. Viel zu hastig. Der Alkohol brannte in ihrer Kehle, und sie musste husten. Trink nicht immer von unserem Küchen-Calvados, hörte sie Leo sagen. Den nehmen wir nur zum Kochen. Unwillkürlich musste sie lachen. Auch das fehlte ihr, sein Immer-alles-besser-Wissen. Mit dem Glas in der Hand setzte sie sich an den alten Küchentisch, um den sechs Stühle standen, in stiller Erwartung baldiger Gäste. Fast zärtlich streichelte sie über die rauhe Oberfläche, fuhr mit den Fingern den zahllosen Kerben nach. Sie hatten diesen Tisch behalten, als sie vor sechs Jahren hier eingezogen waren. Endlich ein Esstisch in Frankreich, hatte sich Leo damals gefreut. Zum Einstand hatte es Kaninchen gegeben, in Weißwein und mit viel Lorbeer und Rosmarin. Frank war aus Deutschland zu Besuch gekommen. Zusammen mit ihrer Großmutter.

Sie setzte das Glas ab und ging zurück in den Flur. Dort nahm sie ihren Koffer und trug ihn die enge Treppe hinauf in den ersten Stock. Auch im Schlafzimmer öffnete sie als Erstes die Fenster. Das Licht fiel auf das große Bett und auf Leos Fotos, die in dicken Holzrahmen an der Wand darüber hingen. Es waren Bilder von hier. Bilder von der Normandie, die sie immer ihr zweites Zuhause genannt hatten. Die Holzstege am Strand von Deauville mit den roten und blauen Sonnenschirmen im Hintergrund, die Kühe mit ihrem melancholischen Blick, die Boote im Hafen von Honfleur, Gesine im Liegestuhl auf der Terrasse hinter dem Haus, ihrem »Zebra-Haus«.

Auf Leos Nachttisch lag noch das Buch, das er beim letzten Mal hier vergessen hatte; ich lese es zu Ende, wenn wir wiederkommen, hatte er gesagt. *Lichtjahre* von James Salter. Ein Roman über eine Ehe – und über die Vergänglichkeit. Manchmal denkt sich das Leben merkwürdige Zufälle aus …

Gesine holte die hellblaue Bettwäsche aus der Kommode und bezog schnell Matratze, Kissen und Decken. Sie bezog auch Leos Seite. Als sie den Kleiderschrank öffnete, fuhr sie erschrocken zurück. Natürlich, sie hätte es ja wissen müssen – sie waren noch da, seine Sachen, die er hier im Haus immer getragen hatte. Fast mechanisch griff sie nach einem blauen Pullover, den sie ihm mal geschenkt hatte. Aus dickem Seemannsgarn, mit Reißverschluss. Für Strandspaziergänge, hatte sie damals gemeint, und er hatte ihn sofort angezogen, um mit ihr ans Meer zu fahren. Jetzt vergrub sie ihr Gesicht in der Wolle. Sie roch ihn. Diesen vertrauten, diesen geliebten Geruch. Es war ihr, als würde sie Leo in den Armen halten.

Wie lange sie so dagestanden war, wusste sie nicht. Als sie auf die Uhr sah, war es fünf. Essen hilft, dachte sie – das hatte Leo doch am Morgen nach ihrem ersten Streit gesagt. Sie warf seinen Pullover auf das Bett und ging wieder hinunter. Im Wohnzimmer zog sie die dicken Hussen von Sofa und Sesseln. Dann kontrollierte sie, ob noch Holz vor dem Kamin lag. Sie würde einheizen, bevor Camille und Jean-Luc kamen. Den Aperitif konnte man noch auf der Terrasse nehmen, aber später würde es draußen schnell kühl werden. Sie holte Kerzen aus den Schubladen des großen Vitrinenschranks und bestückte die Leuchter damit. Bevor sie zurück in die Küche ging, schaltete sie die Musikanlage an; es war eine kleine Anlage, nicht zu vergleichen mit der in München, aber auch hier gab es eine ziemlich große Sammlung von Schallplatten. Sie entschied sich für Jacques Brel – Dramatik, Melancholie, Sehnsucht, Leidenschaft. Passt, dachte sie und begann leise mitzusingen.

Als Erstes weichte sie das Weißbrot in Milch ein. Sie hackte Schalotten, Knoblauch, Petersilie, Schnittlauch, putzte den Mangold und schnitt ihn in Streifen. Anschließend drückte sie das Brot aus und vermischte es mit Kräutern und Zwiebeln. Sie fügte Eier und Wurstbrät dazu und knetete alles mit den Händen kräftig durch. Dann salzte und pfefferte sie das Ganze. Dasselbe machte sie mit der Kalbsbrust, um anschließend die Füllung hineinzustopfen. Am Ende hielt sie einen prall gefüllten Sack in der Hand. Sie nähte die Brust mit ein paar Stichen zu, wusch sich die Hände und öffnete eine Flasche Weißwein. »Ne me quitte pas«, sang Jacques Brel, sie sang jetzt lauter mit. Sie legte einen großen Schmortopf mit einer dicken Speckschwarte aus. Zuvor hatte sie Zwiebeln und Karotten zerkleinert, die sie nun mit der Kalbsbrust und einem Bouquet garni darauf verteilte. Sie goss Wein dazu und schob alles in den Ofen. Später gab sie etwas Brühe in den Topf; dann hieß es nur noch warten und immer wieder begießen.

Als sich der Duft nach Braten in ihrer Küche ausbreitete, holte sie Servietten, Besteck, Gläser und Teller aus dem Küchenschrank. Es war das Geschirr, das Gesine zur Hochzeit von ihrer Großmutter geschenkt bekommen hatte. Weiß mit blauem Muster, irgendetwas Dänisches; als kleines Mädchen hatte sie von diesen Tellern Königsberger Klopse, Kartoffelpuffer und Pichelsteiner Eintopf gegessen. Ein Service für vierundzwanzig Personen. Das sieht nach Großfamilie aus, hatte Leo gelacht und die alte Frau in ihre neue Wohnung nach München zum Abendessen eingeladen. Er hatte ihre Großmutter sehr gemocht.

Sie deckte den Tisch in der Küche, bevor sie einen Lappen nass machte und die große Terrassentür öffnete. Die etwas verwitterten Holzstühle und der grüne Kacheltisch draußen waren von einer dicken Schmutzschicht überzogen. Gesine wischte fünf Monate Dreck herunter. Waren es wirklich erst fünf Monate, seit sie hier mit Leo Rotwein getrunken hatte? Sie hatten wenig geredet an jenem Abend, und sie hatte gedacht, wieder mal gedacht, wie schön es war, mit ihm schweigen zu können. Heute wusste sie, dass er mit seinen Gedanken bereits eine andere gestreichelt hatte. Eine Frau, die erst zwölf Jahre alt gewesen war, als Gesine und Leo sich in Barcelona mit den Augen bei den Händen gefasst und einander geschworen hatten, sich nie mehr loszulassen.

Das Foto, das in Gesines Box ganz unten lag, zeigt sie an diesem letzten Abend in ihrem Garten. Ihr Gesicht ist leicht gebräunt von den Tagen am Strand, diesen Frühlingstagen, die schon Sommer üben, die mit trotzig-überschwenglicher Sonne den Stürmen des Winters die Stirn bieten. Gesine trägt kein Make-up, bis auf ein leichtes Rosa auf den Lippen. Die kinnlangen Haare mit den ersten grauen Strähnen darin hält ein Band aus dem Gesicht zurück, ein braunes Seidenband mit gelben Streifen, das sie tags zuvor in Deauville gekauft hat. »Nimm es mit«, hat Leo gesagt, als sie wegen des hohen Preises gezögert hat. »Es passt gut zu deinen Augen.« Ihre grünen Augen glänzen an diesem Abend, sie lächeln ihn an. Und sie wusste noch, dass sie sich darüber wunderte, wie abwesend er damals wirkte.

»Mach ein letztes Foto«, sagt sie zu ihm, woraufhin er seine Kamera aus der Küche holt. »Unser Schlussbild für dieses Mal.« Er hat auf den Auslöser gedrückt und gleich darauf nach seinem Weinglas gegriffen.

»Wo bist du mit deinen Gedanken?«, fragt sie.

Er sieht sie an, als müsste er irgendetwas einsammeln, das ihm abhandengekommen ist. »Ach, bei einem Artikel, den ich nächste Woche schreiben muss«, murmelt er und fährt sich mit der freien Hand durch sein immer noch dichtes Haar, in dessen Schwärze fünf Jahrzehnte erstes Grau getupft haben. Er sieht gut aus mit seinen fünfzig Jahren, und er mag es, wenn sie ihm das sagt. Jetzt allerdings scheint er keine Antennen für Komplimente zu haben. Empfang gestört. Was sie sieht, ist ein Testbild. Testbild mit Leo, unbeweglich auf derselben Frequenz flimmernd.

»Denk nicht an die Arbeit«, sagt sie. Sie fühlt sich unbeschwert, unbekümmert – so sonnensatt nach den zwei Wochen mit ihm, hier in ihrem Zweit-Zuhause, wie sie es immer nennen. Gesine will ihn hineinholen in ihren Das-Leben-ist-schön-Moment. Sie blinzelt in die letzten Sonnenstrahlen, die der Abendhimmel durch die Bäume schickt. Alte Bäume, die auf dem großen Rasen vor der Terrasse stehen. Unter ihnen die zwei Liegestühle. Unsere Lesestühle, sagt sie immer.

James Salters *Lichtjahre* liegen noch auf den grünen Kissen.

»Ach, Leo, ich liebe dieses Haus, diesen Garten. Ich will gar nicht zurück nach München.« Sie lacht: »Siehst du, jetzt hast du mich angesteckt. Ich fange auch schon an, an den Job zu denken, an die vielen Menschen mit den vielen Problemen, die auf mich warten. Ich habe manchmal den Eindruck, die Leute wissen gar nicht mehr, wie das geht, einfach nur glücklich zu sein. Ihnen ist das Rezept dafür irgendwie verlorengegangen.«

Er sagt nichts.

Sie redet weiter. »Wir haben es so unverschämt gut, Leo.«

Er sagt noch immer nichts.

»Leo?«

Da ist fast Erschrecken. »Ja?«

»Denkst du gerade wirklich nur über deinen Artikel nach?«

»Entschuldige, vielleicht bin ich einfach ein wenig müde von der Sonne heute.«

Jetzt schweigt sie. Der Rotwein ist schwer. Ein Geschenk von Jean-Luc gestern Abend, als er mit Camille auf einen Abschiedsschluck vorbeigekommen ist. Gesine spielt mit ihrem Glas.

Leos Handy klingelt. Er greift danach und drückt nach einem Blick aufs Display auf die Off-Taste.

»Wer war das?«, fragt sie.

»Mein Chef.«

»Warum ruft Meyer dich hier an?«

»Will ich gar nicht wissen.« Er steht auf. »Ich gehe schon mal Koffer packen.« Es klingt nach Ausflucht, Ausrede, Ausweg.

Gesine versucht seine Zerstreutheit wegzulächeln.

»Vergiss dein Buch nicht«, sagt sie und zeigt auf den Liegestuhl.

Ich liebe dich, denkt sie, während sie ihm nachsieht, wie er langsam über den Rasen geht. Er trägt den blauen Pullover; die Abende im April sind noch kühl. Als er bei den Bäumen angekommen ist, bleibt er kurz stehen und sieht hoch ins Geäst. Als würde er dort oben irgendetwas suchen. Eine Antwort? Aber auf welche Frage?

Später, als sie die Gläser in der Küche abspült, hört sie ihn im Wohnzimmer telefonieren. Seine Stimme klingt aufgebracht. Was er sagt, versteht sie nicht.

»Du hast Meyer also doch noch zurückgerufen?« Sie trocknet ein Glas ab, als er zurückkommt.

Er nickt.

»Gab's Ärger?«

»Nein, ich soll nur noch eine Geschichte übernehmen, weil ein Kollege ausgefallen ist. Es sind einfach zu wenig Leute in der Redaktion.« Leo arbeitet die meiste Zeit in seinem Büro in der Münchener Wohnung, zwischendrin ist er viel unterwegs; wenn Gesine Zeit hat, nimmt er sie mit. Zwei-, dreimal im Monat fliegt er zu Redaktionskonferenzen und Themenbesprechungen nach Hamburg.

»Habt ihr keine Praktikanten im Moment?« Gesine greift nach dem nächsten Glas.

Leo zuckt zusammen. Kaum merklich. Aber Gesine hält kurz inne. »Was ist, Leo?«

»Nichts.« Er nimmt ein Glas, das sie auf den Tisch gestellt hat, und trägt es zum Schrank. Er dreht ihr den Rücken zu. Ein Rücken kann nicht reden und keine Miene machen. Aber er kann sich heben und senken und damit zeigen, dass tief Luft geholt und wieder ausgeatmet wird.

Gesine spürt, wie sich etwas in ihren Magen gräbt. Etwas, das da nicht hingehört. Etwas, das ganz leise bohrt. Wie um es zu verscheuchen, schüttelt sie das Küchentuch aus und trocknet sich die Hände ab. »Ich bin immer etwas wehmütig, wenn wir wieder von hier wegfahren«, sagt sie leise.

Plötzlich dreht er sich um. Seine Augen suchen und finden sie. Langsam geht er um den Tisch herum und nimmt sie in die Arme. Sie lehnt ihren Kopf an seine Brust. »Bist du auch so glücklich wie ich, Leo?«

Er vergräbt sein Gesicht in ihrem Haar. Sein »Ja« hört sie kaum. Es klingt wie von ganz fern.

13

Sie hielt den Putzlappen fest. So fest, dass ein kleines schmutziges Rinnsal über ihren Unterarm lief. Natürlich hatte nicht Meyer an diesem letzten Abend hier auf der Terrasse angerufen. Es war diese Frau gewesen, die in ihre Zweisamkeit eingebrochen war. Diese Praktikantin mit dem Namen, der so unschuldig und nett und fröhlich klang und der Gesine nie über die Lippen gekommen war. »Jule«, sagte sie jetzt laut. Sie spuckte sie förmlich aus, diese vier Buchstaben. Als hätte sich Dreck in ihren Mund verirrt.

Einmal hatte sie ein Bild von ihr gesehen. Es war vor etwa zwei Monaten gewesen. Es hatte sie unvorbereitet getroffen. Hinterrücks. Sie hatte die Zeitschrift, für die Leo arbeitete, durchgeblättert; sie kam noch an die alte Adresse, nachdem er bereits ausgezogen war. Und plötzlich war da dieses lachende, junge Gesicht, blaue Augen, umrahmt von dunklen Locken, und darunter dieser Name. »Was ich gern trinke«, hatte da noch gestanden, und daneben war eine Flasche Rosé abgebildet. Gesine hatte Rosé noch nie gemocht. Seitdem hasste sie ihn.

Ich muss die Liegestühle wieder aus dem Schuppen holen und unter die Bäume stellen, scheuchte sie ihre Gedanken weg. Das mache ich gleich morgen früh.

Jetzt holte sie eine Flasche Pommeau aus der Speisekammer hinter der Küche. Zusammen mit drei Gläsern trug sie den Aperitif nach draußen. Nach einem Blick in den Ofen stellte sie den Braten auf kleinste Temperatur. Sie wollte noch duschen und sich etwas Frisches anziehen. Sie nahm ein leichtes helles Wollkleid, das sie oben im Schrank fand. Ihre Haare band sie sich mit dem braunen Band zurück, dem mit den gelben Streifen. Sie tuschte ihre Wimpern und trug etwas Rouge und Lippenstift auf. Als sie in den Spiegel blickte, musste sie an die letzte Nacht denken. An den Spiegel in Franks Badezimmer. An ihre Nacktheit und an Franks Küsse, die so fremd geschmeckt und ihr trotzdem so gutgetan hatten. Sie war selbst erstaunt, als sie sich das eingestand. Sie hatte noch nach ihm gerochen, eben, als sie unter die Dusche gegangen war, und einen winzigen Moment hatte sie diesen Geruch behalten, ihn in sich verschließen wollen.

Sie sprühte etwas Eau de Parfum auf. *Shalimar.* Ein leichter Vanilleduft breitete sich aus. Leo hatte Vanille gemocht. Sie ärgerte sich selbst, als sie das dachte. Als Leo wieder einmal den Logenplatz ihrer Gedanken besetzte.

Sie legte gerade eine neue Platte auf, als sie das Auto draußen auf dem Kies hörte. Chet Baker verschaffte sich im Haus Gehör, und Gesine öffnete mit einem energischen Ruck die Tür.

Camille nahm sie in die Arme. »Mein Liebes.« Sie drückte die Freundin, als wollte sie sie nicht mehr loslassen. Bis sie endlich doch von ihr abließ und ihr Gesicht in beide Hände nahm. »Du bist schmal geworden.«

Jean-Luc überreichte Gesine einen Strauß Rosen. Gartenrosen in allen Farben, rosa, weiß, gelb, pink, orange. In der anderen Hand hatte er eine Tüte mit drei Flaschen Wein. Er hielt ihr seine Wangen hin. Gesine küsste ihn, links und rechts und wieder links. Er roch nach Tabak und Rasierwasser. »Es tut gut, euch zu sehen.«

Die zwei folgten ihr in die Küche, während Gesine eine Vase aus dem Schrank holte und Wasser einlaufen ließ. Sie stellte die Blumen auf den gedeckten Tisch.

Jean-Luc ging zum Ofen. »Das riecht phantastisch.«

Gesine lachte. »Das bekommst du aber erst, wenn du uns vorher die Austern geöffnet hast. Lust auf einen Aperitif draußen – solange die Sonne noch scheint?«

Sie prosteten sich zu. Der Pommeau schmeckte gut, süßlich und nach Äpfeln wie diese Gegend hier.

»Du klangst so verwirrt heute Mittag«, begann Camille. »Sag, was ist los?«

Gesine zögerte. Mit ihrer Antwort würde sie die Unbeschwertheit, die sie gerade vorsichtig in die Arme genommen hatte, wegscheuchen. Sie räusperte sich, wappnete sich. »Leo hat sich von mir getrennt.«

»Das ist nicht dein Ernst.« Fassungslosigkeit zeichnete sich in Camilles Gesicht ab. Jean-Luc suchte in seiner Jackentasche nach Zigaretten und Feuerzeug. Er zündete sich eine dieser gelben Gitanes an; die Zigarette hielt er zwischen Daumen und Zeigefinger. »Warum, um Himmels willen?«, fragte er, dabei rückte er seine Brille gerade, die gar nicht schief saß.

»Er hat sich in eine jüngere Frau verliebt.«

»Wie viel jünger?« Camille nahm Gesines Hand.

»Ungefähr zwanzig Jahre.«

»Das ist doch kein Grund, einfach alles hinzuschmeißen.« Jean-Lucs sonst so leise Stimme klang laut.

»Für ihn schon«, erwiderte Gesine.

»Seit wann geht das schon?«

»Ungefähr ein halbes Jahr. Leo hat es mir vor drei Monaten gesagt. Dann haben wir die Wohnung in München aufgelöst und die Scheidung eingereicht.«

»Seid ihr wahnsinnig?« Während Jean-Luc nach der Flasche griff und allen noch mal nachschenkte, sah ihn Camille an. Und dieser Blick sagte so etwas wie: Wir hätten schon mindestens zehnmal geschieden sein müssen. Er drückte auch Zuneigung und Wärme und Liebe aus.

Gesines Herz zog sich zusammen. »Leo wollte nur noch weg«, flüsterte sie. »Ich ... ich konnte ihn nicht halten.« Ihre Augen füllten sich mit Tränen. Sie blinzelte entschieden dagegen an.

»Aber eine Affäre ist doch kein Trennungsgrund. Camille, was sagst du?« Jean-Luc holte sich mit Blicken Hilfe bei seiner Frau.

Die fing seinen Ball auf. »Ich denke auch, dass das vielleicht etwas überstürzt von euch beiden war. Warum hast du nie angerufen, Gesine? Wir hätten mit ihm reden können.«

»Es ging alles so schnell. Eines Abends eröffnete er mir, dass da eine andere sei und er mit ihr zusammen sein wollte. Und am nächsten Morgen hat er seine Sachen gepackt. Er hat mit Frank geredet, bevor er es mir gesagt hat«, setzte sie hinterher.

»Und wie hat Frank reagiert?« Camille sprach den Namen fast zärtlich aus.

»Er hat ihn ziemlich hart rangenommen, glaube ich.«

»Geschieht ihm recht«, mischte sich Jean-Juc wieder ein. »Leo war schon immer so kompromisslos. Und dabei auch manchmal unfair. Ohne Wenn und Aber …«

»Und das sagst ausgerechnet du.« Camille schüttelte den Kopf.

Jean-Luc winkte ab. »Ich weiß, ich bin auch stur, aber ich lenke immer wieder ein.« Er zündete sich eine neue Zigarette an. »Dieser verdammte Kerl. Ich habe ihn wirklich gern, das weißt du, Gesine, aber hier … hier ist er zu weit gegangen. Ich werde mit ihm reden, gleich morgen …«

»Bitte, Chéri!« Camille sah ihn streng an. Der Lehrerinnenblick, hatte Leo immer dazu gesagt. »Warum hast du in diesen drei Monaten nicht mal angerufen, Liebes?«, wandte sie sich wieder an Gesine. »Wir wären nach München gekommen …«

»Ich weiß auch nicht. Es hatte nichts mit euch zu tun. Ich fühlte mich wie gelähmt. Der Einzige, mit dem ich Kontakt hatte, war Frank. Ich habe mit seiner Hilfe den Umzug organisiert, mir eine neue Wohnung gesucht und versucht, meinen Job zu machen.«

»Und?«

»Es funktioniert nicht besonders gut, sosehr ich mich auch bemühe. Leo fehlt mir. Es vergeht kaum eine Stunde, in der ich nicht an ihn denke. Man kann doch Liebe nicht einfach so ausschalten, oder?«

Die zwei sahen sich ratlos an. »Soll Jean-Luc mit ihm sprechen?«, fragte Camille. Sie legte Vorsicht in ihre Stimme. »Vielleicht kann man ihn doch noch zur Vernunft bringen.«

Gesine winkte ab. »Danke, aber …« Sie fand keine Worte mehr.

»Seht ihr euch denn noch?«

»Beim Anwalt letzten Monat haben wir uns getroffen. Und er weiß, dass ich hier bin. Ich habe ihm gesagt, dass ich einen Makler damit beauftragen will, das Haus zu verkaufen.«

»Ist das dein Ernst?«

»Ich bin mir nicht mehr so sicher, seit ich hier bin. Am liebsten würde ich mich erst mal verkriechen, über alles nachdenken, meine Gedanken sortieren, zur Besinnung kommen. Hier bin ich uns wieder ganz nah – vielleicht klärt sich dadurch etwas. Vielleicht brauche ich diese Nähe, um zu begreifen, was passiert ist.« Sie sah die Freunde an, als könnte sie sich dort Verständnis abholen.

Camille nickte.

»Leo ist in dreieinhalb Wochen in Paris«, schickte Gesine hinterher. »Er hat gesagt, ich könne ihn anrufen. Und dass ihr ihm fehlt, hat er auch gesagt.«

Jean-Luc schüttelte nur den Kopf, als er die Gläser zusammenräumte. »Bleibt sitzen«, sagte er. »Du musst mir nur sagen, wo die Austern sind, Gesine.«

Jetzt lachte sie, ein Versuch, wieder ein wenig Unbeschwertheit einzufangen. »Im Kühlschrank. Im Tiefkühler müsste genug Eis sein, ich habe eine Platte neben die Spüle gestellt.«

»Und der Austernbrecher? In der Schublade neben dem Herd, wie immer?«

»Ja, wie immer.«

Gesine lehnte sich im Stuhl zurück. Sie presste die Finger beider Hände gegeneinander, während sie sprach. »Ich denke immer, er müsste gleich zur Küchentür hereinkommen, um zu sehen, ob ich auch die richtige Temperatur im Ofen eingestellt habe. Siebzehn Jahre, Camille ... Vorhin wollte ich schon für vier decken. So etwas passiert mir dauernd. Ich mache morgens Kaffee für zwei und hänge im Badezimmer zwei Handtücher hin. Oder ich kneife mich ins Bein, weil ich denke, es ist nur ein böser Traum, und wenn ich aufwache, liegt er neben mir und fragt, ob ich gut geschlafen habe. Ich habe noch kaum etwas realisiert von dem, was passiert ist. Ich glaube einfach nicht, was mir gerade geschieht.«

»Es ist auch kaum zu glauben, Gesine.« Camille ließ ihren Blick kurz auf den weiß blühenden Hortensien neben der Terrasse ruhen. »Ihr zwei habt immer so glücklich gewirkt, so vollkommen eins. Als könnte sich nichts zwischen euch schieben, keine Macht dieser Welt euch umwerfen. Wie oft habe ich zu Jean-Luc gesagt: Was führen wir beide eigentlich für eine Ehe im Vergleich zu Leo und Gesine?«

»Eine, die hält – bis heute.«

»Ja, aber auch eine, die Unbeständigkeit zu ihrem Fundament gemacht hat.«

»Vielleicht ist das ja das große Geheimnis ...«

»Gab es Anzeichen bei euch? Irgendwelche Vorboten? So was kündigt sich doch an.«

»Nein, Camille. Wir hatten zwar unsere Streitereien wie in jeder Beziehung eben, aber so ein grundglückliches Gefühl war immer da. Selbst in diesem Frühjahr noch, als wir hier waren.«

»Hatte er da schon die andere?«

Gesine nickte. »Er war etwas zerstreuter als sonst. Ich habe es auf seine Arbeit geschoben. An unserem letzten Abend hier hat sie ihn auf dem Handy angerufen. Er log hinterher, sagte, es sei sein Chef gewesen. Ich habe ihm geglaubt. Ich war ja so ahnungslos, so naiv, so dumm ...«

Camille schwieg.

»Ach ja, dass er glücklich mit mir sei, das hat er auch gesagt. Hier in der Küche hat er mich umarmt, als gäbe es ein Morgen und in diesem Morgen nur uns.«

»Lass dir Zeit. Mit allem, auch mit dem Haus.«

Gesine nickte langsam und strich mit der Hand über den Kacheltisch. »Ja, du hast recht. Ich bin in meinem Leben nicht mehr zu Hause. Und hier«, sie schließt für einen Moment die Augen, »hier ist das letzte Stück Heimat, das mir geblieben ist.«

»Wie geht es Frank?«, wechselte Camille vorsichtig das Thema.

Gesine zögerte. »Ich habe gestern mit ihm geschlafen.«

Camilles Blick verließ die Hortensien. »Das habe ich auch ein paar Mal.«

»Wann?« Gesine holte in ihrem Kopf das Hochzeitsbild hervor. Die letzte Flasche Champagner, sie und Leo, Jean-Luc und Camille. Und Frank, der mit Camille über die Deutschen und die Franzosen gesprochen und dabei das Begehren als Untertitel hatte mitlaufen lassen. »Bei unserer Hochzeit?«, fragte sie.

»Ja, und später noch viermal. Im Abstand von mehreren Jahren. Ich mag ihn sehr. Manchmal telefonieren wir miteinander. Im letzten Winter haben wir uns in Paris getroffen. Er ist ein so kluger und liebevoller Mann, aber irgendwie immer auf der Suche ...«

»Er hat mir nie etwas von euch beiden gesagt.«

Camille lachte. »Das sollte er auch nicht.«

»Weiß Jean-Luc davon?«

»Natürlich. Du kennst unsere Ansichten über die Liebe.« Sie wurde wieder ernst. »Warum hast du mit Frank geschlafen, Gesine?«

»Er ist mein bester Freund.«

»Deshalb frage ich.«

»Vielleicht war es einfach nur Zeit, einmal danke zu sagen.«

»Ganz selbstlos?«

Ihre Antwort schluckte Gesine mit Pommeau hinunter.

»Du weißt, dass er nie ganz aufgehört hat, dich zu lieben?«

»Ich habe es geahnt. Seit der Hochzeit haben wir nicht mehr darüber geredet. Es war wie ein stilles Abkommen zwischen uns. Aber jetzt brauche ich Abstand – zu mir und zu ihm.«

»Verstehe.« Camille streichelte Gesines Hand. »Soll Jean-Luc nicht vielleicht doch Leo anrufen?«

»Ich bin mir nicht sicher ...« Dankbar sah sie Jean-Luc an, der mit einer großen Platte nach draußen kam.

»Ich habe gedacht, die Austern können wir noch auf der Terrasse genießen.« Er zeigte auf die Sonne zwischen den Baumkronen.

Es wurde ein schöner Abend. Ein Abend, an dem Gesine sich ein Stück Unbeschwertheit zurückholte. Die Freunde halfen ihr dabei. Wie selbstverständlich richteten sie sich in der neuen Situation ein. Sie klammerten Leo nicht aus, immer wieder setzten sie ihn mit an den Tisch, und Gesine spürte, dass es genau das war, was sie brauchte. Nur wenn sie die Erinnerungen zuließ, konnte sie tief in sie eindringen. Um irgendwann auf den Grund des Verstehens zu treffen. Um dort aus dem Bodensatz all dessen, was sie jahrelang verdrängt hatte, endlich die Antworten auf alle ungeklärten Fragen herauszukratzen.

Der Braten war gut geworden. »Auch ohne Leos Besserwisserei in der Küche«, sagte sie lachend. Die beiden lachten mit.

Jean-Luc legte gerade eine neue Platte auf, als ihr Handy piepte. Eine SMS. *Kommst du klar, mein Mädchen?*

»Es ist Frank«, sagte sie zu Camille. »Soll ich ihn von dir grüßen?«

»Gib ihm einen Kuss.«

Ja!!!, tippte sie ein. Und: *PS: Camille schickt dir einen Kuss.*

Zehn Sekunden später kam die Antwort. *Zwei Küsse zurück.* Sie zeigte Camille das Display.

Die Freundin lächelte. »Jetzt haben wir etwas gemeinsam, Gesine.« Sie schenkte Jean-Luc ein strahlendes Lächeln, als er in die Küche zurückkam. Und in diesem Moment wünschte sich Gesine, sie könnte ihre Gefühle genauso gekonnt jonglieren. Einfach alle Bälle in die Luft werfen, wissend, dass man jeden wieder auffangen würde.

Jean-Luc hatte Keith Jarrett aufgelegt, *The Köln Concert.* Die Musik trug sie in die kleine Bar in El Raval zurück. »Das haben Leo und ich an unserem ersten Abend gehört«, sagte sie leise.

Jean-Luc sah sie erschrocken an. »Soll ich etwas anderes aussuchen?«

»Nein, ist schon gut. Es sind ja schöne Erinnerungen. Gib mir lieber noch etwas Wein.«

Sie tranken viel in dieser Nacht. Es war zwei Uhr, als Camille und Jean-Luc aufbrachen. »Wir müssen mal wieder zusammen Schmetterlinge fangen«, sagte Gesine zum Abschied, und Jean-Luc ging sofort darauf ein. »Nächstes Wochenende? Es fliegen nicht mehr viele, jetzt im September. Mit etwas Glück erwischen wir noch einen Admiral.«

Die Stille kam unvermittelt. Langsam stieg Gesine die Treppen zum Schlafzimmer hinauf. Ihr Kleid ließ sie auf den Boden fallen, zusammen mit ihrem Slip. Nackt trat sie ans Fenster, sah in den Garten hinunter. Sie spürte, wie die kalte Nachtluft ihren Körper mit Gänsehaut überzog. Morgen werde ich verblühte Blumen abschneiden und Unkraut jäten, dachte sie.

Leos blauer Pullover lag noch auf dem Bett. Sie zog ihn an und schlüpfte unter die Decke. Innerhalb von Sekunden war ihr warm. Und das erste Mal seit drei Monaten schlief sie mit einem Lächeln ein.

14

Sie nahm ein Bild mit in ihre Träume. Auf diesem Bild trägt sie ein Schmetterlingsnetz, einen großen Stock mit einem grünen Tüllbeutel daran. Jean-Luc steht neben ihr, einen Koffer in der Hand. Auf Gesines Stirn haben sich Schweißtröpfchen gebildet. Ihr kurzer brauner Rock ist etwas hochgerutscht, die Zipfel ihrer weißen Bluse hat sie vorn verknotet, so dass ihr Bauchnabel zu sehen ist. Immer, wenn sie später mit Leo das Foto angesehen hat, hatte er sie auf dieses Detail aufmerksam gemacht. Mein Nabel der Welt, hatte er dann gesagt und mit seinem Finger darauf gezeigt und etwas von Schmetterlingen im Bauch erzählt. Jetzt war da ein kleiner Fleck auf diesem Bild, dort, wo sich ihr Nabel befand. Ein Leo-Berührungsfleck.

Vier Stunden ist sie an diesem Tag vor vielen Jahren mit Jean-Luc unterwegs gewesen, hat ihm geholfen, Falter zu fangen. Ihre Begeisterung für Schmetterlinge war für ihn Einladung, ihr alles zu zeigen. Camille und Leo sind zu Hause geblieben. »Wenn ihr zurückgeflattert kommt, gibt es Schwarzfußhuhn in Calvados mit Äpfeln«, lacht Camille. »Das Rezept ist von meiner Großmutter und wird hoffentlich unserem großen Kritiker hier gefallen.« Sie stößt Leo in die Seite und holt sich bei ihm ein Grinsen ab. »Wenn genug Calvados drin ist, soll mir alles recht sein«, sagt er und schiebt sich die Ärmel seines Hemdes hoch. »Ich helfe dir beim Kochen.«

Sie winken, als Gesine und Jean-Luc in den großen weißen Citroën der Osmonds steigen. Die Exkursion führt mitten ins Département Calvados. Da gebe es ausgedehnte Obstwiesen und kleine Bachläufe, erklärt Jean-Luc, wo sich besonders schöne Exemplare tummeln würden. Außerdem sei die Gegend, nun ja, Normandie wie aus dem Bilderbuch.

Stimmt, denkt Gesine, als sie durch das kleine Dorf Beuvron-en-Auge fahren. Worte, die Leo gern aus Texten von Jungredakteuren herausstreicht, drängen sich hier geradezu auf. Worte wie »pittoresk« und »idyllisch«. Es scheint, als hätte jemand Zutaten wie Kopfsteinpflaster, windschiefe Fachwerkhäuser, eine alte Markthalle, schmiedeeiserne Balkone mit Geranienkästen und dösende Katzen geradezu verschwenderisch eingesetzt und, um das Ganze perfekt zu machen, noch einen blitzblauen Himmel mit weißen Wölkchen darübergespannt. Die Kreation des Klischees in Vollendung.

»Hübsch, nicht wahr?«, fragt Jean-Luc und greift nach einer Zigarette, die er schnell anzündet, während er mit der anderen Hand lenkt. Er kurbelt das Seitenfenster herunter und bläst den Rauch hinaus.

»Ein bisschen zu hübsch.«

»Alles Fassade, meine Gute. Da die Markthalle zum Beispiel beherbergt jetzt ein Restaurant, das seinen Michelinstern seit Jahren fast automatisch bekommt.«

»Ach ja?« Sie sieht ihn neugierig an.

»Überteuert und nicht besonders. Aber den Touristen gefällt's. Es fehlt in keinem Reiseführer.« Er zieht an seiner Zigarette. »Ich bin in der Normandie aufgewachsen, ich mag dieses Land. Aber solche putzigen Dörfer sind für mich eine Persiflage. So eine Art Freilichtmuseum. Das hat nichts zu tun mit dem, was ich liebe. Wie das hier zum Beispiel ...« Er macht eine ausladende Handbewegung. Sie haben die letzten Häuser hinter sich gelassen und fahren nun an riesigen Pferdekoppeln und Wiesen voller Apfelbäume vorbei. An einem Feldweg biegt Jean-Luc rechts ab und bremst nach ein paar hundert Metern an einem Bach. Als er den Motor abstellt, kriecht die flirrende, nur von Insektengesumm unterbrochene Sommerstille zu ihnen durchs Fenster.

»Es ist wunderschön.« Gesine steigt aus dem Wagen und holt tief Luft. Warme, süße Luft. Grasluft mit Wiesenblumen und Kräutern darin.

Jean-Luc öffnet den Kofferraum und nimmt zwei Schmetterlingsnetze und einen großen Koffer heraus. Danach springt er mit einem Satz über den Bach und reicht ihr die Hand. Sie greift zu, setzt hinterher und lässt sofort wieder los.

Er zeigt ihr, wie man sich ranpirscht an die Schmetterlinge und die größten Fangerfolge erzielt. »Hast du den Falter im Netz, musst du kurze kreisförmige Bewegungen aus dem Handgelenk machen, so dass das Ende des Beutels umgeschlagen auf dem Netz liegt.« Nach drei, vier Versuchen hat Gesine die Technik raus. »Gut«, lobt Jean-Luc. »Besser als meine Studenten.«

Ihre Ausbeute befindet sich nach einer guten Stunde in einer mit Torf ausgelegten Insektenschale: Ein Admiral liegt darin, dessen schimmernde Flügelunterseiten und feuerrote Färbung auf schwarzem Grund ihn zu den schönsten Schmetterlingen überhaupt macht. Daneben ein Großes Nachtpfauenauge, auf das Jean-Luc besonders stolz ist, da es normalerweise nur weiter im Süden Frankreichs unterwegs ist. Ein Segelfalter mit ausladenden, oben spitz zulaufenden Flügeln sowie ein orangebraunes Landkärtchen mit schwarzen Markierungen, das zu den kleinsten europäischen Edelfaltern gehört, wie Jean-Luc ihr erklärt. Es gibt einen Kleinen Fuchs und ein Schachbrett, und Gesine freut sich über die hübschen Namen und begutachtet alle Falter eingehend, nachdem der Freund sie in eines der mitgebrachten Tötungsgläser gegeben hat. Jedes gefangene Tier werde einzeln in ein Glas getan, in dem es bis zur Betäubung bleibe, erläutert er, und sie lächelt, weil es klingt, als würde er eine Vorlesung halten.

»Ich weiß, sobald ich Schmetterlinge sehe, lasse ich den Professor raus. Camille sagt mir das auch immer.« Er untersucht die narkotisierten Falter in der Hand, manche lässt er wieder frei. Die anderen spritzt er von der Seite oder von oben in den Thorax und legt sie mit Hilfe der Spritze, an der sie hängen, vorsichtig in die Schachtel. Später werden die Schmetterlinge genadelt, indem Jean-Luc sie mit Daumen und Zeigefinger von unten an der Brust fasst und die Nadelspitze mit der anderen Hand senkrecht von oben so weit in den Körper einsticht, bis sich zwei Drittel der Nadel unterhalb des Thorax befinden. Dabei achtet er peinlichst darauf, dass Körperachse und Nadel einen Winkel von neunzig Grad bilden. Er erklärt ihr, dass das zügige Nadeln wichtig sei, um die Totenstarre zu vermeiden. Das erleichtere später das Präparieren der Falter auf den Spannbrettern.

»Es geht so schnell mit dem Sterben«, sagt Gesine, während sie gebannt auf einen Admiral in Jean-Lucs Hand sieht. »Womit tötest du sie?«

»Mit Zyankali.«

»Oh, mein Gott.«

»Das ist die sicherste Methode«, erklärt er.

»Aber das Zeug gibt es doch nicht einfach so zu kaufen.« Sie tritt instinktiv einen Schritt zurück, während er die Spritze ansetzt. Jetzt riecht sie es, Bittermandel. Irgendwo hat sie mal gelesen, dass Zyankali nach Bittermandel riecht.

Er lacht. »Natürlich nicht. Aber ich bin Forscher und habe eine Lizenz.«

»Eine Lizenz zum Töten?« Jetzt muss sie auch lachen, aber es klingt etwas nervös.

»Man hat ein anderes Verhältnis dazu, wenn man täglich mit diesem Gift arbeitet.« Er lässt den toten Admiral in die Schachtel fallen. »Mein Großvater war Apotheker und verteilte Zyankali während der deutschen Besatzung an Leute von der Résistance. Die hatten das immer dabei, falls sie irgendwann mal der Gestapo in die Hände fallen sollten.«

»Wie viel Gift braucht man, um …?« Sie formuliert die Frage nicht zu Ende.

Jean-Luc fasst an seine Brille. »Fünfzig Milligramm sind ausreichend, um einen erwachsenen Menschen umzubringen.«

»Und geht das genauso schnell wie bei ihm hier?« Sie zeigt auf den Admiral.

»Ja. Ein paar Sekunden, dann ist alles vorbei. So haben sich viele damals die Folter erspart …«

»... und dafür mit ihrem Leben bezahlt.« Sie setzt sich auf einen Baumstumpf. »Hat dein Großvater die Deutschen gehasst?«

Er lässt sich neben ihr im Gras nieder. »Nicht alle, Gesine. Er hat sogar mal einen deutschen Deserteur bei sich versteckt. Auf so etwas stand damals die Todesstrafe.«

»Und was ist mit ihm passiert?«

»Mit meinem Großvater oder dem Soldaten?«

»Mit beiden.«

»Sie haben überlebt und sind später Freunde geworden.«

»Wann ist dein Großvater gestorben?«

»Vor dreißig Jahren. Und mit ihm alle Geschichten aus dem Krieg. Als kleiner Junge habe ich ihm immer unheimlich gern zugehört. Er war so etwas wie ein Held für mich.«

Sie nickt langsam. »Kinder brauchen Helden.«

»Du kennst dich aus, du bist Psychologin.«

Sie reißt einen Grashalm ab und dreht ihn zwischen den Fingern. »Ja, vielleicht.« Sie schluckt etwas hinunter, das sich blitzschnell in ihrem Hals gebildet hat, wie ein Feind, der weiß, wo er sie packen kann.

»Wer war dein Held, Gesine?« Jean-Luc hat seine Professorenstimme abgelegt.

Sie zögert. »Meine Großmutter«, erwidert sie schließlich leise. »Sie war ...«, ihre ganze Konzentration scheint dem Grashalm in ihrer Hand zu gelten, »... so eine Art Lebensretterin für mich.«

»Wovor hat sie dich gerettet?« Er spürt, dass er mit seiner Beharrlichkeit Schleusen öffnet.

Als Gesine aufsieht, merkt sie, wie ihre Augen zu schwimmen beginnen. Sie blinzelt energisch dagegen an. »Vor dem Verlassenwerden«, sagt sie. Es ist mehr ein Bewegen der Lippen als ein Sprechen. Und es ist diese Lautlosigkeit, die alles in ihrem Kopf nur noch lauter werden lässt. Das Weinen des Mädchens, das sie gewesen ist. Diese Nacht, in der die Wohnung nach säuerlichem Eintopf roch. Diese Nacht, in der das Mädchen barfuß auf den Fliesen in der Küche stand und nach seiner Mutter rief. Diese Nacht, in der eine Sechsjährige einen handgeschriebenen Zettel fand und mühsam entzifferte, wie kleine Kinder das tun, die noch nicht richtig lesen können. »Oma kommt morgen«, stand da. Und: »Kuss, Mami.« Sie nahm den Zettel mit ins Bett, und dann kniff sie die Augen fest zu und wünschte sich, nie mehr aufzuwachen.

Jetzt schickt sie ihren Blick über die Wiese vor sich, als könnte sie dort Trost pflücken. Normalerweise kommen diese Bilder nur nachts in ihren Träumen; am helllichten Tag haben sie sich bisher gut versteckt.

»Was ist los?« Jean-Luc sieht plötzlich besorgt aus.

Sie übt ein Lächeln; ein Versuchsballon. »Ach, nichts«, wehrt sie ab. »Manche Dinge soll man vielleicht einfach ruhen lassen.«

»Du bist sehr empfindlich, Gesine, fast wie meine Schmetterlinge.«

»Und die bekommen eine Zyankali-Spritze von dir …«

»… weil ich sie dann präparieren und ihre Schönheit erhalten kann. Manchmal muss etwas sterben, damit es bleibt.«

»Wie lange leben Falter normalerweise?« Sie weiß, dass sie mit ihrer Frage den Professor in ihm wieder wecken und die Bilder in ihrem Kopf vertreiben wird.

Jean-Luc versteht. »Das können ein einziger Tag,

aber auch zehn Monate sein. Pro Jahr wachsen manchmal mehrere Generationen heran, je nach Typus. Bevor ein Schmetterling entsteht, ist da zunächst die Raupe, die sich mehrfach häutet, bis sie ihre endgültige Größe erreicht hat. Die Körperoberfläche besteht aus einer Haut, der sogenannten Kutikula, die zwar elastisch ist, aber nicht wachsen kann. Deshalb bildet die Raupe, wenn es an der Zeit ist, eine neue Haut, die dann eingefaltet auf der alten liegt.«

»Und wie wird sie ihre alte Haut los?«

»Bei der Häutung schwillt die Raupe an, bis ihr nicht mehr benötigtes Kleid reißt und durch gezielte Muskelkontraktionen weggeschoben werden kann.«

»Vielleicht sollte man sich ab und zu ein Beispiel an einer Raupe nehmen. Einfach weg mit dem alten Kram, damit man weiterwachsen kann.« Jetzt lacht sie wieder.

Er nimmt ihr Lachen auf, behutsam, als würde er einen besonders kostbaren Falter einfangen.

»Ist die Raupe erwachsen, häutet sie sich zum letzten Mal«, fährt er fort. »Sie erreicht nun das Puppenstadium, in dem sie zum Schmetterling umgeformt wird. Am Ende platzt die Puppenhaut auf, und der Falter erscheint. Er pumpt Luft, um seinen Körper zu vergrößern und die Haut weiter aufzureißen. Dann windet er sich komplett aus der Puppenhaut heraus und sucht sich einen passenden Ort für den letzten Akt.«

»Und was passiert da?«

»Seine Flügel sind zunächst noch ganz unscheinbare, herunterhängende Säckchen. In das zarte Geäder presst er jetzt Blut, damit die Flügel anschwellen und sich zu ihrer vollen Größe entfalten. Dann müssen sie nur noch trocknen – und der Schmetterling kann seinen ersten Flug antreten. Sein Lebenszyklus ist beendet, indem er sich paart und das Weibchen die Eier ablegt.«

»Wie findet das Männchen ein Weibchen?«

»Falter haben unglaublich ausgeklügelte Sinnesorgane. Allein ihre Augen sind aus bis zu sechstausend Facetten zusammengesetzt, weswegen sie Bewegungen sehr gut wahrnehmen können. Bei der Partnersuche spielen allerdings die Geruchsorgane eine große Rolle, die auf den Fühlern sitzen. Einige Nachtfalterarten sondern spezielle Duftstoffe ab, womit sich die Weibchen über größere Entfernungen hinweg bemerkbar machen.«

»Das klingt alles wie ein großes Wunder. Redest du mit Camille auch öfter über Schmetterlinge?«

»Hin und wieder. Sie kann ihre Schüler mit meinen Geschichten beeindrucken«, er fasst sich an seine Brille, »was sie im Übrigen gern und ausgiebig tut.«

Er klappt den Koffer auf und legt die Schachtel mit den toten Faltern hinein. Dann holt er aus einem Seitenfach eine Flasche Calvados und zwei kleine Gläser. »Den haben wir uns verdient.« Er schenkt ein und reicht ihr ein Glas. »Auf die Schmetterlinge.«

Als sie anstoßen, fliegt ein Admiral vorbei – und es scheint Gesine, als würde er ihnen zuwinken.

In dieser Nacht erzählt sie Leo, was sie über das Leben und Sterben von Faltern erfahren hat. Sie liegen auf dem Bett in dem kleinen Gästezimmer von Jean-Luc und Camille, und sie hören, wie die zwei unter ihnen laut reden. Gesine hat ihren Kopf auf Leos Brust gelegt und streicht mit der linken Hand über seinen festen, glatten Bauch.

»Wenn ihnen eine Haut zu eng wird, streifen sie die

einfach ab und legen sich eine neue zu«, sagt sie. »Das ist so logisch, so folgerichtig ...«

»Tun wir das nicht auch hin und wieder in unserem Leben?« Er greift in ihre Haare und lässt sie durch die Finger gleiten.

»Viel zu selten. Wir schleppen viel zu lange viel zu alte Häute mit uns rum. Und manche von uns verpassen einfach den Zeitpunkt, sie zu entsorgen.«

»Du bist aber bereits raus aus dem Puppenstadium.«

»Willst du damit sagen ...?«

»... ja, das will ich. Du bist ein wunderschöner Schmetterling geworden, Gesine. Du musst keine alten Häute mehr aufbewahren. Dein neues Kleid steht dir, und ich liebe es, dich darin zu sehen.«

Er nimmt ihr Gesicht in beide Hände, und als er sie küsst, wird ihr warm. Eine Wärme, die durch das Geäst ihres Körpers kriecht. Sie spürt seine weichen Lippen, und sie denkt an die Falter, deren zarte Flügel sich mit Blut füllen vor dem ersten Flug. Und dann denkt sie nichts mehr. Will nur noch anhalten, innehalten, konservieren. Will im Jetzt bleiben, keine dieser Sekunden in die Zukunft schicken. Sie küsst ihn mit einer Unbändigkeit zurück, die ihr selbst fremd ist, und sie fühlt, wie seine Erregung wächst. Ihre Lippen raufen miteinander, sie beißen sich, keuchen, lachen.

Plötzlich halten sie inne, beinahe synchron. Mit einer nie zuvor da gewesenen Zärtlichkeit legt er sie auf die Kissen, verschränkt seine Hände über ihrem Kopf mit seinen. Er pustet ihr ein Haar aus der Stirn, und dann sind da nur noch leise Wellen, die sie durchlaufen. Kraftvolle, beharrliche Wellen, die genau zu wissen scheinen, was sie tun.

Gesine schließt die Augen, und sie gibt den Schmetterling frei. Schickt ihn auf die Reise. Seine Flügel sind jetzt stark genug, und die Farben darauf leuchten in ihre Träume hinein.

15

Als sie aufwachte, schien die Sonne ins Fenster. Sein blauer Pullover hatte sie durchschlafen lassen, eingehüllt in seinen Wärmekokon.

Sie fühlte so etwas wie Ruhe in sich. Eine wunderbare Ruhe, dachte sie, während ihre Hand wie von selbst in ihren Schritt wanderte und dort ihrer Sehnsucht begegnete.

Es waren die Holzstege am Strand von Deauville, auf die ihr Blick fiel, als sie die Augen wieder öffnete. Dieses Foto, das Leo gemacht hatte, kurz nachdem sie ihr Haus hier gekauft hatten, und das jetzt gegenüber vom Bett hing. »Damit wir beim Aufwachen immer das Meer in der Nase haben«, hatte er gesagt, als er den Nagel einschlug, während sie den Hocker festhielt, auf dem er stand. Sie wusste, wohin sie heute fahren würde …

Barfuß ging sie die alte Holztreppe hinunter. Die Fliesen in der Küche waren leicht angewärmt durch die Sonne, die durch die Terrassentür gekrochen war und helle Sprenkel auf den Boden getupft hatte. Es roch nach Zigaretten und Braten. Gesine öffnete die Tür und ließ frische Luft herein. Dann füllte sie Wasser in die Kaffeemaschine; es war dasselbe Modell wie zu Hause in ihrer Wohnung in München.

Zu Hause, durchzuckte es sie kurz, zu Hause in München gab es nicht mehr.

Sie stopfte so viel Espresso in den kleinen Behälter wie möglich, klemmte diesen fest und freute sich über das Zischen, das sofort beim Einschalten zu hören war. Sie gab etwas Milch in eine kleine Kanne und schäumte sie auf. Den Zuckertopf musste sie erst suchen; Leo hatte ihn bei ihrem letzten Besuch in die kleine Speisekammer hinter der Küche gestellt.

Sie spürte, dass sie den Dialog mit ihm – und mit sich – wieder aufnahm. Nur wenn man die Dinge benennt, über sie redet, ihnen Gestalt gibt, kann man sie klären. Das hatte sie doch selbst immer zu ihren Patienten gesagt. Genau das würde sie nun hier tun: entwirren, um die Sprachlosigkeit, in die sie hineingetaumelt war, zu beenden.

»Leo, warum musst du immer alles verräumen?«

Sie hatte nie »Schatz« oder »Süßer« zu ihm gesagt, ihn immer nur »Leo« genannt. Sie mochte seinen Namen. »Leo«, flüsterte sie, während sie den Zuckertopf auf das Tablett stellte. Und in diesem Moment wünschte sie nichts sehnlicher, als sein »Gesine« zu hören. Diesen weichen Tonfall, mit dem er ihren Namen gestreichelt hatte. »Du hast doppelt so viele Buchstaben wie ich«, hatte er ihr mal gesagt, kurz nachdem sie sich in Barcelona in die Arme gelaufen waren. Sie hatten sich viele Briefe geschrieben, damals, eine Buchstabenbrücke gebaut zwischen Hamburg und München. Mails und SMS hatte es noch nicht gegeben, nur eine große runde und eine kleine eckige Schrift, die ihre

Botschaften ineinander verhakt und sich nicht mehr hatten loslassen wollen. Sein »Liebe lernt laufen. Leo lernt Liebe. Liebe läuft zu Gesine und trinkt sich dort satt.« und ihr »Dann komm, Leo. Wann?« und sein »Morgen!« und ihr »Darf das Leben so schön sein?« und sein »Ja! Noch schöner!«.

Wo waren die Briefe jetzt? Sie erschrak fast, als sie sich daran erinnerte, dass sie alle in einer Kiste in diesem Haus deponiert hatte. Im Wohnzimmer, auf dem großen Regal, hinter den Büchern. Fast hätte sie vergessen, dass ihre Worte hier lebten. Auch sie würden ihr helfen, diese Worte. Helfen, die losen Fäden aus dem Knäuel ihrer Gedanken herauszuwickeln.

Sie holte eine Brioche, die sie gestern in der Boulangerie in der Rue Mouffetard gekauft hatte, aus einer blümchenverzierten Tüte und legte sie zu der Tasse und dem Zuckertopf auf das Tablett. Als sie alles ins Freie trug, fiel ihr plötzlich auf, dass sie die letzten Monate gar nicht gefrühstückt hatte. Ohne einen Bissen war sie ins Büro gehetzt und hatte versucht zu arbeiten, begleitet von Franks besorgten Blicken.

Frank ... Sie ging kurz zurück in die Küche und holte ihr Handy. *Mir geht es besser hier,* tippte sie ein. Und: *Ich spüre mich wieder! Kuss, G.*

Zwei Minuten später kam die Antwort: *Spürst du auch Zukunft?*

Sie dachte kurz nach. *Vergangenheit ist Gegenwart, ist vielleicht Zukunft.* Sie beobachtete, wie der kleine Briefumschlag auf dem Display zuklappte und wegflatterte. Sie nahm einen Schluck Kaffee und biss in ihre Brioche.

Muss ich dich immer warnen?

Du bist eben mein mahnender Zeigefinger. Ein paar Brioche-Krümel fielen auf die Tasten.

Darf der auch küssen?

Das ist nicht seine Aufgabe. Sie zögerte, dann tippte sie schnell: *Ich mache eine Ausnahme.*

Fühlt sich gut an. Ich wünschte …

Noch zu viel Leo …

Noch?

Ich arbeite daran, die Dinge zu klären.

Ich weiß, mein Mädchen. Trotzdem ein Kuss. Ein ganz kleiner!

Sie biss sich auf die Lippe. *Von mir nur ein paar Sonnenstrahlen aus unserem Garten. Mehr geht nicht.*

Wärme angekommen. Grüße das Meer …

Das Handy schwieg. Sie ging ins Haus und holte die kleine blaue Schachtel, die sie im Wohnzimmer neben dem Kamin abgestellt hatte.

Das Foto, das sie heraussuchte, legte sie neben ihre Kaffeetasse. *1994, unsere neue Küche* stand auf der Rückseite. Leo trägt eine weiße Schürze mit ein paar braunen Spritzern drauf. Er hält einen riesigen Schneebesen in der einen und eine Pfanne in der anderen Hand. Er steht vor dem großen Herd mit der Dunstabzugshaube darüber, die ein Tag vorher geliefert worden ist. Zusammen mit meterlangen Arbeitsflächen in Holz und Granit und Stangen, an denen endlich alle Kochgerätschaften aufgehängt werden können. Mit Schubladen, die sich so leicht öffnen und schließen lassen, dass Leo das »Auf-und-zu-Spiel« erfunden hat. Bis dahin haben sie in ihrer Münchener Küche improvisiert, fast drei Jahre lang.

Gesine hat Parfait gemacht und ihm einen Kuss gegeben, bevor sie den Fotoapparat geholt hat. Auf seiner Nase ist etwas Sahne zu sehen. Von ihrem Kuss.

Er hat ihr erklärt, sie solle bittere Orangenmarmelade ins Parfait tun, sonst würde alles zu süß. Ihr Lachstatar hat er mit Piment gewürzt. »Du wirst sehen, es schmeckt besser so …«

»Mein Besser-Koch«, hatte sie ihn in solchen Situationen genannt.

Die Hauptspeise hat er sich ausgedacht. »Ich mache etwas, das man sonst nicht in Deutschland bekommt – Kalbsnieren in ihrem eigenen Fett.« Er klopft das Nierenfett aus und wickelt die Innereien darin ein. Es gibt Süßkartoffeln dazu und eine Senfsauce und einen Riesling, der älter als fünfzehn Jahre ist.

Frank bringt Champagner mit an diesem Abend – und eine Frau, die zu viel Parfum aufgelegt hat. Sie heißt Marga, und Frank kennt sie seit zwei Tagen und einer Nacht.

Marga ist klein und schlank. Sie hat schwarze Locken und redet viel. Sie sagt unter anderem, dass sich die Leute heute zu große Küchen zulegen – sie sagt wirklich »zulegen«, als handelte es sich um einen Hund.

»Es gibt Menschen, die kochen gern in großen Küchen«, erwidert Leo.

»Ach, Kochen ist auch nur so eine Modeerscheinung«, erklärt Marga. Es klingt, als gefalle sie sich. Provokation als Pose.

»Immerhin gibt es diese Tradition seit einigen tausend Jahren«, hält Leo dagegen.

»Das macht das Getue darum auch nicht besser.«

Gesine sieht Frank hilfesuchend an; er zuckt mit den Schultern und nimmt einen großen Bissen Lachstatar. »Hm, gut«, murmelt er.

Leo lacht ihn an. »Na, wenigstens einer, dem es schmeckt. Hat Gesine gemacht.«

»Ich koche nur selten«, mischt sich Marga ein.

»Ist aber schade«, erklärt Frank und duckt sich unter ihrem Blick.

Er grinst. Gesine grinst mit.

Marga trinkt nur Wasser, und als die Nieren kommen, erklärt sie, so etwas esse sie nicht. Leo erstarrt, Frank hustet, Gesine prustet los. Marga sieht von einem zum anderen.

»Entschuldigt«, sagt Frank und verschwindet mit Margas Teller in der Küche. Gesine läuft hinterher. »Was willst du mit dieser Frau, Frank?«

»Ich weiß auch nicht. Sie schien nett – bis jetzt jedenfalls. Der Abend mit ihr gestern ...«

»Sie ist nicht nett.«

Er senkt den Kopf. »Das merke ich auch gerade.«

Gesine fährt ihm durch die Haare, sie fühlen sich strubbelig an. »Armer Junge.«

»Und was soll ich deiner Meinung nach jetzt tun?«

»Keine Sorge. Du brauchst nur abzuwarten. Leo wird sie gleich zerlegen. Er hat Talent in solchen Dingen. Ein schlechtes Restaurant ist nichts gegen diese Marga.«

Frank holt Zigaretten aus der Tasche seiner Strickjacke und sieht sich suchend um.

»Feuer?«, fragt sie und greift nach Streichhölzern neben dem Herd. Nach drei Versuchen flammt das Zündhölzchen auf, und sie hält es ihm hin. Er nimmt einen tiefen Zug und bläst den Rauch über sie hinweg. »Eure neue Küche ist wirklich schön«, sagt er.

»Finden wir auch. Komm, trink einen Schluck mit mir.« Sie gießt den Riesling in zwei Gläser und reicht ihm eins. Aus dem Esszimmer hören sie Leos leise und Margas immer lauter werdende Stimme.

»Auf die Küche ...«, sagt Frank.

»… und darauf, dass du irgendwann mehr Glück mit den Frauen hast«, entgegnet sie.

»Eine Zweitausgabe von dir wäre die Lösung.«

»Mich gibt es nur einmal«, lacht sie seine Sentimentalitäten weg.

Im Flur fällt die Haustür mit einem Krachen ins Schloss.

Als Leo in die Küche kommt, hat sich Zufriedenheit in sein Gesicht gesetzt. Er nimmt Gesine in den Arm und gibt ihr einen Kuss auf die Stirn. »Ich bin so froh, dass es dich gibt«, erklärt er gut gelaunt, »und dass du kochen und essen kannst.«

Er sieht zu Frank: »Ich hoffe, du wolltest Marga nicht wiedersehen?«

»Rhetorische Fragen beantworte ich nicht«, entgegnet Frank und nimmt einen großen Schluck von seinem Wein. »Es tut mir leid um euer Einweihungsessen.«

»Ach, komm. Das machen wir jetzt noch mal warm.« Leo schaltet den neuen Herd an.

Sie albern viel herum an diesem Abend, der irgendwann zur Nacht wird. Sie trinken auch viel, und es kommt unweigerlich der Punkt, an dem die Gefühle die Regie übernehmen. »Wisst ihr eigentlich, wie gut ihr zwei es habt?«, fragt Frank viele Gläser später. Sie sind inzwischen beim Whisky angekommen, sitzen auf dem Sofa und hören alte Thelonius-Monk-Platten.

Gesine hat die Schuhe ausgezogen und ihren Kopf in Leos Armbeuge vergraben. Ihre Füße liegen an Franks Bein, im Ruhemodus. Sie nickt nur.

»Ja«, sagt Leo leise, mit fast feierlichem Ernst. »Und wir werden dieses Glück immer festhalten.« Sie spürt, wie er sie näher zu sich heranzieht. Sie riecht Leos

Wärme, und sie merkt, wie Frank sein Bein langsam ihren Füßen entzieht.

Er steht auf. »Ich glaube, ich gehe dann mal.«

Gesine sieht ihn an. »Du kannst doch jetzt nicht mehr Auto fahren. Magst du bei uns schlafen?«

»Sie hat recht«, erklärt Leo. »Du solltest hier bleiben.«

Sie richten dem Freund das Bett auf dem Sofa her. Als Leo bereits im Schlafzimmer ist, geht Gesine noch mal zu Frank, der sich die Decke bereits bis zum Hals hochgezogen hat. Sie trägt jetzt ein blaues Nachthemd mit weißen Bändern an den Ärmeln.

»Hey, das solltest du nicht tun«, murmelt er, als sie sich zu ihm hinunterbeugt, um ihm einen Kuss zu geben – so wie Kinder das machen, die ihren Eltern gute Nacht sagen. »Ich bin nicht mehr ganz nüchtern, und du weißt …«

»Sei still.« Sie legt ihm ihren Zeigefinger auf den Mund. »Ich wollte dir nur sagen, dass ich Leo liebe, aber dass du mein bester Freund bist. Daran wird sich nie etwas ändern, Frank.« Sie hockt sich auf den Rand des Sofas.

Jetzt setzt er sich auf. »Warum glaube ich nur immer, ich müsste dich beschützen, Gesine?«

»Weil du mich so gut kennst.«

»Weiß Leo alles?«

Sie schüttelt den Kopf.

»Wirst du es ihm irgendwann einmal sagen?«

»Ich glaube nicht. Er liebt mich, Frank. Das wiegt mehr als viele Worte. Und mir hilft es zu vergessen.«

»Vielleicht hast du recht. Sicher hast du recht. Ich bin ein alter Zweifler. Und du siehst, wohin das führt. Ich sage nur: Marga …« Sein Lächeln wirkt missraten.

Sie nimmt seine Hand und streicht mit ihrem kleinen Finger über die schwarzen Härchen auf seinem Handrücken. »Schlaf gut, Frank.« Sie ist bei seinem Daumen angekommen, und für einen kurzen Moment streichelt er zurück; seine Fingerkuppe fühlt sich rauh an. »Gute Nacht, Gesine. Und schöne Träume …«

Als sie aufsteht, gehen seine Blicke mit ihr zur Tür. Sie dreht sich nicht mehr um, sondern knipst nur leise das Licht aus.

Leo schläft bereits, als sie zu ihm unter die Bettdecke kriecht. Sie weiß, dass Frank jetzt zwei Türen weiter von ihr träumt. Und sie schmiegt sich noch fester an Leo.

Gesine hielt noch immer die leere Kaffeetasse, als sie aus der Vergangenheit in die Gegenwart zurückkam; sie hatte die Tasse im Schoß abgestellt, auf dem blauen Pullover, der ihr bis zu den Oberschenkeln reichte. Sie hatte Leo nie von jener Nacht erzählt, als ihre Mutter verschwunden war. Damals, nach ihrem Ausflug an den Starnberger See, als sie ihm zum ersten Mal gesagt hatte, dass sie ihn liebe, hatte er sie abends auf dem Balkon ihrer alten Wohnung nach der Vergangenheit gefragt. Und sie hatte ihm die Light-Version aufgetischt. Die, die man mal eben so zwischen Vorspeise und Dessert unterbringen kann. Keine schwere Kost. Vater verlässt Mutter wegen einer anderen Frau. Die Tochter fühlt sich zurückgestoßen und findet schließlich Trost bei der Großmutter. So etwas kommt vor. Keine große Sache für Psychologen, wie sie eine geworden war.

Frank hatte nachgehakt, im dritten Semester ihres Studiums, als sie bereits Freunde geworden waren und Gesine ihm diese Geschichte erstmals berichtet hatte. Ja, es war ein Bericht gewesen, gut abgefasst in wohlüberlegten Worten für jeden, der danach fragte. Sie hatte ihn stets parat gehabt – wer wollte, durfte darin lesen. Und dann hatte Frank diesen einen Satz gesagt. Einen einfachen Satz, der sie in seiner Schlichtheit erwischte. Einem Streifschuss gleich. »Und was war wirklich?«

Und sie begann zu erzählen, ließ erstmals jemanden hinein in ihr emotionales Sperrgebiet. »Ach, mein Vater war von heute auf morgen weg; ich habe ihn immer und immer wieder angerufen, wollte ihn sehen, aber er hatte nie mehr Zeit für mich. Zoobesuche mit Eiscreme – mehr war nicht. Danach setzte er mich zu Hause ab, und ich merkte, wie erleichtert er war, mich die nächsten zwei Wochen nicht sehen zu müssen.«

»Und deine Mutter?«

»Der wurde bald alles zu viel – ihre Arbeit als Ärztin, Nachtschichten, dazu eine kleine Tochter, die dem Vater nachweinte. Sie konnte damit nicht umgehen. Sie …« Gesine stockte, einen Moment nur. Einen Moment, den Frank dazu nutzte, sie anzusehen und dabei ihre Hand zu nehmen.

Und plötzlich waren sie da gewesen, die Bilder, die sie sonst nur in ihren Alpträumen zuließ. Legten sich auf den Tisch zwischen Frank und sie, zwischen die beiden Rotweingläser und die Tränen, die nun kamen, alle Schranken ignorierend. Der Vater, der keine Antworten hatte auf die Fragen des Mädchens. Fragen nach der Mutter, mit der man nicht mehr reden und nicht mehr spielen konnte. Die kleine blaue Bonbons nahm und etwas trank, das sehr scharf roch, und dann viel zu lange und viel zu tief schlief. Das Mädchen schüttelte sie, rief, so laut es konnte, aber es konnte die Mutter nicht wecken. Nachbarn fanden die Kleine im

Treppenhaus, weinend. In dieser Nacht kam das Auto mit dem blauen Licht, und es kamen Männer, die die Mutter mitnahmen. Die Großmutter kam auch, und für ein paar Wochen schien alles gut. Doch dann war die Mutter wieder zu Hause. Das Essen, das sie kochte, schmeckte sauer und wurde immer wieder aufgewärmt, und wenn sie zur Arbeit ging, musste das Mädchen in den Kindergarten, zu anderen Kindern, die fröhliche Spiele spielten. Das Mädchen kannte keine fröhlichen Spiele, und einmal, als es einer Puppe blaue Bonbons geben wollte, schimpften die sonst so netten Tanten. Als die Mutter dann plötzlich ging, ganz weit weg ging, ließ sie dem Mädchen nur diesen Zettel da, diesen Zettel, auf dem stand: »Oma kommt morgen. Kuss, Mami.«

Frank weinte an diesem Abend, als Gesine ihre ungeschönten Bilder ausbreitete. »Deine Mutter hat dich einfach so allein gelassen? Mit sechs Jahren?«

Sie nickte. »Sie wollte weg, ein neues Leben anfangen, dort in Amerika. Mit allem aufräumen, was sie an meinen Vater erinnerte. Nach einem Jahr begann sie, mir hin und wieder zu schreiben. Postkarten, auf denen ungelenke Sätze standen. Doch da wollte ich schon nichts mehr von ihr wissen. Meine Großmutter hat die Karten aufbewahrt und sie mir später gegeben.«

»Habt ihr euch noch mal gesehen?«

»Ja, als ich fünfzehn war, hat sie mich und meine Großmutter in München besucht. Sie war so fremd für mich, und ihre halbherzigen Versuche, nett zu sein, machten mich nur noch trotziger.«

»Das war alles?«

»Mit einundzwanzig bin ich dann nach Amerika geflogen. Ich hatte hier eine Therapie hinter mir und meinte, endlich mit ihr reden zu müssen.«

»Und?«

»Sie hat sich nur gerechtfertigt, alle Schuld von sich gewiesen, ständig von sich und ihrem Leben gesprochen. Und dass ihre Entscheidung richtig gewesen sei, das hat sie mir bestimmt fünfmal an diesem Abend gesagt. Es gab einen Riesenstreit. Danach schwor ich mir: Ich will meine Mutter nie wieder sehen.«

»Hasst du sie?«

»Ich weiß, was sie mir angetan hat. Ich kann keinem Menschen vertrauen, Frank. Ständig verfolgt mich diese Angst, wieder verlassen zu werden. Ich fühle mich so tot hier drinnen.« Sie zeigte auf ihren Bauch. »Da ist keine Liebe in mir.«

Er strich ihr über die Haare; das hatte er noch nie zuvor getan. »Manchmal muss man warten können, Gesine.«

Sie nickte. »Es geht ganz gut, wenn ich nicht zu viel daran denke. Das Schlimmste sind die Träume. Gegen deine Träume kannst du nichts machen. Sie kommen, wann immer es ihnen einfällt.«

Die Träume waren auch in ihren Nächten mit Leo gekommen, und es hatte ihr genügt, dass er da gewesen war. Da gewesen mit seiner Wärme, die so uneigennützig ihr zu gelten schien.

Jetzt stand sie auf und stellte die Tasse auf den Tisch. Dann ging sie über den Rasen, das Gras war noch kühl und feucht. Mit einem Ruck öffnete sie die Tür zu dem alten Holzschuppen. Drinnen roch es nach Erde und Petroleum.

Sie schleppte die beiden Liegestühle heraus und die grünen Kissen, die in einer Kiste lagen. Sie trug alles zu dem Platz unter den Bäumen. Als sie in das Geäst hochsah, war ihr, als ob Leos Frage noch dort oben hing. Ihr Blick holte diese Frage herunter; stattdessen hängte sie eine Antwort hin. »Es geht weiter«, sagte sie leise, »wie auch immer. Es geht weiter.«

16

Sie suchte sich einen Parkplatz direkt am Strand von Deauville, vis-à-vis den aufgehübschten Bauten alter Bäderarchitektur. Wie Perlen an einer Kette waren diese Häuser dort aufgereiht; hier und da war ein Glied etwas angeschlagen, verblasst, Vernachlässigung, die ins Vergessen abdriftete. Unzählige Erker und Türmchen und Fachwerkbalken auf verwaschenem Hellblau und verwittertem Weiß. Eine Metapher für Hautevolee. Ein schöner Begriff, fand Gesine. Hoch hinausfliegend, wie Träume, die mehr ersehnten. Ihr Blick ging in den Himmel, der heute selten blau war. Septemberblau, das noch einmal alles aufbot, bevor der Herbst kam.

Gesine hängte sich ihre alte Basttasche um, in der die grüne Decke war, die mit den pinkfarbenen Blumen. »Unsere Normandie-Stranddecke«, hatte Leo sie genannt und Gesine passend dazu einen grünen Badeanzug ausgesucht. Der lag auch heute in ihrer Tasche. Und ein Bild, das sie neun Jahre nicht angesehen hatte. Sie hatte es immer ganz schnell zur Seite gelegt, wenn sie die Fotos aus ihrer Schachtel genommen hatte. Ein

Bild, das Sonne brauchte, weil es anders kaum zu ertragen war.

Als sie den breiten Holzsteg betrat, die »Planches«, wie die Franzosen diese Bohlen nannten, die sich kilometerlang durch den weißen Sand zogen, blieb sie kurz stehen. Fast instinktiv wollte sie nach Leos Hand greifen, die hier immer sofort ihre gesucht hatte. Gemeinsam waren sie dann losgeschlendert, vorbei an den alten Umkleidekabinen, die die Namen berühmter Schauspieler trugen: Katherine Hepburn, Burt Lancaster, Peter Bogdanovich, Lauren Bacall, Humphrey Bogart, Robert Redford, Meryl Streep … Sie hatten über Filme geredet, über Tragödien und Komödien – und über die Liebe, die so gern die Hauptrolle im Kino spielte. An heißen Tagen hatten sie sich einen der roten oder blauen Sonnenschirme mit zwei Strandliegen gemietet. Noch im April hatte Leo gefragt: »Rot oder blau?«, und sie hatte sich für Rot entschieden – »wie die Liebe«. Sie hatte gelacht dabei und nicht geahnt, dass ihr Leben zu diesem Zeitpunkt bereits zur Illusion geworden war.

Heute lief sie weiter. Ließ die Sonnenschirme hinter sich und die Menschen, die so strandvergnügt taten. Sie zog ihre Sandalen aus und trat auf den warmen Sand. Als sie fast allein war, stellte sie ihre Tasche ab, holte die Decke heraus und zog den Badeanzug an. Camille hatte recht gehabt gestern Abend – sie war dünn geworden in den letzten Monaten.

Als sie ins Wasser ging, war da wieder diese vertraute Kälte, mit der die Wellen nach ihren Beinen griffen, sie einluden unterzutauchen. Das Meer war ruhig, und Gesine schwamm weit hinaus. Als sie zurückkam, keuchte sie. Sie war schwach geworden in den letzten Monaten.

Die Sonne trocknete das Wasser auf ihrer Haut, bis nur noch ein dünner Salzfilm übrig blieb. Die Tränen, die Gesine über das Gesicht liefen, hatten ein salziges Pendant gefunden, in dem sie ihre Kriechspuren hinterließen.

Das Foto hatte sie in ein kleines Seitenfach ihrer Tasche gesteckt. Sie setzte ihre Sonnenbrille auf, bevor sie es in die Hand nahm, als könnte diese sie ein wenig schützen vor dem, was sie nun sah.

Es waren diese typischen Kreise darauf, wie ein kleiner Wasserstrudel, eine Welle, die sich brach. Darin ein schwarzer Punkt, nicht größer als ein Sandkorn. Ein Sandkorn, das ihr Kind werden sollte.

Sie ist an diesem trüben Novembertag bei ihrer Ärztin gewesen. Sie hat Leo nicht erzählt, dass sie drei Wochen über der Zeit ist. »Ich wünsche mir so sehr ein Kind mit dir«, hat er ein halbes Jahr vorher gesagt, und von da an haben sie alle Vorsicht fahrenlassen. Ihre Nervosität in den Tagen vor dem Arzttermin hat Gesine kaum für sich behalten können.

Und dann sitzt sie in ihrem Auto vor der Praxis und hält dieses Ultraschallbild in ihrer Hand. »Eindeutig«, hat die Ärztin gemeint und Gesine beglückwünscht. »Sie sind schwanger.«

Sie streicht darüber; das Papier fühlt sich glatt an und neu.

Leo ist in seinem Arbeitszimmer, als sie nach Hause kommt. Er telefoniert und winkt ihr durch die Tür zu. Sie winkt zurück, zieht sich ihren Mantel aus und geht in die Küche. Dort öffnet sie den Kühlschrank und nimmt Kalbsschnitzel, Parmaschinken und ein Bund Salbei heraus. Sie klopft das Fleisch aus und wickelt die Scheiben in den Schinken, mit einem Zahnstocher befestigt sie an jedem Schnitzel ein Salbeiblatt. Die Vorbereitungen für die Saltimbocca beruhigen sie ein wenig. Die gewohnten Handgriffe dimmen ihre Aufregung herunter. Sie schneidet Champignons in dünne Scheiben und zupft ein paar Thymianstengel ab.

Sie setzt gerade das Wasser für die Pasta auf, als Leo hereinkommt. »Ah, du hast schon angefangen. Ich habe einen Riesenhunger.« Er nimmt sie in den Arm und gibt ihr einen flüchtigen Kuss. »Wie war's in der Arbeit?«

»Ich war heute nicht in der Klinik.«

Er sieht erstaunt auf. »Wo warst du dann?« Er holt zwei Weingläser aus dem Schrank und greift nach einer Flasche Rotwein.

»Für mich nicht«, wehrt sie ab.

Er gießt sich einen Schluck ein. »Was ist los, Gesine?«

»Ich war bei meiner Ärztin, und ...« Sie holt das Ultraschallbild aus ihrer Hosentasche und legt es auf den Küchentisch, neben die Champignons.

Er kommt näher. »Was ist das?«

»Das da«, sie zeigt auf den kleinen schwarzen Punkt, »wird unser Baby, Leo.«

Sie sieht ihn an, und da ist er wieder, dieser Blick aus seinen grauen Augen, der sie seit jenem Tag in Barcelona bei den Händen genommen und nie mehr losgelassen hat. »Gesine«, stammelt er, »das ist, das ist ...«

»Na?« Jetzt lacht sie.

»Das ist wunderbar.« Er greift nach dem Bild. »Ist es auch ganz sicher?«

»Meine Ärztin meint ja.«

»Und warum hast du vorher nichts gesagt?«

»Vielleicht weil da eine Restangst in mir war. Und weil ich dich überraschen wollte.«

Er nimmt einen Schluck Wein. »Das wird jetzt aber schwer für mich. Kein Alkohol mehr zusammen mit dir ... Wir müssen andere Dinge kochen ...«

»Ich bin nicht krank, Leo.« Sie holt ein Küchenmesser aus der Schublade und beginnt die Pilze zu schneiden.

»Meinst du, du könntest ein bisschen Wein ... nur so zum Anstoßen?«

Sie hält ihm ihr Glas hin. »Meine Ärztin hat sogar gesagt, hin und wieder schadet nicht. Aber kein Gelage mehr.«

»Wann erzählst du Frank davon?«

Die Frage erstaunt sie, doch sie lässt es sich nicht anmerken. »Bald, Leo«, erwidert sie.

Er schaltet den Herd an. »Weiß er, dass wir ...?«

»... uns ein Kind wünschen? Ja, ich habe es ihm gesagt.«

Sie sitzen lange am Tisch an diesem Abend. Irgendwann fragt Leo nach Kinderfotos von Gesine, und sie holt eine kleine Kiste aus dem Arbeitszimmer. Er legt alte Bilder von sich dazu, und sie stellen sich gemeinsam vor, wie ihre Tochter oder ihr Sohn wohl aussehen wird. Sie genießen dieses Gefühl, wenn man voller Ausgelassenheit Pläne schmiedet. Wenn das Glück allen Raum beansprucht. Wenn die Welt da draußen keine Störgeräusche mehr sendet.

Vier Monate später ist Leo in Hamburg, als Gesine nachts wach wird. Sie fühlt, dass das Laken unter ihr feucht ist. Schlaftrunken schaltet sie die Nachttischlampe ein und ist mit einem Schlag hellwach. Sie liegt in einem Meer aus Blut. Es ist ihr Schrei, den sie hört. Laut und spitz. Sie greift nach dem Telefon, das neben dem Bett liegt, und wählt Leos Nummer. Der Anrufbeantworter schaltet sich ein. Da fällt ihr ein, dass er heute auf einer Weinverkostung ist. Es werde spät werden, hat er ihr gesagt. Sie hinterlässt ihm eine Nachricht – etwas von Blut und Angst und Krankenhaus – und legt auf. Dann ruft sie den Notarzt an.

Blaues Licht in der Nacht. Sie weint und zittert, als die fremden Männer in den weiß-roten Jacken sie auf die Trage legen und festschnallen und ins Auto tragen, das vor der Haustür wartet. Sie sind freundlich zu ihr, reden beruhigend auf sie ein. Einer hat Sommersprossen und rote Bartstoppeln. Es ist eiskalt, die Kälte riecht nach frischem Schnee. Alles, was folgt, ist, als hätte jemand Stücke aus einer Filmrolle zusammengeschnitten. Lange Gänge, grüner Linoleumboden, helles Licht, Türen, auf denen »Durchgang nur für Befugte« und »OP-Bereich« steht. Menschen mit blauen Kappen und Mundschutz, besorgte Blicke, schließlich Filmriss.

Wie aus einem dichten Nebel kommt die Welt zu ihr zurück; sie kann sich nicht bewegen, an ihrem Arm hängt eine Kanüle mit einem Schlauch, aus dem etwas in sie hineintropft. »Sie wird wach«, hört sie eine Frauenstimme sagen. Und: »Ich hole die Ärztin.«

Gesine schließt die Augen. Wo ist sie hier? Sie tastet nach Erinnerung, versucht aufzuklauben, was ihr entglitten ist. Und plötzlich taucht die Angst auf: Ihre Tochter? Was ist mit ihrer Tochter? Sie spürt in ihren Bauch hinein. Komm, gib mir ein Zeichen. Sie lächelt, als sie an die kleinen blubbernden Bewegungen denkt, die sie in der letzten Zeit gespürt hat. Dass sie ein Mädchen bekommen würden, haben sie und Leo vor drei Wochen erfahren. Wo ist Leo? Der Anrufbeantworter fällt ihr wieder ein. Und das Blut, das viele Blut in ihrem Bett. Ihr Lächeln stirbt weg. Da ist nichts in ihrem Bauch. Nur Stille. Sie bewegt sich nicht, wartet und horcht, horcht und wartet. Von ferne hört sie das Geräusch von Rädern und klapperndem Geschirr und gedämpften Stimmen.

Sie öffnet die Augen. Ihr Blick fällt auf eine weiße Wand mit Blumenbild. Ranunkeln und Tulpen. Sie hat gestern noch Ranunkeln gekauft. Frühlingsversuch bei Schneetreiben. Gestern? Wann ist gestern gewesen? Sie ist nach Hause gekommen, hat die Blumen in eine Vase gestellt, Tee gekocht und es sich und dem Mädchen in ihr gemütlich gemacht. Sie hat ihren Bauch gestreichelt und Zwiegespräche geführt. Das hat sie oft getan in den letzten Wochen. Leo hat darüber gelacht. Und er hat gefragt: »Lässt du mich auch mal mit ihr reden?« Sie? Wo ist sie jetzt?

Fast panisch sieht Gesine sich um. Ein Fenster mit einer grauen Jalousie. Ein Holztisch, zwei Stühle mit blauem Kunstlederbezug. Warum kommt niemand? Ihr Atem beschleunigt sich. Sie fühlt Schweiß auf der Stirn. Kleine kalte Tropfen.

Als die Tür mit einem energischen Ruck aufgeht, ist schon so etwas wie Begreifen mit böser Beharrlichkeit in sie hineingekrochen. Ihr Blick formuliert die Frage, als sich ihre Ärztin auf die Bettkante setzt. Wo ist meine Tochter, unsere Tochter?

»Sie hatten eine Fehlgeburt, Frau Burg.«

Frau Burg, das ist sie. Es gibt niemand anderen hier mit diesem Namen. Leos Name. Wollen Sie diesen Mann heiraten, Gesine Hallmann? Ja, ich will. Und ich will seinen Namen tragen – und den meiner Mutter endlich begraben. Mutter, Tochter … »Was ist mit meinem Mädchen?« Ihre Stimme zittert.

»Es ist tot, Frau Burg. Wir konnten Ihr Baby nicht retten, sonst hätten wir Sie verloren.« Die Stimme der Ärztin klingt ruhig. »Es war eine sehr schwere Operation.«

Gesine nickt schwach. Die Ärztin fühlt ihre Stirn. »Sie hat Fieber«, sagt sie zu der Schwester, die am Bettende steht. Und zu Gesine: »Wir geben Ihnen jetzt ein fiebersenkendes Mittel. Und etwas, damit Sie schlafen können. Rufen Sie nach mir, wenn etwas ist. Ich bin den ganzen Tag auf der Station.«

Tag? Ist es schon Tag? Wie lange ist sie fort gewesen? Fort, an diesem Ort, an dem man ihr ihr Kind genommen hat? »Wo ist mein Mann?«, fragt sie matt, und sie spürt, wie trocken ihre Lippen sich anfühlen.

»Er hat angerufen. Er lässt Ihnen ausrichten, dass er nachher zu Ihnen kommt.« Sie steht auf. »Ich lasse Sie jetzt allein. Sie dürfen übrigens noch nicht aufstehen. Hier haben Sie die Klingel.« Sie gibt ihr einen kleinen Schalter in die Hand. »Die Schwester ist sofort bei Ihnen.«

Gesine drückt das Gerät, als könnte sie damit wieder Kontakt aufnehmen zu dem, was sie verloren hat.

Der Schlaf ist tief und traumlos. Als sie aufwacht, steigt ihr der Duft von Seife in die Nase, und da ist noch etwas anderes: ein leichter Zigarettengeruch. »Frank?«

Er hat sich einen der Stühle neben ihr Bett gestellt. Er trägt einen hellgrauen Rollkragenpullover, und er hält ihre Hand, in der eine Kanüle steckt, aus der ein Schlauch zum Infusionsständer über ihr führt. Irgendjemand hat die Flasche dort oben gewechselt, sie ist jetzt wieder fast bis zum Rand gefüllt.

»Gesine, wie geht es dir?« Seine Stimme hat die gewohnte Festigkeit verloren, die Worte hängen haltlos im Raum.

»Das Baby ist tot, Frank.« Jetzt weint sie. Endlich kann sie weinen. »Unser Mädchen gibt es nicht mehr.«

»Ich weiß, Gesine.« Mit der anderen Hand streicht er über ihre feuchten Haare. »Aber du lebst. Ich hatte solche Angst um dich.«

»Woher wusstest du …?« Sie sieht ihn an. Unter ihren Augen liegen dunkle, violette Schatten.

»Leo hat mich heute Nacht angerufen. Ich habe über die Notarztstelle herausgefunden, in welches Krankenhaus man dich gebracht hat, und dann bin ich sofort hergekommen. Vorhin habe ich noch mal mit ihm telefoniert; deine Ärztin hatte ihm schon alles gesagt. Er ist jetzt auf dem Weg vom Flughafen hierher.«

»Wie geht es ihm?«

»Er hat geweint. Und er ist unendlich froh, dass du die Operation überlebt hast.«

»Frank, da war so viel Blut in meinem Bett. Ich hatte solche Angst. Frank, warum ist das nur geschehen? Es war doch alles gut, ich habe mich doch so gut gefühlt, sie war so lebendig da in mir drin. Und jetzt …« Ihr Schluchzen schickt alle Sätze fort, seine und ihre. Er streichelt nur ihre Hand. Rauhe Fingerkuppen, die jetzt, hier streicheln dürfen. In diesem Berührungsfreiraum, in dem die Trauer alle Grenzen kurzfristig öffnet.

Als Leo kommt, erhebt sich Frank. Er nimmt den Freund in die Arme, und einen Moment stehen die Männer so dort, nahezu bewegungslos.

»Weiß sie alles?«, flüstert Leo.

Frank schüttelt den Kopf. »Sie braucht jetzt sehr viel Zeit, Leo.« Er zögert. »*Ihr* braucht sehr viel Zeit.« Er verabschiedet sich schnell, und Gesines »Danke« begleitet ihn hinaus.

Erst nach Tagen sagt Leo ihr, was die Ärztin ihm bereits am Tag der Operation mitgeteilt hat: Sie würden nie wieder Kinder haben können.

»Fehlt Ihnen etwas?« Eine Frau in weißem Bikini stand neben dem grünen Badetuch. Gesine merkte erst jetzt, dass ihr Gesicht tränenüberströmt war. »Sie haben laut geweint«, sagte die Frau und sah auf das Bild in Gesines Hand. »Kann ich Ihnen irgendwie helfen?«

»Nein, danke.« Gesine schüttelte den Kopf und steckte das Foto schnell in ihre Tasche. »Es geht schon wieder.«

»Ist gut. Falls noch etwas ist, wir liegen dort vorn.« Sie zeigte Richtung Meer auf einen Sonnenschirm, unter dem ein Mann neugierig zu ihnen herübersah.

Gesine nickte abwesend, während die Frau sich umdrehte und langsam über den Strand zurückging.

Ein leichter Wind war aufgekommen und hatte ein paar Wolken mitgebracht. Gesine zog ihr Kleid über den grünen Badeanzug und rollte die Decke zusammen. Sie spürte, dass das Paar unter dem Sonnenschirm ihr nachsah. Dass sie Hunger hatte, spürte sie auch.

17

Im Auto schaute sie auf die Uhr. Halb vier. Camille müsste gleich Schulschluss haben. Gesine holte ihr Handy aus dem Handschuhfach und wählte die Nummer der Freundin. Sie hörte Stimmengewirr im Hintergrund, als die sich mit dem vertraut knappen »Allô?« meldete.

»Ich war in Deauville am Strand. Hast du Lust auf ein paar Muscheln?«

Camille zögerte nicht lange. »Gute Idee. In einer Viertelstunde bin ich hier fertig. Wo treffen wir uns?«

»Im ›Les Vapeurs‹?«

»Einverstanden. Bis gleich.«

Gesine drückte die Stimmen weg. Es war heiß im Auto. Sie kurbelte die Fenster herunter und ließ den Motor an. Die Fahrt dauerte nur fünf Minuten und ein paar Kreisverkehre. Vorbei an dem alten Doppel-Bahnhof »Deauville – Trouville«, wo sie Frank vor sechs Jahren abgeholt hatte, nachdem sie und Leo das Haus gekauft hatten. Über die Brücke, die beide Orte über das alte Hafenbecken hinweg miteinander verband. Sie stellte den Wagen vor der Fischhalle ab. Dort, wo morgens immer Markt war.

Sie schloss das Auto ab und überquerte schnell die Straße. Das Bistro war mäßig besucht. Draußen saßen die Touristen, drinnen die Franzosen. Gesine ging hinein und suchte sich einen Platz an einem der langen Tische. Sie orderte schnell eine Karaffe Wasser, einen halben Liter offenen Weißwein und zwei Portionen Moules frites. Miesmuscheln mit Pommes – als Leo das zum ersten Mal für sie bestellt hatte, hatte sie skeptisch die Nase gerümpft. Er war beharrlich geblieben, das beherrschte er gut, dieses Beharrlich-Sein. Du musst das probieren, es ist köstlich. Natürlich hatte er recht gehabt; in solchen Dingen hatte er immer recht.

»Salut, Gesine.« Camille drückte Gesine drei Küsse auf die Wangen. Sie trug einen weißen Rock und Sandalen mit hohen Absätzen. Und eine rosa Bluse mit tiefem Ausschnitt; die Haut dort war gebräunt, ein paar Sommersprossen hatten sich darauf gesetzt und liebäugelten mit der Spitze des BHs. Sie sah gut aus, ihre Freundin. Erzeugte ein Leben mit vielen Männern und einem Ehemann dieses Strahlen?

»Weißt du, dass mir damals in Paris als Erstes dein Dekolleté aufgefallen ist?«, fragte Gesine. »Noch vor deinem roten Lippenstift …«

»Und du hast gedacht: Typisch Französin?« Camille setzte sich und warf ihre große Tasche neben sich auf den Stuhl.

»Etwas in der Art, ja. Ich fand Jean-Luc und dich so locker miteinander. So selbstverständlich – und dann wieder, als würde sich alles ins Gegenteil verkehren, fast boshaft.«

»Wir hatten uns gestritten an dem Abend.«

»Und worum ging es?«

»Er hatte etwas mit einer seiner Studentinnen angefangen. Ein dummes Huhn. Mit dieser Der-Professor-ist-ja-so-toll-Attitüde. Das fand ich platt und billig und seiner nicht würdig. Und dann hat er mir natürlich meine Schüler vorgeworfen, die mir immer schöne Augen machten. Damals mehr als heute.« Sie strich sich die Haare aus dem Gesicht. »Ich gebe ja zu, so etwas tut einer Frau gut, aber ich hatte nie etwas mit einem von ihnen.«

»Wirklich nie?«

»Nein. Es gab da nur mal einen jungen Kollegen, er unterrichtete englische Literatur; wir trafen uns immer in der Mittagspause, hier um die Ecke in einem kleinen Hotel. Er war der perfekte Liebhaber.«

»Und Jean-Luc?«

»Du willst wissen, wie er als Liebhaber ist?«

Gesine lachte. »Nein, was er zu deiner Affäre gesagt hat.«

»Nichts. Das war es ja – er hat sich dieses Huhn genommen. Und dann seid ihr zwei in unser Leben gepurzelt. So verliebt, dass wir ganz kleinlaut wurden.«

»Das waren wir, ja. An dem Abend damals in Paris habe ich alle Vorsicht fahrenlassen.«

»Vorsicht?«

»Das ist eine alte Geschichte.«

»Eine, die Leo kennt?«

»Nein. Ich dachte, es genügt, ihm meine Liebe zu geben. Dann würde alles andere von allein irgendwann abfallen. Glaubte ich zumindest …«

Der Kellner brachte Wasser und Wein.

»Ich habe uns schon Muscheln bestellt«, sagte Gesine und goss Camille ein.

»Sehr gut.« Die Freundin stieß ihr Glas an ihres. »Und du warst baden heute?«, fragte sie, fast beiläufig, als wollte sie nur kurz die Gesprächsebene wechseln. Als wüsste sie, dass mehr von ihr erwartet wurde als eine Frage nach dem Wetter.

»Ja.«

»Wie war das Meer?«

»Recht warm für September.«

»Wie geht es dir, Gesine?« Da war sie wieder zurück, hob auf, was sie eben hatte fallen lassen.

»Eigentlich ganz gut.«

»Eigentlich?«

»Ich hatte das hier dabei.« Sie legte das kleine Ultraschallbild auf den Tisch. »Ich habe es seit neun Jahren nicht angesehen, bis heute.«

Camille warf einen kurzen Blick darauf. »Gesine, warum tust du das?«

»Es muss sein. Ich muss mich an alles erinnern. Darf endlich mal nicht weglaufen, wegsehen, wegschalten. Nur so kann ich verstehen, was passiert ist.«

»Es gibt Dinge, die man nie versteht.«

»Wusstest du, dass wir sie Marie nennen wollten?«

Camille schüttelte den Kopf. Langsam, als könnte sie so Gesines Erinnerung ausbremsen.

»Sie wäre jetzt acht Jahre alt. Vielleicht hätte sie verhindern können, dass sie ...« Sie sprach es nicht aus, dieses Wort.

»Keiner weiß das, Gesine. Diese Gedanken bringen dich nicht weiter.«

»Aber ich muss mich ihnen stellen. Leo ...«

»Leo hat dich geliebt. Und diese Sache damals«, sie zeigte auf das Bild, »hat auch ihn ziemlich mitgenommen.«

Gesine schwieg. Schwieg beharrlich, warf ein Schweigen in den Raum, der so erfüllt war von Gläserklirren und Tellerklappern und Gästegemurmel. Fast zwei Minuten sagte sie nichts; sie hielt die Hand vor den Mund, als würde sie damit einen Punkt hinter ihre Wortlosigkeit setzen.

Schließlich sah sie auf. »Liebe kann sich nicht in Luft auflösen, Camille. Sie stirbt nicht wie unser Kind damals. Liebe verändert sich, ja, aber sie löst sich nicht einfach auf. Nein, es ist noch nicht zu Ende. Das spüre ich, seitdem ich wieder hier bin. Etwas, für das man sein Leben gegeben hat, kann sich doch nicht durch die Hintertür davonmachen.«

»Wie meinst du das, du hättest dafür dein Leben gegeben?«

»Kannst du dich noch erinnern, als ich das erste Mal mit Jean-Luc Schmetterlinge gefangen habe?«

»Ja.«

»Er erklärte mir damals, dass sich die Raupe mehrmals häutet, am Ende zur Puppe, und erst wenn die dann ihre letzte Haut abgelegt hat, zum Falter wird. Ich hatte an dem Abend das Gefühl, das kann doch nicht so schwer sein – mit Hilfe von Leo mein endgültiges Kleid anzuziehen und alles, was mich bisher eingezwängt hat, einfach abzustreifen. Es ging mir ja auch gut in den Jahren mit ihm. Aber dadurch, dass ich mich ihm so offenbart habe, bin ich andererseits immer verwundbarer geworden. Meine Angst, dass er mich irgendwann verlässt, ist ständig gewachsen. Das hat er wohl gespürt.«

»Woran hast du das gemerkt?«

»Wenn wir Streit hatten, warf er mir oft meine Verkrampftheit vor. Klar, damit traf er mitten ins Schwarze, aber Menschen, die Angst haben, tun sich mit Ungezwungenheit nun mal schwer.«

»Meinst du, er hat sich deswegen eine andere Frau gesucht?«

»Gesucht würde ich nicht sagen. Sie ist ihm vor die Füße gefallen, er hat sich gebückt und war wahrscheinlich fasziniert von dieser jugendlichen Unbeschwertheit, die sich ihm da anbot. Ich glaube, er hat nicht lange nachgedacht ... Er holt sich jetzt dort etwas, womit ich zu oft gegeizt habe.«

Camille trank einen Schluck Wein. »Das klingt, als hättest du das Ganze ziemlich ausführlich analysiert.«

»Deswegen bin ich unter anderem hergekommen. Hier habe ich endlich Raum und Zeit, alles auseinanderzunehmen und in Großaufnahme zu betrachten. Ich bin nicht verrückt, Camille ...«

»Das habe ich auch nicht gesagt ...«

»Ich denke, wenn Leo und ich überhaupt noch eine Chance haben, dann nur, wenn ich mir gegenüber absolut ehrlich bin. Nichts auslasse. Das tut weh, wie das hier heute«, sie steckte das Ultraschallbild wieder in ihre Tasche, »aber es hilft mir auch.«

»Jean-Luc hat sich fest vorgenommen, mit Leo zu reden«, sagte Camille schließlich.

»Ich glaube, Frank hat das auch versucht.«

»Frank ist zu nah dran.« Camille lächelte dem Kellner zu, der jetzt die dampfenden Töpfe mit den Miesmuscheln und die Pommes frites mit grobem Salz brachte. »Danke.« Sie griff sich eine leere Muschel heraus und nahm diese als Zange, um damit das Fleisch aus den anderen zu holen. Die Schalen warf sie in den Topfdeckel. »Frank weiß um die alten Geschichten, oder?«

Gesine steckte sich eine Muschel in den Mund. »Hat er mit dir darüber gesprochen?«

»Er hat Andeutungen gemacht. Aber er ist viel zu diskret, um irgendetwas auszuplaudern. Vergangenen Winter in Paris haben wir an einem Abend ziemlich viel getrunken. Du weißt ja, wie das mit Frank ist ... Und später im Bett hat er mir dann gesagt, dass er sich Sorgen um dich macht.« Sie lachte kurz. »Er hat mich gestreichelt und nur von dir geredet, Gesine.«

»Aber zu dem Zeitpunkt war zwischen mir und Leo eigentlich noch alles in Ordnung.« Sie überlegte. »Na ja, ich habe ziemlich viel gearbeitet in den letzten Jahren, und er war öfter mal allein auf seinen Dienstreisen. Und immer wieder kamen diese Phasen, in denen ich ihm zu unnahbar, zu verstockt erschien. Aber wir hatten auch viele schöne Momente. Momente, in denen der Alltag draußen blieb. In denen das Leben es so gut mit uns meinte. Noch im April, als wir im Haus waren ...«

»... und er bereits eine andere hatte.«

»Sie wird ein Zwischenspiel bleiben, glaube ich. Hoffe ich. Da ist wieder so etwas wie Zuversicht in mir, seit ich hier bin. Ich fühle, wie nah Leo und ich uns sind. Immer noch sind.«

Camille griff über den Tisch nach Gesines Hand. »Ich wünsche es euch so sehr. Aber wenn es nicht so ist ...«

»... dann werden wir sehen.«

Die Freundin fischte die letzte Muschel aus dem Topf. »Frank ist etwas beunruhigt.«

»Woher weißt du das?«

»Er hat mich heute früh angerufen.«

»Und?«

»Er wollte kommen.« Sie legte ihre Serviette neben den Teller. »Ich habe es ihm ausgeredet. Das hier ist deine Sache.«

»Danke.«

Camille winkte den Kellner herbei, um zwei Kaffee zu bestellen. Gut eine Minute später standen die zwei Tassen auf dem Tisch.

Gesine rührte sich einen Löffel Zucker hinein. »Glaubst du, Frank macht sich jetzt Hoffnungen?«

»Dafür ist er zu klug. Aber er ist auch nur ein Mann. Manchmal fahren ihm eben seine Gefühle dazwischen, und seit eurer Nacht vorgestern ...«

»Hat er es dir von sich aus erzählt?«

»Ich habe ihm gesagt, dass ich Bescheid weiß. Für ihn war es das größte Glück, dich endlich in den Armen halten zu können. Andererseits hat er Angst, dich nun zu verlieren.«

»Es wäre gut, wenn er endlich eine Frau fände. Es gab ja nicht wenige in seinem Leben ...«

»... aber für ihn bist du konkurrenzlos. Dass er ständig meint, dich vor etwas bewahren zu müssen, macht das Ganze nicht leichter. Und bindet ihn wahrscheinlich noch mehr an dich.«

»Du bist mindestens so klug wie er.«

Camille lächelte in ihren Kaffee. »Das sagt Jean-Luc auch immer. In seinen guten Momenten.«

»Hat er viele gute Momente?«

»Es werden mehr.« Sie griff in ihre Tasche, um ihr Portemonnaie herauszuholen. »Ach ja«, sagte sie und hielt Gesine ein Foto hin. »Das wollte ich dir noch zeigen.«

Auf dem Bild war ein altes Fachwerkhaus zu sehen. Bröckelnder Putz, schief in den Angeln hängende Fensterläden, ein verwahrloster Garten, darin einige Tische, Stühle, Bänke. An der Fassade ein verwittertes Schild. »Auberge du Moulin« stand dort, blaue Schrift auf weißem Grund.

»Was ist das?«, fragte Gesine neugierig.

»Kannst du dich noch an Sophie erinnern? Ihr habt sie vor drei, vier Jahren mal bei uns kennengelernt. Sie arbeitete damals noch als Sous-Köchin in Paris, in einem recht angesagten Sternelokal.«

»Ja. Leo war ganz begeistert von ihr. Sie haben sich ziemlich lange über Nouvelle Cuisine und Crossover-Küche unterhalten.«

»Genau. Sophies Eltern hatten diese Auberge hier ganz in der Nähe«, Camille deutete auf das Foto. »Als junges Mädchen hat sie da mitgeholfen, bevor ihr das Ganze zu bürgerlich wurde und sie nach Paris ging. Vor fünf Jahren ist ihre Mutter gestorben. Der Vater hat daraufhin den Laden dichtgemacht. Jetzt hat er ihr alles geschenkt, und sie will ihr eigenes Restaurant dort aufmachen.«

»Ziemlich mutig.«

»Ja und nein. Ich gebe zu, als Frau so etwas aufzuziehen ist nicht ganz leicht. Aber Sophie ist gut und sehr durchsetzungsstark. Außerdem ist die Lage des Restaurants ein Traum.«

»Können wir mal hinfahren?«

»Ich wollte es dir sowieso zeigen. Außerdem«, sie holte einen Fünfzig-Euro-Schein aus dem Portemonnaie und legte ihn auf den Teller mit der Rechnung, »Sophie sucht noch jemanden, der ihr zur Hand geht. Jemand, der Ahnung von gutem Essen hat.«

»Meinst du mich?«

»Na ja ...«

»Camille, ich *habe* einen Job. In München.«

»Es ist auch nur so eine Idee gewesen. Nein, nein«, sagte sie, als Gesine ihr Portemonnaie herausholen wollte, »du bist eingeladen.«

Sie verließen das Bistro gegen sieben Uhr. Als sie an Gesines Auto standen, nahm Camille ihre Freundin in den Arm. »Ruf uns an, wann immer dir danach ist. Wir sind da, Gesine.«

»Ich weiß.«

»Ach ja, übernächsten Sonntag will Jean-Luc mit dir Schmetterlinge fangen. Er meint, das bringt dich vielleicht auf andere Gedanken.«

Ja, vielleicht, dachte Gesine, und ein paar Sekunden schienen ihre Gedanken wegzufliegen. »Gern. Grüße ihn von mir«, sagte sie schnell, bevor sie in den Wagen stieg.

Sie blieb zwei, drei Minuten so sitzen, bevor sie den Zündschlüssel herumdrehte, den Gang einlegte und rückwärts aus der Parklücke fuhr. Der Knall ließ sie sofort auf die Bremse steigen. Blech auf Blech. Sie hatte das Auto nicht gesehen, in das sie gerade hineingefahren war. Ein dunkelblauer Citroën. Ein großer Wagen. Ein teurer Wagen. Seufzend stieg sie aus. Wie der andere Fahrer auch. Er sah genervt aus. Und ärgerlich. »Haben Sie keine Augen im Kopf?«, fuhr er sie an.

»Tut mir leid«, stammelte sie. »Ich war in Gedanken.«

»In Gedanken! Schauen Sie sich an, was Sie da gemacht haben. Das Auto ist gerade mal einen Monat alt.«

»Oje.« Sie sah auf die Beule. Dann sah sie ihn an. Blonde kurzgeschnittene Haare, jungenhaftes Gesicht, jünger als sie, vielleicht sechs, sieben Jahre, schätzte sie.

Dunkelblauer Anzug, hellblau-weiß gestreiftes Hemd, teure Krawatte. »Und was tun wir jetzt? Sollen wir die Polizei rufen? Ich nehme alle Schuld auf mich.«

»Na, da bleibt Ihnen auch nichts anderes übrig.« Er fuhr mit der Hand über den aufgeplatzten Lack. »Das mit der Polizei können wir lassen. Die kommt bei Bagatellschäden sowieso nicht. Wir nehmen jetzt schnell ein Unfallprotokoll auf, und den Rest erledigen unsere Versicherungen.« Er ging zu seinem Wagen und holte eine Aktenmappe vom Nebensitz. Mit Stift und einem Schreibblock kehrte er zurück.

Gesine beobachtete ihn neugierig. Auf der Rückbank seines Autos war ein Kindersitz, daneben lagen ein Spielzeugauto und ein aufblasbarer Wasserball. »Haben Sie Kinder?«

Er sah überrascht hoch. »Ja, einen Sohn. Wieso?« Jetzt schien er sie das erste Mal richtig wahrzunehmen. Er hatte blaue Augen.

»Ach, ich dachte nur ...« Sie zeigte in den Wagen.

»Hören Sie, ich habe gleich noch einen Termin und daher nicht viel Zeit.« Er warf einen Blick auf ihr Nummernschild, notierte etwas auf seinem Block. »Haben Sie Ihre Fahrzeugpapiere dabei?«

»Natürlich.« Sie öffnete die Beifahrertür ihres Autos und schob den Sitz nach vorn, um an die Handtasche auf der Rückbank zu kommen. Ihr Kleid rutschte etwas nach oben. Als sie sich aufrichtete, merkte sie, wie der Mann den Blick schnell abwandte. »Danke«, sagte er und nahm den Kfz-Schein entgegen.

»So, jetzt unterschreiben wir das beide hier«, erklärte er, nachdem er fertig war. »Da steht bloß, wo wann was passiert ist. Sie müssen die Sache nur noch Ihrer Versicherung mitteilen. Ich gebe Ihnen meine Visitenkarte, falls noch etwas sein sollte. Haben Sie auch eine?«

»Ja.« Sie holte eine Karte aus ihrem Portemonnaie und gab sie ihm. Er reichte ihr seine.

»Julien Vezerin. Staatsanwalt«, las sie. Eine Pariser Adresse. Jetzt lachte sie. »Oh, mein Gott. Da habe ich mir ja den richtigen Unfallgegner ausgesucht.«

»Was meinen Sie damit?«

»Na ja, man fährt nicht alle Tage einem Staatsanwalt an den Karren.«

»Wie bitte?«

»Ach, vergessen Sie's.«

»Werde ich.« Er nahm seine Aktenmappe und warf sie zurück in den Wagen, der jetzt gar nicht mehr so neu aussah. Sein Handy klingelte. Er griff in die Jackentasche und klappte das Gerät auf. »Allô?«

Sie hörte zu. »Ach, du bist es.« – »Nein, es passt gerade gar nicht.« – »Was soll ich da jetzt tun?« – »Dann bringe ihn eben zu meiner Mutter.« – »Nein, ich kann nicht früher zurückkommen, das weißt du doch.« – »Ich brauche noch ein paar Tage hier.« – »Bitte, Claire, ich habe jetzt keine Zeit. Ich muss nach Houlgate zu dieser Gegenüberstellung.« – »Könntest du vielleicht einmal begreifen …?« – »Okay, bis später.« Er drückte auf die Off-Taste und steckte das Handy wieder ein.

Sie ging zu ihrem Auto. »Also dann, auf Wiedersehen.«

»Auf Wiedersehen«, erwiderte er.

»Einen schönen Abend noch«, sagte sie. »Trotzdem …«

Sein Blick traf sie kurz, für den Bruchteil einer Sekunde. Etwas um seine Mundwinkel zuckte, etwas, das ein Lächeln werden wollte und es sich sofort wieder anders überlegte. »Danke.« Er setzte sich in seinen

Wagen, schlug die Tür hinter sich zu und ließ sofort den Motor an. Während er wegfuhr, griff er nach dem Sicherheitsgurt. Sie sah ihm nach und schüttelte den Kopf. Plötzlich musste sie lachen. Es tat gut, dieses Lachen.

18

Eine Woche war sie jetzt hier. Sie hatte viel im Garten gearbeitet, verwelkte Blätter eingesammelt, Unkraut herausgerissen, Büsche beschnitten, den Rasen gemäht. Die Rosen standen noch in voller Blüte, ebenso die Hortensien und die Hecke mit den Wandelröschen. Der Lavendel hatte ausgeblüht, zeigte nur noch müdes Violett; sie hatte die duftenden Rispen abgeknipst und in Leinensäckchen gefüllt. Jetzt roch es im ganzen Haus nach Lavendel. Das Johanniskraut hatte bereits seine kleinen roten Herbstbeeren gebildet; seine gelbe Blüte war dieses Jahr ungesehen verwelkt. Der Sommer war anderem vorbehalten gewesen.

Sogar das Tor hatte Gesine geölt; nun quietschte es nicht mehr. Das Ölkännchen, das Leo im April gekauft hatte, stand noch im Schuppen, unausgepackt, in einer Tüte des Kaufhauses von Trouville. Sie fand einen Zettel darin, auf dem Leo in seiner großen runden Schrift notiert hatte, was sie hatten einkaufen wollen. *Butter* stand dort, *Fleur du Sel, Möhren, Lauch, Petersilienwurzeln, Erbsen, Estragon, Sahne. Petersfisch oder Zackenbarsch* hatte er darunter geschrieben und mit einem Fragezeichen versehen. Handlungsanweisungen nach Art von Leo, die sie durchs Leben geleitet hatten. Durch ihr Leben mit ihm. Er hatte immer gewusst, was zu tun war, hatte die Richtung vorgegeben. Jetzt schien es ihr, als hätte jemand über Nacht die Schilder abmontiert, die ihr den Weg gewiesen hatten, um sie woanders wieder aufzustellen. Dort boten sie jetzt einer anderen Orientierung. Gesines Hass auf diese Frau mit dem fröhlichen Namen war ihr ständiger Begleiter geworden. In dieser Woche hier hatte sie ihren Hass laufen lassen. Er durfte sich austoben und ihr all die Gefühle apportieren, die sie verloren geglaubt hatte. Sie ihr zu Füßen legen, darauf wartend, dass Gesine sie aufhob und neu auswarf. Und sie war ihm dankbar, vermochte er es doch, etwas in ihr entstehen zu lassen, das ihr bislang unbekannt gewesen war: Wut. Und erstaunt hatte sie begriffen, dass diese Wut ihr wieder Luft zum Atmen schenkte.

Ihre Hände waren rauh geworden durch die Gartenarbeit. Sie musste bei rauhen Händen immer an Frank denken. An seinen Daumen an jenem Abend in München, als sie ihre neue Küche eingeweiht hatten. An seine Finger im Krankenhaus, die ihr Trost zugestreichelt hatten. An seine Hand in der letzten Nacht, bevor sie nach Frankreich aufgebrochen war. Sie hatte zweimal mit ihm telefoniert in dieser Woche. Sein Verlangen gespürt – und seine Angst um sie. Sie hatte seine Bedenken fortgelacht. »Merkst du denn nicht, dass es mir viel besser geht?« – »Das ist es ja gerade«, hatte er geantwortet. Sie hatte ihm von ihrer Wut erzählt. Und von den Fotos. »Ich vermisse dich, Gesine«, hatte er irgendwann gesagt. Das letzte Mal war er bei ihrer Hochzeit so deutlich gewesen. So unmissverständlich in seinem Wunsch nach Nähe.

Sie hörte viel Keith Jarrett, seit sie wieder hier war. Dieses Klavierspiel, das die Wehmut bediente, sie auskostete, um sich dann wieder federleicht zu erheben und Kraft und Glück auszugießen, als verfügte es über ein nahezu unerschöpfliches Reservoir. Dazwischen die Rufe von Jarrett, die einem Stöhnen gleich sein Spiel begleiteten, schließlich der Applaus des Publikums. Sie vermittelten Kraft, diese vielen klatschenden Hände, diese frenetischen Rufe. Das hundertfache Wollen verlangte nach Fortsetzung.

Die Klänge des Klaviers besetzten den Garten, wie Gäste, die lange nicht da gewesen waren, aber sich schnell wieder wie zu Hause fühlten und nun ganz selbstverständlich jeden Winkel in Beschlag nahmen. Gesine fuhr sich über die Stirn. Sie fühlte sich heiß an; ein leichter Sonnenbrand. Sie schnitt noch ein paar Rosen ab, weiße Rosen, die sie zusammen mit der Schere in die Küche trug. Sie ließ Wasser in einen Milchkrug laufen und ordnete die Blumen darin an. Dann stellte sie alles auf den Tisch. Er mochte es, wenn sie Blumen arrangierte.

Gesine nahm einen Topf mit Ratatouille aus dem Kühlschrank, die sie gestern zubereitet hatte. Sie kochte nun jeden Tag, nach vier Monaten Hunger. Sie hatte den Geschmack in diesem Sommer verloren, wie bei einer schweren Krankheit, wenn Zunge und Gaumen belegt sind. Jetzt war er zurück, vermeldete süß, salzig, bitter, scharf, sauer. Fast gierig ließ sie die Aromen des Lebens wieder in sich hinein.

Nach dem Essen holte sie das zehnte Bild aus ihrer Schachtel, die jetzt auf dem Regal in der Küche neben den Gewürzen stand. Sie ging damit über den Rasen zu den beiden Liegestühlen. Als sie sich hineinsetzte, waren die Kissen noch warm von der Sonne.

Sie mochte das Foto nicht. Aber es gehörte dazu. Es gehörte in diese Zeit, in der das Lachen sich aus Gesines Leben davongemacht hatte. Herbstspaziergang am Starnberger See. In dem Park hinter dem Kloster von Bernried, in dem Graugänse und Enten schnatternd flanieren und sich nicht um die beiden Fußgänger kümmern. Auf dem Bild trägt das Wasser des Sees Grau, in den Bäumen hängen nur noch Laubreste. Gesine hat sich in einen dicken braunen Mantel vergraben. Um ihren Kopf hat sie einen hellen Schal gewickelt. Sie ist blass, die grünen Augen sehen müde in Leos Richtung. »Lach doch mal wieder«, hat er zu ihr gesagt. Und dann haben sie über das Vergessen geredet. Das Vergessen, das ihr weniger gut zu gelingen scheint als ihm. Sie hat gemeint, Vorwurf aus seiner Stimme herauszuhören – und irgendwann sind beide laut geworden.

Als sie in ihr Auto steigen, ist da nur noch Wortlosigkeit. Schweigen auf der Fahrt nach München und zu Hause sein knappes »Ich packe dann mal«. Drei Tage Pressereise in die Toskana, mit einem Tross von Journalisten. Sie hat dankend abgelehnt: »Ich schaffe das im Moment nicht, Leo.« Er gibt ihr einen Kuss, einen eiligen Kuss. Einen, der im selben Moment bereits entflieht.

»Rufst du an?«

»Ja, Gesine, ich melde mich von dort.«

Sie ist fast froh, allein zu sein. Jetzt kann sie ihren Schmerz hervorholen und in Ruhe betrachten. Nein, sie würde Marie nie vergessen. »Wir müssen nach vorn sehen«, hat Leo heute gesagt. Nach vorn – wo ist das?

An diesem Abend telefonieren sie nicht mehr; er würde sehr spät ankommen, das weiß sie. Sie geht früh zu Bett.

Am nächsten Tag ist Sonntag. Sie hört nichts von ihm. Um zehn Uhr abends ruft sie im Hotel an. Der Mann an der Rezeption hat Liebenswürdigkeit gelernt. »Si, Signora, no, Signora, bedaure, Signora, Ihr Mann ist nicht auf seinem Zimmer. Ich frage mal nach, Signora. Er ist heute Abend weggefahren, mit einer Kollegin. Nein, Signora, er hat nicht gesagt, wann er zurückkommt. Soll ich etwas ausrichten? Gern, Signora, rufen Sie noch mal an.«

Sie wartet. Um elf Uhr versucht sie es wieder. Um zwölf noch einmal. Der freundliche Rezeptionist tröstet sie – so sei das hier in den Ristoranti, Signora, die würden sehr spät schließen. Herr Burg möge sie zurückrufen, hinterlässt sie matt. Buona notte, Signora …

Der Whisky ist ein Geschenk von Leos Chef. Irgendetwas ganz Besonderes. Sie entkorkt die Flasche und gießt sich ein Glas ein. Eine halbe Stunde später ist sie betrunken. In ihrem Kopf gehen Bilder ein und aus. Eine Abfolge von Bildern, die mit jedem Schluck bitterer werden. Leo und diese Kollegin in einem Restaurant. Auftakt mit Spumante, er liebt es, mit Spumante zu beginnen. Genau kalkulierte Abfolge von Blicken; seine grauen Augen, die eine andere Frau umfangen. Antipasti, Vorspiel mit Oktopus, eingelegten Sardellen, Vitello tonnato. Pasta, wahrscheinlich Papardelle mit Ragout, dazu Fingerspiele. Jetzt Fisch, Dorade oder Wolfsbarsch, vom Ober unter Leos strengem Blick filetiert, ein Tellerchen Gemüse, Kartoffeln, Brokkoli, Möhren, etwas in der Art. Zeit für Geständnisse –

»Meine Frau macht im Moment eine schwierige Phase durch.« Trost suchen im Dessert; das ist süß wie alles, was man mit dieser Nacht vorhat. Eine Grappa als Digestif, nein, eher ein Cognac; Leo irritiert gerne Kellner – Cognac in Italien; den Blick, den er damit erntet, kostet er aus. Wie den Blick der Frau gegenüber …

Gesine greift nach dem Telefon. Es läutet achtmal. »Frank, ich bin's.« Sie merkt erschrocken, dass ihre Stimme ihr nicht mehr gehört. Sie lallt. Frank merkt es auch. »Gesine? Was ist los?«

»Leo … Ich erreiche Leo nicht. Er ist in der Toskana. Er ist mit einer anderen Frau … Der Mann an der Rezeption hat gesagt, Frank … Sie sind beim Essen …«

»Es ist jetzt halb zwei. Da haben alle Restaurants geschlossen.«

»Das weiß ich, Frank. Er ist mit ihr zusammen. Wir haben uns gestern gestritten. Er erträgt mich nicht mehr. Ich weiß, ich sollte nicht nur in der Vergangenheit leben, mehr in die Zukunft sehen, aber ich kann das nicht. Gerade jetzt, es ist doch erst ein Jahr her. Ich muss so viel an … an sie denken, an Marie …« Sie weint in den Hörer.

»Wie viel hast du getrunken?«

Sie sieht auf die halbleere Flasche. »Viel.«

Sie torkelt zur Tür, als Frank eine halbe Stunde später klingelt. Er fängt sie auf – sie hat wieder das blaue Nachthemd mit den weißen Bändern an den Ärmeln an, das jetzt nass geschwitzt ist. Er trägt sie ins Schlafzimmer und legt sie aufs Bett. Dann geht er in die Küche und schaltet das Licht an. Leos Töpfe und Schneebesen und Pfannenwender hängen über dem Herd; ihm ist, als würden sie ihn ansehen. Die Kaffeemaschine steht auf Stand-by. Die große chromblitzende

Maschine, die so viel Druck machen kann, wie Leo gern erzählt. Frank gibt doppelt so viel Kaffee hinein wie normal. Er stellt zwei Tassen Espresso auf ein Tablett und geht damit zurück ins Schlafzimmer. »Nimm die dazu.« Er kramt aus seiner Jackentasche ein Päckchen Tabletten und drückt zwei aus der Verpackung. »Gegen die Kopfschmerzen.«

Gesine trinkt und schluckt. Sie sieht ihn nicht an. »Es tut mir so leid, Frank. Aber Leo ...«

»Ist schon gut.«

»Ich will ihn nicht verlieren.«

»Das wirst du auch nicht.« Hört sie einen leisen Zweifel in seiner Stimme? Er fängt ihren ängstlichen Blick auf. »Es wird sich alles klären, Gesine, morgen. Wahrscheinlich steckt nichts dahinter, und du bist nur irgendwelchen Hirngespinsten aufgesessen.«

»Ich bin nicht mehr attraktiv. Ich heule rum und mache ihm das Leben schwer.«

»Es hat jetzt keinen Sinn, darüber zu reden. Du bist viel zu betrunken. Versuche ein wenig zu schlafen.«

»Und du?«

»Ich lege mich auf euer Sofa.« Sein Mund lächelt; er selbst lächelt nicht mit. »Das kenne ich ja schon.« Bevor er hinausgeht, macht er die Nachttischlampe aus. Für einen Moment ist es ganz dunkel im Raum. Sie hört seine Atemzüge neben sich, dann hört sie, wie er die Tür langsam schließt.

Am nächsten Morgen wird sie vom Klingeln des Telefons geweckt. Sie tastet nach dem Apparat auf ihrem Nachttisch. Leos Stimme klingt unbeschwert. »Guten Morgen, meine Liebe.« Sie sucht nach Anzeichen, Anzeichen von Verrat. Nichts. Nicht einmal ein Nachgeschmack ihres Streits. »Es tut mir leid, dass ich dich gestern nicht mehr angerufen habe. Wir sind in aller Herrgottsfrühe los und waren den ganzen Tag auf einem Weingut bei Siena. Am Abend habe ich dann den Sammelbus ins Restaurant verpasst. Eine italienische Kollegin war so nett, mich mit ihrem Auto hinterher zu bringen. Tja, und dann ist es sehr spät geworden, du weißt ja, wie viel Journalisten trinken können. Der Mann an der Rezeption meinte eben, du hättest versucht, mich zu erreichen.«

Sie erwidert nichts.

»Gesine, bist du noch dran?«

»Ja.«

»Ist was mit dir?«

»Ich liebe dich.«

»Ich dich auch. Und entschuldige wegen vorgestern. Ich war sehr grob zu dir.«

»Du hattest ja recht mit dem, was du gesagt hast.«

»Ich vermisse dich. Bei meiner nächsten Reise kommst du wieder mit, versprochen?«

»Versprochen.«

»Es macht keinen Spaß, ohne dich zu essen, Gesine. Das Leben schmeckt dann nur halb so gut.«

19

Sie legte das Foto beiseite. Frank hatte nie wieder über diese Nacht geredet.

Beim Frühstück damals tut er so, als sei nichts gewesen, und sie ist ihm dankbar deswegen. An diesem Morgen schlägt er ihr vor, den Job in der Klinik zu kündigen und zusammen mit ihm eine eigene therapeutische Praxis aufzumachen. »Es ist ein guter Zeitpunkt, etwas Eigenes anzufangen. Für dich – und mich.«

Sie nickt. Nach vorn sehen. Die Vergangenheit ruhen lassen. Keine Geister-Stunden mehr.

»Wir nennen es Coaching, Frank«, erwidert sie. »Das klingt besser, zeitgeistiger.« Sie hat jetzt ihre Geschäftsstimme. »Die Menschen wollen nicht krank sein, sie wollen Lebenshilfe. Wir gründen ein Coaching-Unternehmen und beraten Leute, die in Schwierigkeiten sind.«

Er greift nach der Kaffeekanne und schenkt sich ein. Er nimmt keine Milch, keinen Zucker. Stattdessen nimmt er sich eine Zigarette und zündet sie an. Der Rauch zieht über den Tisch, legt sich auf Brot, Butter,

Honig und die Marmelade, die Leo im letzten Sommer gemacht hat. Himbeere und Ingwer. »Mit Schwierigkeiten haben wir ja Erfahrung«, hebt Frank ihren Satz auf.

»Psychologen sind …«

»… selbst am ärmsten dran.« Jetzt lachen beide.

Sie sieht ihn an. Er sitzt auf Leos Platz, trinkt aus Leos Tasse, isst von Leos Teller. Dies ist Leo-Raum. Sie denkt in diesem Moment an das, was Frank auf ihrer Hochzeit gesagt hat. Seine Liebe zu ihr werde er für alle Zeiten fortschicken. Er hat Wort gehalten. Und jetzt, hier, an diesem Frühstückstisch ist plötzlich eine nie zuvor gefühlte Nähe da. Intimität des Alltäglichen. Mann und Frau, morgens, gemeinsam.

Sie spürt in seinem Blick die Spiegelung ihrer Gedanken. »Was würde Leo sagen, wenn er jetzt zur Tür hereinkäme?« Er spricht aus, was sie im selben Augenblick denkt.

Sie sagt nichts.

»Es sieht süß aus, wenn du rot wirst«, sagt er.

»Du bist mein Freund, Frank.« Bemühen, auf vertrautes Gebiet zurück zu gelangen.

»Das Gesine-Mantra. Rettungsanker bei jeder Gelegenheit.« Er lehnt sich zurück und lächelt. Es ist ein warmes Lächeln.

»Was würde ich nur ohne dich machen?« Ihre Frage gerät zur Feststellung.

Jetzt ist er wieder ernst. »Ich werde immer da sein, Gesine.«

Das nächste Foto musste sie gar nicht aus der Schachtel holen, wusste sie doch, was darauf zu sehen war: eine Magnumflasche Château Margaux – das Einstandsgeschenk von Leo zu ihrer Unternehmensgründung. »Kleiner geht's nicht, oder?«, hat Frank gemeint und Leo die Hand auf die Schulter gelegt. Zu dritt haben sie die Flasche vor das neue Firmenschild gestellt, und Leo hat das Foto gemacht. Das Essen gibt es später in ihrer Wohnung. Leos Bœuf bourgignon. Es sind viele Freunde und alte Kollegen gekommen, und alle beglückwünschen Frank und Gesine zu ihrem Schritt in die Selbständigkeit. Leo gibt den perfekten Gastgeber. In dieser Disziplin ist er unschlagbar.

»Ich liebe ihn so sehr«, sagt Gesine irgendwann an diesem Abend zu Frank. Sie räumen in der Küche Geschirr zusammen. Ihre Wangen sind leicht gerötet, und ihre Augen strahlen. »Und dich liebe ich auch«, legt sie leichthin nach. Es ist ihr herausgerutscht, einfach so. Sie, die ständig über alles nachdenkt, hat einen Moment nicht überlegt.

Er zuckt zusammen. »Sag so etwas nicht, Gesine.«

Sie sieht ihn erschrocken an. »Ich wollte doch nur ...«

»Ich weiß, was du wolltest.«

»Bist du mir böse?«

»Das klingt jetzt ein bisschen so, als wenn ein kleines Mädchen den Papa fragt, ob alles wieder gut ist.«

»Frank, bitte. Ich will dir nicht weh tun. Du bist für mich ...«

»Du hast mir schon sehr oft gesagt, was ich für dich bin.«

Eine Minute füllt sich mit Schweigen. Gesine nimmt einen Stapel Teller und stellt ihn ins Waschbecken. Sie lässt Wasser darüber laufen. Frank sieht ihr dabei zu. Sie spürt den Wunsch nach Wiedergutmachung auch bei ihm.

»Das war dumm von mir, Frank«, sagt sie schließlich.

»Du bist nicht dumm.«

»Aber gedankenlos. Ich weiß doch, was du mir bei unserer Hochzeit ...«

»Hör auf!« Er stellt den Wasserhahn ab. »Lass uns nie wieder davon reden.«

»Okay.« Sie greift nach einem Handtuch.

»Ich freue mich darauf, jetzt jeden Tag Tür an Tür mit dir zu arbeiten«, sagt er leise.

In ihr Nicken mischt sich Erleichterung. »Ich mich auch.«

Er geht zum Kühlschrank und holt eine angebrochene Flasche Weißwein heraus.

»Hey«, protestiert sie, »das ist Leos Wein zum Kochen. Wir können doch jetzt nicht einen einfachen Weißen nach diesem sündteuren Château Margaux trinken.«

»Wir können alles«, entgegnet er, nimmt zwei Gläser aus dem Schrank und gießt ihnen ein. »Zumindest in diesem Punkt ist mir dein Mann jetzt mal total egal.«

Sie lacht. Dann stößt sie mit ihm an.

Jetzt zog sie die bloßen Füße auf den Liegestuhl und vergrub sie in den grünen Kissen. Gestern hatte sie im Badezimmer einen alten Nagellack gefunden und ihre Zehennägel damit lackiert. Das Rosa passte gut zu ihrer Haut, die sich in der letzten Woche mit Bräune überzogen hatte.

Sie umfasste ihre Beine und legte den Kopf auf die Knie. Zwei Amseln hüpften vor ihr über den Rasen. Als die eine einen Wurm gefunden hatte, versuchte die andere, ihn ihr abzujagen. »Unsere Haustiere«, hatte Leo die Vögel genannt und sie mit Sonnenblumenkernen gefüttert. »Du verwöhnst sie zu sehr«, hatte sie geschimpft.

Gesines Blick ging zum Haus. Klein, fast ein wenig geduckt stand es da, die Tür zur Küche mit Kletterrosen umwachsen, darunter weiß verputzte Mauern und Fachwerkstreifen. Ihr Zebra-Haus. Neben der Terrasse hatten sie Rosmarin, Salbei, Minze, Lorbeer, Thymian, Zitronenmelisse und Bohnenkraut gepflanzt. Am Anfang ernteten sie so viel, dass die kleinen Büsche mit dem Wachsen gar nicht nachkamen. Sie waren groß geworden, in den letzten Jahren.

Sie schreckte hoch, als ihr Handy, das sie auf dem Terrassentisch abgelegt hatte, laut klingelte. Schnell lief sie über den Rasen und drückte auf Empfang. »Hallo?«

»Gesine Burg?«

»Ja?«

»Hier ist Julien Vezerin.«

Sie stutzte, kramte kurz in ihrem Gedächtnis. Dann fiel es ihr wieder ein. »Der Staatsanwalt?«

»Ja.«

»Werde ich nun doch noch verhaftet?«

Er lachte. »Wie man's nimmt. Ich würde Sie gern auf ein Bier einladen.«

»Hey, Sie können ja richtig nett sein.«

»Entschuldigen Sie, ich war bei unserem Unfall …«

»Schon okay.«

»Und?«

»Und was?«

»Was ist mit dem Bier?«

»Ich trinke nur im Notfall Bier.«

»Na ja, ist es für Sie ein Notfall, wenn ich Ihnen sage, dass ich den ganzen Tag noch keinen freundlichen Menschen gesehen habe?«

Sie grinste und sah in den Himmel, wo sich die Sonne gerade hinter einer Wolke hervorbemühte. Sie hörte ihn atmen und ließ sich Zeit, bevor sie antwortete. »Das lasse ich als Notfall gelten.«

»Im ›Les Vapeurs‹?«

»Gut.«

»Um acht Uhr?«

»Einverstanden.«

Als sie auflegte, ließ sie ihre Hand langsam über den Kacheltisch wandern. Was tue ich?, fragte sie sich. Und: Leo, wie findest du das? Dann warf sie all diese Gedanken in die Luft und überlegte stattdessen, was sie anziehen sollte. Sie entschied sich für weiße Hosen, Pullover, Strickjacke und flache Schuhe. Das ist neutral, dachte sie. Und während sie das dachte, merkte sie, dass sich so etwas wie Aufgeregtsein in ihr ausbreitete. Es kitzelte, dieses Aufgeregtsein, wie die Pusteblumen, die sie als Kind in alle Richtungen geblasen hatte. Sie lehnte sich im Stuhl zurück, verschränkte die Hände hinter dem Kopf und schloss die Augen. Für einen kurzen Moment fühlte sich ihr Leben wieder leicht an. Machte ihr Carpe-diem-Avancen, die sie dankbar annahm.

20

Er war bereits da, als sie das Lokal betrat. Er sah sie sofort und winkte ihr zu. Dann stand er auf und gab ihr die Hand, als sie an den Tisch kam. Er trug Jeans, ein weißes Hemd und einen dunkelblauen Pullover um die Schultern, was ihn noch etwas jünger aussehen ließ.

»Ich habe uns eine Flasche Weißwein bestellt«, sagte er und zeigte auf den Kühler.

Sie legte die Stirn in Falten. »Kein Bier?«

»Sie haben nicht gerade begeistert gewirkt. Dabei habe ich immer gedacht, alle Deutschen mögen Bier.«

Sie setzte sich. »Und ich dachte immer, Staatsanwälte seien alte gesetzte Herren mit Halbglatze. Es leben die Vorurteile.«

Er schenkte erst ihr und dann sich ein. »Danke, dass Sie gekommen sind.«

Sie nahm ihr Glas. »So schlimm?«

»Wenn ich sage, dass ich einen furchtbaren Tag hinter mir habe, ist das noch stark untertrieben.«

»Und warum haben Sie dann ausgerechnet mich angerufen?«

»Sie waren nett zu mir.«

»Nett?«

»Ja. Sie haben nach meinem Sohn gefragt und mir noch einen schönen Abend gewünscht. Das ist nett. Ich dagegen habe Sie nur angeblafft.«

»Sie hatten Ihre Gründe. Immerhin habe ich eine ziemlich große Delle in Ihr schönes neues Auto gefahren.«

»Ach, ich wollte diesen Wagen sowieso nicht haben. Viel zu protzig.«

»Und wer wollte ihn?«

»Sie fragen direkt. Das gefällt mir.« Er nahm einen Schluck Wein. »Wissen Sie eigentlich, dass Sie einen sehr sympathischen Akzent haben? Sie erinnern mich an ...«

»Sie lenken ab.«

»Aha, die Psychologin ...«

Sie sah ihn fragend an.

»Steht auf Ihrer Karte.« Er stellte sein Glas ab. »Also gut, meine Frau war auf das Auto scharf.«

»Sie leben in Paris?«

»Ja.«

»Wo dort?«

»Im fünften Arrondissement.«

»Gute Lage.«

»Ja, ja ...«

»Was tun Sie hier in der Normandie?«

»Das wollen Sie nicht wirklich wissen ...«

»Doch.«

»Schmutzige Sachen. Lesen Sie Zeitung?«

»Ich muss gestehen, zurzeit nicht.«

»Sonst hätten Sie nämlich mitbekommen, dass in Houlgate eine steinreiche Marokkanerin in ihrer Villa umgebracht worden ist. Das Ganze macht derzeit Schlagzeilen. Man vermutet eine fremdenfeindliche Geschichte, aber da gibt es auch noch die Familie, die ein Interesse an ihrem Ableben gehabt hätte.«

»Und Sie klären die Sache auf?«

»Ich bemühe mich.«

»Ist sicher spannend.«

»Sie lesen zu viele Krimis.«

»Stimmt. Ich mag Kriminalromane.« Einen Moment war alles wieder da, Maigret, Paris, Rotwein, Leo …

»Es ist nervig«, unterbrach er ihre Gedanken. »Lauter Provinzpolizisten, die mich nicht leiden können und meine Arbeit behindern. Schnösel aus Paris, der sich in ihre Angelegenheiten mischt, denken sie. Mein Gott, manchmal habe ich meinen Job so satt.«

»Warum machen Sie ihn denn dann?«

»Ich bin da reingewachsen. Klassische Vater-Sohn-Geschichte. Meine Rebellionsphase war kurz und heftig, und danach habe ich Papas Träume brav durchdekliniert. Und der Alte hat die Strippen gezogen, indem er seine Beziehungen hat spielen lassen.«

»Klingt wenig enthusiastisch.«

»Ist wenig enthusiastisch! Sagen Sie, wird das hier ein Verhör?«

»Das ist doch wohl Ihre Spezialität, oder? Sind Sie eigentlich gut darin?«

Er grinste. »Nicht schlecht, heißt es.«

Sie nippte an ihrem Wein. Er war nicht besonders. »Ich habe Sie vorhin unterbrochen. Woran erinnere ich Sie?«

»Es ist Ihr Akzent. Sie klingen ein wenig wie Romy Schneider in den französischen Filmen, die sie selbst synchronisiert hat. Ich mag das.«

Sie merkte, dass sie rot wurde.

Er merkte es auch und lachte. Er hatte schöne Zähne, sehr gerade und sehr weiß. Guter Zahnarzt, dachte sie, um ihre Röte wegzuschicken.

»Was hätten Sie heute Abend getan, wenn ich abgelehnt hätte?«, fragte sie.

»Ich hätte mich an Ihre Stimme erinnert und dabei wahrscheinlich zu viel getrunken. Sind Sie im Urlaub hier?«, wechselte er das Thema.

»Könnte man so sagen.«

»Allein?«

»Ja, wir ... ich habe hier ein Haus.«

Er hatte es trotzdem gehört. »Wir?«

»Mein Mann und ich.«

»Und wo ist Ihr Mann?«

»Zurzeit nicht da.«

»Wollen Sie, dass ich weiterrate?«

»Bitte.«

»Er hat Sie verlassen?«

Sie sah ihn wütend an. »Woher ...?«

»Entschuldigen Sie.« Er griff kurz über den Tisch nach ihrer Hand, um sie sofort wieder loszulassen. »Ich bin manchmal ein Idiot.«

»Schon gut, ich habe Sie ja raten lassen. Und Sie haben ins Schwarze getroffen.«

»Warum hat er das getan?«

»Noch eine klassische Geschichte.« Sie schaute auf ihre Hand, die jetzt neben seiner lag. »Er hat eine jüngere Frau kennengelernt.«

»Oh, das tut weh.« Mehr sagte er nicht.

Sein Handy klingelte in den trockengelegten Redefluss hinein. Er griff danach und meldete sich. »Verzeihung«, er stand auf. »Ist dienstlich. Dauert nicht lang.«

Während er Richtung Tür ging, hörte sie, wie er irgendjemandem knappe Anweisungen gab. Die andere Hand hatte er in die Hosentasche gesteckt. Er war groß, ungefähr einen Kopf größer als sie. Seiner Figur sah man an, dass er viel Sport trieb. Sie goss sich ein Glas Wein nach und trank es schnell aus. Als er zurückkam, lächelte sie ihn an.

»Das gefällt mir«, sagte er.

»Was?«

»Dass Sie lächeln.« Er holte die Flasche aus dem Kühler und goss ihnen beiden nach. Dann hielt er sie gegen das Licht, sah, dass nur noch ein kleiner Rest drin war. »Wollen Sie noch eine?«

»Nein, danke. Ich muss ja fahren. Und mein Auto hat schließlich schon eine Beule ...«

Er beugte sich über den Tisch, die Hände hielt er wie ein Dreieck vor sich, so dass sich alle Fingerspitzen berührten. »Haben Sie Ihren Mann geliebt?«

Sie nickte.

»Sie lieben ihn immer noch, stimmt's?«

»Sie ermitteln wirklich gut.«

Er lachte und wurde sofort wieder ernst. »Wissen Sie, irgendwie beneide ich Sie.«

»Warum?«, fragte sie. Erstaunen, Verwunderung, Irritation fragten mit.

»Weil Sie so intensiv fühlen«, entgegnete er.

»Sie haben doch auch eine Frau. Die, die den schicken Wagen haben wollte. Claire heißt sie, glaube ich.«

»Aha, Sie haben aufgepasst.« Er lehnte sich zurück. »Ja, ich bin verheiratet, aber wir führen eine miese Ehe. Nach einem Jahr kam unser Sohn, seitdem haben wir uns nicht mehr viel zu sagen. Wir managen unseren

Alltag. Sie erledigt ihren Job, ich meinen, und wenn wir mal etwas Zeit für uns haben, was selten genug vorkommt, streiten wir oder schweigen uns an. Und jeder ist froh, wenn er wieder sein Ding machen kann. Wir bleiben zusammen, weil eine Scheidung nicht gut ankommt in unseren Kreisen, und wegen des Kindes natürlich.«

»Wie alt ist Ihr Sohn?«

»Fünf. Er ist ein feiner kleiner Kerl, aber irgendwie merkt er auch, dass seine Eltern kein Dreamteam sind.« Er machte dem Kellner ein Zeichen, dass er zahlen wollte. »Hätten Sie noch Lust auf einen Strandspaziergang? Ich brauche frische Luft.«

Etwas in ihrem Bauch zog sich kurz zusammen bei der Vorstellung, mit ihm den sicheren Boden des Lokals zu verlassen. Will ich das?, fragte sie sich und gab ihm im selben Moment die Antwort, ohne weiter nachzudenken. »Okay, ich komme auf eine kleine Runde mit.«

Das Meer, das hier um die Ecke lag, schob unermüdlich Welle um Welle an den breiten Sandstrand. Es war dunkel, nur die Schaumkronen leuchteten ab und an kurz auf. Der tagsüber so gleißend helle Sand wirkte jetzt matt.

Sie gingen auf den grauen Holzbohlen, die als Promenade den Strand entlangliefen wie in Deauville. Dabei achteten sie beide darauf, ungefähr einen halben Meter Abstand zwischen sich zu lassen. Sie redeten jetzt wieder über seinen Job und über gute Krimiautoren. Er möge die Skandinavier, erzählte er. Die kämen der Realität am nächsten. Sie brachte die Italiener ins Spiel; die würden wenigstens was von gutem Essen verstehen. Nur Lebenskünstler-Beiwerk, winkte er ab. Der Ausdruck gefiel ihr.

Als sie bei einem Windstoß kurz fröstelte, übertrat er die stillschweigende Demarkationslinie, die sie zwischen sich geschoben hatten, und legte den Arm um ihre Schultern. Eine Geste, die ihr fast selbstverständlich vorkam. Nur war es nicht Leo da neben ihr. Es war auch nicht Frank mit seinem Beschützerinstinkt. Es war ein fremder Mann. Ein verheirateter Mann, der jünger war als sie.

Die Holzplanken hörten plötzlich auf, und ihre Schritte sanken ein im weichen Sand. Er blieb stehen und drehte sie zu sich, so dass sie direkt in sein Gesicht sah.

»Wir haben jetzt zwei Möglichkeiten«, sagte er. »Entweder ich bringe Sie zu Ihrem Auto zurück. Oder Sie kommen noch mit zu mir in mein Hotel.«

Sie spürte plötzlich, wie ihr Herz zu rasen begann. »Ich ... ich weiß nicht«, stammelte sie. »Machen Sie so etwas öfter?« Eine billige Frage, um Zeit zu gewinnen.

»Eher selten.« Er grinste. »Eigentlich habe ich *so etwas* noch nie gemacht.«

»Und das soll ich Ihnen glauben?« Ihr Spiel auf Zeit neigte sich dem Ende zu. Sie wusste das. Sie wusste, dass sie ihm eine Antwort schuldete.

»Ja.« Er nahm ihr Gesicht in beide Hände. »Also, was ist? Ich denke, wir könnten beide ein bisschen Sex vertragen.«

»Gut.« Mehr sagte sie nicht.

Sein Hotel lag zwei Querstraßen vom Strand entfernt. Ein alter, etwas heruntergekommener normannischer Fachwerkbau mit Fähnchen im ersten Stockwerk, die jetzt träge im Wind flatterten. Die Frau an der Rezeption griff unaufgefordert hinter sich und holte einen Schlüssel von einem der an der Wand hängenden Haken. Sie sah Gesine neugierig an. »Bonne nuit«, sagte sie, dabei irrlichterte ein Lächeln um ihre Mundwinkel.

Sein Zimmer war klein. Holzfußboden, rotsamtener Vorhang, Tisch mit Häkeldeckchen, Schrank, Stuhl, Sessel, Bett. Es war aufgeräumt. Am Schrank hing ein Anzug; es war der, den er bei dem Zusammenstoß angehabt hatte. Auf dem Tisch lagen ein paar Unterlagen und ein Stapel Zeitungen.

Er zog die Vorhänge zu und knipste eine kleine Lampe über dem Bett an. Das große Licht an der Decke schaltete er aus. Etwa zeitgleich schaltete Gesine ihre Gedanken aus. Sie saß auf der Kante des Sessels und beobachtete ihn. Plötzlich spürte sie Lust. Eine beklemmende Lust. Lust auf diesen Mann, der sich jetzt vor sie hinhockte und ihre Hände in seine nahm. »Die sind ja ganz kalt«, sagte er.

Sie nickte. »Das sind sie fast immer.«

»Angst?«

»Ein bisschen.«

Er zog sich den Pullover über den Kopf und knöpfte sein Hemd auf. Als sie ihre Strickjacke ausziehen wollte, hielt er sie davon ab. »Lass mich das machen.« Jacke, Pullover, Hose fielen zu Boden. Den Verschluss ihres BHs öffnete er mit geübtem Griff. Sie merkte, wie ihre Brustwarzen hart wurden, sich hinausreckten, ihm entgegenstreckten. Seine Hand erkundete jetzt ihre Brüste, ihren Bauch, fuhr unter den Ansatz ihres Slips. Als sein Zeigefinger kurz in sie eindrang, fühlte sie, wie sie ihn nass machte.

»Ich denke, das hier war die richtige Entscheidung«, sagte er. Sein Lächeln hatte jetzt Wärme gespeichert. Sie durfte sich bedienen.

Irgendwann lagen sie auf dem Bett. Sein Mund war in ihrer Schulterbeuge, an ihrem Ohr, schloss ihr küssend die Augen und holte sich endlich ihre Lippen. Sie reagierte nur noch auf das, was dieser Mann gerade mit ihr machte.

Sie spürte seinen festen, straffen Körper, der sich mit ihrem verknäuelte, sie schlang ihre Beine um seinen Rücken, und sie verlangte mehr, immer mehr von dieser so zielgerichteten Kraft, die sich da in ihr Weg bahnte.

Er lachte, als sie ihren ersten Orgasmus bekam. »Ich will dich lauter hören«, flüsterte er, als er sie umdrehte und nun von hinten in sie hineindrängte. Sie tat ihm den Gefallen, weil sie für einen Moment alles um sich herum vergaß. Diese Amnesie hob sie sekundenlang an einen Ort, wo es keinen Leo mehr gab.

Keuchend fanden sie zurück in die Realität des kleinen Hotelzimmers. Nahmen langsam wieder Tisch, Stuhl, Sessel und darunter den Kleiderhaufen wahr.

»Julien?« Sie probte seinen Namen.

»Gesine?« Er ließ das »e« am Ende weg.

»Das war gut«, sagte sie, noch immer atemlos.

»Das war nötig.« Er strich ihr die feuchten Haare aus der Stirn, bevor er ins Bad verschwand. Als er zurückkam, hatte sie das dünne Laken über sich gezogen. »Magst du hierbleiben?«, fragte er.

Sie schüttelte den Kopf.

»Schade. Ein Abschiedsschluck?« Er ging zum Schrank und warf einen Blick in die Minibar.

Sie nickte.

»Vielleicht jetzt ein Bier? Das ist hier noch am besten.«

Sie lachte. »Okay.«

Er öffnete zwei Flaschen und reichte ihr eine. »Es gäbe nur ein einziges Zahnputzglas …«

»Schon in Ordnung.« Das Bier schmeckte kalt und bitter. Doch es schmeckte ihr.

Er legte sich neben sie und nahm einen großen Schluck. »Sehe ich dich wieder?«

»Ich weiß nicht … Mein Leben ist derzeit schon kompliziert genug.«

»War *das* eben kompliziert?«

»Nein. Aber es gibt da ein paar Dinge, die ich für mich erst mal klären muss.«

»Dein Mann?«

»Ja. Ich …« Sie strich langsam die Wassertropfen von der Bierflasche. »Du hast schließlich auch Frau und Kind.«

»Sind doch alles in allem ideale Bedingungen für eine Affäre.« Er stellte seine Flasche auf den Nachttisch. »Darf ich dich trotzdem anrufen? Wenn ich wieder Trost brauche …«

»Probier's einfach.« Sie wickelte sich aus dem Laken, stand auf und suchte ihre Sachen zusammen.

»Du hast schöne Beine«, sagte er, kurz bevor sie ihre Hose anzog. Sie zuckte zusammen bei diesem Leo-Satz.

Er bemerkte es nicht. »Das habe ich schon gedacht, als du nach unserem Zusammenstoß deine Tasche vom Rücksitz des Autos geholt hast«, fuhr er fort. »Ich muss zugeben, ich war etwas enttäuscht heute Abend, als du in Hosen aufgetaucht bist.«

Sie zog den Reißverschluss hoch.

»Komm noch mal her, Gesine.«

Seine Umarmung war warm und fest. »Es wäre ein Jammer, wenn wir das nicht wiederholen würden«, sagte er; es klang wie eine Bitte.

Sie lächelte, und in diesem Lächeln ließ sie ihn alles finden. Such dir etwas aus, schien es zu sagen.

Sie schloss leise die Tür hinter sich und lief dann schnell die Treppe hinunter. Die Frau an der Rezeption nickte ihr freundlich zu. Sie nickte zurück. Als sie auf die Straße trat, atmete sie tief durch.

21

Der Makler kannte sie noch. »Madame, nehmen Sie Platz. Wie geht es Ihnen?«

Gesine setzte sich in den Sessel, den er ihr anbot. »Danke.«

»Möchten Sie etwas trinken?« Er hatte einen breiten Mund, der beim Reden mit Wangen, Stirn und Nase Zwiegespräch hielt. Alles sprach in seinem Gesicht. Es war ein liebenswertes Gesicht. Leo hatte ihn gemocht, als sie vor sechs Jahren hier in diesem Büro den Kaufvertrag unterzeichnet hatten.

»Ein Wasser, bitte.«

Binnen einer halben Minute war er mit einer Flasche und zwei Gläsern zurück. Er goss ein; das Wasser sprudelte. »Was kann ich für Sie tun, Madame?«

»Ich überlege, das Haus zu verkaufen.«

Erstaunen, gepaart mit Neugier. »Aber warum? Gefällt es Ihnen nicht mehr?«

»Doch, doch, es ist sehr schön, aber …« Sie zögerte. »… es gibt Umstände, die mich vielleicht zwingen werden.« Sie wollte diesem freundlichen Mann nicht sagen müssen, was passiert war. »Ich wollte mich auch nur mal erkundigen«, fügte sie leise hinzu, als schuldete sie ihm wenigstens ein Minimum an Erklärung.

»Und was meint Ihr Mann dazu?«

»Ich denke, er hat nichts gegen meine Entscheidung einzuwenden.« Sie trank einen Schluck Wasser. Die Kohlensäure prickelte viel zu aufdringlich in ihrem Mund. Sie stellte das Glas auf den kleinen Tisch vor sich, auf dem verschiedene bunte Prospekte und Broschüren lagen.

In dem Moment wusste sie bereits, dass dies hier eine Farce war. Ein Versuch, der bereits das Scheitern in sich trug, als sie hierhergekommen war. Sie ließ sich von dem liebenswerten Herrn gegenüber trotzdem alles erklären, zeigen, auseinandersetzen. Verkaufssumme, Provision, Interessenten ... die Begriffe schwirrten haltlos durch den Raum. Sie bemühte sich gar nicht erst, sie einzufangen.

»Überstürzen Sie nichts, Madame.«

Sie sah auf. Konnte der Mann Gedanken lesen? »Nein, nein, das werde ich nicht.« Sie stand auf. »Ich danke Ihnen, Monsieur.«

»Rufen Sie mich an, wenn Sie über alles nachgedacht haben. Das Haus wird sich sehr schnell verkaufen. Es ist ein wunderschönes Objekt.«

»Ja, das ist es.«

»Grüßen Sie Ihren Mann«, sagte er noch, als er sie zur Tür begleitete.

»Das werde ich.«

Draußen schien die Sonne. Gesine warf einen letzten Blick auf das Schaufenster mit den Kaufangeboten. Viele Fotos von vielen Häusern mit knappen Beschreibungen darunter. Quadratmeter, Anzahl der Zimmer,

Küche, Bad, Garten, Preis … Nein, Leo, unser Zebra-Haus hat hier nichts zu suchen, dachte sie, in diesem Fenster, das ihr jetzt wie ein Ausverkauf von Sehnsüchten erschien.

Sie ging über das Kopfsteinpflaster, vorbei an der alten Holzkirche Sainte-Cathérine, zum Hafen. An warmen Tagen seien mehr Touristen in Honfleur als Einheimische, sagte Jean-Luc immer. Heute war ein warmer Tag. Die Yachten und Fischerboote schaukelten in dem kleinen Hafenbecken, ein paar selbsternannte Künstler saßen mit Pinsel und Palette da und tupften dieses anheimelnde Bild, ohne die Hässlichkeit der Werften und Raffinerien von Le Havre auf der gegenüberliegenden Seite, auf ihre Leinwand. Es gab immer ein paar Dumme, die diesen Kitsch kauften. Leo hatte seinen Sarkasmus nie zurückhalten können. Gesine lächelte, als sie daran dachte, wie er einmal einer deutschen Touristin das Geschäft vermasselt hatte. Er hatte der Frau etwas von Kunst und Verstand erzählt und ganz beiläufig erwähnt, dass sie von Letzterem wohl nichts besitze. Er konnte gnadenlos sein.

Das Bistro, in dem sie immer ihren Pastis getrunken hatten, hatte heute viele Gäste. Engländer und Deutsche und Franzosen. Gesine suchte sich einen Platz im Schatten. Der Ober nickte ihr kurz zu. »Das Übliche, Madame?«

An einem Ort wie diesem tat es gut, zur Stammkundschaft gezählt zu werden. Zwei Minuten später stand der Anisschnaps vor ihr, daneben eine Karaffe mit Eiswürfeln und ein Teller mit Oliven in Salzlake. »Aus Nyons«, meinte der junge Kellner grinsend. Sie sah sich um; auf den anderen Tischen standen Kartoffelchips.

»Wo ist Ihr Mann, Madame?«

»Noch in Deutschland.«

Ihr Handy piepte. Eine SMS. Sie kannte die Nummer nicht und rief die Nachricht auf. *Mein Bett riecht noch nach dir,* las sie. *Habe dem Zimmermädchen gesagt, sie soll es nicht neu beziehen …*

Sie musste lachen. *Vielleicht solltest du besser die Spuren am Tatort verwischen,* tippte sie.

Seine Antwort kam prompt. *Ich denke nicht dran! – Geht's dir gut?*

Sie überlegte kurz, um dann die Wahrheit auf den Weg zu bringen: *Ja.*

Du hörst von mir …

Sie speicherte seine Nummer unter »J«. Ein neuer Name in ihrer Adressenliste. Drei Einträge vor Leo. Dazwischen standen eine Kollegin und ein Restaurant in Schwabing. So schnell geht das, dachte sie. Sie dachte auch, wie ähnlich sich die Namen Jule und Julien waren – als wenn für Ehebruch in ihrem Leben der Buchstabe »J« reserviert wäre …

Das Foto, das sie jetzt neben die Schnecken legte, zeigte Camille und Jean-Luc und Leo und sie in diesem Bistro. Der Mann, der ihr eben ihren Pastis gebracht hatte, hatte es vor sechs Jahren aufgenommen.

Er hat sie damals alle aufgefordert zu lachen. Sie sind seinem Wunsch nachgekommen. Als er fragt, was es zu feiern gebe, antwortet Leo: »Wir haben gerade den Kaufvertrag für unser Haus unterzeichnet.«

»Ich denke, dann gibt es jetzt Champagner?«

Jean-Luc nickt. »Und sag in der Küche, die sollen eine Platte mit Meeresfrüchten machen, auf der nichts fehlt.«

Es fehlt wirklich nichts. Es gibt Austern, Krebse, Garnelen, Langusten, Hummer, Miesmuscheln, Meeresschnecken … Der Champagner ist etwas, das über »Hausmarke« hinausgeht.

»So mag ich das«, sagt Leo und setzt die Zange an, um einen Hummer aufzubrechen. Er nimmt sich eine kleine Gabel, zieht das Fleisch aus den Scheren und hält es Gesine hin.

Sie beißt hinein und kaut. Sie denkt an die Tapas damals in Barcelona. Dort hat sie begonnen es zu mögen, von ihm gefüttert zu werden.

Camille pult eine Garnele aus der Schale. Sie beugt sich vor, um an den kleinen Topf mit dem Meersalz zu kommen. Wieder dieses Dekolleté. Heute eingerahmt von einem türkisen Ausschnitt, der zu einem Kleid gehört, das nur zu einem Zweck geschneidert zu sein scheint – um Formen zu zeigen. »Und jetzt seid ihr zwei endlich unsere Nachbarn«, meint sie lachend.

Jean-Luc lehnt sich zurück. In dem Blick, mit dem er seine Frau umgibt, liegt Wohlwollen, das sich mit Lust paart.

Leo nimmt Gesine in den Arm und hebt sein Glas. »Auf gute Nachbarschaft.«

»Und auf die Liebe.« Camille prostet ihm zu. »Wir wissen ja, bei euch ist sie in sicheren Händen.«

Gesine sieht sie an. »Wie meinst du das?«

»Nun, angesichts eures Glücks stellt man bei sich selbst ab und an alles in Frage. Nicht wahr, Jean-Luc?«

Ihr Mann rückt seine Brille zurecht, wie er das immer tut, wenn er Bedenkzeit braucht. »Es gibt auch Tage, an denen ich nichts in Frage stelle, meine Liebste.« Er legt seine Hand auf ihren Arm; es scheint, als wolle sie für immer dort ausruhen.

Camilles Mundwinkel deuten ein Lächeln an.

»Solche Sätze von dir möchte ich am liebsten konservieren.«

»Wie lange seid ihr zwei eigentlich schon verheiratet?«, fragt Leo.

Jean-Luc überlegt kurz. »Im August werden es neunundzwanzig Jahre.«

»Oh, là, là, da wart ihr aber sehr jung«, sagt Gesine.

Camille greift nach ihrem Glas. »Ja, vielleicht zu jung. Wir liefen uns mit achtzehn über den Weg, kurz nachdem wir die Schule abgeschlossen hatten, verliebten uns hoffnungslos ineinander und wollten sofort heiraten. Unsere Eltern waren entsetzt.«

Gesine sieht Jean-Luc an, seine Finger zählen auf Camilles Arm Sommersprossen.

»Meine Familie hatte ziemlich viel Geld und galt etwas hier in Honfleur«, erklärt er. »Camilles Mutter war Schneiderin, ihr Vater hielt sich mit Gelegenheitsjobs über Wasser. Wir waren also das, was man das perfekte Paar nennt.« Jetzt setzt er ein Kleinjungen-Grinsen auf. Gesine hat ihn noch nie so entspannt erlebt.

»Wir machten heimlich in Paris einen Termin auf dem Standesamt aus«, erzählt Camille, »und kamen uns unglaublich erwachsen vor. Wir hatten gerade mal Geld für eine Flasche billigen Wein und eine Nacht im Hotel. Damals hielten wir das für Romantik.«

»Ein paar Tage danach haben wir unsere Eltern vor vollendete Tatsachen gestellt«, fährt er fort. »Sie waren außer sich, alle vier. Es gab ziemlich viel Geschrei. Aber spätestens da sahen sie auch ein, dass wohl nichts mehr zu machen war.«

»Jean-Lucs Vater hat als Erster eingelenkt und uns wenigstens noch ein bisschen Geld fürs Studium beigesteuert. Mein Gott, war das eine schöne Zeit in Paris …« Sie lehnt sich zurück und beobachtet die Kohlensäure, die in ihrem Glas nach oben steigt.

Ihr Mann sieht sie mit einer Zärtlichkeit an, der jeder Zweifel abhandengekommen ist. »Wir haben studiert und demonstriert und Sartre gelesen und Unmengen Zigaretten geraucht und grauenhaften Rotwein getrunken. Wir waren das lebende Klischee.«

»Und irgendwann hat Jean-Luc dann doch promoviert und eine Assistentenstelle im Institut bekommen, und ich stand vor einer Klasse und sollte Schüler unterrichten. Wir merkten, dass wir etabliert und sehr verheiratet waren und bürgerlicher, als wir immer geglaubt hatten.« Die beiden haben sichtlich Spaß dabei, sich ihre Vergangenheitsbälle zuzuspielen. Gefühlstennis mit Leo und Gesine als Zuschauer.

»Ich war der Erste, der da raus wollte«, pariert Jean-Luc die Vorgabe seiner Frau. »Also flüchtete ich mich in ein Abenteuer mit einer Kollegin, die nicht nur meine Leidenschaft für Schmetterlinge teilte. Camille zog bald nach; so ist sie eben – Auge um Auge. Wer war es damals noch gleich?«

»Ein Studienfreund, der mit seiner Frau ein Haus in der Bretagne hatte und mich in den Sommerferien dorthin einlud. Doch als ich da ankam, war die Frau gar nicht da. Den Rest könnt ihr euch denken …«

Leo zieht die Brauen hoch; das macht er immer so, wenn er einen Gedanken noch nicht endgültig abschicken will. »Ich habe mich immer gefragt, wie ihr das hinbekommt«, sagt er schließlich. »Wie kann man so viele Affären haben und sich trotzdem alles verzeihen? Seid ihr nie eifersüchtig gewesen?«

»Und ob.« Camille hält ihm ihr Glas hin, und Leo

achtet beim Nachschenken darauf, dass der Champagner nicht zu sehr schäumt. »Wir haben uns ziemlich schlimme Szenen gemacht.«

»Und trotzdem seid ihr zusammengeblieben.« Gesines Feststellung klingt wie eine Frage.

»Ich denke, weil wir bei allen Turbulenzen nie abgestürzt sind«, antwortet Jean-Luc, ohne zu zögern. »Wir haben einfach nicht aufgehört, uns zu lieben.«

»Das heißt nicht, dass wir euch zwei nicht manchmal insgeheim beneiden«, ergänzt Camille. »Wie viele Jahre seid ihr jetzt zusammen?«

»Fast elf«, entgegnet Leo.

»Und da war nie jemand anderer?«

Leo und Gesine sehen sich an und lachen. »Nein«, antworten sie gleichzeitig.

Es ist vier Uhr nachmittags, als sie sich von Camille und Jean-Luc verabschieden und zu ihrem neuen Haus fahren. Es liegt einige Kilometer außerhalb von Honfleur, bei einem Weiler namens Mannerville, etwa zwei Kilometer vom großen Anwesen der Freunde entfernt, wo sie in den letzten Jahren so oft zu Gast gewesen sind. Die Landschaft legt sich hier in sanfte Wellen und gibt sich ansonsten ziemlich verschwenderisch – Streuobstwiesen und Koppeln, von dichten Büschen gesäumt, dazwischen kleine Wälder. Grün in allen Schattierungen.

Das Tor quietscht, als sie es aufschieben, um ihr Auto auf dem kleinen Vorplatz unter der Ulme abzustellen. Leo hat den Schlüssel in seiner Jackentasche. Doch bevor er ihn ins Schloss steckt, nimmt er Gesine in den Arm. Ihr ist, als wollte er mit seinem Kuss die Tür zu einem neuen Leben aufsperren. Sie stöhnt leise, während er ihren Kopf zurückbiegt und seine Hände unter ihr Kleid schiebt. Sie spürt, wie alles in ihr zu ihm drängt. Jetzt hört sie, wie er den Schlüssel umdreht und die Tür aufstößt. Sie verliert ihre Schuhe, als er sie hochhebt und über die Schwelle trägt; es sind Schuhe mit hohen Absätzen, die mit einem lauten Klacken auf die Steinfliesen fallen. Ihr Stöhnen wird lauter, als er sie in der Küche auf den alten Tisch legt, den mit den vielen Kerben, und ihr den Slip auszieht. Sie sieht ihn an. Grün trifft auf Grau, Augen bereiten vor, was beide wollen. Er hält kurz inne, sein Blick vergräbt sich in ihren Schoß. »Leo«, bettelt sie, »komm …« Ihr Verlangen ist so groß, dass es sich binnen Sekunden entlädt. Das harte Holz in ihrem Rücken spürt sie kaum, sie spürt nur, wie er in ihr kommt, und sie spürt Glück, Glück, Glück.

Die Stille, die ihren Schreien folgt, ist fast greifbar. Materie, die sich warm anfühlt, allem Draußen entrückt. Er hilft ihr vom Tisch herunter und nimmt sie an die Hand. Sie bleiben stumm, als sie so, Hand in Hand, durch ihr Haus gehen. Sie brauchen keine Worte. Ihr Schweigen ist sich selbst genug; es füllt sich mit Vertrauen darauf, was hier beginnen soll. Sie lassen sich Zeit, öffnen jede Tür, jedes Fenster, sehen in jeden Winkel, nehmen Besitz von allem, das ab jetzt ihnen gehört.

Der Garten ist völlig verwildert. Hier finden sie ihre Sprache wieder. »Unser Zebra-Haus«, sagt Leo, als sie unter den Bäumen stehen, dort, wo später ihre Liegestühle stehen sollen.

»Es gibt viel zu tun«, entgegnet Gesine und lässt ihren Blick über das hohe Gras und wieder zu ihm zurück laufen.

Er lacht. »Ich liebe deinen Hang zum Pragmatismus.

Das hat so etwas Zupackendes. Das habe ich in letzter Zeit etwas vermisst bei dir. Trotz der vielen Arbeit, die du jetzt hast.«

»Du weißt, Leo, dass ich …«

»Ich weiß, Gesine. Ich auch. Das hier wird uns guttun.«

Sie machen Zukunftspläne an diesem Tag, der irgendwann in den Abend übergeht. Und sie kosten die Freude aus, hier zu sein. Das einzige Möbelstück, das ihnen gehört, ist das Bett, das eine Woche zuvor geliefert worden ist. Ansonsten stehen noch ein paar Sachen von den Vorbesitzern herum. Ein Sofa, drei Sessel, der Tisch in der Küche, ein paar Stühle. Der Kühlschrank ist alt, aber er funktioniert wie der Herd. »Fürs Erste reicht's«, hat Leo gesagt.

Als es dunkel wird, zünden sie im ganzen Haus Kerzen an. In dieser Nacht schwören sie sich, hier nie wieder auszuziehen.

22

Nachdem sie am frühen Abend aus Honfleur zurückgekommen war und ihre Erinnerungen dort am Hafen zurückgelassen hatte, kochte sie Kaninchen in Weißwein mit viel Rosmarin und Lorbeer. Sie bereitete auch eine Crème brûlée vor.

Nur dieses Essen passte zu dem Foto, das sie auf den Küchentisch gelegt hatte. »Wir behalten den Tisch«, hatte Leo an ihrem ersten Morgen hier gesagt. »Nach dieser Einweihungsfeier gestern …«

»Daran werden wir wohl immer denken, wenn wir in dieser Küche sitzen«, hatte sie sein Lachen aufgehoben und mit ihrem verbunden.

Danach waren sie ein Jahr lang ständig zwischen München und Honfleur hin und her gefahren, Geschirr und Töpfe und Schallplatten und Bücher im Gepäck. Hatten Maler, Gärtner, Schreiner, Elektriker beauftragt, um bei jedem Besuch zufrieden festzustellen, dass aus ihrem Haus der Traum wurde, den sie in Deutschland so oft geträumt hatten.

Während das Kaninchen auf dem Herd schmurgelte,

setzte sich Gesine an den Tisch und goss sich ein Glas Weißwein ein. Er war kühl.

Auf dem Bild sind Leo, Frank und ihre Großmutter zu sehen, im Garten, wo für sechs gedeckt ist. Die Sonne wirft Licht und Schatten auf die Terrasse. Leo steht etwas abseits, sieht zu, wie Frank die alte Frau am Arm hält. Gesine hat den Freund mittags in Deauville vom Bahnhof abgeholt. Sie ist aufgeregt gewesen, ihm endlich ihr neues Haus zeigen zu können. »Wir machen ein Einweihungsessen für unsere Trauzeugen«, hat Leo gesagt und Camille und Jean-Luc ebenfalls eingeladen.

Der Schnellzug aus Paris ist pünktlich gewesen. Gesine trägt ein hellblaues Kleid mit weißen Streifen. Das Band in ihrem Haar passt dazu. Sie sieht, wie sich der Bahnsteig binnen Sekunden mit Menschen füllt. Viele Badegäste darunter, mit Strandtaschen und Kühlboxen und eingerollten Luftmatratzen. Dann sieht sie Frank. Helle Hose, weißes Hemd. Er winkt ihr zu. Er ist nicht allein; neben ihm geht ihre Großmutter, ein wenig gebückt mittlerweile.

Die Überraschung ist gelungen. Mit keinem Wort hat Frank am Telefon angedeutet, wen er mitbringen würde. Gesine schließt die alte Frau in die Arme. »Wo kommst du denn her?«

»Dein Freund hier«, sie zeigt auf Frank, »hat gemeint, ich müsste mir euer neues Haus mal ansehen. Und dann hat er mir einfach einen Flug nach Paris und ein Hotel in Honfleur gebucht. Keine Widerrede, hat er gesagt.«

Gesine dreht sich zu Frank um und gibt ihm zwei Küsse, auf jede Wange einen. Er hat sich mindestens drei Tage nicht rasiert. Er sieht gut aus, findet sie. »Warum hast du immer so wunderbare Ideen?«, lacht sie.

Sie erhält ein Schulterzucken zur Antwort – und einen Blick aus blauen Augen. »Die Normandie bekommt dir«, meint er, und als er sich bückt, um die Koffer aufzuheben, sieht er kurz auf ihre Beine. Ganz kurz nur, aber lang genug, dass sie es merkt. Ihre Beine sind jetzt von der Sonne gebräunt.

Auf der Fahrt nach Honfleur zeigt Gesine ihrer Großmutter alles. Sie nimmt die alte Straße direkt am Meer. Trouville, Villerville-sur-Mer, Penedieppe ... Und da drüben liege Le Havre. Die neue Brücke dorthin sei gerade fertig. Sie redet viel. Und sie fährt zügig. Frank sitzt im Fond und sagt nichts. Sie spürt, wie sich sein Schweigen in ihren Nacken legt.

An einer Ampel dreht sie sich unvermittelt zu ihm um. »Camille und Jean-Luc kommen auch nachher.«

»Das ist schön, sehr schön.« Er freut sich wirklich. Gesine denkt plötzlich an ihre Hochzeit, an Camille und Frank, die in dieser Nacht so viel geredet und so beredt geschwiegen haben. Sie hat die Freundin nie danach gefragt.

»Du hast die zwei ja seit Jahren nicht gesehen«, sagt sie jetzt.

Franks Nicken kommt zeitverzögert.

Nachdem sie das Gepäck von Frank und Gesines Großmutter im Hotel abgegeben haben, fahren sie weiter. In Honfleur wimmelt es von Touristen. Es ist Sonntag, und es ist warm. »Morgen sind die alle wieder weg«, erklärt Gesine und hupt, als eine Gruppe ihr direkt vor den Wagen läuft. Auf der Landstraße hinter Honfleur wird es ruhiger. Jetzt kommen ihnen nur noch wenige Autos entgegen.

»Es ist schön hier«, sagt ihre Großmutter und streichelt dabei ihre Hand, die auf dem Schalthebel liegt.

Gesine sieht nach rechts. Die Mutter ihrer Mutter ist alt geworden. Die grauen Haare sind so dünn, dass sie die Ohren darunter nicht mehr verdecken können. Ungezählte Falten im Gesicht und mitten darin die grünen Augen, Gesines Augen, wie Leo bei ihrem ersten Besuch damals sofort bemerkte.

Camille und Jean-Luc sind bereits da, als sie ankommen. Gesine sieht, wie Frank Camille in den Arm nimmt und ein wenig zu lange festhält. Jean-Luc sieht es auch.

Sie machen viele Fotos an diesem Abend. Vom Haus, vom Tisch, vom Garten, von ihren Gästen. Darunter auch das Dreierbild, das jetzt neben dem Weinglas auf dem Küchentisch lag.

»Die Liebe tut dir gut, Gesine«, hat ihre Großmutter kurz zuvor gesagt. Alle loben das Essen – das Kaninchen und die Crème brûlée. Die Nacht ist lau, eine richtige Gartennacht. Leo hat Fackeln aufgestellt, und niemand ist müde.

Beim Calvados räuspert sich die alte Frau plötzlich. »Deine Mutter ist sehr krank, Gesine. Wusstest du das?«

»Nein.« An ihrem Ton hätte man sich schneiden können.

Leo sieht sie erstaunt an. Kälte kriecht über den Tisch. Camille greift nach ihrer Strickjacke, Jean-Luc bietet Frank eine Zigarette an und nimmt sich selbst auch eine. Das Klicken seines Feuerzeugs ist das einzige Geräusch.

»Was hat sie denn?« Gesines Stimme bebt.

»Brustkrebs. Sie haben vor fünf Monaten operiert. Jetzt sind Metastasen gefunden worden, in der Lunge.« Die Großmutter macht eine Pause. »Man gibt ihr noch ein paar Wochen.«

»Aber warum hat sie nicht …?«, beginnt Leo.

»… weil sie nie hat«, fällt Gesine ihm ins Wort. »Ihr ganzes Leben hat sie nie gesagt, was los ist.«

»Wie du!« Es ist Leo einfach so herausgerutscht.

»Was willst du damit sagen?«, fährt Gesine ihn an.

»Entschuldige, aber sie ist immerhin deine Mutter«, beharrt er.

»Hör auf!« Ihre Stimme wird lauter. Und schärfer. »Du weißt nichts von ihr.«

»Wie sollte ich auch? Ich habe diese Frau nie gesehen. Nachdem du immer dichtgemacht hast, wenn ich nachfragte, habe ich irgendwann einfach akzeptiert, dass ihr zwei nicht das beste Verhältnis habt. Soll ja vorkommen zwischen Müttern und Töchtern.« Jetzt ist er wütend.

Gesines Lachen hat den Geschmack von Galle; sie verschluckt sich daran. »Nicht das beste Verhältnis – ziemlich euphemistisch ausgedrückt.«

Er holt Luft, doch bevor er etwas entgegnen kann, legt Frank ihm seine Hand auf den Arm und sagt leise: »Lass gut sein, Leo.«

Gesine sieht den Freund dankbar an. Ihre Gesichtszüge entspannen sich; die Härte schleicht sich davon. Sie spürt, dass alle Blicke auf ihr liegen.

»Alte Geschichten«, durchbricht sie das Schweigen und nimmt Leos Hand. »Tut mir leid.« Er erwidert den Druck ihrer Finger ganz leicht, aber so, dass sie es merkt.

Es ist Jean-Luc, der Calvados nachschenkt und sein Glas hebt: »Auf die Geschichten im Leben. Auch wenn wir es manchmal nicht wahrhaben wollen – sie haben alle ihren Sinn.«

»Ja, vielleicht haben sie das«, gibt Gesine zurück und

stößt ihr Glas gegen seines. »Trinken wir auf die Häutungen …«

Er versteht sofort. »Nur so entstehen neue Geschichten.«

Werde ich meine Haut jemals abstreifen können?, fragt sie sich und sieht in den Garten zu den Bäumen, unter denen zwei neue Liegestühle stehen. Leo hat ihr zwar an dem Abend nach ihrer ersten Falter-Exkursion gesagt, dass sie ein wunderschöner Schmetterling geworden sei. Aber ist sie das wirklich? Oder wartet noch etwas in ihr darauf, sich endgültig zu entpuppen? Die Antworten bleiben aus in diesem Moment. Als wollten sie sagen: Die Zeit ist noch nicht reif.

Nachdem sich Camille und Jean-Luc verabschiedet haben, bleiben Frank und Gesines Großmutter lange auf der Terrasse sitzen. Gesine ahnt, worüber sie reden. Sie räumt die Küche auf, dann gibt sie vor, müde zu sein. »Nehmt mein Auto, um ins Hotel zu fahren«, sagt sie zu Frank. »Wir sehen uns dann morgen.«

Leo folgt ihr ins Schlafzimmer. Sie ziehen sich wortlos aus. »Jetzt sind wir schon so viele Jahre zusammen, und du hast immer noch Geheimnisse vor mir«, sagt er, als er neben ihr liegt. Da ist etwas in seinem Tonfall, das sie nicht an ihm kennt. Resignation.

Gesine atmet tief durch. Als könnte sie mit der Geste Nähe zurückgewinnen, sucht ihre Hand seinen Bauch und bleibt dort liegen.

»Es sind Dinge, die zu weh tun, um darüber zu reden«, flüstert sie, »und sie haben nichts mit uns zu tun.«

Er fixiert einen imaginären Punkt an der Decke. »Alles, was dich betrifft, hat mit uns zu tun, Gesine.«

Sie sieht ihn an. Sein Profil zeichnet sich gegen das

Mondlicht ab, das zum Fenster hereinkommt. Die hohe Stirn, die immer noch vollen, leicht gelockten Haare, die etwas zu große Nase, das eckige Kinn. Er beißt sich auf die Unterlippe, wie er es immer tut, wenn er nachdenkt.

»Sie hat mich stets allein gelassen, meine Mutter«, sagt Gesine schließlich. »Sogar jetzt, kurz vor ihrem Tod, lässt sie mich allein. Ich erfahre von meiner Großmutter, dass sie im Sterben liegt. Sie selbst schleicht sich einfach so davon. Wie sie das immer getan hat.«

»Wirst du nach Boston fliegen?«

»Nein, Leo, das werde ich nicht. Sie würde es auch gar nicht wollen, so einen letzten Besuch. Und jetzt lass uns bitte nie wieder davon reden.«

Er nickt und schließt die Augen. Ihre Hand schläft auf seinem Bauch ein. Sie selbst liegt noch lange wach.

In den nächsten Tagen scheinen alle Untiefen ausgelotet. Leo und Gesine tun, als sei nichts gewesen, und dieses gemeinsame Bemühen bringt sie einander wieder näher. Zusammen mit Frank und Gesines Großmutter unternehmen sie Ausflüge nach Rouen, Bayeux – und an die Klippen von Etretat. Der Wind pfeift dort oben auf diesem riesigen Plateau, von dem aus die schroffen Felsen sich ins Meer stürzen. Während die beiden Männer an der Abbruchkante ihre Schwindelfreiheit unter Beweis stellen und dabei über irgendetwas reden, das allem Anschein nach ziemlich komisch ist, hat sich Gesine bei der alten Frau untergehakt. Sie freut sich, Leo und Frank so ausgelassen zu sehen; zwei große Jungen, die mit ihrem Lachen alle düsteren Gedanken in das Meer unter sich werfen. Die Brandung antwortet überschäumend.

Die Großmutter folgt Gesines Blick. »Du hast zwei Männer, die dich lieben.«

»Hat Frank …?«

»Nein, Gesine, er hat nichts gesagt. Das muss er auch gar nicht. Meine Augen funktionieren noch ganz gut.«

»Und Leo?«

»Er liebt etwas anderes in dir. Es ist die lebenshungrige Frau, die er begehrt. Frank sieht dorthin, wo Leo keinen Zugang hat.« Sie bleibt stehen. »Was ist eigentlich bei dem großen Streit zwischen dir und deiner Mutter in Amerika passiert? Du hast immer nur irgendwelche Andeutungen gemacht und dann schnell das Thema gewechselt.«

»Ich habe gemeint, allein damit fertig werden zu müssen. Sie hat einfach nicht verstehen wollen, nur von sich geredet, von ihren Gefühlen damals, als Papa sie verlassen hat und ich ihr im Weg gestanden bin. Sie wollte vergessen, den ganzen Mist hier einfach nur vergessen. Mich habe sie dabei nicht brauchen können, das waren ihre Worte. Ich hätte sie dagegen sehr wohl gebraucht, aber das hat sie nicht interessiert. Kindheitstrauma, würde ich diagnostizieren, wenn eine Patientin mit so einem Erinnerungspaket zu mir käme. Mit schweren Verlustängsten.«

»Meinst du nicht, es ist besser, wenn du mit Leo über all das sprichst?«

»Hat Frank das gesagt?«

»Das sage ich.«

»Welcher Mann lebt schon gern mit der Gewissheit, dass seine Frau durchdreht, wenn er sie verlässt, weil sie ein paar Altlasten mit sich herumschleppt, die sie einfach nicht abschütteln kann? Er ist der erste

Mensch, bei dem ich endlich so etwas wie Liebe empfinden kann. Ich will ihn nicht verlieren.«

Ihre Großmutter nickt, ohne etwas zu erwidern.

»Was soll ich nur tun, Oma?«

»Schick sie weg, die alten Geister«, antwortet die alte Frau. »Lass sie einfach davonfliegen. Es ist besser für dich.«

»Ich werde es versuchen«, erwidert Gesine leise; der Wind verschluckt ihre Worte.

Zwei Monate später stirbt ihre Mutter. Sie geht nicht zu ihrer Beerdigung. Sie schickt auch keine Blumen.

Leo hat sie nie wieder auf dieses Thema angesprochen.

Sie streichelte das Foto, das da neben ihr auf dem Küchentisch lag. Du hast zwei Männer, die dich lieben ... Sie hatte ihrer Großmutter noch nichts von der Trennung gesagt. Bei ihrem letzten Telefonat vor sechs Wochen hatte sie so getan, als sei alles wie immer. Sie gebrauchte viele Wir-Sätze, und es kostete sie fast übermenschliche Anstrengung, diese Farce durchzuhalten. Warum eine alte Frau beunruhigen?, redete sie sich ein. Frank nahm ihr den Hörer aus der Hand, den sie noch lange, nachdem sie aufgelegt hatte, umklammert hielt. »Irgendwann wirst du so weit sein«, sagte er sanft. »Lass dir Zeit, Gesine.«

Zeit. Die hatte sie jetzt. Zeit, um alle Steinchen aufzusammeln, das Mosaik zusammenzusetzen. Vielleicht endlich so zusammenzusetzen, dass es passte, sich ein Bild ins andere fügte. Keine Lügen mehr. Sie wusste, dass Frank etwas anderes gemeint hatte. Aber Frank war weit weg.

Als sie das Kaninchen aus dem Ofen holen wollte, klingelte ihr Handy. Sie warf den Topflappen auf den

Herd, griff in die Tasche ihrer Strickjacke und holte das Telefon heraus. Ohne vorher einen Blick aufs Display zu werfen, meldete sie sich. »Hallo?«

»Ich bin's.«

»Julien?« Sie strich sich eine Haarsträhne aus der Stirn, als könnte sie damit ihre Verlegenheit wegstreichen. Sie blieb, die Verlegenheit.

»Ich sagte doch, du hörst von mir. Was tust du gerade?«

»Ich … ich koche.«

»Du kannst kochen?«

Jetzt lachte sie. »Ja.«

»Ich kannte noch keine Frau, die …«

»Das ist nicht dein Ernst …«

»Doch.« Er räusperte sich. »Aber deswegen rufe ich nicht an, Romy.«

Sie spürte, wie die Verlegenheit der Neugier das Feld überließ. »Aha, du wolltest nur meine Stimme hören?«

»Wäre zu kurz gegriffen. Ich will dich sehen.«

»Jetzt?«

»Ja. In zwei Stunden muss ich zurück nach Paris.«

Sie spielte mit dem Henkel des Topflappens. »Und wo?«

»Am Strand.«

»Es wird bald dunkel.«

»Man kann auch im Dunkeln schwimmen.«

Da war plötzlich ein gleichermaßen undeutliches und bestimmtes Gefühl, das in ihren Bauch drängte, sich dort erwartungsvoll niederließ. Sie schaltete den Ofen aus. »Okay, ich brauche ungefähr eine halbe Stunde.«

»Ich warte dort auf dich. In Trouville, da wo der Holzsteg aufhört. Du weißt schon …«

»Ich hab's nicht vergessen.«

23

Sie stellte ihr Auto in einer der kleinen Straßen ab, die vom Strand in die Stadt führten. Sie wusste, auf welcher Höhe die Planches aufhören und in den Sand übergehen. Sie wusste auch, dass dort jetzt kaum noch jemand unterwegs war. Unter ihrer Jeans trug sie den grünen Badeanzug, darüber einen hellblauen weiten Pulli. Die Haare hatte sie im Nacken verknotet.

Nur mit einem Handtuch unter dem Arm lief sie zum Strand. Dort empfing sie Dunkelheit, gegen die ein honigfarbener Mond halbherzig anstrahlte. Der Himmel war wolkenlos, die Luft warm, der Wind leise. Auch die Brandung ließ sich heute kaum vernehmen. Gesine zog ihre Sandalen aus und nahm die Riemchen zwischen Daumen und Zeigefinger der rechten Hand.

Er saß etwa dreihundert Meter weiter im Sand. Die Arme hatte er um seine angewinkelten Beine geschlungen, das Kinn auf den Knien abgelegt. Die Augen waren aufs Meer gerichtet. Er trug seinen Anzug.

Sie näherte sich ihm langsam schräg von hinten. Nahm nach und nach die Konturen seines Gesichts wahr. Entdeckte erst jetzt, dass seine Nase einen leichten Schwenk nach oben machte, dass er seinen Mund mit den vollen Lippen fast trotzig zusammenpresste, was ihm ein noch jungenhafteres Aussehen gab.

Als sie sich neben ihn auf den weichen Boden fallen ließ, schreckte er hoch. »Ich hab dich gar nicht kommen hören.«

»Du schienst ziemlich in Gedanken.«

»Beobachtest du mich schon lange?«

»Eine Weile.« Sie lächelte und zeigte auf seinen Anzug. »Ziemlich ungewöhnliche Aufmachung für den Strand.«

»Ich komme direkt von einer Lagebesprechung in Houlgate. Habe eben nur schnell mein Gepäck aus dem Hotel geholt und muss gleich auf die Autobahn ...«

»... heim zur Familie.«

Sein Kuss kam unvermittelt. Als wollte er damit die Worte dorthin schicken, wo sie nichts mehr zu vermelden hatten. Und sie willigte ein. Minutenlang waren da nur noch Lippen, Zungen, Zähne, die losgelöst von allem Denken das vorbereiteten, weswegen sie hier waren. Wissend, dass das Unvermeidbare nun den Fortgang bestimmte, lieferten sie sich ihrer beider Willen aus. Und entdeckten dabei fast staunend, wie dieser Wille zu Wachs wurde, seiner Auflösung kampflos entgegensehend.

»Gehen wir uns abkühlen?«, fragte er, als sie einen kurzen Moment voneinander abließen.

Statt einer Antwort begann sie sich auszuziehen. Hose, Pulli fielen in den Sand. Hemd, Hose, Jackett von ihm landeten daneben.

»Ganz nackt, bitte«, sagte er und zeigte auf ihren Badeanzug.

»Aber wenn uns jemand sieht …«

Er lachte und streifte ihr die Träger herunter. »Die Polizei vielleicht?«

»Könnte ja sein.«

»Schon vergessen, dass ich Staatsanwalt bin?« Seine Hände ließen keine Widerrede zu, hatten Leos grünen Badeanzug bereits über ihre Pobacken geschoben.

Sie grinste. »Du meinst, die Polizisten haben Angst vor dir?«

»Zumindest Respekt.«

»Na, ich weiß nicht.« Jetzt fuhren ihre Hände in den Bund seines Slips, verharrten kurz dort, wo sich die Lust auf sie bereits in Stellung brachte. Dann zog auch sie ihm langsam die Hose aus.

Hand in Hand liefen sie zum Wasser. Die Wellen leckten ihre Füße ab; fast zart gaben sie sich an diesem Abend, die Wellen, die hier sonst so ungestüm an Land kamen.

Gesine tauchte als Erste unter, zog ihn hinter sich her, spürte im gleichen Moment seine Arme um ihren Körper. In der Schwerelosigkeit des Wassers verschränkte sie ihre Beine hinter seinem Rücken, spürte, wie sein Schwanz in ihren Schoß drängte. Lachend begann sie den Rhythmus vorzugeben, erst langsam, dann schneller und schneller. Seine Hände hielten ihren Hintern fest. Sie fühlte sich aufgehoben in seinen Händen. Ihr Mund suchte seine Schulterbeuge, trank das Salzwasser aus dieser kleinen Kuhle, die in den Hals überging. Die Wellen kräuselten sich um sie beide herum, antworteten mit konzentrischen Kreisen auf die Bewegungen, die nun keinen Raum für Spielerei mehr ließen, sondern sich mit ungeheurer Wucht auf die Zielgerade begaben. Gesine schloss die Augen, empfing ihren Orgasmus mit einem lauten Seufzer, in sicherer Erwartung dessen, was sich Sekunden später zuckend in ihr ausbreitete.

Sie ließ von ihm ab, legte sich rücklings ins Wasser, das sie leise schaukelnd trug; nur ihre Füße hielten sich noch an ihm fest. »Komm«, sagte sie. »Schwimmen wir ein bisschen hinaus.« Dann gaben ihre Beine ihn frei, sie drehte sich auf den Bauch und entfernte sich ein paar Züge von ihm. Im Nu war er wieder neben ihr. Sie spürte, dass sich Leo zwischen sie drängen wollte, fast, als würde er sein Recht einfordern, während sie hier mit einem anderen Mann tat, was sie bislang mit ihm getan hatte. Sie tauchte unter, tauchte weg von diesen Leo-Gedanken. Als sie wieder hochkam, lachte sie Julien prustend an. Zug um Zug zogen sie gleich; sie wollte ihm keinen Vorsprung lassen. Sie wagten sich weit hinaus.

Zurück an Land rubbelten sie sich gegenseitig mit Gesines Handtuch trocken. Anschließend zogen sie schnell ihre Sachen an.

»Du schwimmst verdammt gut«, sagte er, während er sein Hemd zuknöpfte.

»Du bist aber auch nicht schlecht«, erwiderte sie und ließ sich im Sand nieder. Der Sand fühlte sich kühl an, seine Tageswärmespeicher waren fast aufgebraucht.

Julien setzte sich neben sie, zog sie zu sich heran, fing ihr leises Bibbern auf, indem er mit der Hand kräftig über ihren Rücken fuhr.

Eine Weile sagte keiner von ihnen etwas. Bis Gesine ihre Frage fast zögerlich, aber trotzdem beharrlich durch ihre Neugier auf ihr Ziel hin navigierte. »Hast du öfter Sex mit anderen Frauen?«

Er lachte. »Hattest du das nicht gestern Nacht schon gefragt?«

»Nein, da wollte ich nur wissen, ob du häufig eine Frau am ersten Abend in dein Hotelbett einlädst …«

»… worauf ich dir eine eindeutige Antwort gegeben habe.«

»Stimmt. Und?«

»Ich hatte zwei Affären während meiner Ehe. Du bist meine dritte.«

»Aha, Ehebruch Nummer drei.«

»Ich mag das Wort nicht. Klingt irgendwie nach Beinbruch.«

Sie lächelte. »Na ja, manchmal ist es das ja auch …«

»Entschuldige, das war blöd von mir.«

»Das ist schon in Ordnung. Wer blöde Fragen stellt …«

»Die Erste war eine Kollegin«, fuhr er fort. »Eine gute Ermittlerin, unten in Bordeaux. Wir haben zusammen an einem Fall gearbeitet, und irgendwann sind wir im Bett gelandet. Das war dann weniger gut.«

Sie sah ihn fragend an. Ihre Stirn warf Falten dabei.

»Es hat einfach nicht gepasst. Sie war mit zu viel Kopf bei der Sache. Die Zweite ist eine gemeinsame Bekannte von Claire und mir, ebenfalls verheiratet. Bei einem Abendessen hat es irgendwann gefunkt. Wir haben dann monatelang dieses typische Versteckspiel veranstaltet. Man kennt das ja …«

»Ist die Sache aufgeflogen?«

»Nein, nein, wir haben gut aufgepasst. Bis uns das Interesse füreinander verlorenging.«

»Einfach so?«

»Einfach so.«

»Und wie steht's mit der Liebe bei dir?«

»Ehrliche Antwort?«

»Wenn du magst.«

»Ist mir bislang noch nicht begegnet. Muss sich gut anfühlen.«

Sie nickte und streichelte seine Hand, die jetzt auf ihrem linken Knie lag. Seine Finger hoben zu einer Antwort an, und es war dieses kurze Vertrautsein, das auf einmal so etwas wie Rührung in ihr aufkommen ließ.

»Wie lange bist du noch hier?«, fragte er.

»Zwei, drei Wochen vielleicht.«

»Ich werde bestimmt noch mal herkommen müssen. Wir haben den Fall heute nicht abschließen können.«

»War das eine versteckte Frage?«

»Du bist bislang die klügste Frau, mit der ich etwas hatte.«

»Oh, zumindest in diesem Punkt bin ich also einmalig?«

»Mir würden noch zwei, drei andere Details einfallen.«

»Da bin ich neugierig.«

»Für das gerade müsste man erst einen Superlativ erfinden ...«

Sie zog die Augenbrauen hoch.

»... und du kannst kochen. Was hast du vorhin eigentlich gemacht, als ich dich angerufen habe?«

»Kaninchen. »

»Ich merke, dass ich Hunger habe.«

»Isst du gern?«

»Es geht. Ist meist eher Notwendigkeit als Genuss. Schnell ein Sandwich zwischen zwei Meetings. Hin und wieder irgendwelche Geschäftsessen. Und zu Hause bedienen wir hauptsächlich die Mikrowelle. Wieso?«

»War nur eine Frage ...«

»Isst dein Mann gern?«

Sie merkte, dass sie rot wurde. »Ja«, sagte sie leise.

»Was macht dein Mann? Ich meine, beruflich.«

»Er ist Gastrokritiker.«

Er lachte. »Bei euch in Deutschland nennt man das, glaube ich, ein Fettnäpfchen, in das ich da gerade hineingetreten bin?«

Sie nahm sein Lachen dankbar an. »Ja, so sagt man bei uns.«

»Du bist mir übrigens noch eine Antwort schuldig.«

»Ich weiß. Ich weiß nur nicht, wie sie ausfällt.«

»Will heißen, wir lassen die Dinge auf uns zukommen?«

»Das wird das Beste sein.«

»Ich warte aber nicht gern.«

Sie spielte mit einem Lächeln, bevor sie es ihm schenkte. »Das ist mir nicht entgangen. Würdest du trotzdem eine Ausnahme machen?«

»Ungern. Zumal ich wahrscheinlich schon wieder Lust auf dich haben werde, bevor ich die Pariser Stadtgrenze erreicht habe.«

»Vielleicht geht es mir ja ähnlich ...«

»So viel Glück habe ich normalerweise nicht.« Seine blauen Augen hielten sie für einen Moment fest; sie waren eine Nuance heller als Franks, und sie luden sich mit Möglichkeiten auf.

Sie saßen noch eine Weile schweigend da, genügten sich in diesem Raum, den sie geschaffen hatten, kosteten die Nähe aus, die sie sich gewähren konnten, weil sie auf Distanz gebaut war.

»Du musst los, oder?«, sagte Gesine irgendwann.

Er nickte Richtung Meer.

Zusammen gingen sie den kurzen Weg am Strand

zurück. Die Hosen hatte er hochgekrempelt, das Jackett über die Schulter gehängt.

»Wo steht dein Auto?«, fragte er, als sie die hölzerne Promenade erreichten.

Sie zeigte in die schwach beleuchtete Straße, während sie in ihre Sandalen schlüpfte. »Dort drüben.«

Er nahm ihre Hand. »Ich bringe dich noch hin.«

Der alte weinrote Peugeot wartete unter einer Straßenlaterne. Sie sperrte auf und warf das nasse Handtuch auf den Rücksitz.

Sein letzter Kuss war einer, der sich schon verabschiedet hatte, bevor er auf den Weg gebracht wurde. Sie drückte kurz seine Hand, bevor sie in den Wagen stieg. »Gute Nacht, Julien.«

Sein »Gute Nacht« ging im Zuschlagen der Autotür unter.

Zu Hause holte sie das Kaninchen aus dem Ofen. Es war noch warm.

24

Es war acht Uhr morgens, als Gesine auf ihr Fahrrad stieg. Es war Sonntag. Es war zwei Tage her, seit sie sich von Julien verabschiedet hatte. Nur die Vögel zwitscherten, ansonsten herrschte Stille. Keine Autos, keine Spaziergänger. Nur sie und die Vögel. Und ihre Wut. Wut auf die Tränen, die heute Nacht zurückgekommen waren. Wie aus dem Nichts waren sie wieder aufgetaucht, hatten in Gesines Träumen ihre Minen ausgelegt. Ihr Kissen war nass geweint, als sie um drei Uhr hochschreckte. Die Bilder von Leo und dieser Frau hatte sie mit in den Wachzustand genommen. Umarmen. Küssen. Streicheln. Festhalten. Haut auf Haut. Seine warme auf ihrer kühlen Haut.

Sie ging unter die Dusche. Ließ eiskaltes Wasser über ihren Körper laufen. Das Wasser tat fast weh, aber es tat seinen Dienst: Es spülte ihre Träume fort. Danach legte sie Leos blauen Pullover neben ihr Bett. Legte einen Abstand zwischen sich und seinen Geruch. Er war launisch, sein Geruch. In Nächten wie dieser beschwor er die Bilder regelrecht herauf. Die Bilder, mit denen die Wut kam, diese Wut, von der Gesine wusste, dass sie guttat. Weil sie Raum zuließ, Raum, um zu handeln. Nur deshalb hatte das mit Julien passieren können.

Julien. Sie hatte immer mal wieder an ihn gedacht in den letzten beiden Tagen. Es waren leichtsinnige Gedanken gewesen. Die Erinnerungen an das kleine Hotelzimmer, an den Strand hatten Karussellrunden in ihrem Kopf gedreht. Seine Berührungen, seine Stimme, seine Worte hatten sie kurz gestreift, wie im Vorüberfliegen. Dass da ein Mann war, der in seinem Begehren so geradeaus, so unverstellt war, nahm sie geradezu dankbar an. Ein Mann, der ihr ohne Umschweife zeigte, dass er einfach nur sie wollte, der sich das, was sie ihm gab, nahm, als hätte er in einer Lotterie ein gutes Los gezogen. Nicht den Hauptgewinn, das wussten beide. Eher eine Art Trostpreis, den sie sich teilten. »Das war nötig«, hatte er gesagt, nachdem sie das erste Mal miteinander geschlafen hatten. Ihnen beiden war klar, dass sie mehr benötigten – ohne alles voneinander zu wollen. Es machte ihr nichts aus, sich vorzustellen, dass er jetzt neben seiner Frau im Bett lag. Im Gegenteil – wäre er frei gewesen, hätte sie keine Nähe zugelassen. Sie wollte Leo nicht ersetzen. Sie wollte sich nur etwas holen, das sie offener machte. Sich selbst wieder zugänglicher. Das erste Mal in ihrem Leben hatte sie einfach zugegriffen. Ohne nachzudenken. Und sie hatte festgestellt, dass die Aufhebung aller Gedankenbarrieren etwas in ihr freisetzte. Etwas, das sie brauchen würde. Etwas, das es ihr leichter machte, sich zu erinnern. Denn sie musste sich erinnern, musste alle siebzehn Bilder genau betrachten – damit ihr Lebensbild seine Unschärfe verlor.

Sie fuhr schnell. Ihre Beine traten kräftig in die Pedalen. Um ihren Hals hing Leos alter Fotoapparat. Im Kühlschrank hatte sie einen Film gefunden, den sie eingelegt hatte, bevor sie losgefahren war.

Jean-Luc erwartete sie schon. »Camille schläft noch«, sagte er zur Begrüßung. Sie tranken zusammen einen Milchkaffee in der großen Wohnküche, wo sie so oft zu viert gesessen hatten, bis zum Morgengrauen.

Anschließend begleitete Gesine Jean-Luc in sein Arbeitszimmer, in diesen Raum, wo sie dem Freund unzählige Male beim Präparieren seiner Schmetterlinge zugesehen hatte. Hunderte von Faltern hinter Glas standen auf den Regalen. Bücher und Zeitschriften lagen auf dem großen Schreibtisch. Jean-Luc packte die Gläser, Schachteln und Spritzen in seinen Alukoffer. Dann holte er das Zyankali aus einem Schränkchen unter dem großen Fenster, das in den Garten hinausführte. Den Schlüssel legte er zurück in die oberste Schreibtischschublade.

Leise schlossen sie die Tür und gingen zum Auto. Es war immer noch der weiße Citroën, mit dem sie an jenem Sommertag vor vielen Jahren unterwegs gewesen waren.

Sie fuhren an die Risle, ein kleiner Fluss landeinwärts. Gesine kannte die Gegend von ihren Fahrradausflügen mit Leo. Es waren schöne Ausflüge gewesen. Oft hatten sie sich dabei an ihren ersten Streit erinnert. Ihr Tempo hatten sie in der Zwischenzeit gefunden. Leo ließ Gesine vorfahren – damit er ihre Beine sehen konnte.

Heute Morgen im Bett hatte sie das Foto angesehen, das hier aufgenommen worden war. In einem dieser Risle-Dörfer, denen Zeit nichts zu bedeuten scheint. Mairie, Bahnwärterhäuschen, Friedhof. Wäsche, die zum Trocknen im Garten hängt, lauter kleine Hosen neben wenigen großen. Hunde, die den Katzen nachstellen. Frauen, die Kittelschürze tragen und die Hände beim Reden in die Seiten stemmen. Männer, die immer irgendetwas reparieren – Traktoren, Motorräder, alte Autos – und dabei den Frauen auf den Po gucken. Den Frauen der anderen natürlich.

Leo hat sie gebeten, sich neben die Bahnschranke zu stellen, die aussieht wie aus einem Spielwarenladen und von der die rot-weiße Farbe bereits abblättert. Ein altes Verkehrsschild mit einer kleinen Dampflok darauf steht direkt davor. Gesines rote Hosen enden knapp über dem Knie; sie würden gut zu dem roten Schild passen, meint Leo und bittet sie, noch ein wenig näher heranzurücken. Sie tut ihm den Gefallen. Auf dem Bild lacht sie; es ist ein entspanntes, gelöstes Lachen.

Irgendwann an diesem Nachmittag sitzen sie am Fluss. Sie werfen Steine ins Wasser, die erst kleine und dann immer größere Ringe bilden. Und Gesine fragt ihn, ob er ihr immer treu gewesen sei.

»Das weißt du doch«, entgegnet er leichthin.

»Woher?«

»Du würdest merken, wenn es nicht so wäre.«

»Hat es nie irgendwelche Gelegenheiten gegeben, auf deinen vielen Dienstreisen?«

»O doch.« Er kratzt sich hinter dem Ohr. »Großer Gastrokritiker – das gefällt den Frauen ...« Er kokettiert gern mit seinem Job, das weiß sie.

»War nie eine dabei, die du attraktiv fandest?«

»Natürlich gab es die.« Er greift ihr in den Nacken und streichelt ihren Haaransatz. Ihre Sollbruchstelle, an der all ihr Wollen kapituliert. Er kennt sie gut. »Was willst du hören, Gesine?«

»Vielleicht ein Geständnis?«

Verstärktes Streicheln. »Ich habe nichts zu gestehen.«

»Keine Phantasien?«

»Reine Kopfgeschichten, die sich schnell wieder verflüchtigen. Momentaufnahmen.«

»Welche Frauen gefallen dir?«

»Die, die dir ähneln.« Die Antwort ist schnell gekommen.

»Gibt es viele davon?«

»Es gibt keine, die dir gleicht.« Er zieht ihren Kopf zu sich heran und küsst sie auf die Nasenspitze. Warm auf kalt.

»Aber …«

»Kein Aber. Spätestens wenn ich mit anderen Frauen esse, schießen sie sich ins Aus. Ohne dich wäre ich Single geblieben, mit kleinen Abenteuern hier und da.« Noch ein Stein fliegt ins Wasser. »Wie Frank …«

Sie hebt den Kopf. »Wie kommst du jetzt auf Frank?«

»Er sucht. Und die Frau, die er sucht, sitzt hier neben mir.«

Sie spürt, dass sie rot wird. »Du hast nie …«

Er lacht. »Warum hätte ich? Ich mag ihn. Aber manchmal tut er mir auch leid.«

»Das würde ihm nicht gefallen.«

»Das würde keinem in seiner Situation gefallen.«

Sie rückt von ihm ab. »Jetzt bist du überheblich.«

Um seine Mundwinkel zuckt es. »Du brauchst ihn nicht zu verteidigen, Gesine. Ich weiß auch so, wie viel er dir bedeutet. Und du musst zugeben, dass ich ein toleranter Ehemann bin.«

Sie spürt Wut in sich hochsteigen. »Es ist nie etwas gewesen zwischen Frank und mir.«

»Das ist mir nicht entgangen. Du bist übrigens süß, wenn du dich so aufregst ...«

Sie will aufstehen, doch Leo hält sie zurück. »Manchmal hat er mir auch etwas voraus«, sagt er, und aus seiner Stimme hat sich plötzlich alle Überheblichkeit entfernt. Einfach davongeschlichen, um ihn einen Moment fast schutzlos dastehen zu lassen.

Ihre Frage steht zwischen ihnen; sie muss gar nichts sagen, Leo versteht sie auch so.

»Frank kann in dich hineinsehen, Gesine«, erwidert er. »Ich weiß nicht, was er dort sieht, aber ich fühle, dass das auch mit uns zu tun hat.«

Sie beißt sich auf die Lippen.

»Ich dringe manchmal nicht zu dir vor, Gesine«, fährt er fort. »Das ist, als hätte ich im Nebel den Weg verloren.«

Plötzlich steht sie wieder neben ihr, die Angst, die sie so gut kennt. Diese Angst aus ihren Träumen. Diese Angst, alles zu verlieren, was sie liebt. »Versprichst du mir etwas?«, fragt sie leise.

»Alles, was du willst.« Er hat seine Selbstsicherheit wieder. Zurückgeholt mit einem einzigen Satz. Sein Lächeln lädt sie ein, sich zu offenbaren, spielt gleichzeitig mit ihr. Jetzt hat er sie in der Hand.

Sie pariert mit Schweigen.

»Was soll ich dir versprechen, Gesine?« Statt einer Antwort legt sie ihren Kopf an seine Schulter. Dass du mich nie verlässt, denkt sie. Die Worte hat sie in sich eingeschlossen. Sie schafft es einfach nicht, sie freizulassen.

Jean-Luc hatte den Wagen an der alten Bahnschranke abgestellt. An der Stelle, an der Leo vor vier Jahren das Foto gemacht hatte. Sogar das Schild mit der kleinen Dampflok stand noch dort.

Sie fingen noch einige Schmetterlinge an diesem Septembermorgen, obwohl Jean-Luc gemeint hatte, die Jahreszeit sei eigentlich nicht mehr ideal. Die Luft war klar, die Nacht hatte Kühle zurückgelassen. Jetzt legte die Sonne etwas Wärme auf die Wiesen. Über der Risle hingen Reste von Nebelschleiern. Als ob der Fluss transpiriert, dachte Gesine.

Sie redeten nicht viel, sondern konzentrierten sich ganz auf die Falter, auf deren letztes buntes Flügelschlagen, bevor sie den beiden ins Netz gingen.

»Darf ich auch mal?«, fragte Gesine plötzlich, als Jean-Luc einem Kleinen Nachtpfauenauge die todbringende Spritze geben wollte.

Er reichte ihr wortlos die Kanüle. Sie zog das Gift auf und injizierte es dem Schmetterling. Ihre Hand zitterte nicht. Sie war völlig ruhig, als sie das Zyankali in den winzigen Körper spritzte. Sie roch es wieder. Bittermandel. Jean-Luc nickte nur, während sie das Tier vorsichtig in die Aufbewahrungsschachtel legte. Danach nahm sie Leos Fotoapparat. Der kleine Falter schillerte in dunklem Blau, die großen Flecken auf den Flügeln, die »Pfauen-Augen«, denen er seinen Namen verdankte, leuchteten rostrot. Sie sah durch den Sucher und stellte die Brennweite ein. Dann drückte sie auf den Auslöser.

25

Gesine brachte den Film mit dem Schmetterlingsbild gleich am nächsten Tag zum Entwickeln. »Übermorgen können Sie die Fotos abholen, Madame«, sagte der Mann in dem Laden und reichte ihr einen kleinen Schein.

Sie lächelte. »Es ist nur eine Aufnahme darauf.«

Er versuchte, seine Irritation hinter einer geschäftigen Miene zu verstecken. Sie bemerkte es trotzdem und verabschiedete sich schnell.

Deauville hatte an diesem Montagmorgen gerade seine Geschäfte geöffnet. Die Verkäuferinnen in den teuren Boutiquen sahen nach dem Wochenende noch etwas verschlafen in den Tag. »Soldes«-Schilder hingen in vielen Schaufenstern. Der Sommer wurde ausverkauft.

Gesine betrat einen Laden, den sie von früher kannte. Leo war immer gern mitgekommen, wenn sie etwas zum Anziehen gesucht hatte. Er hatte vor der Umkleidekabine gewartet, bis sie ihm die Kleider und Röcke und Hosen vorführte. Er mochte keine Hosen. Darin sieht man deine Beine nicht, erklärte er und forderte die Verkäuferinnen auf, seiner Frau Kleider zu bringen. Er konnte das gut – anderen Anweisungen geben. Als einmal eine die Augen verdrehte, erklärte er ihr, sie solle vielleicht besser in Trouville Fisch verkaufen. Er sagte es so, dass die Frau knallrot wurde.

Heute ging Gesine, ohne nachzudenken, zu dem Ständer mit den Sommerkleidern. Sie nahm drei mit in die Kabine. Ihre Entscheidung fiel schnell: ein hellgrünes Seidenkleid, das in der Taille von einem breiten Gürtel zusammengehalten wurde. Der Ausschnitt war tiefer als sonst. Gesine fuhr mit der Hand über ihre leicht gebräunte Haut; die kleinen Falten dort sah man kaum.

»Das sieht toll zu Ihren grünen Augen aus«, sagte die Verkäuferin, als sich Gesine in dem großen Spiegel betrachtete. »Wir haben übrigens passend zu dem Kleid eine kleine Kaschmirjacke und ein Haarband.«

Gesine ließ sich alles einpacken.

Sie kaufte auch noch Schuhe an diesem Morgen. Hellbeige mit grünen Schnallen – und hohen Absätzen.

Wieder zu Hause, hängte sie das neue Kleid auf einem Bügel an den Kleiderschrank im Schlafzimmer. Die Schuhe stellte sie darunter. Sie sahen aus, als würden sie warten.

Später räumte sie das Wohnzimmer auf. Wischte den Staub weg, den Staub von Monaten.

Es war kühl geworden. Sie legte ein paar Zweige und Äste in den Kamin und zündete sie an. Dann holte sie die Flasche mit dem zwanzig Jahre alten Calvados aus dem kleinen Schrank neben dem Sofa. Der Alkohol tat gut. Sie brauchte ihn für ihre Erinnerungen, die langsam beschwerlich wurden. Für ihr Jahrestagfoto, das ihr einiges abverlangte. Fünfzehn Jahre Leo und Gesine. »Lass uns nach Andalusien fahren«, hatte er gesagt. »Wir müssen den Tag unseres Kennenlernens mit Tapas und Cava feiern.« Frank war verärgert gewesen, als sie kurzfristig alle Termine abgesagt hatte. Er hatte öfter angerufen und SMS geschickt in dieser Woche, in der Leo und sie ihre Erinnerungen am Strand von Conil und in Cádiz spazieren führten. »Ach, war das schön damals, als es noch keine Handys gab«, hatte Leo gelacht, wenn Gesine ihre Nachrichten nach München sandte. Es war kein unbeschwertes Lachen gewesen.

Auf dem Foto liegt das Telefon neben einer Platte mit Boquerones, kleinen frittierten Sardinen, die man in dem Lokal am Strand bekommt, wo Tische und Stühle im Sand versinken und die Kellner barfuß servieren. Sie sind in ihrem ersten gemeinsamen Urlaub an diesem Ort gewesen, kurz nachdem sie sich in Barcelona kennengelernt haben. Zu einer Zeit, als hier noch keine großen Hotels an der Promenade standen. Einer Zeit, in der es nur sie beide gab und die Welt um sie herum Staffage war.

Gesine steckt sich gerade einen Fisch in den Mund. Ihre langen Haare hat sie mit einer großen Sonnenbrille zurückgeschoben. Leo und sie beobachten an diesem Nachmittag ein Paar am Nebentisch. Ein Paar in den Sechzigern, das sich anschweigt. Irgendwann fragt Leo die beiden, die immer öfter zu ihnen hinübersehen, ob er ihnen vielleicht mit einem Thema aushelfen könnte.

»Leo, was soll das?«, fährt Gesine ihn an.

Er lehnt sich zurück und grinst. »Es macht Spaß. Sieh dir die Spießer an. Außerdem muss ich mich ja auch irgendwie beschäftigen, wenn du immer auf deinem Ding da rumtippst.« Er zeigt auf ihr Handy.

»Ich schalte es gleich aus. Aber Frank muss alle meine Stunden übernehmen, weil ich jetzt hier mit dir am Strand sitze.«

»Gefällt es dir nicht?« Er klingt angriffslustig.

»Der Strand schon. Aber ich mag es nicht, wenn du andere Menschen kompromittierst.«

»Ach komm, sei nicht immer so furchtbar korrekt.«

»So bin ich nun mal.«

»Ich weiß, ich weiß. Vielleicht solltest du statt deiner Patienten zur Abwechslung mal dich selbst therapieren.« Er winkt dem Kellner und macht ihm ein Zeichen, dass er zahlen will.

»Wie meinst du das, Leo?«

»Wie ich es gesagt habe. Du bist manchmal so eng, dass man den Eindruck hat, du schnürst dir selbst die Luft zum Atmen ab.«

»Und du wertest dich auf, indem du andere niedermachst. So etwas hast du doch nicht nötig.«

»Das lass mal meine Sorge sein.« Er holt sein Portemonnaie heraus und legt fünfundzwanzig Euro auf den Tisch. »Stimmt so«, nickt er dem Mann zu.

Ihr Handy klingelt. Sie drückt die Off-Taste. »Bitte, Leo. Rede nicht so mit mir.«

Er steht auf. »Lust, zum Leuchtturm zu fahren?«

Sie nickt. Erleichtert.

Auf der Fahrt nach Trafalgar sprechen sie wenig. Kommentieren nur, was sie sehen. Die neuen Siedlungen in El Palmar, wo vor fünfzehn Jahren noch unbebautes Land war. Den Verkehr, der zugenommen hat.

Sie parken ihren Leihwagen auf dem weitläufigen Parkplatz – unterhalb des riesigen weißen Leuchtturms, der nachts mit Hilfe von großen Parabolspiegeln sein weißes Licht auf den Ozean hinausschickt. Damals hatten sie hier oft gesessen und beobachtet, wie die langen Strahlen über das dunkle Wasser gewandert waren. Sie hatten Pläne gemacht. Pläne für eine Zukunft, in der kein Ende vorgesehen war.

Als sie aussteigen, werden sie vom Wind erfasst, der hier über den langen Sandstrand fegt. »Na, wenigstens das hat sich nicht geändert«, sagt Leo und holt seine Kapuzenjacke von der Rückbank. Gesine bindet sich ein Kopftuch um. Er sieht ihr dabei zu. »Steht dir gut«, meint er und schließt das Auto ab.

Zwei Stunden gehen sie am Strand spazieren. Ihre Hosen haben sie hochgekrempelt, trotzdem schaffen es manche Wellen, den Saum nass zu machen. Nass und salzig. Manchmal nimmt er ihre Hand, um sie kurz darauf wieder loszulassen.

»Hättest du mich gern anders?«, fragt sie ihn irgendwann.

»Willst du eine ehrliche Antwort?«

»Natürlich.«

»Du bist mir manchmal zu verschlossen, Gesine.«

»Ich war nie anders.«

»Das weiß ich. Aber als ich mich vor fünfzehn Jahren in dich verliebt habe, dachte ich, du würdest vielleicht irgendwann etwas ...« Er sucht nach Worten. »... lockerer, nein, ungezwungener werden. Ja, das ist es, ich vermisse die Ungezwungenheit bei dir.«

»Aber es gibt doch Momente, in denen ...« Eine riesige Welle verschluckt Gesines Satz.

Leo holt die Worte aus dem Schaum, der sich um ihre Füße kräuselt, zurück. »Ja, es gibt sie, die Momente, in denen du unbeschwert und voller Leben bist.

Und für diese Momente liebe ich dich. Du bist nur so unglaublich geizig damit.«

Sie sieht aufs Meer, als würden die Schaumkronen auf den Wellen dort ihr irgendetwas zuflüstern. »Ich werde mich bemühen.« Sie schreit es fast in den Wind hinein.

»Gesine, dies hier ist keine Prüfung, bei der du durchfallen kannst. Wem willst du eigentlich etwas beweisen?«

»Dir vielleicht?«

»Ja, ich weiß, und genau das ist falsch. Sei einfach du selbst – und du bekommst alles von mir.« Er bleibt vor ihr stehen und nimmt ihr Gesicht in seine Hände. Das Kopftuch flattert. »Du läufst immer noch durch meine Träume«, sagt er, und als ob irgendein Regisseur plötzlich Anweisung gegeben hätte, schickt das Meer einige Wellen ohne großes Getöse an den Strand. »So wie damals, nach unserem ersten Abend in Barcelona.«

Sie nickt und spürt, dass sich ihre Augen mit Tränen füllen. Tränen, die er mit seinen Daumen auffängt.

Sie sprechen nicht mehr davon in den nächsten Tagen. Sie unternehmen Ausflüge nach Jerez und Sevilla – und nach Sanlucar, um dort bessere Tapas zu essen als in Conil und Manzanilla zu trinken, diesen leichten Sherry mit dem Aroma nach Meer und Salz und Sommer. Ihre Sätze in dieser Woche beginnen nicht selten mit »Weißt du noch …?«. Sie spüren das Verbindende, das darin liegt, und sie nehmen es dankbar an.

Manchmal beschleicht Gesine das Gefühl, sie täten nur verliebt. Als hätte ihnen Andalusien eine große Bühne zur Verfügung gestellt, auf der sie jetzt das Stück aufführen, das sie fast im Schlaf rezitieren können, weil es bereits seit fünfzehn Jahren auf ihrem Spielplan steht. Für das sie keine Souffleuse mehr brauchen. Nur dann und wann merken sie, dass die so oft eingeübten Szenen ihren Zauber eingebüßt haben und durch die Wiederholung leicht schal werden. Dann schweigen sie wie auf ein geheimes Zeichen hin und versuchen der eintretenden Leere durch Berührungen und Zärtlichkeiten zu begegnen. Und durch Essen und Schmecken in den Bars und Bodegas und auf den Märkten. Dort holen sie sich zurück, was sich im Lauf der Zeit ein wenig abgenutzt hat. Bis sich Gesine am vorletzten Tag an einem Fisch den Magen verdirbt.

Leo will bei ihr bleiben, doch sie besteht darauf, dass er allein loszieht, während sie in ihrem Hotelbett in Cádiz liegt.

»Ich gehe in Gedanken mit dir spazieren«, sagt sie. Und tatsächlich nimmt sie die vielen unüberschaubaren Gassen mit in den Schlaf, die breite Promenade am Meer, auf der betagte Palmen und Platanen den mit Azulejos gekachelten Bänken Schatten spenden, die Laterna magica, die in einem der Altstadthäuser untergebracht ist und die sie so liebt. Nur die große Markthalle im Herzen von Cádiz, die Leo und sie normalerweise besuchen, um sich bei den riesigen Schwert- und Thunfischen, den filigranen Pfahlmuscheln, den silbrig glänzenden Sardinen Appetit zu holen – die lässt sie heute außen vor. Ihr Magen versperrt sich solchen Träumereien.

Es ist früher Abend, als Leo zurückkommt, sich über sie beugt und ihr die feuchten Haare aus der verschwitzten Stirn streicht.

Verschlafen blinzelt sie ihn an. »Wie war der Tag?«

Er lächelt. »Cádiz hat dich vermisst – und ich auch.«

»Es tut mir so leid, Leo.«

»Mir auch. Vielleicht sollten wir den Koch aus dem Restaurant gestern verklagen, weil er uns die letzten Tage hier verdorben hat.« Er steht auf, öffnet die Vorhänge und das Fenster. Die Luft, die hereinkommt, ist lau. Andalusischer Sommerabend mit ein paar Blüten darin. Er dreht sich wieder zu ihr um, während er Hemd und Hose auszieht. »Wie geht es dir jetzt?«

»Noch etwas matt, aber schon viel besser als heute Morgen.« Sie sieht ihm zu. Sie mag seinen Körper. Die Muskeln spannen sich unter der leicht gebräunten Haut; der Bauch ist nicht mehr ganz so flach, und an den Oberschenkeln hat die Spannkraft in den letzten Jahren ein wenig nachgelassen.

Er wirft seine Sachen auf einen Sessel und geht ins Badezimmer. Kurz darauf hört sie die Dusche rauschen. Als er wieder ins Zimmer kommt, glänzen seine schwarzen Haare. Er holt ein frisches hellblaues Hemd und eine Leinenhose aus dem Schrank. Er riecht nach Eau de Toilette.

»Ich gehe schnell unten im Restaurant etwas essen«, erklärt er.

»Hast du unterwegs nicht ...?«

»Nein, ohne dich hatte ich keine Lust.« Er bindet sich die Schuhe zu. »Ich bin bald zurück.« Er gibt ihr einen Kuss auf die Nase. Als er die Tür hinter sich zuzieht, schläft sie bereits wieder.

Es ist zehn Uhr, und das Bett neben ihr ist noch immer leer. Sie fühlt sich besser, und sie hat Durst. Den Tee, den Leo ihr gebracht hat, hat sie ausgetrunken, die Wasserflasche daneben auch. Sie steht auf und knipst das Licht im Bad an. Sie zieht ihr verschwitztes Nachthemd aus und geht unter die Dusche. Das warme Wasser scheint wieder Leben in sie zu spülen. Sie wäscht sich auch die Haare und trägt nur wenig Wimperntusche, Lippenstift und Parfum auf. Dann zieht sie ein weißes Sommerkleid mit großen Weintrauben darauf an, nimmt eine Strickjacke vom Stuhl und schlüpft in ihre Sandalen.

Das Restaurant unten ist noch gut besucht, wie die Bar daneben, die ihre Flügeltüren in den Garten und zum Pool hin weit geöffnet hat. Gesine lässt ihren Blick suchend über die Menschen an den Tischen und am Tresen gleiten.

Und dann sieht sie ihn. Er ist nicht allein. Neben ihm auf einem Barhocker sitzt eine Frau. Schwarze schulterlange Haare, dunkle Augen, etwas füllig. Spanierin wahrscheinlich. Sie lacht. Leo lacht auch. Vor ihnen stehen zwei Gläser. Gin Tonic, vermutet Gesine. Er mag Gin Tonic im Sommer. Als sie anstoßen, hält Leo inne. Er hat Gesine entdeckt. Kurz kreuzen sich ihre grünen mit seinen grauen Augen, kreuzt sich Entsetzen mit Schuldgefühl. Dann dreht sich Gesine abrupt um und läuft in den Garten hinaus. Vorbei an dem hell erleuchteten Türkis des Pools, an den Leuten, die hier draußen mit ihren Drinks herumsitzen, weg von der leisen Lounge-Musik und von Leo und dieser Frau.

Sie findet eine Bank unter einem großen Tulpenbaum. Hier ist kein Licht mehr, die Stimmen dringen nur noch gedämpft herüber. Sie zittert, ihr Atem geht schnell, und während sie versucht, Luft zu bekommen, merkt sie, dass sie keucht. Wie um sich zu beruhigen, streicht sie mit der Hand über ihr Kleid. Als könnte sie so ihre wirren Gedanken glätten. Doch da lässt sich nichts glatt ziehen. Es kommen immer mehr Fragen, die nur ein Ziel zu kennen scheinen: Verwüstung anzurichten.

Als Leo sich neben sie setzt, sind etwa fünf Minuten vergangen. Er will ihre Hand nehmen, doch sie zieht sie weg.

»Gesine, lass mich doch erklären …«

»Was gibt es da zu erklären? Das war ja ziemlich eindeutig.« Ihre Stimme zittert.

»Es war nicht so, wie du denkst.«

Sie räuspert sich, das Zittern bleibt. »Bitte keine Plattitüden, Leo. Das passt nicht zu dir.«

»Aber ich schwöre …«

»Verschone mich mit irgendwelchen dummen Schwüren.« Jetzt schreit sie ihn an. »Das ist billig, Leo. Sehr billig.«

»Hör auf.« Seine sonst so leise Stimme ist laut geworden. So laut, dass sie zusammenzuckt. »Wie oft soll ich dir noch sagen, dass du nicht eifersüchtig sein musst?«

»Und was war das eben? Bietest du mir nicht allen Grund dazu?«

Er rückt von ihr ab. »Das war eine Frau, die genauso allein herumsaß wie ich heute Abend. Ihr Mann ist mit Geschäftsfreunden unterwegs und hat sie gebeten, in der Bar auf ihn zu warten. Und da sind wir eben ins Gespräch gekommen und haben uns zwei Gin Tonic bestellt. Mehr ist nicht gewesen …«

Sie sieht ihn an. Sie spürt, dass er die Wahrheit sagt. Sie spürt auch, dass da trotzdem etwas in ihr nicht nachgibt. Es ist diese so verhasste Angst, die sich in ihren wunden Magen gräbt und dort festsetzt.

»Verzeih mir«, sagt sie irgendwann. Es klingt wie eine Kapitulation.

»Schon gut.« Er steht auf und reicht ihr die Hand. Dabei gelingt ihm sogar ein Lächeln. »Darf ich dich noch zu einem Kamillentee einladen?«

Sie entspannt sich und nickt und lässt sich von ihm hochziehen.

Sie wird ihre Angst wegscheuchen, schwört sie sich, während sie neben ihm zum Hotel zurückgeht. Sie wird das, was ihre Großmutter die alten Geister genannt hat, verschnüren wie ein Paket und fortschicken. Sie wird ihrer Liebe Raum geben. Und Luft. Wie zum Beweis atmet sie tief durch und nimmt seine Hand.

Als sie an der Bar sitzen, einen Gin Tonic und eine Kanne Tee vor sich, sehen sie die Frau, mit der Leo zusammengesessen hat. Ein Mann steht neben ihr mit einem Glas Bier in der Hand, sie gestikuliert, während sie mit ihm redet. Irgendwann zeigt sie auf Leo und Gesine und winkt zu ihnen herüber. Sie winken zurück.

Gesine nahm einen Schluck Calvados, während sie an diese Nacht in Cádiz dachte. Einen großen Schluck. Es gab eine Chance, dachte sie, eine Chance für Leo und sie. Sie war klein, das wusste sie, aber es gab sie. Sie fühlte, wie so etwas wie Mut in ihr wuchs. Ein Mut, den sie nicht an sich kannte.

Sie stand auf und legte noch ein Holzscheit in den Kamin. Dann ging sie zum Plattenspieler. Sie hörte nur ein Lied, »Quand on a que l'amour«. Wenn man nichts als die Liebe hat, sagte sie sich, hat man sehr viel. Und plötzlich musste sie an Julien denken. An sein »Ist mir noch nicht begegnet ...«, als sie ihn nach der Liebe gefragt hatte.

Es war ein Uhr nachts, als sie ihm eine SMS schickte: *Ich freue mich, dich wiederzusehen.*

Zwei Minuten später kam seine Antwort. *Hört sich gut an …*

Sie lehnte sich zurück und schloss die Augen. Er traf den richtigen Ton, dachte sie. Mit einem fast schon beängstigenden Instinkt, der aus ihr herausspürte, was sie gerade am dringendsten brauchte.

26

Sie wurde vom Klingeln ihres Handys geweckt. Ein Blick auf den Wecker zeigte elf Uhr. Sonst schlief sie nie so lang.

»Hallo?« Ihre Stimme klang heiser.

»Was ist los, Gesine?«

»Frank?«

»Schön, dass du mich noch erkennst.«

»Wie geht es dir?«

»Das sollte ich wohl besser dich fragen.«

»Ach, es ist nur etwas spät geworden gestern Abend.« Sie setzte sich auf und schob sich das Kopfkissen in den Rücken.

»Bist du noch im Bett?«

»Ja.«

»Ist irgendetwas passiert? Du klingst so merkwürdig.«

»Nein. Ich bin nur lange wach gewesen und habe ein wenig Calvados getrunken.«

»Ein wenig?«

»Jetzt sei nicht so streng. Du kennst mich.«

»Das ist es ja.« Sie hörte das Klicken seines Feuerzeugs, dann dieses typische Ausatmen beim Rauchen. »Wie lange willst du noch dort bleiben?«

»Mir geht es gut hier. Wirklich gut.«

»Das hast du beim letzten Mal auch schon gesagt. Was ist eigentlich der Grund für deine gute Laune?«

Sie zögerte. »Nach diesen furchtbaren Monaten in München ist wieder Leben in mir. Ich arbeite im Garten, ich fange Schmetterlinge mit Jean-Luc, ich bin am Strand und schwimme, ich fahre mit dem Rad durch die Gegend und höre den Vögeln zu, ich genieße Musik, ich denke nach. Ich bin bei mir, Frank. Endlich wieder bei mir.«

Und ich habe Sex mit einem anderen Mann gehabt, dachte sie. Und es hat sogar Spaß gemacht. Sie sagte es nicht.

Er blies den Rauch aus. Es war ein vertrautes Geräusch. Ein Geräusch, das ihr fehlte. Fehlte er ihr auch? Nein! Sie hatte mit ihm geschlafen, um Abstand zu schaffen. Sie wollte Distanz – nicht Bestätigung wie bei Julien. Wollte sich abkoppeln von allem, was ihr auf ihrem Weg zu sich – und vielleicht zurück zu Leo – hinderlich sein könnte. Frank hatte es gespürt, das wusste sie, als sie neben ihm im Bett lag, in jener Nacht in München. Hatte diese Kluft gespürt, die sie zwischen sie beide geschoben hatte. Im Schlaf suchte er einige Male nach ihrer Hand. Sie ließ es geschehen. Schenkte ihm ihre Finger, wie sie ihm ihren Körper geschenkt hatte. Nur so meinte sie seiner Fürsorge entkommen zu können. Indem sie ihm gab, was er immer so sehr begehrt hatte.

»Wo ist das, Gesine, dieses Endlich-wieder-bei-dir?« Seine Frage holte sie ins Jetzt zurück.

»Da ist Leben in mir. Hier in diesem Haus, in dieser Landschaft ist es so, als hätte sich der Himmel aufgeklärt. Ich kann sogar wieder kochen …«

Er räusperte sich. »Ich habe mit Camille gesprochen.«

»Das weiß ich.«

»Ich habe ihr gesagt, ich würde in die Normandie kommen …«

»… und sie hat dir davon abgeraten, oder?«

»Ja, aber ich bin mir nicht sicher, Gesine …«

Sie schwieg.

»Deine gute Laune ist …« Er inhalierte tief. Als suchte er Worte im Rauch. »… irgendwie verstörend. Ich kann mir heute einen Flug nach Paris besorgen und wäre morgen bei dir. Es gibt für alles einen Ausweg.«

Sie antwortete nicht.

»Bist du noch dran?«

»Ja.«

»Und?«

»Bleib in München, Frank. Ich komme schon klar. Glaub mir, manche Dinge kann man nur allein lösen.«

Jetzt waren ihm die Sätze ausgegangen.

»Frank?«

Nichts, nur ein leichtes Knacken in der Leitung.

»Versuche mich zu verstehen. Ich brauche Abstand zu München, zu meiner Arbeit. Du hast doch selbst vor ein paar Wochen gesagt, ich solle mir eine Auszeit nehmen.«

»Aber ich habe nicht gesagt, du sollst zurück in die Vergangenheit reisen.«

»Das tue ich nicht«, brach es aus ihr hervor. Und fast hätte sie es ihm nun doch gesagt. Hätte ihm gesagt, dass es da einen anderen Mann gab. Einen Mann, mit dem Leichtigkeit möglich war. »Nicht alles ist vergangen …«, sagte sie stattdessen.

Es kam leise, fast zögerlich: »Ich liebe dich, Gesine.«

»Frank, bitte. Hör auf damit.«

»Worauf soll ich noch Rücksicht nehmen?« Seine Stimme schraubte sich in eine andere Tonlage, wurde lauter, aufgebrachter. »Jahrelang habe ich dich angesehen, war dir nahe und durfte dich nicht haben. Immer war da Leo. Überall Leo. Ständig Leo. Und jetzt ist Leo weg, und …«

»Er ist nicht weg.«

»Er hat eine andere Frau, Gesine. Er lebt mit ihr zusammen. Er hat dich verlassen. Er war so … so kalt an dem Abend, als er zu mir kam, um mir zu sagen, dass er eine andere hat. Als sei es ein Tauschgeschäft. Jule gegen Gesine. Und ich hatte immer gedacht, er liebt dich.«

»Woher wissen wir, ob er das nicht immer noch tut?«

»Er hat sich aus eurem Leben verabschiedet.«

»Das hat er, ja. Ich habe viel darüber nachgedacht, immer wieder überlegt, warum das alles passiert ist. Ich mache mir nichts vor, Frank. Ich weiß, dass er eine andere hat. Ich versuche sogar zu verstehen, warum das so ist. Aber eine Trennung bedeutet noch nicht, jemanden wirklich zu verlassen. Er hat es mir sogar gesagt, als ich mit ihm telefoniert habe.«

»Was hat er gesagt?«

»Dass ich ihm fehle.«

Weinte er? »Warum hast du mit mir geschlafen, Gesine?«

»Es tut mir leid, Frank.« Sie strich langsam mit der

Hand über ihre Bettdecke. »Ich wollte ganz nah bei dir sein, um mich von dir zu verabschieden. Vielleicht war es ein Fehler, aber es fühlte sich nicht so an.«

Er schluckte. »Wann kommst du zurück?«

»Dräng mich nicht.«

»Das tue ich nicht. Ich frage nur, wann.«

»Ich weiß es nicht.«

»Wird Leo dich besuchen? Du hast an unserem letzten Abend gesagt, er sei bald in Paris …«

»Ich rufe ihn demnächst an.«

Wieder das Klicken des Feuerzeugs. Eine neue Zigarette. Sonst nichts.

»Du rauchst zu viel.«

»Machst du dir jetzt Sorgen um mich?« Er lachte. Holte Luft. »Ach, übrigens, ich habe Leo letzte Woche gesehen.«

Sie setzte sich kerzengerade auf. »Wo?«

»In einer Bar, zufällig.«

»War er allein?«

»Nein, Gesine. Er ist nicht allein. Er hat eine andere Frau. Und mit der geht er auch aus.«

Sie spürte einen Kloß im Hals. »Haben sie dich auch gesehen?«

»Ja, wir haben kurz miteinander geredet. Dieses typisch verlegene Geplänkel, du kennst so was ja …«

»Ist sie …« Der Kloß wuchs. »Ist sie hübsch?«

»Sie ist jung.«

»Wirkten sie glücklich?«

»Ganz ehrlich?«

»Ganz ehrlich.«

»Sie wirkten etwas gezwungen. Aber das kann natürlich auch an mir gelegen haben. Der beste Freund der Ex-Frau trägt vielleicht nicht gerade zur Entspannung bei.«

Sie legte sich ins Kissen zurück. »Glaubst du …?«

»Ich glaube gar nichts, Gesine. Nur das, was ich sehe. Und das war Leo mit einer jungen Frau. Ich wollte es dir erst nicht erzählen.«

»Schon in Ordnung.«

»Es geht immer irgendwie weiter …«

Sie nickte mit dem Hörer am Ohr. »Ja«, sagte sie schließlich leise.

»Und erwarte dir nicht zu viel von Leos Besuch – falls er überhaupt kommt.«

»Er wird kommen. Camille und Jean-Luc haben auch gemeint, wir sollten es vielleicht noch einmal versuchen.«

»Die zwei sind anders als du und Leo. Die leben nicht nach diesem Ausschließlichkeitsprinzip, das ihr beide manchmal fast schon zelebriert habt.«

»War das falsch?«

»Es kann gutgehen, aber mit deiner Vergangenheit …«

Ihr wurde heiß. Nur weg von diesem Thema, sie griff schnell nach der nächsten Frage. »Hast du Camille sehr gern?«

Er lachte. Sie mochte sein Lachen, mit dem er immer wieder zu sich fand. Sie mochte ihn in diesem Augenblick umso mehr, als er den Ball sofort zurückschlug, den sie ihm gerade zugespielt hatte. »Sie hat dir davon erzählt?«

»Ja.«

»Du hast nie etwas bemerkt?«

»Ich habe es geahnt.«

»Es ist eine kleine Affäre mit großen zeitlichen Abständen dazwischen. Trotzdem bedeutet sie mir viel. Camille ist eine faszinierende Frau. Sie hat einen fast schon beängstigenden Verstand, ein großes Herz und viel Humor. Leider hat sie auch einen Mann.« Wieder dieses Lachen.

»Sie hat mir gesagt, er weiß davon.«

»Ja, und trotzdem trinkt er gerne einen mit mir und redet über Schmetterlinge und das Leben. Ich mag Jean-Luc. Sehr sogar. Seine Frau leihe ich mir nur hin und wieder aus.«

Sie hörte ihn rauchen. Wahrscheinlich saß er jetzt am Schreibtisch in seinem Büro, das direkt gegenüber von ihrem lag. Wenn sie gerade keine Sprechstunde hatten, ließen sie oft die Türen offen, um sich gegenseitig beim Arbeiten zuzusehen – und manchmal auch abzulenken. Nun sah er auf ihre geschlossene Tür.

Sie warf die Bettdecke zurück und blickte auf ihre Beine. »Frank?«

»Ja.«

»Du hast mir vorhin nicht geantwortet, als ich dich gefragt habe, ob diese Frau hübsch ist.«

»Was willst du hören?«

»Die Wahrheit.«

»Sie ist Durchschnitt. Dunkle Locken, nettes Gesicht, nichts Besonderes. In dem Alter wirken sie doch alle noch so unfertig.«

Gesine streichelte ihre Beine und lächelte. »Danke.«

»Wofür?«

»Für alles.«

Sie stand auf und zog die Vorhänge zurück. Der Garten lag in der Sonne. Mittagssonne.

Ihr war, als könnte sie sein Nicken hören.

»Ich lege jetzt auf, Frank.«

»Ist gut.« Seine Stimme war rauh. Wie seine Finger, dachte sie. Das Letzte, was sie von ihm hörte, war ein tiefer Atemzug.

27

Sie saß am Küchentisch und trank ihren Milchkaffee, als sie das Auto draußen hörte. Sie trug noch Leos Pullover. Franks Worte trug sie in ihrem Kopf. Und Juliens *Hört sich gut an …*

Kurz darauf Frauenstimmen und ein schnelles Klopfen an der Haustür. »Es ist offen«, rief sie.

Camille hielt einen Kuchen in der einen, eine Flasche Cidre in der anderen Hand. Hinter ihr betrat eine kleine schlanke Frau in einem hellblauen, etwas zerknitterten Leinenkleid und weißen Turnschuhen die Küche. Die halblangen dunkelblonden Haare hatte sie zu einem Zopf im Nacken zusammengebunden. Ihre blaugrauen Augen sahen sich neugierig um und zwinkerten Gesine zu. Sie hatte einen festen Händedruck. »Kannst du dich noch an mich erinnern?«, fragte sie.

Gesine lachte. »Natürlich. Sophie, oder?«

»Eine schöne Küche habt ihr hier.«

»Na ja, wundert's dich?«

»Ehrlich gesagt nicht. Dein Mann hat damals ziemlich eindrucksvoll gefachsimpelt.«

»Ja, ja, das konnte er schon immer gut.«

»Camille hat erzählt, was mit euch los ist. Tut mir sehr leid.«

Gesine nickte und nahm Camille den Kuchen ab. »Was bringt ihr mit?«

»Eine Birnentarte. Hat Sophie eben gemacht. Perfekter Anlass für einen kleinen Besuch bei dir, dachten wir uns.«

»Gute Idee. Wollt ihr vorher Kaffee oder gleich den da?« Sie zeigte auf den Cidre.

»Ach, der Cidre passt besser«, sagte Sophie und besah sich dabei den Herd. »Habt ihr den aus Deutschland?«

»Ja. Vorher stand hier ein ziemlich altes Ungetüm.«

»Beeindruckend für ein Privathaus.«

»Du hättest mal ihre Küche in München sehen sollen«, erwiderte Camille und holte Gläser, Teller und Gabeln aus dem Schrank.

Gesine öffnete die Flasche und stellte sie auf den Tisch. »Ich habe von deinen Plänen gehört«, sagte sie zu Sophie, die gerade den Backofen inspizierte.

»Ja, deswegen sind wir unter anderem auch hier«, antwortete die und nickte anerkennend, als sie die Vorrichtung für das Bratenthermometer entdeckte. »Wenn du Lust hast, fahren wir nachher zur Auberge rüber und zeigen dir das Haus.«

»Gern. Ich habe noch nichts Besonderes vor heute. Das ist das Gute daran, wenn man Urlaub hat.«

Nachdem sie mit dem Cidre angestoßen hatten, schnitt Gesine den Kuchen an. Der erste Bissen knipste ein Strahlen in ihrem Gesicht an. »Der ist phantastisch. Was ist da drin? Marzipan?«

»Ja, damit der Boden nicht zu sehr durchweicht. Außerdem passt es gut zu den Früchten. Die Birnen habe ich vorher in Birnengeist eingelegt.«

Gesine kaute. »Wann willst du anfangen mit dem Restaurant?«

»Frühestens in einem halben Jahr. Ich brauche bestimmt noch den ganzen Winter und einen Teil des Frühjahrs für die Renovierung. Du wirst ja sehen, es ist ziemlich runtergekommen. Mein Vater hat in der letzten Zeit nichts mehr daran gemacht.«

»Wird dir Paris nicht fehlen?«

»Ich glaube nicht. Die Jahre dort waren richtig und wichtig für mich, ich habe viel gelernt und mich ziemlich weiterentwickelt. Aber tief im Inneren hatte ich immer Sehnsucht nach der Normandie. Was ist mit dir?«, wechselte sie das Thema. »Keine Lust, wieder nach München zurückzufahren?«

Gesine schüttelte den Kopf. »Ehrlich gestanden, nein. Ich merke, wie gut es mir tut, hier zu sein. Ich brauche einfach Abstand, um die ganze Sache mit Leo zu begreifen.«

»Ist es wirklich ganz aus zwischen euch?«

»Ich weiß es nicht. Wir werden uns wahrscheinlich demnächst treffen. Er will herkommen. Und ich muss gestehen, ich freue mich darauf.«

»Keine Angst?«

»Ja und nein.«

Ihr Handy klingelte. Sie sah Juliens Nummer und nahm an. »Hallo?«

»Hat mich überrascht, deine Nachricht heute Nacht.«

»Wieso überrascht?«

»Ich war mir nicht so sicher …«

»Das war ich mir selber auch nicht.«

»Übermorgen Nachmittag um vier?«
Sie schluckte.
Er hörte es und lachte.
Jetzt lachte sie auch. »Wo?«
»Ich bin wieder in Trouville und muss an dem Abend noch mal nach Houlgate. Ich warte im Hotel auf dich.«
Ihr Bauch zog sich zusammen, als würde er die Antwort vorwegnehmen. »Okay. Übermorgen um vier.«
»Und Gesine ...«
»Ja?«
»Zieh einen Rock an.«
»Noch irgendwelche Wünsche?«
»Viele. Also, bis dann.«
»Bis dann.«
Sie legten gleichzeitig auf.
Camille sah Gesine neugierig an. »Wer war das?«
»Ich habe einen Mann kennengelernt.«
»Wann?«
»Kurz nach unserem Muschelessen bin ich ihm beim Ausparken in seinen Wagen gefahren.«
»Muss man sich merken ... Wie heißt er?«
»Julien. Er hat mich irgendwann angerufen. Wir haben uns verabredet und dann ...«, sie suchte nach Worten, »... dann ist es eben passiert. Und einen Tag später noch mal. Am Strand.«
»Und?«
»Es war gut. Ich glaube, er ist genau das, was ich im Moment brauche.«
»Ist er Single?«
»Nein, er ist verheiratet und hat einen fünfjährigen Sohn. Aber diese Ehe interessiert mich nicht. Ich will ihn gar nicht ganz für mich. Ich will immer noch Leo. Daran hat sich nichts geändert.«

»Verstehe. Der Mann ist sozusagen ein Geschenk an dein Selbstwertgefühl.«

Sie lachte. »Könnte man so sagen.«

»Das gefällt mir, Gesine. Das gefällt mir richtig gut.« Sie räumte die Teller zusammen. »Kommt, lasst uns losfahren.«

Die Auberge lag etwa zwanzig Kilometer entfernt. Kurz vor Pont L'Évêque bog Camille von der Hauptstraße ab. Es ging noch gut zwei Kilometer auf kleinen baumbestandenen Nebenstrecken dahin, bis plötzlich das Haus auftauchte. Etwas versteckt in einer kleinen Senke, umgeben von dem verwilderten Garten, den Gesine bereits auf dem Foto gesehen hatte. Neben dem Grundstück befand sich ein Bach, der geräuschvoll plätscherte. Das Gebäude wirkte noch baufälliger, als sie gedacht hatte. Die Fensterläden machten den Eindruck, als würden sie den nächsten Windstoß nicht überstehen, und von der Fassade bröckelte überall die ehemals weiße Farbe ab. Trotzdem regte sich sofort etwas in Gesine, als sie dieses schutzbedürftige Haus sah. »Es ist wunderschön«, sagte sie.

»Na ja«, entgegnete Sophie, »es hat eine Renovierung dringend nötig.«

»Bist du hier aufgewachsen?«

»Meine Eltern, mein Bruder und ich haben oben gewohnt. Mein Spielplatz war die Küche.«

»Das ist ja bis heute so geblieben«, gab Gesine grinsend zurück.

Sophie holte einen Schlüssel aus ihrer Tasche und schloss die schwere Tür auf. Drinnen traten sie in einen großen Gastraum, in dem ein paar alte Tische und Stühle übereinandergestapelt waren. Auf dem Steinboden lag eine dicke Staubschicht. In der Ecke war ein riesiger offener Kamin in die Wand gemauert, ein paar leere Flaschen lagen darin, als hätte sie jemand nach einem Gelage einfach dort abgelegt und vergessen. An der Stirnseite führte eine Schwingtür in die Küche. Sophie hielt sie den beiden Frauen auf. »Tja, und das hier ist das Herz des Hauses«, erklärte sie mit einer ausladenden Handbewegung. Leo hat es immer genauso ausgedrückt, durchfuhr es Gesine, und für einen kurzen Moment stand sie wieder in ihrer leeren Küche in München, mit diesem Eisklotz in der Hand, bevor sie den Gedanken schnell wegschob. Sie sah sich um. Ein großer und ein kleiner Herd in der Mitte, viele Schränke mit vielen Schubladen, Stangen für Schneebesen, Schöpflöffel und Kellen, alles völlig heruntergekommen.

»Bis wann hat dein Vater hier noch gearbeitet?«

»Er hat vor fünf Jahren aufgehört. Nach dem Tod meiner Mutter. Seitdem ist das alles sich selbst überlassen geblieben. Kommt, ich zeige euch noch die Speisekammer und den Weinkeller.« Sie öffnete eine Tür, die von der Küche abging.

»Kammer ist etwas untertrieben«, meinte Gesine staunend, als sie einen großen Raum mit Regalen bis an die Decke betraten.

»Hier habe ich als kleines Mädchen immer die Schokolade geklaut«, erzählte Sophie lachend. »Und mein Bruder den Schinken.«

Die Kellertreppe führte direkt von dort nach unten. Es roch feucht.

»Lagern noch Weine hier?«, fragte Camille neugierig.

»Ein paar Burgunder und Bordeaux«, antwortete Sophie und griff in eines der eingemauerten Fächer. »Lust auf einen Schluck? Der hier«, sie holte eine Flasche raus, »ist wirklich gut.«

»Was ist es?« Gesine schaute neugierig auf das Etikett.

»Ein recht betagter Cheval Blanc.«

»Wir sagen nicht nein, oder?« Sie sah Camille an.

Die nickte nur zustimmend.

Von irgendwoher holte Sophie drei Gläser und einen Flaschenöffner. Die Gläser hielt sie in der Küche unter den Wasserhahn. Draußen im Garten wischten sie drei Stühle ab und setzten sich an einen der wackeligen Tische, die im meterhohen Gras standen.

»Oh, là, là«, sagte Gesine nach dem ersten Schluck, »du hast untertrieben, der ist verdammt gut.«

Sophie stellte ihr Glas ab. »Ich sehe schon alles vor mir. Die Küche wird völlig neu eingerichtet. Ich habe in Paris bereits die Sachen bestellt. Und bei Dehillerin bin ich derzeit Dauerkundin.«

Gesine kannte den verwinkelten mehrgeschossigen Laden, der seinen Sitz seit Urzeiten gleich neben den ehemaligen Pariser Hallen hatte und in dem es alles, wirklich alles gab, was Köche und Gastronomen brauchten: Kupfertöpfe und -pfannen, Siebe, Rührschüsseln, Tartelette-Förmchen, Ausstecher, Julienneschneider, Gurkenhobel, Pinzetten, Messer, Paletten, Kellen, Spatel, Ausspritztüllen ... Sie war oft mit Leo dort gewesen. Gemeinsam hatten sie ausgesucht, was sie für ihre Küche benötigten, und es sich nach Deutschland schicken lassen.

»Wer hilft dir bei der Renovierung?«, fragte sie jetzt.

»Mein Bruder kümmert sich darum. Er ist ziemlich versiert in solchen Dingen und kennt hier eine Menge Leute, Handwerker, Elektriker, Maler ...«

»Das Haus ist phantastisch«, sagte Gesine und nahm einen Schluck Rotwein.

»... und ich werde daraus eine erste Adresse machen«, erklärte Sophie.

»Welche Art von Küche?«

»Normannisch mit modernen Akzenten.«

»Also viel Fisch, Muscheln, Hummer, Geflügel und dafür weniger Crème fraîche ...«

»So ungefähr. Ich möchte auf Gemüse und Kräuter setzen und der hiesigen Küche die Calvados-Sahne-Schwere nehmen. Natürlich nicht, ohne ganz darauf zu verzichten.«

»Klingt spannend. Und die Gäste bringst du aus Paris mit ...«

»Ein paar vielleicht. So was spricht sich schnell rum. Vielleicht könnte Leo ja auch ein gutes Wort für mich einlegen?!«

»Oh, oh, du ahnst nicht, auf was du dich da einlässt, wenn du den hierher bittest ...« Gesine lachte und spürte im selben Moment, wie sie das Lachen verlor.

»Ich brauche nur noch jemanden, der das mit mir gemeinsam anschiebt«, wechselte Sophie schnell das Thema. »Hättest du nicht Lust? Ich meine, bei deiner Vergangenheit ist dir das Thema Kochen ja nicht fremd ...«

Gesine schüttelte langsam den Kopf. »Ich bin noch nicht so weit«, erwiderte sie nachdenklich. »Da ist mein Leben in München. Mein Job.«

»Verstehe. Aber zieht es dich *wirklich* dorthin zurück?«

»Ich weiß es nicht.« Sie merkte, dass irgendetwas in ihr lautlos aufschluchzte. »Es ist zu früh, Entscheidungen zu treffen. Alle Konstanten in meinem Leben scheinen sich davongemacht zu haben. Es stimmt schon, hier fühle ich zum ersten Mal seit Monaten wieder so etwas wie Boden unter den Füßen, aber vielleicht ist es auch nur die Hoffnung, die mich Leben spüren lässt. Die Hoffnung, dass es doch noch eine Zukunft mit Leo gibt.«

Camille warf Sophie einen kurzen Blick zu. Die nickte nur und goss allen Wein nach. »Ich kann warten, Gesine«, sagte sie und hob ihr Glas.

Als sie anstießen, setzte sich ein Schmetterling auf den Tisch. Ganz kurz nur, aber lang genug, um einmal mit den Flügeln zu schlagen. Camille und Gesine lächelten fast synchron.

28

Sie war den Weg oft gefahren. Mitten hinein ins Département Calvados. Und immer musste sie an ihre erste Schmetterlingsexkursion mit Jean-Luc denken. Dieses Land war Erinnerungs-Land. Es passte also zu dem, was sie zu Ende bringen wollte, zu Ende bringen musste.

Das Holzschild, das rechts in eine Auffahrt hinein wies und auf dem »Fam. Dupont« stand, war leicht zu übersehen. Keine riesigen Fässer, kein protziges Gebäude mit imposanten Kellereien, kein groß aufgemachter Degustations-Shop, in dem doch nur Mittelmäßiges angeboten wurde.

Sie setzte rechtzeitig den Blinker. Ihr Auto parkte sie unter ein paar Bäumen links von dem etwas verwitterten Gutshaus. Sie stieg aus und ging zielstrebig vorbei an den Gebäuden, in denen die Fässer lagerten. In dem kleinen Laden sah sie durchs Fenster ein paar Flaschen auf einem langen Tisch stehen. Sie klopfte gegen die Scheibe. Niemand da.

Auf dem Hof hinter dem Haus hing eine rostige Kinderschaukel, auf der jemand eine Puppe mit roten Haaren abgesetzt hatte; ein Fahrrad lag neben einem Holzroller. Die Tür zur Küche stand offen. Gesine sah hinein. Ein Tisch mit einer geblümten Wachstuchdecke. Ein alter Herd mit verbeulten Töpfen darauf, in denen etwas schmurgelte, das gut roch. Ein großes Spülbecken, von dem die weiße Farbe absprang. »Hallo?« Sie hörte hinter sich Schritte und drehte sich um.

»Ah, bonjour, Madame Burg.« Der alte Mann trug Gummistiefel und eine karierte Arbeitsjacke. Er wischte sich die Hand an der Hose ab, bevor er sie ihr hinhielt. »Ganz allein heute? Wo ist Ihr Mann?«

»Er kommt bald nach. Deswegen bin ich hier.« Sie lachte. »Wir brauchen wieder ein bisschen was zum Trinken.«

»Kein Problem, Madame.« Er ging vor und zog einen Schlüssel aus seiner Jacke.

In dem Laden empfing sie der Geruch von Alkohol. »Wollen Sie etwas probieren?«

»Besser nicht. Ich muss ja noch fahren.«

»Ach was. Ein kleiner Générique geht immer.« Ohne ihre Widerrede gelten zu lassen, holte er zwei Gläser und eine Flasche jungen Calvados. Wie oft hatte sie sich hier die Familiengeschichten von Monsieur angehört, Geschichten von Söhnen und Schwiegertöchtern und Enkeln. Geschichten, in denen alles irgendwie seinen Platz hatte. Unverrückbare Geschichten. Manchmal gab es auch Rezepte. Die Tarte Tatin machte Gesine seitdem so wie Madame Dupont. Der Briefbogen mit den violetten Blümchen am Rand, auf dem Zutaten und Zubereitung schnell aufgeschrieben worden waren, lag heute in ihrer Küche. Er hatte ein paar Spritzer abbekommen im Laufe der Jahre. Honig sei wichtig für eine gute Tarte, hatte Madame damals gemeint, und natürlich Calvados.

Sie trank einen Schluck. Reiner Apfel. Sie mochte diesen Geschmack. Klar und unverfälscht. Nachdem ihr Glas leer war und sie mit dem alten Mann ein paar Nettigkeiten ausgetauscht hatte, kaufte sie einen ganz jungen und einen ganz alten Calvados, Pommeau und etwas Cidre. Dann bat sie ihn noch um einen Beutel mit frischen Äpfeln.

»Säuerlich oder süß?«

»Möglichst sauer.« Sie würde eine Tarte Tatin machen, wenn Leo käme.

»Bleiben Sie diesmal lange hier in Frankreich?«, fragte Monsieur Dupont, während er ihr half, die Sachen in den Wagen zu laden.

»Ich denke schon«, antwortete sie. In dem Moment wusste etwas in ihr, dass sie die Wahrheit sagte. Genauso wie sie wusste, dass es jetzt Zeit für ihre vorletzte Erinnerungsrunde war.

Wieder auf der Straße, trat sie abrupt auf die Bremse. Der Mann im Wagen hinter ihr fuhr hupend und kopfschüttelnd an ihr vorbei, als sie rechts in eine Allee abbog. Eine Espenallee, die der Wind geräuschvoll zum Zittern brachte. Gesine mochte dieses Geräusch. Es bot eine leise Hintergrundmusik, zu der man seine Gedanken spazieren führen konnte. Sie stieg aus, kletterte durch die Büsche in die kleine Mulde. Und als sie sich ins warme trockene Gras legte, waren sie bereits da – Gedanken an das Bild, das sie bei sich trug und das sie seit ihrem Gespräch mit Frank heute Morgen am liebsten weit weggeschoben hätte.

Das Foto zeigte Leo und Frank und in der Mitte Gesine auf einer Bank vor einer Berghütte. Gesine wusste noch heute, dass Camille damals mit ihr diskutiert hatte, ob sie zwischen den beiden Männern oder links neben Leo sitzen solle.

Sie sind früh aufgebrochen an diesem Morgen, um bei Elmau auf den Schachen zu steigen. Camille hat in ihrem bayerischen Reiseführer über die Jagdhütte von Ludwig II. gelesen, die dort oben in den Bergen steht. In Weinlaune haben sie beschlossen, eine Wanderung zu machen. Zu viert. Jean-Luc ist in München geblieben, um einen alten Studienfreund zu besuchen.

Sie haben die achthundert Höhenmeter unterschätzt, deshalb sprechen sie beim Aufstieg nur wenig. Leo ist gut in Form, Frank bleibt mit den beiden Frauen zurück. Gesine ärgert sich insgeheim über Leo, von dem in der Ferne nur noch seine rote Weste zu sehen ist. Als sie nach drei Stunden endlich keuchend oben ankommen, wartet er bereits lächelnd auf sie. Das Lächeln einer halben Stunde Vorsprung. Frank ignoriert es und schlägt vor, das Jagdschlösschen zu besichtigen. Camille ist ausgelassen. Wie Frank. Als er sich unbeobachtet fühlt, nimmt er sie kurz in den Arm. Sie lachen beide. Ein Lachen, das Nähe verrät.

Auch Gesines Stimmung hat sich wieder gebessert, als sie sich an einen der Tische vor der Berghütte setzen und Camille das Foto macht. Sie bestellen Kartoffelsuppe und Bier und hinterher Kaiserschmarrn.

»Was ist das?«, fragt Leo, nachdem er einen Schluck genommen hat.

»Weißbier, wie Sie bestellt hatten«, erwidert die junge Frau, die ihnen die Gläser an den Tisch gebracht hat.

»Das sehe ich. Aber haben Sie keinen Kühlschrank hier oben?«

»Doch«, stottert sie.

»Und warum ist das Bier dann lauwarm?«

»Ich werde drinnen mal nachfragen.« Sie ist rot geworden.

»Tun Sie das.«

Es geht noch weiter. Die Suppe ist Leo zu dünn und zu salzig, der Kaiserschmarrn zu süß und zu wenig locker. Fast scheint er es zu genießen, seine Spitzen an der jungen Frau auszulassen, in deren rundes, gutmütiges Gesicht sich Unsicherheit schreibt und dort Ängstlichkeit hinterlässt.

»Findest du das witzig?«, fährt Frank plötzlich dazwischen.

»Wieso?« Leo sieht den Freund an. Erstaunen in seinem Blick. Gesine weiß, dass es Aggressivität ist.

»Warum lässt du die Frau nicht einfach in Ruhe?«

»Weil sie mir schlechtes Essen serviert.«

»Wir sind hier auf einer Berghütte und nicht in einem Sternelokal.«

»Muss ich mich deswegen mit weniger als Mittelmaß abspeisen lassen?«

Frank trinkt einen Schluck Bier. »Du bist wahnsinnig arrogant«, sagt er leise.

Leo hat es trotzdem gehört. »Ich muss mich von dir nicht zurechtweisen lassen.« Da ist ein warnender Unterton in seiner Stimme.

Camille sieht Frank erschrocken an.

»Du bist doch hier oben nicht im Dienst«, legt der nach. »Musst du immer und überall den großen Bonvivant spielen?«

»Ich spiele nicht …«

»Ach nein? Und was war das eben? Du profilierst dich auf Kosten dieser Frau, die nichts dafür kann, dass irgendwer in der Küche Mist baut.«

»Aha, folgt nun die wissenschaftliche Analyse? Da seid ihr ja Experten, du und meine Frau.«

»Gesine hat nichts damit zu tun.«

»Ich verstehe.« Leo lehnt sich zurück. »Der große Beschützer. Immer zur Stelle, immer guter Zuhörer, immer perfekter Trostspender. Auch wenn's euch nicht passt, meine Sache ist eher der psychologische Feldversuch und nicht die Couch.«

»Vielleicht ist gerade das dein Problem.«

»*Ich* habe kein Problem.« Die Art, wie Leo das »ich« betont, setzt Gesines Gefühle in Alarmbereitschaft. Sie legt ihre Hand auf seinen Arm; er scheint es nicht einmal zu bemerken.

»Was willst du damit sagen?« Frank greift nach seinem Bierglas. Es ist leer. Er stellt es wieder hin, zündet sich stattdessen eine Zigarette an.

Leo lächelt, und Gesine wird kalt bei diesem Lächeln. »*Du* bist es doch, der die Probleme hat«, sagt er. »Soll ich dir verraten, was dir fehlt? Du …«

»Leo, halt jetzt bitte den Mund.« Camille hat in diesem Moment alle Wärme aus ihrer Stimme radiert.

Es ist still am Tisch. Als hätte jemand einen Eimer saure Milch ausgeschüttet. Die Menschen um sie herum unterhalten sich laut, manche lachen. Gesines Hand liegt noch immer auf Leos Arm. Frank sieht in sein leeres Glas; die Leere scheint in ihn hineinzukriechen, nimmt seinen Blick gefangen.

Camille macht der jungen Frau ein Zeichen, dass sie zahlen wollen. Sie holt ein paar Geldscheine aus ihrer Jackentasche und legt sie auf den Tisch. »Gehen wir?«, fragt sie leise.

Die anderen nicken.

Beim Abstieg laufen Camille und Frank voran. Gesine kann sehen, dass sie viel miteinander reden. Leo sagt kein einziges Wort, Gesine schließt sich seinem Schweigen an. Wie seinen Schritten.

Noch am selben Abend ruft Leo Frank an und bittet ihn vorbeizukommen. Camille, Gesine und Jean-Luc lassen die beiden Männer allein. Als sie spät vom Essen zurückkehren, steht eine halbleere Flasche Whisky auf dem Tisch im Esszimmer. Auf dem Plattenspieler besingt Ella Fitzgerald, was sie an Paris so liebt.

»Bekommen wir auch noch einen Schluck?«, fragt Jean-Luc und zeigt auf die Flasche. Camille holt ungefragt Gläser und gießt allen ein. Sie stoßen an, und fast hat es den Anschein, als sei nichts geschehen an diesem Tag.

Es ist drei Uhr morgens, als Camille sagt, sie würden sich jetzt schlafen legen, und Frank aufsteht, um sich zu verabschieden.

Gesine bringt ihn zur Tür. Als er sie in den Arm nimmt, hält sie für einen kurzen Moment inne. Sie riecht die Seife durch sein Hemd. Er streicht ihr über die Haare. Sein Kuss auf ihrer Stirn hat bereits etwas Flüchtendes. »Gute Nacht«, sagt er schnell, bevor er im Treppenhaus verschwindet. Sie steht noch ein paar Sekunden an der Tür und sieht ihm nach.

Weder Leo noch Frank haben Gesine je erzählt, worüber sie an diesem Abend gesprochen haben. Irgendwann hat sie einfach aufgehört zu fragen.

Sie öffnete die Augen. Die Sonne blendete. Ihre Hand fuhr über das warme Gras und zupfte ein paar Halme heraus. Als könnte sie so Antworten aus der Erde holen, Antworten auf die Fragen, an deren Wurzeln sie sich nie gewagt hatte. Sie blieb noch eine gute halbe Stunde liegen, hier, auf dieser Wiese, während ihre Finger, wie von einer imaginären Regieanweisung angehalten, immer weiter zupften.

Als sie später wieder in ihrem Auto saß, kurbelte sie alle Fensterscheiben herunter. Der Fahrtwind pustete ihre Gedanken fort, und in ihrem Kopf breitete sich eine Leere aus, die sie fast euphorisch begrüßte, bot sie doch Raum für alles, was sie erwartete.

29

Sie hatte einen weißen Rock angezogen mit kleinen pastellfarbenen Streifen am Saum. An der blassblauen Bluse waren Perlmuttknöpfe glänzend aufgereiht. Ihre Schuhe bekannten sich zu etwas mehr Absatz. Eben im Auto hatte sie den Slip ausgezogen und in ihre Handtasche gesteckt. In die große hellbraune Handtasche, die Leo ihr vor sieben Jahren geschenkt hatte.

Das Mienenspiel der Frau an der Rezeption verriet, dass sie Gesine wiedererkannte. Mit einer lapidaren Geste deutete sie Richtung Treppe. »Monsieur ist bereits oben. Dasselbe Zimmer.«

Gesine stieg langsam hinauf. Ein schmaler rot-weiß-blau gemusterter Teppich lief auf den Stufen mit; er war mit kleinen Stangen feinsäuberlich an jedem Absatz befestigt und schluckte jeden ihrer Schritte. Der blankpolierte Handlauf war aus Holz; er fühlte sich warm und glatt an.

Als sie vor der Tür stand, holte sie tief Luft, bevor sie klopfte. Ihr Herz klopfte mit.

»Komm rein.« Seine Stimme klang aufgeräumt.

Langsam öffnete sie die Tür. »Da bin ich«, sagte sie, fast schüchtern.

Er saß an dem Tisch, einen Laptop vor sich, den er jetzt zuklappte. Das Handy, das danebenlag, schaltete er aus. Er trug wieder seine Jeans, diesmal ein dunkelblaues T-Shirt dazu. Er sagte nichts. Sein Blick empfing sie, lud sie ein, näher zu kommen. Er ließ sich Zeit. Zeit, sie anzusehen. Als er lächelte und seine Hand ausstreckte, ging sie ein paar Schritte auf ihn zu. Kleine Schritte. Tastende Schritte. Ihre Tasche ließ sie fallen. Ein Leo-Stück, das nun auf diesem Hotelfußboden lag. Ihre Hand griff jetzt nach seiner, griff danach wie nach einem Stück Treibholz in unberechenbarer See.

»Danke«, sagte er.

»Wofür?«

»Dafür, dass du gekommen bist.«

Er zog sie zu sich auf die Knie. »Ich war aufgeregt.«

Ihr Lächeln geriet vorsichtig. »Das passt gar nicht zu dir.«

»Du kennst mich nicht.«

»Woher auch?«

Seine Hand hatte den Saum mit den pastellfarbenen Streifen gefunden. Wanderte Reaktionen auslotend weiter. Sie wartete, wartete darauf, dass er die Blöße unter ihrem Rock entdeckte. Plötzlich lachte er. Es war ein jungenhaftes Lachen, ein Lachen, das klang, als hätte es jemand freigelassen, damit es umherstürmen konnte. In diesem Moment wusste sie, dass es richtig war, was sie hier tat. Dass es diese Ungezwungenheit war, diese Risikofreude, die sie jahrelang ausgesperrt hatte aus ihrem Leben und die sie nun endlich aufhob und sich zu eigen machte. Jetzt lachte sie auch.

Draußen kam die Sonne hinter einer Wolke hervor

und schickte ihre Strahlen unverfroren durch das Fenster in das kleine Zimmer, leuchtete aus, was unausweichlich war. Sie zogen sich gegenseitig aus, knöpften auf, streiften ab. Sie ließen sich Zeit heute. Erkundeten, entdeckten, spielten. Wollten alles auskosten. Sie übereignete ihm ihre geheimsten Plätze. Ließ seinen Mund zwischen ihre Beine, in ihren Schoß – und er nahm an, eroberte das, womit sie ihn lockte, wurde immer freigiebiger. Sie schaukelten ihre Lust gegenseitig hoch; da war nichts Fremdes mehr, nur noch fast blindes Verstehen dessen, was der andere verlangte. Nachdem er eine gefühlte Ewigkeit später zu dem vorstieß, was beide mit einer Gier einforderten, die keine Zurückhaltung mehr kannte, lagen sie sich schließlich erschöpft in den Armen.

Ihr Kopf sank zur Seite, während er neben sie rollte und sie mit einer Hand umfasste und die andere in seinen Nacken legte. »Das hier wird gefährlich«, sagte er leise.

Sie brachte ihre Augenbrauen in Frageposition.

»Ich hatte selten so guten Sex«, erklärte er.

»Selten?«

»Warum hakst du immer an der richtigen Stelle nach?«

»Berufskrankheit.«

»Also gut, ich hatte noch *nie* so guten Sex.«

Sie drehte ihm ihr Gesicht zu. »Geben und Nehmen halten sich nicht allzu häufig die Waage, und wenn es passiert, nennt man das einen Glücksfall.«

»Weiß dein Mann eigentlich nicht, was für ein Glück er mit *dir* hat?«

»Doch, doch. Zumindest hat er es immer betont, bis … bis ihm diese Sache passiert ist.«

»Seht ihr euch wieder, wenn du zurück in Deutschland bist?«

»Er wird wahrscheinlich hierherkommen. Ich soll mich bei ihm melden, hat er gesagt, als ich vor drei Wochen aus München weggefahren bin. Er ist zurzeit beruflich in Paris.«

»Und du wirst alles dransetzen, ihn zurückzugewinnen, oder?«

Sie nickte in seine Armbeuge hinein. »Er fehlt mir, Julien.«

»Ich mag es, wie du meinen Namen aussprichst.« Er zog sie fester zu sich heran.

»Und ich mag es, dass du mir all das gibst, was ich im Augenblick brauche.«

Er strich über ihre Haare, zwirbelte eine Strähne mit seinem Zeigefinger auf. »Wir werden wohl immer nebensächlich füreinander bleiben, Gesine.«

»Gerade weil wir die Hauptsache ausklammern, können wir uns so vollkommen fallenlassen. Das macht uns frei. Nur deshalb kann so etwas wie eben überhaupt geschehen.«

Er nickte. »Eigentlich verrückt. Ich werde bei meiner Frau und meinem Sohn bleiben, und du suchst einen Weg zurück zu deinem Mann. Haben wir überhaupt irgendeine Chance?«

»Wir haben sie gerade genutzt.«

»Du bist eine beeindruckende Frau.«

»Ich habe viel nachgedacht in den Wochen, seitdem ich hier bin. Irgendwann beginnt man zu begreifen, wie die Dinge liegen.«

»Du hast durch deinen Job sicher viel Übung darin ...«

»Es ist anders, wenn es um einen selbst geht. Psychologen sind Meister im Verdrängen. Ich bin da keine Ausnahme gewesen.«

»Weißt du schon, wann dein Mann kommen wird? Wie heißt er eigentlich?«

»Leo. Er heißt Leo.« Jetzt hatte sie ihn hineingelassen. Seinen Namen ohne Scham hineingelassen in dieses Bett. In diese zerwühlten, feuchten Laken. »Ich rufe ihn morgen an oder übermorgen, und dann ...«

»Dann?«

»... werden wir sehen.«

»Und wenn er bei seiner Entscheidung bleibt?«

»Für den Fall habe ich noch keinen Plan.«

»Trotzdem strahlst du eine große Sicherheit aus.«

»Nicht zuletzt dein Verdienst.«

»War mir ein Vergnügen.« Seine Mundwinkel zuckten.

Sie fuhr mit ihrer Hand langsam über seine Brust. »Du siehst so jung aus mit diesem Gesichtsausdruck.«

»Ich bin ja auch noch nicht alt.«

»Wie alt?«

»Einundvierzig – und du?«

Sie lächelte. »Ein paar Jahre mehr.«

»Ein paar?«

»Das muss genügen.«

»Koketterie?«

»Nenn es, wie du willst.«

Er richtete sich auf, beugte sich über sie. Er roch ein wenig nach Schweiß, nach frischem Schweiß. Sein Kuss war weich, und ihre Zunge antwortete seiner mit geradezu genussvoller Gemächlichkeit. Irgendwann ließ er von ihr ab und griff nach seiner Uhr auf dem Nachttisch. »Ich muss in zwei Stunden in Houlgate sein. Lass uns draußen noch irgendwo einen Kaffee trinken, ja? Ich mag dich nicht einfach so gehen lassen.«

Eine halbe Stunde später saßen sie in einem kleinen Café am Strand. Er war frisch geduscht wie sie. Er trug wieder seinen Anzug und dazu ein sauber gebügeltes Hemd; lächelnd hatte sie ihm dabei zugesehen, wie er die Krawatte in seine Jackentasche gesteckt hatte.

»Ist es ein schwieriger Termin?«, fragte sie jetzt und rührte Zucker in ihren Café au lait.

»Es ist die Abschlussvernehmung. Im Prinzip ist alles klar.«

»Und? Wer war der Mörder?«

»Der Stiefsohn.«

»Du hattest also recht.«

»Das habe ich fast immer.« Er sah in den großen Spiegel, der neben ihnen an der Wand hing, traf dort auf ihren Blick. »Wir sind ein hübsches Paar«, stellte er fest.

Sie legte den Löffel auf die Untertasse und griff nach seiner Hand. »Auch damit hast du recht.«

»Und was schließen wir daraus?«

»Kein Fazit, bitte. Es ist zu früh dafür.«

Er lachte ihren strengen Blick weg. »Was machst du heute noch?«

»Ich bin mit Freunden zum Abendessen verabredet. Und du? Wann fährst du nach Paris zurück?«

»Morgen früh. Zu Hause wartet viel neue Arbeit auf mich.« Er machte der jungen Kellnerin ein Zeichen, dass er zahlen wollte. »Meine Standardfrage zum Schluss: Sehe ich dich wieder?«

»Meine Standardantwort: Ich weiß es nicht.«

»Na ja, wenn wir auch sonst bei unserem Standard blieben ...«

Ihr Lachen hob seine Bitte auf. »Du tust mir gut, Julien.«

»Vielleicht habe ich eine neue Bestimmung gefunden.«

»Wie war das vorhin mit der Nebensächlichkeit?«

Er warf einen Blick auf die Quittung, die die junge Frau vor ihn auf den Tisch legte, und reichte ihr schnell ein paar Münzen. Als er Gesine ansah, war da wieder dieser jungenhafte Ausdruck in seinem Gesicht. »Auch in Paris gibt es Hotels«, sagte er.

»Ein tröstlicher Gedanke«, erwiderte sie.

Draußen an seinem Auto nahmen sie sich nur kurz in den Arm. Sie zeigte auf die Beule im Blech. »Sie ist immer noch da?«

»Ja, ich habe erst nächste Woche einen Termin in der Werkstatt. Fast bedaure ich es.«

Ihr Augenzwinkern geriet liebevoll spöttisch. »Ich entdecke immer neue Seiten an dir.«

Wie nach ihrem ersten Zusammentreffen sah sie ihm auch heute noch nach. Auch heute legte er den Sicherheitsgurt erst beim Fahren an. Auch heute schüttelte sie den Kopf und lachte.

30

Sie hatte das Schmetterlingsfoto abgeholt. Das Kleine Nachtpfauenauge. Es war ein wunderschöner Falter. Er war gestorben, damit seine Schönheit blieb. Sie war es, die ihm seine leuchtenden Farben erhalten hatte.

Jetzt lag das Bild in ihrer Tasche, zusammen mit dem anderen. Dem letzten aus der blauen Schachtel. Sie holte es sich vor Augen, während sie in ihren hochhackigen Schuhen über das Kopfsteinpflaster von Honfleur lief. Es zeigte sie. Sie vor eineinhalb Jahren.

Sie ist an diesem Tag beim Friseur gewesen, hat ihre Haare auf Kinnlänge abschneiden lassen. Leo überspielt sein Erstaunen, das kurz ins Erschrecken changiert, indem er seine Kamera holt und ein Foto von ihr macht.

»Gefällt es dir nicht?«, fragt sie, während sie sich anzieht. Sie steht im Schlafzimmer vor dem großen Spiegel. Sie trägt ein schwarzes Kleid und schwarze Seidenstrümpfe. Sie ist blass. Zwei Wochen inklusive Wochenenden hat sie durchgearbeitet. Management-Coaching, zehn Stunden pro Tag volle Präsenz, so etwas strengt an.

Macht ihr klar, dass alles ab Mitte vierzig mühsamer wird.

»Doch, doch«, versichert er und drückt auf den Auslöser. »Es ist nur so ... so ungewohnt.«

»Sei ehrlich, du magst es nicht.« Sie greift nach ihrem Parfum und tupft sich etwas davon in den Nacken.

»Ich mochte deine langen Haare. Warum hast du ...?«

»Ich werde älter, Leo.«

Er legt die Kamera auf dem Nachttisch ab und umfasst ihre Taille. »Was willst du damit sagen?«

»Lange Haare sind etwas für junge Frauen.«

Er dreht sie zu sich um. »Bisher hast du dich nicht durch Dummheit hervorgetan, meine Liebe.«

»Es gefällt dir nicht!«

»Also gut, nein, tut es nicht. Aber du gefällst mir. Immer noch und immer wieder.« Er küsst sie und greift ihr in den Schritt.

»Leo, wir müssen los.« Sie wehrt sich halbherzig.

»Dieses Restaurant kann warten.« Seine Hände halten ihre fest, als er sie zum Bett führt.

Sie haben schnellen und heftigen Sex. Sie wissen, wie sie ihre Lust hervorholen und binnen Augenblicken hochschrauben können. Da paart sich Routine mit Verlangen, und am Ende bleibt ein über sechzehn Jahre gewachsenes wohliges Zweisamkeitsgefühl.

»Wann hast du den Tisch bestellt?«, fragt sie, während sie aufsteht und ihr Kleid wieder glattzieht.

»Um acht.« Er lacht. »Das Amuse-Gueule war schon mal formidable.«

Jetzt, an diesem Septemberabend in Honfleur, öffnete Gesine die Tür und sah sich suchend im Restaurant um. Nur ein paar Tische, Schaufenster zur Straße. Hinten führte eine Stufe in einen zweiten Raum. Die Einrichtung war schlicht, fast karg. Die Kellner trugen puristisches Schwarz. Einzige Farbtupfer waren die zu Rollen ausgelegten Stoffservietten, lila, grün, rot, gelb …

»Salut, Gesine.« Camille winkte sie an ihren Tisch. Jean-Luc stand auf, nahm ihr die Jacke ab und reichte sie dem Kellner.

»Wartet ihr schon lange?« Sie setzte sich, zog dabei ihr hellgraues enges Seidenkleid glatt.

»Nein, wir sind gerade erst gekommen. Magst du auch einen Pastis?« Jean-Luc bestellte, ohne ihre Antwort abzuwarten.

Die Eiswürfel klirrten in den Gläsern, als sie anstießen.

»Eigentlich wollten wir immer mit Leo und dir zusammen hierhergehen«, erklärte Camille. »Dieses Restaurant ist ganz ungewöhnlich für Honfleur. So gar nicht touristischer Mainstream. Genau das, was dein Mann mag.«

Gesine lächelte. »Ich werde es ihm sagen.«

»Du siehst gut aus, Gesine.« Jean-Luc hob noch einmal sein Glas. »Erholter als vor drei Wochen noch. Die Normandie scheint dir zu bekommen.«

»Ja. Ich habe – wie sagt man so schön? – aufgetankt.«

»Hast du wegen des Hauses etwas unternommen?«

»Ich war beim Makler, aber dort wurde mir schnell klar, dass ich gar nicht verkaufen will. Vielleicht«, sie spielte mit den Eiswürfeln, »gibt es ja doch noch einen anderen Weg für Leo und mich.«

Camille und Jean-Luc tauschten einen kurzen Blick.

Gesine fing ihn auf. Spürte, wie sich Unbehagen und Skepsis darin die Hand reichten, als wollten sie Gesines Zuversicht die Stirn bieten.

Der Kellner brachte die Amuses-Gueules. Kräuter-Kefir und Sesamstangen. Kurz danach süßliche knusprige Pfannkuchen mit Trüffelaroma.

An jenem Abend mit Leo sind sie etwas zu spät in dem Restaurant angekommen. Ein neues Lokal in München, über das Leo eine Kritik schreiben soll. Sie spielen das, was sie jahrelang eingeübt haben. Platz nehmen, Speisekarte entgegennehmen, Aperitif bestellen.

»Champagner?«, fragt Leo.

Sie nickt.

Sie bestellen à la carte. Nicht dieses Pärchen-Einerlei, sondern unterschiedliche Gerichte. Schließlich braucht Leo möglichst viele Geschmackseindrücke.

Sie haben Spaß, noch immer, nach all den Jahren der gemeinsamen Restaurantbesuche.

Leo stößt mit ihr an. »Auf alte Zöpfe.«

Sie lacht. »Soll ich sie wieder wachsen lassen?«

»Ich bitte darum.«

»Ich habe mit Leo telefoniert.« Jean-Lucs Satz holte Gesine in die Gegenwart zurück.

»Wann?«

»Vorgestern.«

»Und worüber habt ihr gesprochen?«

Er rückte sich seine Brille zurecht. »Über euch.«

»War er überrascht, dass du ihn angerufen hast?«

»Ein bisschen schon.«

»Und?« Sie versuchte, das Vibrieren aus ihrer Stimme zu entfernen.

»Er wirkte durcheinander. Zerstreut. Fahrig. So kenne ich ihn gar nicht. Ich glaube, die ganze Geschichte nimmt ihn sehr mit.«

»Habt ihr …?«

Jean-Luc nickte. »Ja. Erst hat er herumgedruckst, doch dann haben wir sehr, sehr lange geredet. Er war ziemlich offen. Gab Schwächen zu. Ich muss sagen, er hat mich überrascht. Er, der sonst immer über allem zu stehen schien …«

Ihr Stirnrunzeln stellte Fragen.

»Na ja, an Selbstsicherheit hat es ihm jedenfalls nie gemangelt«, antwortete Jean-Luc.

»Und glaubst du nach diesem Gespräch immer noch, eine Affäre sei kein Trennungsgrund?«

Der Kellner kam mit drei Tellern an den Tisch, servierte feine Tranchen süß-salziger Entenbrust mit kaltem Selleriepüree, geröstetem Brot, gehäckseltem Ei und Brunnenkresse. Camille lächelte ihn an, fast dankbar, als könnte dieser kleine Aufschub die Anspannung etwas mindern.

Während sie aßen, flohen Gesines Gedanken zurück in das Münchener Restaurant. Gabel für Gabel war sie wieder da, Leos Konzentration beim Schmecken. Dieses Sezieren von Aromen – jetzt, hier tat sie genau das, was sie mit ihm getan hatte. Holte ihn damit an ihre Seite. Holte sich Schützenhilfe.

»Was ist da drin?«, fragt er an jenem Abend, als sie eine Taboulé probieren.

»Kreuzkümmel?«

»Ja, das ist klassisch, aber da ist noch etwas …«

»Muskatblüte vielleicht?«

»Sehr gut. Du bist besser als ich.«

»Ich bin seit sechzehn Jahren deine Frau.«

»Und meine Co-Kritikerin.« Leo greift über den

Tisch und streichelt ihren Zeigefinger. Gedankenverloren. Er kann das – sich binnen Sekunden in seinen Gedanken verlieren. »Was würde ich nur ohne dich machen?«, sagt er schließlich.

»Könntest du mit einer Frau zusammen sein, die nicht kochen kann?«

»Was soll die Frage?«

»Könntest du?«

»Ich glaube nicht. Nein, da würde was fehlen. Aber wie kommst du darauf?«

»Ach, nur so. Vielleicht weil ich heute beim Friseur gesehen habe, dass meine Falten mehr werden. Genau wie meine grauen Haare.«

»Weltschmerz steht dir nicht.« Er winkt dem Kellner, damit der ihnen Wein nachschenkt.

Sie nimmt noch einen Bissen. »Die Flusskrebse in der Taboulé sind übrigens sehr gut. Das süße Fleisch passt wunderbar zu den Gewürzen.«

Er hebt sein Glas. »Ich liebe dich, Gesine.«

Sie lacht. »Auch mit Falten und kurzen Haaren?«

»Auch damit.«

Gesines Frage hatte sich nun auf die leeren Teller gelegt. Jean-Luc musste sie aufnehmen, das wusste er. »Ja, ich glaube noch immer, dass eine Affäre nicht zwangsläufig zur Trennung führen muss. Ich weiß es sogar.« Er sah seine Frau an. »Nur ... du und Leo, ihr seid in diesen Dingen so völlig anders als wir. Wie soll ich sagen? Rigoroser, kompromissloser.«

»Das ist wohl ein Fehler.«

»Ich rede nicht von Fehlern. Falsch und richtig, diese Kategorien greifen nicht, wenn Gefühle im Spiel sind.«

»Ich habe viel über Leo und mich nachgedacht in

den letzten Wochen.« Ihre Stimme hatte jetzt jede Brüchigkeit abgestreift. Sie wiederholte, was sie Frank am Telefon gesagt hatte. Wiederholte das, was sie sich selbst schon so oft gesagt hatte, seit sie hier war. »Ich glaube, er hat mich nie wirklich verlassen, auch wenn er sich von mir getrennt hat.«

Jean-Luc fasste sich an seine Brille. Die Geste half ihm beim Nachdenken. Das wusste Gesine. Camille, die heute ungewöhnlich schweigsam war, wusste es auch. »Das ist jetzt sehr philosophisch«, meinte er schließlich. »Vielleicht hast du recht. Vielleicht kann man einen Menschen, den man so geliebt hat, nicht wirklich verlassen.«

»Hat er dir gesagt, ob er …?«

»Ich kann dir nicht alles erzählen, was er gesagt hat, Gesine. Ich habe kein Recht dazu. Ihr zwei müsst miteinander reden.« Er strich ihr kurz über die Hand. Das hatte er noch nie getan. Jean-Luc war kein Mann, der sich ihr gegenüber jemals körperliche Nähe erlaubt hatte.

»Ich gehe mal kurz raus, um eine Zigarette zu rauchen«, sagte er nun und stand auf. »Dumme Regelung, dieses neue Rauchverbot in Restaurants.«

Camille griff nach ihrem Glas. »Ich will ehrlich sein, Gesine. Einiges von dem, was Leo Jean-Luc erzählt hat, hat uns ziemlich geschockt. Aber eines ist ganz sicher: Du bist ihm nicht gleichgültig. Leo will die Dinge auf den Tisch legen. Er will dich sehen. Er hat gefragt, wie es dir geht. Mehrmals sogar.«

»Und?«

»Jean-Luc hat ihm dasselbe gesagt wie dir vorhin. Die Normandie tut dir gut. Finde ich übrigens auch.«

»Danke.« Gesine lächelte.

»Was macht Julien?«, fragte Camille und nahm einen Schluck Wein.

»Ich war heute Nachmittag mit ihm zusammen. Es war schön, sehr schön sogar. Ich kann mich bei ihm so völlig fallenlassen und alles andere vergessen. Zumindest für Momente. Wir geben uns das, was wir haben – ohne irgendwelche Forderungen zu stellen.«

»Wie lange bleibt er hier?«

»Er fährt morgen nach Paris zurück.«

»Trefft ihr euch wieder?«

Gesine zuckte mit den Schultern. »Keine Ahnung. Wenn Leo und ich …« Sie brachte den Satz nicht zu Ende.

Camille verstand sie auch so. »Versprich mir eines, Gesine. Was auch passiert, was immer auch herauskommt bei eurem Treffen – versuche damit zu leben. So oder so, es gibt niemals nur einen Weg.«

Jean-Luc kam wieder herein; bei dem Geruch nach Zigaretten musste Gesine an Frank denken. An seinen Kuss, der nach Tabak geschmeckt und sich auf der Klaviatur der Gefühle von Vorsicht bis Verlangen gesteigert hatte.

Als das Doradenfilet mit kleinen Tomatenwürfeln und Miesmuscheln in einem Schalotten-Mango-Sud serviert wurde, hatten die drei ihr Gespräch längst woanders hingesteuert. Sie redeten über Fische und Gewürze und Gemüse und gute Adressen. Sie redeten auch über Sophie und ihre neue, alte Auberge. Und sie freuten sich gemeinsam auf den Hauptgang: Huhn mit Auberginen-Sardellen-Kaviar, grünen Bohnen auf einer cremigen Sauce auf der Basis von geröstetem Reis.

»Ihr habt recht«, sagte Gesine, als die Käseplatte kam.

Sie nahm Pont L'Évêque und Livarot. »Das würde Leo auch gefallen hier.«

Camille zeigte auf einen Reblochon. »Na, du hast ihn ja würdig vertreten, unseren großen Kritiker.« So hatte sie ihn oft genannt, ihn wegen seines Gehabes aufgezogen. Und er hatte das immer ein wenig genossen. »Habt ihr eigentlich oft zu zweit Restaurants getestet?«, fragte sie jetzt.

»Wenn wir Zeit hatten, ja. Früher haben wir auch häufiger Dienstreisen zusammen gemacht, das ist in den letzten Jahren wegen meines Jobs etwas seltener geworden. Aber wir seien ein gutes Team, hat Leo oft gesagt.«

Das sagt er ihr auch an dem Tag, von dem das Bild in ihrer Tasche erzählt. Er füllt diesen Abend mit seiner Liebe wie ein Glas Wein, bis zum Rand. Und sie trinkt und trinkt und trinkt. Sie füttern sich gegenseitig mit dem, was sie auf ihren Tellern haben. Mit Jakobsmuscheln und Petersfisch und Wachteln. Wissend, dass sie hier nichts trennen kann. Dass sie vielmehr eins werden, indem ihre Gaumen dem nachspüren, was sie sich gegenseitig anbieten.

Er schreibt seine Kritik noch in derselben Nacht. Sie zieht sich ihren Bademantel an und kocht Espresso für beide. Dann setzt sie sich neben ihn an den Computer und hilft ihm beim Formulieren. Sie haben das schon häufig so gemacht, doch dies ist ein besonderer Abend; das spüren beide.

»Manchmal bist du so weit weg, Gesine«, sagt er, als er fertig ist und seine Lesebrille auf den Schreibtisch legt. »Doch nichts ist schöner als das Gefühl, dich wiederzufinden. So wie heute.«

Sie merkt, dass ihre Augen feucht werden. Und als

sie ihren Kopf an seiner Schulter vergräbt, streichelt er über ihre kurzen Haare. »Die sind so schnell zu Ende«, meint er und lässt sie durch die Finger gleiten.

Sie lacht und sieht zu ihm auf. Sein Hemd ist nass geworden, dort wo ihr Kopf gelegen hat.

»Noch Lust auf ein Dessert?« Der Kellner sah die drei an.

»Was gibt es?«, fragte Jean-Luc.

»Erdbeertarte in einer Mandel-Orangen-Creme.«

»Die lassen wir uns nicht entgehen«, entschied Camille.

»Das war ein wunderbares Essen«, sagte Gesine, nachdem Jean-Luc bezahlt hatte. »Ich danke euch – für alles«, fügte sie hinzu.

Ihr Handy piepte. Sie entschuldigte sich bei Jean-Luc und Camille, holte das Telefon aus ihrer Tasche und sah auf das Display. Eine SMS. Von Julien. *Ist es ein Regelverstoß, wenn ich die Nacht mit dir verbringen will?*

Sie tippte schnell: *Eindeutig ja.*

Die Antwort kam sofort: *Und?*

Gesine sah ihre Freunde an: »Würde es euch etwas ausmachen, mich statt nach Hause jetzt nach Trouville zu fahren?«

Jean-Luc warf seiner Frau einen Blick zu. »Nein, aber warum …?«

»Das erkläre ich dir später, mein Lieber«, sagte Camille lachend. Und zu Gesine gewandt: »Natürlich bringen wir dich hin.«

Gesine schrieb *Bis gleich …* Dann klappte sie ihr Handy zu.

Sie hängte sich bei Camille ein, als sie zum Auto zurückgingen. Es nieselte leicht; die Luft roch nach frischem Regen.

Jean-Luc lenkte den alten Citroën durch die bekannten Straßen, hinaus zur Küstenstraße. In Trouville dirigierte ihn Gesine zu dem Hotel mit den Fahnen, die heute etwas lautstärker im Wind flatterten.

»Ach ja, wir fahren übrigens morgen für fünf Tage zu Freunden nach La Rochelle«, sagte Camille, nachdem sie angehalten hatten. »Könntest du vielleicht zwei-, dreimal nach unseren Katzen sehen? Die brauchen jemanden, der ihre Schüsseln auffüllt. Und ein paar Streicheleinheiten.«

»Natürlich.«

»Der Schlüssel liegt da, wo er immer liegt. Unter dem Stein bei dem großen Rosmarinbusch. Du weißt ja …«

Gesine nickte.

»Jetzt erst mal eine schöne Nacht … und dann viel Kraft für dein Gespräch mit Leo.« Camille nahm sie in den Arm. »Wir haben unser Handy dabei. Du kannst uns jederzeit anrufen.«

Jean-Luc stieg aus und öffnete Gesine die Wagentür. Er gab ihr links und rechts einen Kuss auf die Wange. »Wir sind für dich da«, sagte er.

Gesine winkte dem Wagen nach. Dann drehte sie sich um und lief in das Hotel. Der Regen war stärker geworden.

31

Er lag auf dem Bett, die Hände hinter dem Kopf verschränkt. Seine Augen begrüßten sie, als würden sie Maß nehmen, erfassten jeden Zentimeter an ihr. Ihre Haare, die sie jetzt offen trug. Ihr graues Kleid, das ihr wie eine zweite Haut am Körper saß. Ihre Beine, die diesmal in hohen Absätzen endeten.

»Bist du mir böse?«, fragte er. Um seine Mundwinkel schon wieder dieses Zucken.

»Warum sollte ich?« Sie hielt sich am Stuhl fest und zog erst den linken, dann den rechten Schuh aus.

»Weil ich gegen alle Regeln verstoße.«

Sie lächelte, drehte sich um, ging ein paar Schritte auf ihn zu und setzte sich auf den Rand des Bettes. »Ich hätte ja schließlich auch nein sagen können.«

»Irgendwie hatte ich nicht damit gerechnet.«

»Oh, liegt das nun an deinem Selbstbewusstsein oder an meiner Willensschwäche?«

»Danke, dass du's nicht getan hast, Gesine.« Er hob ihre Haare hoch und gab ihr einen Kuss in den Nacken.

Sie antwortete mit Gänsehaut. »Du bedankst dich heute schon zum zweiten Mal bei mir.«

»Ist mir auch gerade aufgefallen.«

»Hilfst du mir mit dem Reißverschluss?«

Sie hörte, wie er den Zipper langsam herunterzog. »Ein tolles Kleid.«

»Ein Geschenk von meinem Mann.«

»Er hat Geschmack, dein Mann.« Nun streifte er die Träger ab. »In jeder Beziehung.«

Sie schluckte. »Vielleicht weiß er's nur nicht immer so genau ...«

Er hob die Bettdecke hoch. »Komm.«

Sie stieg aus dem Kleid, warf es Richtung Stuhl und legte sich zu ihm. Die Wärme, die sie augenblicklich umgab, nahm sie an wie ein Geschenk, auf das sie den ganzen Abend gewartet hatte.

»Lust, einfach einzuschlafen?«, fragte er und bot ihr seine Armbeuge an.

In ihr Nicken mischte sich Erleichterung. In diesem Moment merkte sie, wie müde sie war. Und wie unendlich froh, nicht allein zu sein.

Ihr Schlaf war tief. Ohne Traumgeräusche. Noch bevor sie die Augen aufschlug, spürte sie, dass sie beobachtet wurde. Er hatte seinen Arm angewinkelt, den Kopf in die Hand gestützt. Mit dem Finger seiner linken Hand fuhr er über ihre Stirn, ihre Nase, ihren Mund. »Guten Morgen«, sagte er leise, als ihr grüner Blick endlich auf das Blau seiner Augen traf.

»Hallo.« Sie reckte sich.

»Gut geschlafen?«

»Ja. Und du?«

»Auch.« Er lächelte. »Magst du Sex am Morgen?«

Sie fanden mit einer noch schlaftrunkenen Selbstverständlichkeit zueinander. Weckten ihre Lust mit Nachsicht auf. Selbst ihre Orgasmen trugen noch etwas Somnambules in sich, als würden sie ihr Ziel kennen und gleichzeitig ihr Bewusstsein ausblenden. Mit Genuss ließen sie sich fallen – und trieben dem Tag entgegen.

Als es ein paar Minuten danach an der Tür klopfte, sah Gesine ihn fragend an.

»Ich habe uns gestern Abend Frühstück bestellt«, erklärte er, sprang aus dem Bett, holte aus dem Badezimmer ein Handtuch, das er sich um die Hüften band.

»Dein Timing ist bemerkenswert«, lachte sie und zog sich die Decke bis zum Hals.

Ein Zimmermädchen kam mit einem Tablett herein und stellte es auf dem Tisch ab. Sie streifte Gesine mit einem Blick aus den Augenwinkeln, einem Blick, der sich zwischen Neugier und Neid bewegte, bevor sie einen guten Tag wünschte und schnell wieder verschwand. Julien schloss die Tür hinter ihr und trug das Tablett zum Bett.

»Ist Milchkaffee okay?«

Sie nickte, rührte sich etwas Zucker in den Kaffee und tauchte das danebenliegende Croissant ein, bevor sie abbiss.

»Wie war dein Abend gestern?«, fragte er und nahm einen Schluck.

»Schön. Wir haben sehr gut gegessen.«

»Wo?«

»Ein neues Restaurant in Honfleur.«

»Sind es gemeinsame Freunde von dir und deinem Mann?«

»Ja. Wir haben viel über ihn gesprochen. Schon eigenartig, da überlege ich mit ihnen, ob Leo und ich noch eine zweite Chance haben. Und dann bitte ich sie, mich zu dir zu fahren …«

»Sie haben dich hierhergebracht?«

»Ja, sie haben mit so was keine Probleme. Ich glaube, meine Freundin hat genau gespürt, dass das besser für mich ist, als allein vor mich hin zu grübeln.«

Er sah an ihr vorbei zum Fenster. »Wann rufst du ihn an?«

»Heute.«

»Verflucht …«

Sie runzelte die Stirn.

»Jetzt sieh mich nicht so streng an. Irgendwie gönne ich es diesem verdammten Kerl nicht, dass du alles dransetzt, um ihn zurückzubekommen.«

»Hey, das ist jetzt aber schon wieder ein Regelverstoß.«

Er biss sich auf die Unterlippe. »Ich weiß, ich weiß. Eifersucht steht ganz oben auf der Liste der verbotenen Dinge. Passt auch eigentlich gar nicht zu mir …«

»Könnte aber heilsam sein.«

»Wie meinst du das?«

»Denk mal drüber nach …« Sie brach ein Stück Baguette auseinander und strich sich Butter und Marmelade drauf. »Und wie war dein Abend?«, wechselte sie das Thema.

»Ich habe dem Angeklagten gegenübergesessen und dabei nur daran gedacht, dass ich lieber zwischen deinen Beinen wäre.«

Sie lachte. »Dahin hast du's ja auch wieder geschafft …« Plötzlich wurde sie ernst. »Wie sind Mörder so? Wie wirken sie auf dich?«

Er schüttelte den Kopf. »Es ist irritierend – und faszinierend zugleich. Das sind in der Regel Menschen wie du und ich. Menschen, die einfach ein Blackout hatten.«

»Hast du Angst vor ihnen?«

»Nicht Angst. Es gibt solche, die ich verachte. Aber die meisten tun mir leid, weil sie sich in eine Situation gebracht haben, in der sie einfach keinen Ausweg mehr sehen. Tod als Ultima Ratio – schon verrückt …«

»Ein Staatsanwalt, der Mitgefühl hat. Geht das?«

»Ich lass es mir nicht anmerken. Das darf man in meinem Job nicht.«

»Das geht mir auch oft so mit meinen Patienten.«

»Bist du eine gute Psychologin?«

»Na ja, was die Analyse betrifft, bin ich ganz passabel … Aber ich merke immer mehr, dass ich müde werde, mich ständig mit den Problemen anderer Menschen herumzuschlagen.«

»Kann ich verstehen …«

»Eine Bekannte hier hat mich kürzlich gefragt, ob ich ihr dabei helfen würde, ein Restaurant in der Normandie zu eröffnen. Sie ist Köchin und hat bislang in Paris gearbeitet.«

»Ein Restaurant?«

Sie nickte. »Ich habe dir doch erzählt, dass ich gern koche. Na ja, das war vielleicht ein wenig untertrieben. Wenn ich ehrlich bin, koche ich sogar ziemlich gut. Jedenfalls ist da etwas, das mich reizt an diesem Gedanken mit der Auberge.«

»Mich auch.«

»Wieso?«

»Von Paris ist man in zwei Stunden hier.«

Ihr Lächeln paarte sich mit Kopfschütteln.

»Keine Regelverstöße mehr für heute, einverstanden?«

Er beugte sich über das Tablett und gab ihr einen Kuss. »Einverstanden.«

Nachdem sie geduscht hatte, schlüpfte sie wieder in ihr Kleid. Er half ihr auch diesmal mit dem Reißverschluss. »Ich ziehe dich lieber aus als an«, stellte er fest. Sein Seufzer dabei klang wie eine selbstironische Schlussbemerkung.

Bevor sie ging, nahm sie sein Gesicht in ihre Hände. »Ich danke dir, Julien.« Mehr sagte sie nicht.

Unten auf der Straße wandte sie sich Richtung Casino. Sie hatte keine Eile. Es war noch früh. Die Bäckereien hatten bereits geöffnet. Ein paar Männer in grünen Overalls kehrten Straße und Bürgersteig. Sie nickten ihr grüßend zu, wie man das eben so tut, wenn noch wenige Leute unterwegs sind. Und während sie ein Taxi herbeiwinkte, waren ihre Gedanken bereits vorausgefahren. Hatten Julien zurückgelassen, nahmen Leo-Witterung auf. Offerierten ihr zwei gut bekannte Gefühlszustände. Zweifel und Zuversicht nahmen ihre Plätze ein in ihrem Kopf, und sie fühlte bereits jetzt die sich ankündigenden Turbulenzen.

32

»Leo?«

»Gesine?« Seine Stimme zerteilte ihren Namen in drei flackernde Silben.

»Habe ich dich geweckt?«

»Nein, ich habe schon gefrühstückt.«

»Bist du in Paris?«

»Ja, seit drei Tagen. Und du?«

»Ich bin immer noch hier. In der Normandie.«

»Wie geht es dir?«

»Besser. Es geht mir besser. Und dir?«

»Na ja …«

Einen Moment sagte keiner etwas.

Da war Kinderlärm im Hintergrund. »Wo bist du?«

»Im Jardin du Luxembourg.«

»Bei den Booten?«

Er lachte, ganz kurz nur. »Ja.«

Sie sah ihn vor sich. Sah ihn dort sitzen, wo sie vor drei Wochen gesessen hatte. Die Holzsegelboote mit den zerzausten Segeln beobachtend, die mit großen Stecken über den kleinen See geschoben wurden.

»Und? Haben sich schon zwei getroffen?«

»Bis jetzt noch nicht. Der Wind steht ungünstig heute.«

Wieder Schweigen. Sie hörte ihn atmen. Und sie hörte die Kinder.

»Gesine?«

»Ja.«

»Wir müssen reden. Es gibt so viel …«

»Ja?«

Er zögerte. Es passte nicht zu ihm, dieses Zögern. Er hatte immer gewusst, was zu tun war.

»Hast du das Haus …?«

»Nein, noch nicht. Es geht nicht so schnell.«

»Verstehe.«

»Wie lange bist du in Paris?«

»Ein paar Tage.«

Sie spürte ihr Herz klopfen. Es klopfte in sein Zögern hinein.

»Jean-Luc hat mich angerufen. Weißt du das?«

»Ja. Aber er wollte mir nicht sagen, worüber ihr geredet habt.«

»Ich habe ihn darum gebeten. Ich … Kann ich zu dir kommen, Gesine?« Seine Frage hatte sich beeilt, sie kam schnell, fast hastig.

Wie ihre Antwort. Sie hüpfte, ihre Antwort. »Ja.«

»Wann?«

»Morgen, übermorgen … wann du willst.«

»Ich muss noch zwei Sachen hier erledigen. Übermorgen Nachmittag könnte ich mir einen Leihwagen nehmen. Ich bin dann so gegen fünf Uhr bei dir.«

»Einverstanden.«

»Ich … ich freue mich.«

»Ich mich auch. Und, Leo?«

»Ja?«

»Ich werde für uns kochen.«

»Das musst du nicht. Wir könnten auch irgendwo essen gehen.«

»Ich möchte es aber.«

»Okay. Ich wäre ja dumm, das auszuschlagen.« Da war er wieder. Einen kurzen Moment nur. Der Leo, den sie kannte.

»Dann bis übermorgen.«

»Bis übermorgen, Gesine.«

Sie drückte die Off-Taste. Dann stand sie vom Küchentisch auf und öffnete die Tür zur Terrasse. Der Regen hatte aufgehört. An den Zweigen hingen noch dicke Tropfen, die nun von der Sonne weggetrocknet wurden. Ihr Blick eilte durch den Garten über die Rosen, die Hortensien bis zu den beiden Liegestühlen. Sie standen dort, als würden sie warten. Warten wie das neue Kleid oben, das Haarband und die Schuhe. Warten wie sie.

Leo sei fahrig, zerstreut gewesen, hatte Jean-Luc gestern gesagt. Er habe kein Recht, darüber zu reden, was der Freund ihm erzählt hatte. Sie seien geschockt gewesen, hatte Camille ergänzt und ihr viel Kraft gewünscht. Gesine fühlte, wie ihre Zuversichts-Steinchen, die sie in den vergangenen Wochen aufeinandergeschichtet hatte, leise zitterten. Und sie fühlte ein Frösteln, das wie ein kalter Luftzug durch ihre Eingeweide wehte. Ein Hauch nur, aber einer, der Spuren hinterließ.

Sie wickelte sich ihren Schal um die Schultern. Er freue sich – Leos Worte eben am Telefon klangen noch in ihr nach. Und sie fragte sich, worüber er so dringend mit ihr reden wollte. Sie ließ Angst in sich hinein mit dieser Frage. Angst, die auf Hoffnung traf.

Morgen, ja morgen würde sie alles einkaufen und mit den Vorbereitungen beginnen. Sie würde Meeresschnecken besorgen, zum Aperitif, und eine Kaninchen-Terrine machen. Danach würde es Seezunge à la normande geben, Käse und eine Tarte Tatin. Während sie das Essen im Kopf durchging, spürte sie die Aufregung. Endlich wieder für ihn, für sie beide kochen …

Sie sah in den Himmel. Wie reingewaschen vom Regen der Nacht. Ein schöner Tag. Ein Tag zum Baden. Während sie ihre Strandtasche packte, wiederholte sie immer wieder seinen Namen. Sie nahm ihn mit ans Meer, seinen Namen.

Als eine Stunde später das kalte Salzwasser ihre Haut erschreckte, erzeugte dies ein Frösteln, das guttat. Sie genoss es, sich von den Wellen tragen und treiben zu lassen. Sie tauchte unter, um für Momente nichts zu hören, die Welt da draußen auszublenden. Sie fühlte wieder Kraft in sich, als sie gegen die Brandung anschwamm. Kraft, die sie hier in den letzten Wochen gesammelt hatte. Ihre Gedanken streiften kurz Julien. Seine Arme, die ihr über tückische kalte Strömungen hinweggeholfen hatten, hinein in wärmere Gewässer. Sie spürte ihre Muskeln, die sich dehnten und streckten. Sie spürte auch Sehnsucht. Sehnsucht nach Leo. Seine Stimme heute am Telefon, diese kargen Sätze hatten etwas in ihr angezündet. Etwas, das sie fast aufgegeben hätte. Zurück an Land, ließ sie sich auf ihre Decke fallen und von der Sonne trocknen. Der Schlaf, der sie überkam, meinte es gut mit ihr. Er schickte sie in eine traumlose Tiefe, aus der sie erst nach einer Stunde wieder erwachte.

Zwei Kinder saßen neben ihrer Decke und schaufelten Sand in kleine rote Eimer. Ein Junge und ein Mädchen. Sie sahen Gesine neugierig an, als sie die Augen öffnete. Sie lächelte; das Mädchen lächelte zurück. Und ganz plötzlich blitzte sie auf, die Zeit, in der das Lächeln sich aus ihrem Leben davongemacht hatte. In der ihre Tränen in Wartestellung lauerten, sobald sie nur einen Kinderwagen sah. Leos Trost hatte den eigenen Schmerz zurückgestellt; er hatte sie gehalten in diesen Nächten und Tagen, die ihr das Wie-schön-hätte-alles-sein-Können mit grausamer Detailgenauigkeit vorführten, hatte sie wieder und wieder gehalten. Es war sein Trost, der sie jetzt dieses Mädchen und diesen Jungen anlächeln ließ. »Wir können auch ohne Kind glücklich sein«, hatte Leo zu ihr gesagt. Er hatte es auch zu sich selbst gesagt.

Als sie aufstand und ihre Sachen zusammenpackte, spürte sie einen leichten Sonnenbrand. Übermorgen würde daraus eine schöne Bräune geworden sein. Er mochte es, wenn sie etwas Farbe hatte, das passe so gut zu ihrem blonden Haar. Sie hatte ihr Haar wachsen lassen in den letzten Monaten. Es war ihrer Vergangenheit entgegengewachsen.

Während sie über die hölzerne Promenade zurückschlenderte, warf sie ihre Gedanken ins Meer und ließ sie schwimmen. Sie tummelten sich dort, wagten sich weit hinaus. Am Samstag würde Leo kommen. Würden Sonntag und Montag wieder gemeinsame Strandtage sein? Würde er sagen: »Komm, lass uns ans Wasser fahren«, wie er es immer gesagt hatte? Würde er sein wie immer? All diese Fragen drängten nach Gewissheit, ersehnten ein Ja als Antwort.

Vor ihr ging ein Paar. Mitte fünfzig, schätzte Gesine. Der Mann hatte einen Arm um die Schultern der Frau gelegt, begleitete das, was er sagte, gestenreich mit der freien Hand; sie sah ihn an, leicht amüsiert, einmal lachte sie laut. Sie waren bei sich. Für diese zwei Menschen gab es in diesem Augenblick nur sie beide; der Strand, das Meer, die anderen Leute waren lediglich Rahmenhandlung. Ein Leben nach dem Ausschlussprinzip. Ein Leben, wie sie und Leo eines geführt hatten.

Gesine beschleunigte ihren Schritt, eilte an dem Paar vorbei. Das Lachen der Frau begleitete sie noch ein paar Sekunden.

33

Auf dem Markt in Lisieux hatte sie ein frisches Kaninchen bekommen. Jetzt lag es auf dem Küchentisch, zusammen mit Speck, Zwiebeln, Knoblauch, Thymian, Muskatnuss, Paprika, Eiern. Ein Tontopf mit Mehl, eine Flasche Olivenöl und Sherry standen daneben.

Gesine hatte ihre Haare zurückgebunden zu einem kurzen Pferdeschwanz. Sie trug ein dunkelblaues Leinenkleid. »Das Küchenkleid«, hatte Leo es immer genannt, weil einige Fettspritzer darauf waren, die sich nicht mehr herauswaschen ließen.

Ihre Hände arbeiteten routiniert. Mit ein paar Schnitten entbeinte sie das Kaninchen, löste das Fleisch vorsichtig von den Knochen. Leber und Nieren legte sie beiseite. Sie schnitt Zwiebeln und Knoblauch in kleine Würfel und gab alles zum Olivenöl, das sie in einer Eisenpfanne hatte heiß werden lassen. Währenddessen hackte sie das Kaninchenfleisch und die Leber ganz fein. In München hatte sie dafür einen Fleischwolf, heute musste das große Küchenmesser reichen. Zum Schluss vermengte sie nach und nach Zwiebeln, Knoblauch, Gewürze, Kräuter und Mehl mit dem Fleisch, fügte Sherry und Eier hinzu, salzte und pfefferte die Masse und knetete alles durch.

Sie wischte sich mit der Hand über die Stirn, während sie sich auf ihre Zehenspitzen stellte, um vom obersten Regal eine Terrinenform herunterzuholen.

Dann legte sie die Form mit Scheiben von durchwachsenem Speck aus und füllte die Fleischmasse hinein. Sie verzierte alles kreuzweise mit grünem Speck, verschloss das Ganze mit einem Deckel und stellte es im Wasserbad in den Ofen.

Nur die Kaninchennieren lagen jetzt noch auf dem Tisch. Sie briet sie schnell in etwas Olivenöl, würzte mit Thymian und einem Schuss Sherry dazu und brach sich eine Scheibe Baguette ab. Beim Essen merkte sie, wie hungrig sie war. Sie holte einen Epoisse aus der Speisekammer und schnitt ein Stück ab. Sie hatte fünf Käsesorten eingekauft; sie wusste, welche Leo mochte. Die hier waren alle perfekt gereift.

Sie räumte Messer, Bretter und Geschirr zusammen und ließ Wasser in die Spüle laufen. Bevor sie mit dem Abwasch begann, öffnete sie noch einmal die Kühlschranktür. Die Seezunge lag im Null-Grad-Fach, zusammen mit den Muscheln und Schnecken. Das Glas mit ihrem Fischfond stand neben einem Töpfchen Crème fraîche. Der Blätterteig für die Tarte war bereits fertig. Die Äpfel von Monsieur Dupont lagen in einer Schale auf dem Tisch. Der Pommeau war kalt gestellt wie der Champagner. Außerdem hatte sie ausreichend Weißwein besorgt, einen Givrais. Feldblumen mit gutem Säuregerüst, hatte Leo darüber mal in einer seiner Kritiken geschrieben; seitdem hieß der Givrais bei ihnen nur noch »Feldblumen-Wein«.

Sie kontrollierte noch einmal die Terrine im Ofen und goss einen weiteren Schuss Wasser in die Fettpfanne, bevor sie die Tür schloss.

Als ihr Handy piepte, zuckte sie zusammen. Schnell wischte sie sich die Hände an dem blauen Kleid ab und rief die SMS auf.

Schon über meinen Vorschlag nachgedacht? Ich stelle vorsorglich eine Flasche kalt – für alle Fälle … Bisou, Sophie.

Sie lächelte. Das Bild von der verwahrlosten Auberge tauchte plötzlich vor ihr auf. Sie dachte an die große Küche mit den beiden Herden, an den Weinkeller, an den wilden Garten, ertappte sich bei der Sichtung von Möglichkeiten. Dann klappte sie ihr Handy zu, als könnte sie damit vorerst einen Punkt hinter ihre Gedankenspiele setzen. Es war zu früh für eine Antwort. Leo würde ihr die Antwort geben. Wie auch immer sie ausfallen mochte.

Jetzt hatte sie eine gute Stunde Zeit. Draußen war es windig geworden; ein Gewitter zog auf. Die Bäume und Büsche bewegten sich unruhig hin und her, ein paar Blätter und Blüten fielen herunter, wurden über die Terrasse und den Rasen gefegt. Es war, als ob der Wind auch ihre Zuversicht wegwehte. Camilles Worte fielen ihr wieder ein. Von einem Schock hatte sie geredet, Kraft hatte sie ihr gewünscht. Kraft brauchte man doch nur, wenn … Ihre Gedanken verwirbelten sich. Und plötzlich war sie wieder da, diese Angst, die sie hinterrücks angriff.

Gesine zog sich schnell eine Strickjacke über und lief in den Schuppen. Dort holte sie ihr Fahrrad heraus, schob es durch das Tor auf die Straße und stieg auf.

Sie brauchte ungefähr zehn Minuten bis zum Haus von Camille und Jean-Luc. Der Schlüssel lag unter dem großen Rosmarinbusch, wie die Freundin gesagt hatte. Als Gesine die Tür aufschloss, kamen die beiden Katzen angelaufen, eine schwarze und eine schwarzbraun getigerte. Sie drängten sich schnurrend um Gesines Beine, begleiteten sie in die Küche, wo sie zwei der Dosen, die auf der Anrichte standen, öffnete. Sie spülte die Keramikschälchen aus, bevor sie das Futter hineinfüllte.

Während die Tiere fraßen, sah sich Gesine um. Die alten weiß lackierten Vitrinenschränke, der Herd, von dem das Email absprang, der große Tisch mit dem mehrarmigen Kerzenleuchter darauf. Unzählige Abende hatten Leo und sie mit den Freunden in dieser Küche verbracht.

Gesine bückte sich und fuhr den Katzen durch das weiche Fell. Sie kraulte die Tiere im Nacken und hinter den Ohren, und wieder war da dieses Schnurren, mit dem die zwei sie bereits begrüßt hatten.

Sie warf die Dosen in den Mülleimer. Dann ging sie zurück in den Flur, von dem aus die große Treppe in die beiden oberen Etagen führte und an dessen Ende Jean-Lucs Arbeitszimmer lag. Die schwere Holztür knarrte etwas, als Gesine sie öffnete. Die Schmetterlinge leuchteten ihr von den Regalen entgegen. Dutzende standen dort, ordentlich aufgereiht in kleinen beschrifteten Holzrahmen, hinter Glas. Aus aller Welt hatte Jean-Luc die Falter zusammengetragen. Gesine las einige der Namen: Achatspinner, Brauner Bär, Kleiner Eisvogel, Blutströpfchen, Kaisermantel, Perlmuttfalter, Traubenkirschenharlekin, Tageule, Trauermantel, Rosenspanner ... Sie alle breiteten ihre Flügel aus, als wollten sie fortfliegen. Sie hatten ihre Häute abgestreift, sich entpuppt, um endlich das Geäst ihrer Flügel aufzupumpen, damit ihre ganze Schönheit sichtbar wurde.

Langsam ließ Gesine ihren Blick über die sorgsam aufgereihten Schmetterlinge wandern. Die schwarze Katze war ihr gefolgt und strich wieder in Schmeichlerpose um ihre Beine.

Auf dem Schreibtisch lagen ein paar Häufchen mit Unterlagen. Klarsichthüllen, in denen Tabellen steckten. Einige Bleistifte, ein Radiergummi, ein Füllfederhalter. Ein Kalender, in dem Jean-Luc das Essen mit Gesine am Mittwoch eingetragen hatte. Sie blätterte zurück zum Montag. »Leo« stand dort, dahinter ein Ausrufezeichen, gefolgt von Leos Handynummer.

Gesines Blick wanderte zu dem Schränkchen unter dem Fenster, dann zur obersten Schreibtischschublade. Ihr war, als ob die Falter ihr zusahen. Schnell wandte sie sich ab.

Bevor sie das Haus verließ, streichelte sie noch einmal beide Katzen. Sie legte den Schlüssel zurück unter den Rosmarinbusch. Als sie auf ihr Fahrrad stieg, fielen die ersten dicken Tropfen. Kurz darauf setzte der Regen mit fast wütender Wucht ein. Es donnerte, während sie in die Pedale trat. Sie wartete auf Blitze, doch die hielten sich noch zurück. Als sie ihr Haus erreichte, war sie bis auf die Haut durchnässt. Sie schloss das Tor und den Schuppen, als der erste Blitz den Garten wie eine Bühne ausleuchtete.

Der feine Duft von Fleisch und Thymian zog durch die Küche in den Flur. Gesine öffnete den Ofen, hob den Deckel von der Form und stach mit einer Gabel in die Terrine. Sie war gerade rechtzeitig gekommen.

Das Handy auf dem Tisch klingelte. Leo, dachte sie und drückte schnell auf die Antworttaste. »Hallo?«

»Gesine?«

»Julien?«

»Du hast nicht mit mir gerechnet?«

»Ehrlich gestanden, nein.«

»Wie geht es dir?«

»Ich …« Sie suchte nach Worten.

»Wann kommt er?«

»Morgen.«

»Irgendwie beneide ich ihn.«

»Ich werde dich …«

»Keine halbherzigen Versprechen. Das passt nicht zu dir.«

»Was passt denn zu mir?«

»Das verrate ich dir, wenn du mich das nächste Mal danach fragst.«

»Das nächste Mal?«

»Es bleibt eine Option, Gesine. Nicht mehr und nicht weniger.«

Er konnte ihr Nicken nicht sehen. Aber er hatte auch so verstanden. »Eine Option, die die Nebensache zur Hauptsache macht …«

Ihr war, als würde sie sein Lächeln hören. »Ich danke dir«, sagte sie leise.

»Das hast du gestern auch schon getan. Dabei bin ich nicht uneigennützig.«

»Vielleicht bin ich dir gerade deshalb dankbar.«

Nachdem sie aufgelegt hatten, blieb sie noch eine Weile einfach so sitzen. Ihre regennassen Haare tropften, bis sie endlich aufstand und ein Küchenhandtuch vom Haken neben dem Herd nahm und sie damit trockenrubbelte.

Sie zitterte, als sie sich wieder an den Tisch setzte. Diesen Tisch, auf dem Leo und sie … Sie hörte es wieder. Sein Stöhnen. Ihr Stöhnen. Sie fühlte sie, seine Hände, die sie festhielten, als wollten sie nie mehr von ihr ablassen. Und dann hatten sie doch das Unfassbare getan, hatten die Liebe einfach liegen lassen. Um sie morgen erneut aufzuheben? »Du fehlst mir.« »Kann ich zu dir kommen?« »Ich freue mich.« Seine Worte hatten wieder Witterung aufgenommen.

Um neun Uhr ging sie ins Bett. Die blaue Schachtel nahm sie mit. Sie breitete alle Bilder auf dem Laken aus, vermischte und vermengte sie, brachte ihr Leben mit Leo in immer neue Formationen. Glück legte sie neben Unglück, Freude neben Schmerz, Lachen neben Wut. Es war alles da, sie versteckte nichts, hielt nichts mehr zurück. Heute spulte sie die siebzehn Jahre im Schnelldurchlauf ab; sie ließ ihre Erinnerung die Szenen ihrer Liebe passieren, ließ sie Worte, Berührungen, Blicke aufsammeln. Sie hatte reichlich davon …

Irgendwann brachte sie alle Fotos wieder in die richtige Reihenfolge. Ganz unten lag das Bild, das Leo von ihr in Barcelona aufgenommen hatte. Sie trug darauf dieses orangerote Trägerkleid mit den weißen Tupfen und dieses Lachen, das sich bereits Zukunft schenkte. Das letzte Foto war das vom April. Die grünen Augen, die so gut zu ihrem Stirnband passten, dem braunen mit den grünen Streifen, zu dem Leo sie überredet hatte. Die Augen, die ihn anlächelten, ihn, der abwesend auf den Auslöser drückte und der kein Lächeln mehr in sich trug, um ihres zu erwidern.

Sie schloss die Schachtel. Das Bild mit dem Kleinen Nachtpfauenauge legte sie daneben.

34

Der Wind hatte über Nacht zugenommen, trieb die Wolken fast wütend vor sich her. Dazwischen versuchte die Sonne so etwas wie Wiedergutmachung. Gesine mochte diese frühherbstlichen Wetterspiele. Diesen Tag mochte sie auch. Es gab Tage, die es gut mit einem meinten; heute war so ein Tag.

Sie duschte lange und ausgiebig, wusch sich die Haare, trug etwas Parfum auf. Shalimar. Sie nahm ganz wenig; es blieb nur eine Ahnung von Vanille. Dann rasierte sie sich die Achselhöhlen und die Beine, cremte sich ein. Ihr Körper war gebräunt und fühlte sich weich an. Ihr Gesicht brauchte kein Make-up, nur etwas Puder, Wimperntusche, Lippenstift.

Das neue grüne Kleid stand ihr, wie das Haarband. Sie zog die Kaschmirjacke an. Jetzt noch die Schuhe mit den grünen Schnallen. »Du hast so schöne Beine ...«

Nach dem Frühstück räumte sie die Küche auf. Im Garten schnitt sie einen Strauß Rosen, weiß, rot, rosa, und stellte ihn auf den Tisch. Sie deckte Gläser, Teller, Besteck, Servietten – für zwei.

Gegen zwei Uhr bereitete sie die Tarte Tatin zu. Sie rollte den Blätterteig aus und legte ihn in eine Form. Die Ränder drückte sie fest. Sie schälte einige Äpfel, entkernte sie und schnitt sie in dünne Spalten, die sie mit Butter und etwas Zucker in einen Topf gab und erwärmte. Sobald die Äpfel weich wurden, gab sie Calvados hinzu, ließ den Alkohol kurz einziehen und verteilte die Apfelspalten anschließend auf dem Teig. Während das Ganze im Ofen war, rührte sie aus Eiern, geschmolzener Butter und Honig eine Creme, die sie nach der Hälfte der Backzeit auf die Tarte goss.

Jetzt filetierte sie die Seezunge. Kopf und Gräten warf sie heute weg. Die Muscheln schüttete sie ins Waschbecken und ließ Wasser darauf laufen; nun hatten sie genug Zeit, sich zu schließen und damit zu zeigen, dass sie noch lebten. »Dieses Essen gab es bei Ihnen doch immer zu besonderen Anlässen«, hatte die Fischhändlerin in München gesagt, als Gesine vor vier Wochen bei ihr gewesen war. Jetzt fiel ihr dieser Satz wieder ein, und er fädelte sie auf, all die Geburtstage und Hochzeitstage und Jahrestage. Eine Kette von Abenden zu zweit.

Um halb fünf legte sie den Champagner auf Eis und holte die Meeresschnecken aus dem Kühlschrank. Sie ging ins Wohnzimmer und blätterte die Schallplatten durch. Nein, kein Keith Jarrett heute. Auch kein Brassens oder Brel. Sie entschied sich für Billie Holiday.

Sie schichtete ein paar Zweige und etwas Papier in den Kamin; als das Ganze nach kurzem Aufflackern zu glühen begann, fügte sie dicke Holzstücke hinzu.

Es war zehn vor fünf, als sie draußen die Reifen eines Autos auf dem Kies hörte. Kurz darauf das Schlagen einer Tür. Schritte. Dann Stille. Sie zählte fünfzehn, zwanzig, fünfundzwanzig Sekunden, bevor es klopfte. Zögerlich klopfte.

Als sie öffnete, spürte sie, dass sie auf seinen Anblick nicht vorbereitet war. Er schien ihr fast fremd, wie er da in der Tür stand nach all den Wochen, in denen sie sich nicht gesehen hatten. Er war dünner geworden und sah müde aus. Er hatte sich seit ungefähr zwei Tagen nicht rasiert. Er trug eine hellgraue Hose, die sie nicht kannte, ein dunkelgraues Jackett, das sie zusammen gekauft hatten, und ein hellblau-weiß gestreiftes Hemd, das sie ihm letztes Jahr geschenkt hatte. Sie suchte seine Augen und merkte, dass seine ihre längst gefunden hatten.

»Hallo«, sagte er.

»Hallo«, sagte sie.

Vier Silben. Zu mehr waren sie nicht fähig. Sie sahen sich nur an. Nach Vertrautem tastend.

»Du hast deine Haare wieder wachsen lassen.« Ein Lächeln lag in seiner Stimme.

»Ja.«

»Steht dir gut.«

»Danke.«

»Willst du mich nicht hereinlassen?«

»Doch, doch.« Sie trat zur Seite. »Hast du kein Gepäck?«

»Es ist im Wagen. Ich habe in einem Hotel in Honfleur ein Zimmer reserviert.«

Damit hatte sie nicht gerechnet; der Satz erwischte sie, traf sie.

Er merkte es sofort. »Ich dachte …«

»Schon gut. Komm erst mal rein.«

Sie gaben sich keinen Kuss, nicht einmal einen flüchtigen auf die Wangen. Sie gaben sich auch nicht die Hand. Das eine wäre zu viel gewesen, das andere zu wenig, also ließen sie Berührungen sein, klammerten sie aus. Vier Hände, die nicht wussten, wohin. Gesine verschränkte ihre hinter ihrem Rücken, Leo griff schnell zur Klinke, um die Tür zu schließen.

Er sah sich in dem kleinen Flur um. Sah seine Gummistiefel neben ihren stehen. »Du hast sie nicht weggeräumt?«

Sie schüttelte den Kopf. »Sie gehören hierher.«

Sein Blick ging zum Wohnzimmer, aus dem die Musik kam, lief die Treppe hinauf und wieder herunter, flüchtete sich schließlich durch die offene Tür in die Küche.

»Es riecht nach Süßem«, stellte er fest.

»Tarte Tatin.«

»Das Rezept von Madame Dupont?«

»Ja.«

»Mit neuen Äpfeln?«

»Ja, gerade geerntet. Ich war vor ein paar Tagen dort. Monsieur Dupont hat nach dir gefragt.«

»Und was hast du gesagt?«

»Dass du bald kommst.«

»Mehr nicht?«

»Nein, ich wollte nicht …«

»… darüber reden? Ich habe es auch noch nicht vielen erzählt.«

Er betrat zögerlich die Küche, sah sich um. Sah den gedeckten Tisch, das alte Geschirr ihrer Großmutter, den Rosenstrauß. »Es ist alles so, so …«

»… vertraut?«

»Ja.« Er ging zur Terrassentür, öffnete sie. »Du hast im Garten gearbeitet?«

»Ja, die Büsche mussten beschnitten werden. Ich habe sogar das Gras gemäht.«

»Stand sicher ziemlich hoch.«

Sie nickte, folgte ihm über den Rasen.

Er entdeckte die beiden Liegestühle unter dem Baum. »Noch ein Paar?«

»Ja.« Sie merkte, dass sie rot wurde.

Er lächelte, ganz kurz nur, wie er es immer getan hatte, wenn er sie bei etwas ertappt hatte. Sie fand ihn wieder – in diesem Lächeln. Es baute so etwas wie eine Brücke zwischen ihnen. Eine, die noch wackelte, aber halten wollte. Zögerlich legte sie ihren nächsten Satz darauf. »Magst du etwas trinken?«

»Ja, gern. Was gibt es?«

»Ich habe Champagner auf Eis gelegt. Ich dachte, wenn wir nach all diesen Monaten …«

»Es ist gut, Gesine. Champagner ist gut.«

Als sie die Flasche aus dem Kühlschrank holte, nahm er sie ihr ab. Mit geübtem Griff riss er die Kapsel herunter und drehte den Korken heraus. Es ploppte nur leicht. Er schenkte ein und reichte ihr ein Glas. »Früher haben wir uns immer etwas ausgedacht, auf das wir trinken konnten.«

»Was schlägst du vor?«

»Fangen wir mal ganz profan an. Auf das Wiedersehen.«

»Auf das Wiedersehen.« Sie holte die Schale mit den Meeresschnecken und stellte sie auf den Tisch, zwei kleine, vorn gebogene dicke Nadeln legte sie daneben.

Er setzte sich, griff nach einer Schnecke, pulte das Fleisch heraus und steckte es in den Mund. »Woher sind die?«

»Vom Fischmarkt in Trouville.« Sie nahm ihm gegenüber Platz. »Was hast du in Paris gemacht?«

»Ein paar Bistros besucht. Das Übliche.«

Sie nickte. Sie wusste, was das Übliche war. »Und wie war's?«

Er wollte etwas sagen, nahm aber stattdessen schnell einen Schluck Champagner. Sie merkte wieder, wie müde er aussah.

»Ich war vor einigen Tagen in Honfleur in einem neuen Restaurant. Jean-Luc und Camille haben mich eingeladen. Es hätte dir auch gefallen.«

»Wie kochen die dort?« Eine Verlegenheitsfrage.

»Sehr aufwendig und sehr modern. Meist mit regionalen Zutaten, aber ungewöhnlich kombiniert.« Eine Verlegenheitsantwort.

Er goss ihnen nach. »Ich habe es dir schon am Telefon gesagt: Jean-Luc hat mich diese Woche angerufen.«

»Ja, er hat davon erzählt.«

»Und er hat wirklich nicht ...?«

»Nein. Er war sehr zurückhaltend, du kennst ihn ja. Er meinte nur, du hättest durcheinander und zerstreut gewirkt.« Jetzt nur keine voreiligen Fragen; dafür war es zu früh.

»Er ist ein guter Freund.« Mehr sagte er nicht. Er fuhr nur leise über die Kerben im Tisch. Sie folgte seiner Hand mit Blicken. Als er es bemerkte, trafen sich ihre Augen für einen Moment, tauschten Vergangenheit aus. Grau traf Grün, wie an jenem ersten Nachmittag in diesem Haus. Stöhnen, Verlangen, Glück. »Daran werden wir immer denken, wenn wir hier sitzen«, hatte sie am Morgen danach gesagt. Sie dachten daran, beide, jetzt. Es gab keinen Notausgang für ihre Gedanken.

Die Flasche war halb leer. Sie hatten schnell getrunken. Die Musik war verstummt. Sie spürten die Stille, die sich zwischen sie legte. Leo stand auf. Bevor er ins

Wohnzimmer ging, zog er sein Jackett aus und hängte es über die Stuhllehne. Die Ärmel seines Hemds krempelte er hoch, wie er es immer getan hatte.

Gesine holte die Kaninchenterrine aus der Speisekammer und stellte sie auf den Tisch neben den Korb mit dem Weißbrot. Sie goss Pommeau in zwei Gläser.

Les Vieux Amants – Jacques Brel löste Billie Holiday ab. Sie merkte, dass ihr warm wurde bei diesem Chanson über ein altes Paar, das auf ein Leben voller Höhen und Tiefen zurückblickt. Ein altes Paar, das sich noch immer liebte. Warum hatte er ausgerechnet diese Platte gewählt?

Vertraute Geräusche von nebenan. Leo legte Holz nach. Nach all den Wochen des Alleinseins hatten diese Geräusche etwas Versöhnliches, als wollten sie wiedergutmachen, dass sie sich davongestohlen hatten.

»Was gibt es als Nächstes?« Er stand in der Tür und sah auf den Tisch. Da war sie wieder, diese Neugier auf das, was sie gekocht hatte. Über Jahre gewachsen. Seit diesem Sommertag, als sie im Starnberger See schwimmen gewesen waren. »Das hier möchte ich für den Rest meines Lebens ...«, hatte er damals zu ihr gesagt. Wo war das Leben hingelaufen?

»Kaninchenterrine. Du weißt, dieses spanische Rezept ...«

»Und einen Pommeau dazu. Wunderbar.« Er schnitt zwei dicke Scheiben herunter und verteilte sie auf die beiden Teller. Beim ersten Bissen verschwand die Müdigkeit aus seinem Gesicht. Machte sich einfach davon. »Das tut so gut«, sagte er kauend. »Nach all diesen gewollt kapriziösen Kreationen der letzten Tage. Woher wusstest du, was ...?«

»Siebzehn Jahre.« Sie lächelte.

»Ist das Thymian aus unserem Garten?«

Der Plural rührte sie. Sie nickte.

»Warst du beim Makler?« Er schwenkte um, flüchtete sich in Sachlichkeit.

»Ja.«

»Und?«

»Ich kann das nicht. Ich kann das Haus nicht einfach so verkaufen. In dem Moment, in dem ich dort bei diesem Mann saß, wusste ich, es geht nicht.«

»Es hat ja auch Zeit. Wir brauchen das Geld nicht so dringend.«

Seine Antwort versetzte ihr einen Stich. »Es geht nicht nur ums Geld, Leo.«

»Willst du … willst du das Haus behalten?«

»Ich mache keine großen Pläne für die Zukunft. Dafür habe ich derzeit kein Talent. Ich merke nur, dass es mir guttut, hier zu sein.«

»Ich …« Er suchte nach Worten. Er, der sonst immer Worte im Überfluss gehabt hatte.

»Ja?«

»Ich merke es auch. Und ich bin erst seit einer Stunde da.« Er schnitt sich noch etwas von der Terrine ab. »Du wirkst so ganz anders als vor ein paar Wochen noch. Du siehst gut aus, erholt. Als wir uns bei diesem Anwalt getroffen haben, dachte ich, du schaffst das alles nicht. Du machtest den Eindruck, als würdest du jeden Moment vor diesem selbstherrlichen Kerl in Tränen ausbrechen.«

»Gut beobachtet.« Sie brach sich ein Stück Baguette ab.

»Ich war brutal zu dir, Gesine. Die Art und Weise, wie ich dir gesagt habe, dass ich mich von dir trennen will …«

»So etwas kann man nicht nett sagen. Du warst wenigstens klar und deutlich.«

»Ich habe immer und immer wieder darüber nachgedacht. Ich glaube, ich bin dir eine Erklärung schuldig.«

»Was willst du mir erklären?«

»Warum ich von dir fortgegangen bin.«

Sie lächelte. »Du bist doch hier.«

Er lehnte sich zurück. »Ja, ich bin hier. Und es tut gut, hier zu sein. Obwohl das eigentlich gar nicht sein darf. Jean-Luc hatte ganz recht ...«

»Womit?«

»Ich bin durcheinander. In meinem Kopf ist nichts mehr da, wo es hingehört.«

Sie stand auf. »Könnte Kochen vielleicht Abhilfe schaffen?«

Er sah sie dankbar an. »Was hast du eingekauft?«

»Seezunge und Miesmuscheln.«

»Gesine, warum ausgerechnet ...?«

»Es ist doch ein besonderer Anlass, oder?«

Jetzt lachte er. »Ich helfe dir.«

Sie schnitten gemeinsam das Gemüse und die Kräuter klein, er Möhren und Petersilie, sie Schalotten und Sellerie. Als sie einen großen Topf aus dem Schrank holte, hielt er schon ein Stück Butter bereit. Sie ließen das Gemüse anschwitzen, bevor sie die Muscheln hineingaben und den Deckel aufsetzten.

»Wo ist der Weißwein?«

»Im Kühlschrank natürlich.«

Er sah auf das Etikett. »Feldblumen-Wein. Du lässt nichts aus heute ...«

Das gemeinsame Lachen tat gut; sie spürten beide, wie ihre Erinnerungen sich verknüpften, wie sie eines zum anderen fügten und sich dabei immer hemmungsloser aus dem Fundus ihres früheren Lebens bedienten.

Er holte die Muscheln mit einer Siebkelle aus dem Topf. Bevor sie anfingen, das Fleisch herauszulösen, goss er beiden ein Glas Weißwein ein. »Auf … ach was, mir fällt kein passender Toast ein. Trinken wir einfach.«

Sie arbeiteten schnell; mit einer leeren Schale holten sie jeweils das Fleisch aus den Muscheln. Bis sich dabei zufällig ihre Finger berührten; es war dieses kurze Haut-trifft-auf-Haut, das für einen Moment alles andere ausschaltete.

Sie hielten inne, sahen sich nur an. Sie strich sich eine Haarsträhne aus dem Gesicht. Er griff nach seinem Glas.

»Du bist wunderschön, Gesine.«

Sie atmete schneller. Spürte, wie ihr Herz schlug. Er musste es hören, so laut schlug es, doch das war jetzt egal. Alles war jetzt egal. Er war hier, hier bei ihr. Und sein Satz lag dort zwischen den Muscheln, die sie beide aus den Schalen gelöst hatten.

»Lass uns die Seezunge machen«, sagte sie. Ihre Stimme klang belegt.

Sie stellte den Teller mit dem Fisch, das Glas mit dem Fond, den Topf Crème fraîche und die Flasche Calvados neben den Herd. Er briet die Filets kurz an und legte sie zurück auf den Teller. Beides kam in den warmen Ofen. Sie goss Fond und Calvados in die Pfanne.

»Das riecht gut«, sagte Leo, als der Dampf aufstieg. »Hast du den gemacht?«

»Ja, in München. Aus Gräten und Kopf einer Seezunge. An dem Abend, als ich dich angerufen habe.«

»Du hast unser Essen gekocht. Für dich allein?«

Sie nickte. Zögerte. Rührte die Crème fraîche in die kochende Flüssigkeit. »Ich habe im Tiefkühlfach unserer alten Wohnung noch einen Fond gefunden, den du gemacht hast«, sagte sie schließlich. »Den habe ich dafür hergenommen.«

»Und?«

»Es hat nach uns geschmeckt, Leo.«

Als sie aßen, redeten sie nicht. Sie ließen Meer, Calvados, Sahne auf der Zunge zergehen. Gesine spürte es wieder, dieses Nach-Hause-Kommen. Und sie sah, dass er es auch spürte. Seine Augen schwammen, ganz leicht nur, als hätten ihnen die Muscheln etwas von ihrem Salzwasser abgegeben.

Sie griffen beide gleichzeitig nach ihrem Glas, provozierten es fast, das neuerliche Zusammentreffen ihrer Hände. *Les Cœurs tendres* sang Jacques Brel. Eine Melodie, so empfindsam, so zerbrechlich wie der Text. Zum Weinen schön, hatte Leo immer gesagt. Jetzt strich er mit dem Daumen über Gesines Zeigefinger, Mittelfinger, Ringfinger. Sie hielt still, ließ es geschehen. Ließ die Zuversicht wieder zu, ließ sie mehr und mehr zu. Begann Konjunktive in Stellung zu bringen – was wäre, wenn? Wenn er bei ihr bliebe, wenn sich ihre Liebe aus ihrer Eisstarre lösen ließe …

»Du trägst ihn noch?« Er fuhr über ihren Ehering.

»Ich kann mich nicht von ihm trennen. Es ist vielleicht ein bisschen so wie mit dem Haus. Wo ist deiner?«

Er griff in seine Hosentasche und legte den Ring auf den Tisch. »Ich habe ihn auch noch dabei. Ich weiß nicht, warum …«

»Muss man immer alles erklären?«

»Ich kann im Augenblick kaum etwas erklären.«

»Dann lass es sein. Du bist da, nur das zählt.«

»Du bist so gefasst, Gesine. Ich hatte gedacht ...«

»Was?«

»Dass du zerbrochen bist. Nach allem, was ich dir angetan habe. Diese Frau, mit der ich ...«

»Bitte rede nicht von ihr!« Ihr Ton wurde plötzlich scharf.

»Du willst gar nichts wissen?«

»Sie interessiert mich nicht. Sie hat nichts mit mir zu tun.«

»Wir haben kürzlich Frank getroffen.«

»Wir« – sie zuckte kaum merklich zusammen. »Er hat es mir erzählt«, sagte sie knapp.

»Dachte ich mir. Er war ziemlich reserviert.«

»Wundert dich das?«

»Nein. Es war nur so ... so merkwürdig. Ich habe Frank immer nur mit dir oder allein gesehen. Es hat einfach nicht gepasst.«

»Es passt vieles nicht.« Sie klang sarkastisch. Das war früher immer seine Spezialität gewesen.

»Was hat Frank zu dir gesagt?«, fragte er.

»Dass deine Freundin sehr jung aussieht. Und unfertig. Ja, dieses Wort hat er benutzt – unfertig.« Jetzt hatte sie doch von dieser Frau gesprochen, sie in dieses Haus hier gelassen, in diese Küche, in der es doch nur Leo und sie geben sollte. Sie nahm einen Schluck Wein und trank das Glas dann in einem Zug aus.

»Jule ist ...«

»Bitte, Leo.«

»Schon gut. Entschuldige.« Er schenkte ihr Wein nach.

Sie schwiegen einen kurzen Moment. Sie fühlten,

dass da etwas zwischen ihnen war, das sie beide nicht wollten.

»Ich glaube, Frank wird mich immer hassen«, sagte Leo schließlich.

»Er hasst dich nicht. Er kann nur nicht begreifen, was du getan hast.«

»Er liebt dich.«

»Das weiß ich. Schon sehr lange.«

»Hat er jemals mit dir darüber ...?«

»... geredet? Ja, das hat er. Er hat es mir bei unserer Hochzeit gesagt, Leo. Und danach ist er mein Freund geblieben. Mein bester Freund.«

»Ich war manchmal etwas eifersüchtig auf ihn.«

Sie sah ihn erstaunt an. »Warum?«

»Ihr zwei habt etwas miteinander, das mich immer ausgeschlossen hat. Erinnerst du dich noch an unsere Bergtour?«

Sie nickte.

»Wir haben an dem Abend über so vieles gesprochen. Auch über seine Gefühle zu dir.«

»Er hat dir gesagt, was er für mich empfindet?«

»Ja. Und das war gut. Es hat irgendwie einen Knoten gelöst. Obwohl ich nicht glaube, dass er mir alles erzählt hat. Er weiß etwas von dir, das ich nicht weiß.«

»Ich habe immer gedacht, es ist besser so. Besser für uns.«

»Was ist es, Gesine?«

»Ich werde es dir erzählen, Leo. Aber nicht heute. Bitte.« Sie senkte den Blick.

Er brauchte etwas Zeit für seine Frage, schien sie in Gedanken durchzuspielen, bevor er sie endlich rausließ. »Hat Frank nach unserer Trennung mit dir ...?« Er stockte.

Sie verstand ihn auch so. »Wir haben miteinander geschlafen, ja. Einmal. Ich wollte es. Es war an dem Abend, bevor ich hierhergefahren bin.«

Er schluckte.

»Was hast du gedacht, Leo? Dass ich keinen Mann mehr ansehe?«

»Nein, nein«, seine Stimme stürzte ab. »War das mit Frank …? Ich meine, gibt es noch jemand anderen?«

Jetzt lachte sie. »Ja, Leo. Es gibt noch jemand anderen. Ich bin ihm hier beim Ausparken in sein Auto gefahren, und wir haben uns wieder getroffen, und ja, wir hatten Sex miteinander.«

»Ist es …?«

»… etwas Ernstes? Warum willst du das wissen?«

Er streichelte noch immer ihre Finger. Jetzt streichelte sie zurück. Sie verschränkten ihre Hände ineinander. Seine fühlte sich warm an, ihre kalt – auch das hatte sich nicht geändert.

»Das war ein wunderbares Essen.«

Sie lächelte über seine Floskel. Ein halbherziger Rettungsversuch. Raus aus der tückischen Strömung. Dabei wussten beide längst, dass sie schon viel zu weit hinausgeschwommen waren. Kein Land mehr in Sicht.

»Magst du noch Käse?«

»Ja. Welchen hast du besorgt?«

»Epoisse, Pont l'Évêque, Saint-Nectaire, Crottin, Roquefort.«

»Perfekt.«

Sie holte die Platte aus der Speisekammer.

Er beobachtete sie. »Das ist ein schönes Kleid. Neu?«

»Ja, ich habe es letzte Woche in Deauville gekauft. In

diesem Laden, in dem du mal die Verkäuferin so angefahren hast.«

»Ist sie noch dort?«

»Nein.«

»Na, vielleicht hat sie ja meinen Rat beherzigt und verkauft jetzt Fisch.«

Wieder etwas aus dem Erinnerungsfundus, das sie mit Lachen quittierten.

Leo schnitt von jedem Käse ein großes Stück herunter. Sie sah ihm zu, wie er beim Pont l'Évêque und Saint-Nectaire die Rinde entfernte. Dann spießte er etwas Crottin auf seine Gabel und hielt sie ihr hin. Sie öffnete den Mund, ließ sich füttern. Er sah ihr zu, wie sie kaute. Nahm sich selbst etwas Käse, fuhr mit den Lippen über die Gabel, bevor er das nächste Stück für sie bereithielt. Sie schmeckten Herbes, Süßliches, Bitteres, Feinsäuerliches, Nussiges. Und sie schmeckten sich. Begannen die Gabel abzulecken, bevor sie von seinem zu ihrem Mund wechselte und wieder zurück. Sie aßen schweigend. Tucholsky fiel ihr wieder ein wie an jenem Abend vor siebzehn Jahren in Barcelona. Es ist schön, mit jemandem schweigen zu können …

Als sie irgendwann aufstand, um die Tarte zu holen, folgte er ihr. Sie schnitt ein Achtel heraus und ließ ihn abbeißen. Äpfel und Honig …

Sein erster Kuss nach diesen vielen Monaten hatte den Geschmack von Äpfeln und Honig.

35

Den Calvados nahm sie mit vor den Kamin. Sie nahm auch die Küsse mit, die sich in der Küche multipliziert, binnen Minuten in schwindelerregende Potenzen hochgeschraubt hatten. Dort vor dem Herd hatten er und sie ihre Lippen wieder und wieder auf die Suche geschickt. Auf die Suche nach dem, was sie beide bis jetzt versteckt hatten. Halbherzig versteckt; das spürten sie in dem Moment, in dem sie es wiederfanden.

Die Holzscheite, die Leo nachgelegt hatte, brannten gut. Gesine schob sie mit einer großen Eisengabel zurecht. Dann goss sie den Calvados in zwei Gläser. Sie hörte Leo im Stockwerk über sich. Sie hörte den Wasserhahn laufen, kurz darauf seine Schritte auf der Treppe.

»Du hast beide Betten bezogen?« Er stand in der Tür und lächelte.

Sie sah ins Feuer. »Anders wäre es mir zu einsam gewesen«, sagte sie.

»Du hast auch meinen blauen Pullover getragen.«

»Woher …?«

»Er riecht nach dir.« Er setzte sich neben sie, griff ihr in den Nacken und gab ihr einen Kuss in die Schulterbeuge. »Du riechst wunderbar.«

»Shalimar.«

»Ich mag Vanille.«

Sie beugte sich vor und nahm die beiden Gläser vom Tisch. Er hielt sofort seine Nase hinein. »Ein alter?«

»Über zwanzig Jahre.«

»Du weißt, was gut ist.« Sie stießen an, nahmen beide nur einen kleinen Schluck.

Der Plattenspieler schwieg, nur das leise Knistern aus dem Kamin war zu hören.

Leos Hand fuhr jetzt über ihre Beine. Sie ließ sich Zeit, seine Hand. Streichelte diese glatte, frisch rasierte Haut. Entdeckte die Riemchen und die kleine grüne Schnalle ihres Schuhs. Verweilte auf den rosa lackierten Nägeln, um dann den Rückweg über die Fesseln, die Waden, die Kniebeuge zu ihren Schenkeln anzutreten.

»Du hast Truffaut-Beine.«

Jetzt lachte sie. Ein neues Leo-Wort.

»Der Mann hatte ein Faible für Frauenbeine«, sagte er. »Weißt du noch, wie wir uns an diesem Abend vor zwölf oder dreizehn Jahren in Paris drei seiner Filme nacheinander im Kino angesehen haben?«

Sie überlegte. »*Jules und Jim* mit Jeanne Moreau und Oskar Werner …«

»*Die letzte Metro* mit Cathérine Deneuve und Heinz Bennent und Gérard Depardieu …«

»*Auf Liebe und Tod* mit Fanny Ardant und Jean-Louis Trintignant.«

»… und überall diese wunderschönen Frauenbeine in hochhackigen Schuhen. Du trugst an dem Abend ein schwarzes Kleid mit weißen Punkten und schwarze Pumps dazu.«

»Das weißt du noch?«

»Als wir spät ins Hotel zurückgingen, bist du vor mir die Treppe hochgestiegen. Und ich habe gedacht: Wie im Film.«

Nun warfen sie ihre Erinnerungen aus. Vergangenheitsnetze. Sie fingen damit immer mehr ein von dem, was gewesen war. Redeten und lachten und lachten und redeten. Eine gute Stunde ging das so. Sie spürten, wie sich etwas löste in ihnen. Fast trotzig hatten sie die anfänglichen Unsicherheiten weggeschickt. Dorthin, wo sie keine Störgeräusche machen konnten. Sie wollten nur noch Nähe, immer mehr Nähe.

Gesine brauchte keinen blauen Pullover mehr. Sie hatte ja ihn. Er hielt sie jetzt im Arm. Die Schuhe hatte er ihr irgendwann ausgezogen. Ihre Beine lagen angewinkelt auf seinen. Den Kopf hatte sie auf seine Brust gelegt. Sie hörte sein Herz schlagen.

»Wie war das mit Frank?«

Seine Frage holte sie aus ihren Gedanken. »Wieso willst du das wissen?«

»Ich …« Er stockte. »War es schön?«

»Ja, es war schön.«

»Und mit diesem anderen Mann?«

Sie zögerte einen Moment, entschied sich dann für die Wahrheit »Noch schöner.«

»Ich weiß, ich habe kein Recht dazu …«

»Wozu hast du kein Recht?« Sie hob den Kopf.

Er strich ihr über die Haare. Ließ sie durch seine Finger gleiten. Diese Haare, die sie wieder hatte wachsen lassen, seinetwegen hatte wachsen lassen. »Ich bin eifersüchtig. Besonders auf Frank …«

»Warum?«

»Weil er jetzt alles von dir bekommen hat.«

»Leo, aber dich …« Sie biss sich auf die Lippen. Ließ die zwei Worte, die noch fehlten, nicht hinaus.

Er verstand sie trotzdem. »Sag nichts mehr, Gesine.« Sein Kuss setzte einen Schlusspunkt hinter das, was sich zwischen sie drängen wollte. Sie spürte, wie diese vertrauten Lippen nach ihr suchten, als wollten sie um Verzeihung bitten, die vergangenen Monate einfach ungeschehen machen. Und ihre bereiteten seinen einen Empfang, der beiden den Atem raubte.

Sie fühlte seine Hände in ihrem Nacken – und wieder in ihrem Haar. Er löste das Band, dieses grüne Band, das so gut zu ihrem neuen Kleid passte. Und zu ihren grünen Augen. Leo mochte Haarbänder …

»Gehen wir nach oben?« Seine Stimme war rauh. Wie Franks Hände, dachte sie kurz. Frank konnte sie jetzt nicht mehr beschützen. Frank war weit weg. »Erwarte nicht zu viel von Leos Besuch, falls er überhaupt kommt«, hatte er vor ein paar Tagen am Telefon zu ihr gesagt. Leo war gekommen. Er hielt sie fest. Die Welt da draußen schloss ihre Türen.

Auf der Treppe blieben sie immer wieder stehen, als lägen dort, auf diesen schiefen, ausgetretenen Holzstufen, Küsse, die sie einsammeln müssten. Jeder Schritt ein Kuss. Sie wussten, was kommen würde, und sie zögerten es hinaus. Sie spielten mit der Unausweichlichkeit. Ließen ihre Lust fast unerträglich werden.

Oben drückte Leo die Türklinke vom Schlafzimmer mit dem Ellbogen herunter. Drinnen zündete er die Kerzen an, die sie vor ein paar Tagen in die Leuchter auf der Kommode gesteckt hatte. Vom Rand des Betts sah sie ihm zu, wie er ein Streichholz nach dem anderen abbrannte und auspustete. Zwölf Kerzen. Fünf Streichhölzer.

Dann kniete er sich vor sie. Und wieder waren da seine Hände auf ihren Beinen, zwischen ihren Beinen. Fuhren unter das grüne Kleid. Der Stoff antwortete mit einem Rascheln. Mit sanftem Druck schob Leo Gesine auf das Bett, vergrub seinen Kopf in dem ausufernden Grün.

Sie atmete schneller, als er tat, was er immer getan hatte. Er zog ihren Slip herunter. Der Reißverschluss an ihrem Kleid, der Gürtel, alles löste sich. Bis sie nackt vor ihm lag. Seine Hände waren nun überall; ihre begannen mitzuspielen. Vier Hände, die jetzt wussten, wohin …

Sie knöpfte sein Hemd auf, langsam. Als er seine Hose auszog, spürte sie, dass er zitterte. Wie sie.

»Ich liebe dich.« Es war so einfach. Die drei Worte fanden wie selbstverständlich den Weg zu ihm.

Ein Zögern, eher der Hauch eines Zögerns – bis sein »Ich dich auch« das Verlangen an die Hand nahm. Sie ließen sich Zeit, gaben sich, was sie brauchten. Sie brauchten vor allem sich. Schöpften aus, was sie seit Monaten unbeachtet gelassen hatten. Seine Haut war warm, ihre war kühl – so war es immer gewesen. Alles war wie immer – und doch anders. So als würde sie Leo zum ersten Mal in sich hineinlassen. Barcelona war wieder da. Dieser erste Morgen. Dieses Zimmer mit den Spitzengardinen. Die Sonne auf der Bettdecke. Das Glück, das durchs Fenster kam …

Sie stöhnte. Erst leise, dann lauter. Er fing ihr Keuchen auf, addierte seines dazu. Ihr »Leo«, sein »Gesine« umarmten sich, hielten sich fest, als sie kamen. Erst sie, dann er.

Er blieb auf ihr liegen. Sie streichelte seinen Rücken, wie sie es unzählige Male getan hatte, nachdem sie sich geliebt hatten.

Sie redeten jetzt nicht mehr. Die Worte hatten sich zur Ruhe gelegt.

Als Leo später aufstand, um die Kerzen auszupusten, hatte der Schlaf Gesine fast geholt. Sie merkte noch, wie Leo zurück unter die Decke kroch, spürte seinen Bauch an ihrem Rücken, seinen Atem in ihrem Nacken. Dann mäanderten ihre Gedanken davon.

36

Die Vögel im Garten weckten sie. Amseln. Gesine tastete das Bett neben sich ab, fuhr mit der Hand über die Laken. Da war nur Leere. Sie sortierte ihre Gedanken. Sie waren schwergängig, ließen sich in keine vernünftige Reihenfolge bringen. Sie versuchte sich zu konzentrieren. Blicke, Champagner, Schnecken, Brel, Kaninchen, Muscheln, Fisch, Wein, Streicheln, Käse, Lippen, Äpfel, Honig, Küsse, Beine, Stufen, Kerzen, grüne Seide, Nacktheit …

Sie setzte sich auf. Das Kleid lag neben dem Bett. Seine Sachen waren weg. Und die Fotos. Die blaue Schachtel mit den Fotos, die gestern noch auf ihrem Nachttisch gelegen hatte, war auch weg.

Ein Blick auf die Uhr. Halb fünf. Sie griff schnell nach seinem blauen Pullover. Ihr war kalt.

Sie lief die Treppe hinunter. Es roch nach Essen und nach Kaminfeuer. Sie sah in die Küche. Gläser und Teller auf dem Tisch, Topf und Pfanne auf dem Herd. Flaschen neben dem Waschbecken.

Sie ging ins Wohnzimmer. War fast erleichtert, als sie

ihn auf dem Sofa sitzen sah. Er hielt den Kopf in seinen Händen, den Blick starr auf die Glut im Kamin gerichtet. Die Fotos lagen vor ihm auf dem Tisch. Alle siebzehn Bilder. Das letzte, das mit dem Schmetterling, lag auch dort.

»Leo?«

Er fuhr hoch. »Ja.«

»Was tust du hier?«

»Nachdenken.«

»Worüber?«

»Über uns.«

Da war es wieder – dieses Frösteln. Sie hatte es doch fortgeschickt. Jetzt war es zurück, kroch durch ihren Körper.

Sie setzte sich neben ihn, nahm seine Hand. Eine Weile saßen sie so da, bis sie auf einmal aufschrak. Er weinte, erst leise, dann lauter. Aus Weinen wurde Schluchzen. Hilflos sah sie zu.

»Leo, was ist?« Sie streichelte seinen Rücken. Nahm ihn in den Arm. Spürte seinen Kopf an ihrer Schulter. Spürte, dass alles dort nass wurde.

»Wir hätten das nicht tun sollen, Gesine.« Seine Stimme brach weg.

»Warum? Was haben wir falsch gemacht? Wir hatten einen wunderbaren Abend …«

»Ja, das hatten wir.« Er sah auf. Graue Augen, die schwammen, panisch, als würden sie gleich ertrinken. »Ich kann nicht bei dir bleiben.«

»Aber … du hast gesagt, dass du mich liebst.«

»Das tue ich auch. Aber das reicht nicht.« Er schluchzte. Nie zuvor hatte sie ihn so gesehen. »Ich …«

»Leo, bitte, sag, was ist mit dir?«

Er suchte ihren Blick. Das Schluchzen hatte sich davongemacht. Ganz plötzlich. Die Stille war umso bedrohlicher. »Wir bekommen ein Kind, Gesine. Jule ist schwanger. Sie und ich, wir bekommen ein Kind. Ich … ich kann sie doch jetzt nicht verlassen.«

Es wurde plötzlich hell, als hätte jemand einen überdimensionalen Blitz eingeschaltet. Weißes Licht. Gesine sah nichts mehr. Sie fühlte nichts mehr. Nur Kälte. Eiseskälte.

Ihre Hand lag noch auf seinem Rücken. Als hätte sie jemand dort abgelegt und einfach vergessen.

»Gesine?«

»Ja?« Ihre Stimme klang erstaunlich gefasst. Als würde eine andere an ihrer Stelle sprechen.

»Es tut mir so leid. Ich weiß auch nicht, warum ich gestern … Es war so … so schön mit dir. Mit dir habe ich etwas, das ich mit ihr nie haben werde.«

Sie nickte langsam. »Liebe?«

»Vielleicht. Doch, ja. Aber das zählt jetzt nicht mehr. Darf nicht mehr zählen. Da ist dieses Kind …«

Sie schwieg.

»Gesine, ich würde verstehen, wenn du mir nie verzeihst. Das, was ich getan habe, ist nicht zu entschuldigen. Ich hätte niemals hierherkommen dürfen. Ich habe gedacht … Ich dachte, wir könnten reden, über alles reden. Du hast so stark gewirkt, so schön … Und dann noch dieses Essen … Es ist einfach über mich gekommen …«

Er unterbrach sich, einen Moment nur. Dann begann er wieder: »Warum sagst du nichts? Sag doch etwas. Irgendetwas. Sag mir, ich soll verschwinden. Sag mir, dass du mich nie wieder sehen willst.«

»Es wäre nicht die Wahrheit.« Sie hatte es ganz leise gesagt.

»Aber ich kann nicht … ich kann nicht bei dir bleiben.«

»Im wievielten Monat ist sie?«

»Im vierten.«

»Dann ist es also kurz nach unserer Trennung passiert.« Sie war ganz ruhig.

Er merkte es. Sein Blick zeigte Erstaunen. »Ja«, antwortete er. »Wahrscheinlich in diesem Griechenlandurlaub.«

»War es schön?«

»Was?«

»Der Urlaub?«

»Ja. Und dann auch wieder nicht. Ich habe zu viel an uns denken müssen. An dich und mich.«

»Hat sie es bemerkt?«

»Ich glaube nicht. Sie ist so jung, und sie liebt mich so sehr.«

»Liebst du sie auch?«

Er zögerte. »Ja. Ja, ich liebe sie. Aber es ist wie eine andere Form von Liebe. Das, was wir miteinander … Ich habe es gestern wieder gemerkt. Ich hatte gedacht, es ist vorbei. Aber es ist noch da. Es ist nicht vorbei.«

»Ich weiß.«

Er sah sie fragend an.

»Liebe hört nie auf«, erwiderte sie.

»Aber das andere, das mit ihr, dieses Kind …«

»Freust du dich auf das Kind?«

Er nahm ein Foto vom Tisch. Es war das Ultraschallbild. Er weinte jetzt wieder, ganz leise, fast tonlos. »Ich wusste nicht, dass du es noch hast.«

Sie merkte, dass sich auch ihre Augen mit Tränen füllten. »Sie wäre jetzt acht Jahre«, sagte sie.

Seine Hand fuhr über die anderen Bilder.

»Warum diese Fotos?«

»Ist das wirklich eine Frage?«

Er schüttelte den Kopf. »Hast du sie oft angesehen in den letzten Wochen?«

»Täglich. Sie erzählen unsere Geschichte. Ich wollte begreifen, Leo.«

»Und? Hast du?«

»Ich habe begriffen, dass ich nicht aufgehört habe, dich zu lieben.«

»Ich habe mich von dir getrennt. Zumindest habe ich das versucht.«

»Aber du hast mich nie wirklich verlassen, oder?«

Er vergrub seinen Kopf in den Händen, fuhr sich durch die Haare. Diese schwarzen Haare, in die sich erstes Grau mischte. Als er zu ihr aufsah, nahmen seine Augen sie in den Arm. »Ich glaube nicht. Nicht nach dem, was heute Nacht passiert ist. Ich …« Das Schluchzen war wieder da, hob an, um seinen Körper erneut durchzuschütteln. »Was soll ich nur tun?«

Seine Verzweiflung verstärkte die Ruhe in ihr. Das Frösteln war verschwunden. Die Angst war verschwunden. »Du musst erst mal schlafen«, sagte sie.

»Ich kann doch jetzt nicht schlafen.« Er wischte sich die Augen. Es kamen neue Tränen, als hätten sie nur darauf gewartet.

»Doch. Ich gebe dir etwas. Mein Arzt hat es mir nach unserer Trennung verschrieben. Es hilft dir, zur Ruhe zu kommen. Und danach …«

»Danach steige ich in mein Auto und fahre einfach so weg? Und lass dich hier allein, in diesem Haus, mit all diesen Bildern …« Er machte eine müde Handbewegung.

Sie stand auf. Das Schlafmittel war im Badezimmer.

Sie drückte eine Tablette heraus und holte ein Glas Wasser aus der Küche. Als sie ihm beides reichte, schluckte er es sofort hinunter. Sie nahm seine Hand und führte ihn die Treppe hoch ins Schlafzimmer. Er ließ sich von ihr aufs Bett legen. Sie zog ihm Hemd und Hose aus und deckte ihn zu. Ihm war kalt. Sie sah es an der Gänsehaut, die über seinen Körper kroch. Sie gab ihm einen Kuss auf die Stirn. »Schlaf jetzt.«

»Woher nimmst du nur diese Kraft, Gesine?«

»Es ist keine Kraft.«

»Was ist es dann?«

»Liebe.«

»Ich möchte jetzt die Augen zumachen und nie mehr aufwachen.«

Sie strich ihm über die Haare. »Ich weiß.«

Sie nahm ihn in den Arm, wartete, bis er eingeschlafen war. Dann stand sie auf, holte einen alten Rock aus dem Schrank, einen, den sie sonst nur zur Gartenarbeit trug. Sie schlüpfte schnell hinein, seinen blauen Pullover behielt sie an. Auf Zehenspitzen schlich sie die Treppe hinunter. Unten stieg sie in ihre Turnschuhe. Die Tür zog sie leise hinter sich zu.

Sie schob das Fahrrad über den Kies. Das Tor quietschte nicht mehr, als sie es aufmachte. Sie hatte es schließlich gut geölt.

Es war ein schöner Morgen. Der Himmel zeigte erstes Blau. Ein Spätsommertag kündigte sich an. Sie wusste jetzt, dass sie mit Leo nicht ans Wasser fahren würde. Dieser Sonntag würde kein gemeinsamer Strandtag sein, obwohl er so verführerisch begann. Mit Vogelgezwitscher und einer Sonne, die am Horizont aufging – dort, wo das Meer war.

Sie holte den Schlüssel unter dem Rosmarinbusch

hervor. Die Katzen kamen sofort angelaufen. Gesine strich ihnen kurz durch das Fell, bevor sie geradewegs in Jean-Lucs Arbeitszimmer ging.

Die oberste Schreibtischschublade ließ sich leicht herausziehen. Der Schlüssel lag zwischen ein paar Unterlagen. Sie nahm ihn heraus und wandte sich damit zu dem Schränkchen unter dem Fenster. Draußen im Garten spielten die Katzen. Sie griff nach der Schachtel, in der Jean-Luc das Zyankali aufbewahrte, und nahm zwei Kapseln heraus, je fünfzig Milligramm. Sie steckte das Gift in die Tasche ihres Rocks und schloss den Schrank ab. Den Schlüssel legte sie zurück an seinen Platz.

Sobald Leo aufwachte, würde sie ihm und sich einen Espresso kochen. Sie wusste, dass er das mochte, einen ersten kleinen Kaffee im Bett. Sie wusste auch, dass er ihn immer in einem Schluck austrank. Der Espresso würde diesmal etwas nach Bittermandel riechen. Falls Leo fragte, würde sie ihm sagen, das sei ein neues Rezept. Er würde ihr glauben; er war immer neugierig auf neue Rezepte gewesen …

Sie streifte die Falter mit einem Blick. Sie sahen wunderschön aus. Jean-Lucs Satz fiel ihr wieder ein. Dieser Satz, den er an jenem Sommertag zu ihr gesagt hatte, als sie zum ersten Mal zusammen auf Schmetterlingsjagd gegangen waren. »Manchmal muss etwas sterben, damit es bleibt.« Ihre Liebe würde bleiben.

Auf der Rückfahrt spürte sie einen leichten Wind im Rücken. Sie fühlte sich leicht. Fast unbeschwert.

Zu Hause schloss sie das Tor und stellte das Fahrrad in den Schuppen zurück. Dann ging sie ins Haus. Leo würde noch eine Weile schlafen; die Wirkung der Tablette ließ erst nach etwa drei Stunden nach.

Sie begann die Küche aufzuräumen, trug Teller und Gläser und Besteck zum Waschbecken, füllte heißes Wasser ein. Es wärmte ihre Hände.

Ein kurzes Piepen ließ sie zusammenzucken. Es kam aus Leos Jackett, das noch immer über dem Stuhl hing. Sie griff in die Innentasche und holte sein Handy heraus. Eine SMS. Sie drückte auf »Lesen«.

Wo bist du? Warum meldest du dich nicht? Ich küsse dich, Jule.

Gesine starrte diese Buchstaben an. Fünf, sechs, sieben Sekunden. Dann schaltete sie das Handy aus und nahm es an sich.

Sie trocknete das Geschirr ihrer Großmutter mit einem Handtuch ab und stellte es in den Schrank. Es hatte seinen letzten großen Auftritt gehabt.

Nun holte sie zwei Espressotassen aus dem Regal. Sie schüttete frisches Wasser in die Kaffeemaschine, füllte den gemahlenen Espresso in den Einsatz, drückte ihn mit dem kleinen Metallstampfer fest und hakte den Einsatz in die Maschine ein.

Zum Schluss wischte sie noch einmal über den Tisch. Die Vase mit den Rosen ließ sie stehen.

Im Wohnzimmer öffnete sie das Fenster und ließ frische Luft herein. Sie sammelte die Fotos ein, die Leo auf dem Tisch verstreut hatte, und brachte sie wieder in die richtige Reihenfolge. Das Bild mit dem Kleinen Nachtpfauenauge lag nun ganz oben. Es war das achtzehnte Bild.

Jetzt musste sie nur noch warten. Sie holte sich ein Glas Wasser und ging damit in den Garten. Das Gras unter ihren Füßen trug schwer am Tau der Nacht. Sie setzte sich in einen der beiden Liegestühle und zog die Beine zu sich heran. Es war alles so einfach, dachte sie, so folgerichtig. Ihre Gedanken hatten es sich eingerichtet in der Unausweichlichkeit. Als hätten sie sich in einen Tunnel begeben, in dem so etwas wie Umkehr nicht vorgesehen war.

Und plötzlich sah sie ihn. Sah diesen Falter, der sich auf den abgeblühten Lavendelbusch ein paar Meter entfernt setzte, flügelschlagend um ihre Aufmerksamkeit buhlte, ja geradezu darum bettelte. Seine vier großen Augenflecken leuchteten violett-schwarz-gelb auf rotem Grund, leuchteten Gesine mit einer Intensität an, die sie innehalten ließ. Es waren diese fast grellen Flecken, mit denen das Tagpfauenauge seine Feinde erschreckte. Wie sein nächtliches Pendant – jenes, das nun als Foto in ihrer blauen Schachtel lag. Aber da war eine weitere Besonderheit, die Gesine jetzt, hier, auf einmal wieder einfiel. Jean-Luc hatte ihr vor einigen Jahren davon erzählt: Das Tagpfauenauge starb nicht im Herbst wie die anderen Falter. Es überwinterte und bildete eine zweite Generation. Als ob es sich noch einmal eine Chance gäbe. Zum zweiten Mal Anlauf nähme, um sich in ein neues Jahr zu wagen.

Nun war es Gesine, die vor den großen hellen Augen des Schmetterlings erschrak. Es war ein Erschrecken vor sich selbst. Als hätte sie dieses Flügelschlagen aufgeweckt, tastete sie nach den beiden Zyankalikapseln in ihrer Tasche, hielt sie fest umklammert. Sophies SMS fiel ihr ein – *Schon über meinen Vorschlag nachgedacht?* Juliens Satz legte sich über diese Frage – »Es bleibt eine Option, Gesine«, verband sich mit Camilles »Es gibt niemals nur einen Weg« und Franks »Es geht immer irgendwie weiter«. Und dann war da noch der alte Mann aus dem Jardin du Luxembourg: »Das Ende von etwas ist meist der Anfang für etwas Neues.«

Ihr schien, als ob sie an einem Abgrund balancierte, der sich mit geradezu furchtbarer Offensichtlichkeit vor ihr auftat. Diese Schocksekunde, die einen erfasste, wenn man in einen über tausend Meter tiefen Krater blickte und wusste, man müsste nur einen einzigen Schritt tun, um …

Sie öffnete ihre Hand und sah den Tod. Diesen Tod, den sie einfach so in seinen und ihren Kaffee geben wollte, um alles zu beenden. Und sie sah das Tagpfauenauge, das einem zweiten Frühling entgegenblickte. Und das nun aufflog und sich in den Himmel verabschiedete.

Auf einmal liefen ihr Tränen über das Gesicht, als hätte jemand einen unsichtbaren Hahn aufgedreht. Juliens Worte fielen ihr wieder ein, das, was er über Mord gesagt hatte. Es seien Menschen, die sich in eine Situation gebracht hätten, in der sie einfach keinen Ausweg mehr sähen. Fast beiläufig hatten sie darüber geredet, lachend, bei Milchkaffee und Croissants. Und nun saß sie hier und war selbst im Begriff, genau das zu tun. Weil plötzlich all ihre Lebenssicherungen herausgesprungen waren. Weil sie glaubte, sie könnte nur so ihre Liebe bewahren. Weil sie an allem festhielt, was nicht weilen, sondern weiter wollte. Es war Scham, die in sie hineinkroch. Gefolgt von Erleichterung. Und Hoffnung. Hoffnung auf ein neues, ein zweites Leben. Ein Leben ohne Leo. Irgendwie hatte es ja bereits angefangen, dieses Leben, hatte zögerlich seine Spuren gelegt. Und sie hatte vieles erkannt in den letzten Wochen – ohne es sehen zu wollen. Bis jetzt.

Sie wischte sich mit dem Ärmel von Leos Pullover über das Gesicht. Als sie aufstand und zum Haus zurückging, wusste sie, dass endlich das eingetreten war, worauf sie gewartet hatte, seit sie ein kleines sechsjähriges Mädchen gewesen war. Sie hatte ihre letzte Haut abgestreift, ihre Angst-Puppe. Sie würde ihr nichts mehr anhaben können.

Als sie wieder ins Schlafzimmer kam, atmete Leo tief und ruhig. Sie legte sich zu ihm und sah ihn an. Sah seine langen Wimpern, die sich über die grauen Augen gelegt hatten und leise flackerten. Im Schlaf suchte seine Hand ihre. Ihre Finger willigten ein. Stilles Abschiednehmen, bevor das Morgen kam.

37

Als sie das Tablett mit den beiden Kaffeetassen auf dem Bett abstellte, schlug er die Augen auf. Sie hatte in der Zwischenzeit geduscht und sich ein weißes Sommerkleid angezogen. Sie roch nach Seife und frisch gewaschenem Haar.

Er sah sie an, orientierungslos. »Wie lange habe ich geschlafen?«

»Ungefähr fünf Stunden.«

Fast mechanisch griff er nach der Tasse mit dem Kaffee und trank sie in einem Zug leer. »Danke, das tut gut.«

Für einen kurzen Moment rasten ihre Gedanken in Jean-Lucs Arbeitszimmer. Warfen einen letzten Blick in dieses todbringende Schränkchen. Kamen zurück, tasteten sich in die Tasche ihres Rocks. Ihr wurde eiskalt bei diesen Gedanken, die nicht ihr zu gehören schienen und doch vor kurzem noch Regieanweisungen gegeben hatten.

Sie nahm ebenfalls einen großen, heißen Schluck und stellte ihre Tasse ab. »Wie hast du geschlafen?«

»Tief.« Er setzte sich auf und griff nach ihrer Hand. Sie entzog sie ihm, legte sie in ihrem Schoß ab.

»Was tun wir jetzt?«, fragte er, ins Leere tastend.

Sie fand seine grauen Augen. »Was *ich* tue, geht dich nichts mehr an«, sagte sie leise. »*Du* stehst auf, ziehst dich an und fährst.« Die Worte kamen wie von selbst über ihre Lippen; sie musste sich gar nicht anstrengen.

Sein Blick formulierte Erstaunen, das langsam in Entsetzen überging. »Ist das dein Ernst?«

»Ja.«

»Und …«, er suchte, suchte nach Sätzen, die Halt gaben, »… was wird aus uns?«

»Uns gibt es nicht mehr, Leo. Du hast alles dafür getan, damit dieses Wir stirbt.«

»Aber was ist mit gestern Abend? Mit heute Nacht?«

»Das war schön, wunderschön. Ich würde sagen, ein Finale, das unseren siebzehn Jahren angemessen war.« Sie konnte sogar ein bisschen lächeln.

»Liebst du mich denn nicht mehr?« Jetzt sprach aus seiner Stimme Verzweiflung.

»Doch, Leo. Ich werde dich immer lieben. Bis gestern dachte ich noch, wir hätten eine zweite Chance. Ich habe uns bereits heute am Meer gesehen, mit Picknickkorb und Stranddecke. Ein bisschen naiv, zugegeben …«

Sie sah wieder Tränen in seinen Augen, aber sie hörte nicht auf zu reden. »Du kannst mir nicht vorwerfen, dass ich nicht alles versucht hätte. Aber du hast dich für ein anderes Leben entschieden, und darin ist für mich kein Platz mehr. Das habe ich heute früh begriffen.« Sie griff in die Tasche ihres Kleides, holte sein

Handy heraus und warf es ihm hin. »Hier, sie hat dir eine SMS geschickt, macht sich Sorgen. Vielleicht solltest du ihr sagen, dass du in meinem Bett liegst.«

»Ich kann doch nicht …«

»Ach so, du kannst es ihr nicht zumuten in ihrem Zustand?« Sie schüttelte den Kopf. »Komm, lass uns nicht mehr davon reden. Ich sage sonst Dinge, die ich bereuen könnte.«

Er unternahm einen neuen Versuch, nach ihrer Hand zu greifen, das Handy fiel dabei zu Boden.

Sie stand auf. »Du solltest dich jetzt besser anziehen.«

»Ich liebe dich, Gesine.« Da war es wieder, dieses Schluchzen.

Am liebsten hätte sie ihn jetzt in den Arm genommen und nie mehr losgelassen. Sie merkte, wie ihre eigenen Tränen sich in Wartestellung brachten. Bereit, im nächsten Moment loszubrechen. Sie sah zu ihm hinunter, bemüht, ihrer Stimme Festigkeit zu geben. »Das reicht nicht mehr, Leo. Das hält nicht mehr aus, was jetzt ist. Du kannst nicht mit mir *und* ihr zusammen sein. Und dann wird da bald auch noch ein Kind von dir durch deine Welt laufen. Wie stellst du dir das vor?«

»Ich weiß es nicht. Ich weiß gar nichts …« Er suchte ihren Blick, bevor er seine Frage herausließ. »Wirst du jetzt mit Frank …?«

»Nein, Leo. Frank ist mein bester Freund. Aber ich liebe ihn nicht.« In dem Moment, in dem sie das sagte, war ihr klar, dass sie sich entschieden hatte. Die Möglichkeit, die Frank ihr noch vor ein paar Tagen am Telefon geboten hatte, schob sie weg. Sie wunderte sich fast, wie mühelos das war, dieses Sich-Herausschälen aus allem, was sie eingeengt hatte. Die Angst vor dem Verlassenwerden verließ sie in dem Augenblick, in dem eintrat, wovor sie jahrelang Angst gehabt hatte. Und mit dieser Angst ging auch das Flehen um Schutz, mit dem sie Frank an sich gebunden hatte. Schlich sich einfach davon. Es wird nicht leicht sein, ihm das zu erklären, dachte sie einen kurzen Moment. Aber irgendwann wird er verstehen. Wird verstehen, dass es auch ihn freier macht.

Als sie Leo zum Auto brachte, war da ein flaues Gefühl in ihrem Magen. Als würde Hunger sich melden.

Er nahm sie in den Arm. Sie ließ es geschehen. Roch seinen vertrauten Geruch und gab ihm ihren mit.

»Darf ich dich anrufen?«, fragte er.

»Nein, Leo«, sagte sie. Es war das Letzte, was sie zu ihm sagte, bevor sie sich aus seiner Umarmung löste und langsam zum Haus zurückging. Sie drehte sich nicht um. Seine Blicke in ihrem Rücken hinterließen dort Spuren. Spuren, von denen sie wusste, dass sie nie ganz verschwinden würden. Sie würde lernen, damit zu leben.

38

Die Bäume auf der Place des Vosges hatten fast alles Laub abgeworfen. Nur noch ein paar vereinzelte braune Blätter hingen an den nahezu kahlen Ästen. Die Sonne warf ihre Strahlen auf Mütter und Kinder, die hier Ball spielten, auf Spaziergänger, die auf den Bänken saßen, lesend, redend oder schweigend. Die Sonne gab sich verschwenderisch, verschenkte alles an Wärme, was sie noch in ihrem Reservoir hatte. Die Fassaden der alten Bürgerhäuser, die diesen Pariser Platz von vier Seiten einnahmen, als würden sie ihn beschützen, besahen sich die vertraute Szenerie aus hohen Fenstern. Es war November. Ein Novembertag, an dem der Himmel blau war, aber der Wind bereits frisch.

Gesine saß im Café de Bourgogne unter den Arkaden. Heizstrahler erlaubten es den Gästen, möglichst lange im Freien zu bleiben. Vor ihr stand ein Café au lait, der hier in großen rot-weiß geblümten Tassen serviert wurde. Sie trug einen Trenchcoat, darunter ein hellbraunes Wollkleid und dunkelbraune Stiefel. Ihre Haare hatte sie im Nacken zusammengebunden.

Ich kann es kaum erwarten, dich zu sehen, hatte er ihr gestern in einer SMS geschrieben. Sie sah sie immer wieder an, diese Worte, und sie spürte, wie sie in ihren Bauch drängten, dort Schmetterlinge in Stellung brachten, die mit den Flügeln schlugen.

Sie war eine halbe Stunde früher gekommen. Sie brauchte diese Zeit, um noch einmal alles in ihrem Kopf auszulegen, alles, was geschehen war, nachdem Leo vor zwei Monaten in sein Auto gestiegen und weggefahren war.

Noch am selben Tag hatte sie begonnen, alte Umzugskisten aus dem Schuppen ins Haus zu tragen. Sie warf hinein, was ihm gehörte. Seine Gummistiefel, seine Hemden, seine Hosen, seine Bücher, seine Schallplatten ... Zum Schluss legte sie den dunkelblauen Pullover hinein, den Pullover, der jetzt nach Shalimar roch. Und die Briefe, die Briefe, die sie sich in ihrem ersten Jahr geschrieben hatten. Sie wollte die Worte nicht mehr in ihrem Haus haben. Diese Worte legten falsche Fährten aus, Fährten, die nun nichts mehr mit ihr zu tun hatten. Als sie fertig war, schleppte sie die Kisten zurück zum Schuppen. Sie würde sie in den nächsten Tagen abholen und nach München schicken lassen. Ihr Anwalt würde ihr Leos neue Adresse geben.

Die blaue Schachtel mit den Fotos kam in eine Schublade im Schlafzimmerschrank, ganz weit hinten. Es genügte ihr zu wissen, dass sie da waren, die Bilder, die sie durch die letzten Monate begleitet hatten. Sie würden immer in ihr bleiben, diese Szenen einer Liebe. Ihrer Liebe. Seiner Liebe. Sie schloss sie ganz tief in sich ein. Niemand würde jemals daran rühren können. Dass er sich jetzt mit einer anderen Frau Namen für ein Kind überlegte, ging sie nichts mehr an. Durfte sie nichts mehr angehen.

Ihren Ehering streifte sie vom Finger. Sie musste etwas Seife zu Hilfe nehmen, weil er sich anders nicht lösen ließ. Danach wickelte sie ihn in ein Stück Seidenpapier und legte ihn neben die kleine Box.

Am Abend rief sie Sophie an und sagte ihr, dass sie einen Entschluss gefasst habe. Sie würde in der Normandie bleiben, und sie würde Sophie von jetzt an mit dem Restaurant helfen. Nach München zurückzukehren, in die Stadt, in der Leo mit dieser Frau lebte, um dort fremden Menschen zu erklären, wie sie ihre Probleme lösen sollten, erschien ihr auf einmal widersinnig. Nur ein paar Tage später fuhr sie in die Auberge, und zusammen tranken die beiden Frauen die von Sophie bereits kalt gestellte Flasche. Sie machten Pläne. Für Gesine waren es die ersten Pläne seit Jahren, in denen Leo nicht vorkam. Sie konstruierte plötzlich Zukunft ohne diese drei Buchstaben, die bislang ihr Dasein bestimmt hatten. Es fühlte sich seltsam an, fast waghalsig. Als ließe sie jemand über ein Hochseil balancieren, von dem keiner wusste, ob es am Ende halten würde. Sie wusste nur, sie würde mit Sophie das fortsetzen, was sie mit Leo getan hatte. Mehr noch: Sie würde Gerichte kreieren, Speisekarten zusammenstellen, jeden Tag in der Küche stehen. Sie würde riechen, kosten, schmecken. Neues Leben schmecken …

Camille war die Einzige, der sie alles anvertraute, was an diesem letzten Abend mit Leo und an dem Morgen danach passiert war. Sie spürte, wie schwer es ihr fiel, über die Sache mit dem Zyankali zu sprechen, und sie spürte, wie die Freundin erst innerlich zusammenzuckte, um sie dann fest in den Arm zu nehmen und lange nicht mehr loszulassen. Gesine hatte das Gift wieder mitgebracht und legte es dort bei Camille auf den Küchentisch. Sie ließ ihren Tränen freien Lauf, aber es waren Tränen, die guttaten. Die wegschwemmten, was nun keinen Platz mehr in ihrem Leben hatte. Sie redeten viel über Schmetterlinge an diesem Nachmittag. Jean-Luc kam später dazu, und Gesine erzählte ihm, dass das Tagpfauenauge ihr Lebensretter gewesen sei. Daraufhin holte er genau diesen präparierten Falter aus seinem Regal und schenkte ihn ihr. Seitdem stand der Schmetterling in ihrer Küche. Sie sprach jetzt übrigens nur noch von *meiner,* nicht mehr von *unserer* Küche.

Eine Woche später erschien Camille in der Auberge mit einer großen Pflanze unter dem Arm. Eine Buddleja, erklärte sie. Der Baum werde auch Schmetterlingsstrauch genannt, weil seine duftenden violetten Blüten im Frühsommer unzählige Falter anlockten. Jean-Luc habe gemeint, damit könne Gesine von nun an stets auf Schmetterlinge zählen. Bunte, flatterhafte Begleiter auf dem Weg in die Zukunft. Am selben Tag pflanzten Sophie, Camille und Gesine die Buddleja am Eingang zum Restaurant ein.

Als Gesine Frank anrief, um ihm zu sagen, dass sie nicht mehr nach Deutschland zurückkehren würde, erlebte sie ihn zum ersten Mal aufgebracht – und wütend. So wütend, dass er erst laut wurde, dann den Hörer auf die Gabel knallte und nicht mehr abhob, als sie Minuten später versuchte, ihn erneut zu erreichen. Sie setzte sich ins Auto und fuhr noch in derselben Nacht nach München. Sie musste Frank sehen. Ihm erklären, warum sie nicht anders handeln konnte. Sie gingen am Starnberger See spazieren. Dort, wo sie vor vielen Jahren zusammen gearbeitet hatten. Dort, wo sie mit Leo schwimmen gewesen war und ihm gesagt hatte, dass sie ihn liebe. Dort, wo sie ihrer Trauer über den Tod Maries freien Lauf gelassen hatte. Gesine redete, sogar von Julien berichtete sie. Frank hörte zu. Manchmal fragte er nach. Als sie von dem Treffen mit Leo erzählte, meinte er schließlich: »Du hast dich freigeschwommen, Gesine. Jetzt müssen wir zwei wohl unsere Rollen neu definieren.« Da wusste sie, dass er verstanden hatte. Sie schlief bei ihm in diesen Tagen, aber sie schlief nicht mehr mit ihm. Dadurch, dass er auf Abstand zu ihr ging, zeigte er ihr, dass sie ihn als Freund behalten würde.

Vor zwei Wochen hatte er sich dann bei ihr gemeldet. Sie räumte gerade mit Sophie den Weinkeller um, packte Lieferungen aus, die eben eingetroffen waren.

»Ich bin's«, sagte er. Seine Stimme überschlug sich, als würde sie Purzelbäume machen. Diese Stimme kannte sie nicht an ihm.

»Frank?« Sie ging die Treppe hoch zur Küche, um ungestört mit ihm reden zu können. »Was ist passiert?«

»Ich habe mich verliebt.«

Sie lehnte mit dem Rücken an dem großen Herd, hielt mit der Hand die Knäufe für die Gasflammen umklammert. »In wen?«, stammelte sie.

»Sie heißt Barbara.«

»Barbara ...«, wiederholte sie tonlos.

»Wir haben uns auf einem Workshop kennengelernt. Sie ist eine wunderbare Frau. Auch Psychologin. Wie du«, setzte er hinterher.

»Ist es ... Ist es etwas Ernstes?«

»Ja, Gesine. Es ist genau das, von dem du jahrelang gesagt hast, dass es mir fehlt.«

»Ich weiß, dass ich das immer gesagt habe. Es kommt nur, nur ... so plötzlich.«

»Liebe kommt immer plötzlich.« Sie hörte, wie er sich eine Zigarette anzündete.

Sie parierte mit unsicherem Lachen. »Wem sagst du das?«

Er blies den Rauch aus. »Könnte es sein, dass du …«

Sie ließ ihn nicht ausreden. »Nein, nein, Frank. Es ist alles okay. Das ist gut für dich, sehr gut sogar.« Sie griff nach einem Glas Wein, das neben dem Herd stand, und trank einen großen Schluck.

»Wir fahren morgen für eine Woche nach Italien«, fuhr er fort.

»Frank?« Sie atmete tief durch.

»Ja?«

»Ich freue mich für dich. Ich freue mich wirklich.«

Er lachte. »Ich würde sagen, da bleibt dir jetzt auch nichts anderes übrig.«

Nun musste sie auch lachen. »Neu definierte Rollen, oder?«

»Genau. Aber ich bleibe dein …«

»Ich weiß, Frank. Ich bleibe auch deine …«

Nachdem sie aufgelegt hatte, stand sie noch lange am Herd, das mittlerweile leere Glas in der Hand. Sie hatte recht gehabt. Dadurch, dass sie ihre Schutzbedürftigkeit aufgegeben hatte, hatte sie ihm seine Freiheit zurückgegeben. Und er hatte angenommen. Ohne zu zögern.

Schließlich war die SMS gekommen. An einem Sonntag, genau vier Wochen nachdem Leo aus ihrem Leben verschwunden war, platzten diese fünf Worte von Julien in ihren gerade begonnenen Tag. *Gibt es noch eine Option?*

Frag nicht, schrieb sie zurück.

War es so schlimm?

Schlimmer!

Eine halbe Minute später klingelte ihr Telefon. Sie hörte Kindergeschrei, eine wütende Frauenstimme, eine Tür, die zugeschlagen wurde. Die Stille danach kam unvermittelt.

»Rufst du von zu Hause an?«, fragte sie.

»Wundert es dich, dass ein verheirateter Mann am Wochenende bei seiner Familie ist?«

»Entschuldige, das war dumm.«

»Dumm war nur, dass du dich überhaupt nicht mehr gemeldet hast.«

»Reiner Selbstschutz.«

»Was ist passiert, Gesine?« Seine Stimme nahm sie unvermittelt an die Hand.

Und dann redete sie, ließ alles raus und nichts aus. Er unterbrach sie nicht. Als sie nichts mehr sagte, fragte er nur: »Fertig?«

Sie nickte, den Hörer fest ans Ohr gepresst. »Ja.«

»Ich sehne mich nach dir, Gesine. Ich weiß, das war nicht vorgesehen, aber es ist so.«

Sie räusperte sich. »Unsere Konstanten haben sich verschoben, Julien ...«

»Bitte sag das noch mal.«

»Was?«

»Meinen Namen.«

»Julien ...«

»Was meinst du mit unseren Konstanten?«

»Ich habe mich endgültig von Leo getrennt. Und du bist immer noch ein verheirateter Mann – der am Wochenende bei seiner Familie ist«, fügte sie hinzu.

»Ein verheirateter Mann, der seinen Job macht, mit seiner Frau streitet, seinen Sohn zum Ballspielen in den Park ausführt, zu Abendeinladungen geht, die

Schwiegereltern besucht – und der, wenn er auch nur eine freie Sekunde hat, an ein kleines Hotelzimmer in Trouville denkt.«

Eine lange Weile sagte sie nichts. »Was ist ein Hotelzimmer gegen einen Lebensentwurf?«, fragte sie dann.

»Ich habe ihn satt, diesen Lebensentwurf.«

»Wirf nicht alles leichtfertig hin.«

»Es ist schon eigenartig …«

»Was?«

»Da versuche ich dir zu erklären, dass sich unsere Konstanten gleichzeitig verschoben haben, sprich immer noch im selben Winkel zueinander stehen, dass auch ich nicht mehr derselbe bin, und du empfiehlst mir allen Ernstes, an meinem bisherigen Leben festzuhalten.«

»Willst du damit wirklich sagen, nicht nur ich sei freier geworden?«

»Genau das will ich. Mein Kopf konstruiert Dinge, die ich früher nicht mal zu denken gewagt habe.«

»Machen sie wenigstens Spaß, diese Gedankenspiele?«

Er lachte. »Sie sind im Moment das Salz in der faden Suppe meines Lebens.«

»Hey, ich wusste gar nicht, dass du so poetisch sein kannst …«

»Ich habe dir schon mal gesagt, du weißt wenig von mir.«

»Wie sollte ich auch? Wir haben uns viermal gesehen und viermal miteinander geschlafen. Und dann war da plötzlich diese mentale Nähe, diese fast grenzenlose Offenheit, die nur entstehen konnte, weil wir uns nichts versprechen wollten – und konnten. Dein

Leben, mein Leben und ein Canyon dazwischen. Über den Abgrund hinweg durften wir uns tief in die Augen sehen. Konnte ja nichts passieren …«

»Treffendes Bild …«

»Ich habe mir schon immer mit Bildern die Dinge des Lebens erklärt.«

Sie hörte ihn seufzen. Und sie hörte einen Rettungswagen, der mit Sirenengeheul an seinem Haus vorbeifuhr. »Du hast in mir etwas angerichtet, Gesine«, sagte er schließlich leise. »Ich kann noch nicht genau sagen, was es ist …«

»Dann hör auf, dir darüber den Kopf zu zerbrechen. Genieß es. Es ist doch ein wunderbarer Zustand.«

»Besteht die Chance, diesen Zustand zu zweit zu genießen?«

Er holte ein Lächeln aus ihr hervor. Wieder einmal. Er konnte das gut. Als wüsste er genau, wo ihr Reservoir an Nachsichtigkeit lag. »Es ist zu früh, Julien«, erklärte sie dagegen an. »Es gibt einfach so viele andere Dinge, die ich jetzt tun muss, tun will. Ich bin fast jeden Tag in der Auberge, räume mein Leben um, stelle alles an einen anderen Platz. Ich weiß bislang nicht, wo ich meine Koordinaten in Zukunft einpflocken werde. Schon gar nicht, wenn es um Gefühle geht. Lass mir einfach noch ein wenig Zeit.«

»Ein wenig?«

»Ich melde mich bei dir.«

»Darf ich das glauben?«

»Darfst du. Sollst du sogar.«

Sie brauchte gut drei Wochen, bis sie an einem Dienstagvormittag an ihrem Küchentisch saß und seine Nummer eingab. »Wann sehen wir uns?«, fragte sie. Sie fragte ohne Einleitung.

»Moment, ich bin gerade im Gerichtssaal.«

»Soll ich später noch mal anrufen?«

»Nein, nein. Ich gehe kurz vor die Tür.« Sie hörte Schritte, dann einen lauten Knall. Jetzt hallte seine Stimme. »Geht's bei dir am Freitag?«

»Freitag ist gut. Wo?«

»Kannst du nach Paris kommen?«

»Ja.«

»Place des Vosges, im Café de Bourgogne, um drei Uhr?«

»Ich werde da sein. Und, Julien?«

»Ja?«

»Versprich mir, nicht alles mit Sinn aufzuladen. Lass uns leichtsinnig bleiben.«

»Wir wissen nicht, was kommt ...«

»Genau. Und wenn wir ganz ehrlich sind, wollen wir das auch gar nicht wissen.«

Jetzt trank sie den letzten Schluck ihres Milchkaffees. Es war vier Minuten vor drei, als sie Julien sah. Er ging unter den Bäumen direkt auf das Café zu. Er ging schnell. Er trug einen dunkelblauen Mantel und einen hellgrauen Schal. Seine Haare waren ein wenig länger geworden. Sie hatte einen Zeitvorsprung, weil sie ihn zuerst entdeckt hatte. Einen winzigen Zeitvorsprung, der ihr erlaubte, im Schnelldurchlauf mit Möglichkeiten zu spielen. Als würde sie einen Film vorspulen. Einen Film, bei dem das Ende offen war.

Er blieb kurz stehen. Dann entdeckte er sie und beschleunigte seinen Schritt. Lief über die Straße auf sie zu, ohne auf den Verkehr zu achten. Sie schob den Stuhl hinter sich weg und ging ihm entgegen. Als sie sein Lachen sah, fing sie es auf, warf ihm ihres zurück – und ließ die Schmetterlinge in sich fliegen.

Danksagung

Dank an Natascha Zeljko, die mein Manuskript von der ersten Seite an gelesen, begleitet und klug kommentiert hat. Und nie müde geworden ist, mir Mut zu machen.

Dank an Ursu Mahler, die mir den entscheidenden Schubs gegeben hat, mich endlich hinzusetzen und anzufangen.

Dank an Christine Steffen-Reimann und Michael Meller für ihre »sachdienlichen Hinweise«.

Und großen Dank an meinen Mann, der uns beiden in der Entstehungsphase dieses Romans viele wunderbare Essen gekocht hat.

Gesines Rezepte gegen das Traurigsein

Kaninchen-Terrine

1 kg Kaninchenfleisch ohne Knochen in kleine Würfel schneiden, dann entweder mit einem sehr scharfen Messer kreuz und quer hacken oder durch einen Fleischwolf drehen. **1 Kaninchenleber** im Mixer pürieren oder auch durch den Wolf drehen und in eine Schüssel geben. Eine feuerfeste Terrinenform mit **8 bis 10 Scheiben dünn geschnittenem Frühstücksspeck** auslegen. **1 Zwiebel** und **1 bis 2 Knoblauchzehen** fein hacken. **2 EL Olivenöl** in einer Pfanne erhitzen, Zwiebel und Knoblauch darin glasig dünsten. Von **3 Thymianzweigen** die Blätter abzupfen und diese mit **1 Msp. geriebener Muskatnuss** und **½ TL mildem Paprikapulver** und **1 Prise Cayennepfeffer** zusammen mit Zwiebeln und Knoblauch zu der Leber geben. Das Fleisch, **1 EL Mehl** sowie **2 EL Sherry oder Brandy** untermischen. **2 Eier** verquirlen und zum Fleisch geben. Alles **salzen** und **pfeffern.**

Backofen auf 220 Grad vorheizen. Die Fleischmasse in die mit Speck ausgelegte Form füllen, überstehenden Speck abschneiden. Dann das Ganze kreuzweise mit 4 Scheiben relativ dick geschnittenen grünen Speckscheiben belegen. Gut andrücken, damit keine Hohlräume entstehen. Form schließen und in die mit Wasser gefüllte Fettpfanne des Backofens stellen. Im vorgeheizten Ofen auf der untersten Schiene ca. 1½ Stunden garen. Eventuell nach einer Stunde kochend heißes Wasser nachfüllen. Die fertige Terrine hält sich zugedeckt bis zu 1 Woche im Kühlschrank.

Seezunge à la normande

1 große Seezunge filetieren (oder vom Fischhändler filetieren und sich die Gräten mitgeben lassen). Gräten unter kaltem Wasser abspülen und danach zerkleinern. **200 g Röstgemüse (Möhren, Lauch, Sellerie)** klein schneiden und 3 Minuten mit den Gräten in einer trockenen Kasserolle zugedeckt dünsten. **200 ml Weißwein** dazugeben und Wasser auffüllen, bis das Ganze bedeckt ist. Aufkochen und die Hitze dann sofort runterschalten. Unreinheiten abschöpfen, **2 Pimentkörner, 2 zerdrückte Wacholderbeeren, 1 Muskatblüte und 4 weiße Pfefferkörner** und 25 Minuten auf kleinster Flamme ziehen lassen. Absieben und die Flüssigkeit noch einmal schnell aufkochen. Auf etwa 250 ml reduzieren, durch ein Leinentuch passieren und mit Küchenpapier entfetten.

500 g Miesmuscheln in ein mit Wasser gefülltes Waschbecken geben und Muscheln, die sich nicht schließen, wegwerfen. **2 Schalotten, 1 Möhre** und **1 Stengel Staudensellerie** in winzige Würfel schneiden, **1 Bund Petersilie** hacken. **2 EL Butter** in einen großen Topf geben. Möhren, Sellerie sowie die Hälfte der Schalotten und der Petersilie darin andünsten. Dann die Muscheln und ca. **150 ml Weißwein** zugeben. Topf schließen. Nach etwa 6 bis 8 Minuten (wenn sich die Muscheln geöffnet haben) den

Topf vom Herd nehmen und die Muscheln mit einer Siebkelle herausnehmen. Das Fleisch aus den Schalen lösen und beiseitestellen.

Teller im Ofen warm stellen. Nun **1 EL Butter** in einem kleinen Topf schmelzen lassen, restliche Schalottenwürfel hineingeben und glasig werden lassen. Mit 3 EL Calvados ablöschen, Alkohol einkochen lassen, dann erst den Fischfond zugießen und kräftig reduzieren. Ganz zum Schluss etwa 2 EL Crème fraîche dazugeben, salzen und pfeffern.

In einer Pfanne **1 EL Butter** erhitzen und die Seezungenfilets darin kurz (etwa 1 Minute von jeder Seite) anbraten. Auf die vorgewärmten Teller geben. Das Muschelfleisch und die restliche Petersilie in die heiße Sauce geben. Das Ganze über die Fischfilets geben. Dazu passt Baguette.

Gefüllte Kalbsbrust

Für die Füllung **3 Scheiben Toastbrot** in **100 ml Milch** einweichen. **2 Schalotten, 2 Knoblauchzehen, 1 Bund Petersilie** und **1 Bund Schnittlauch** fein hacken. **10 Mangoldblätter** in feine Streifen schneiden. Das Toastbrot ausdrücken und mit Schalotten, Kräutern, Mangold sowie **2 Eiern** und **300 g feinem Wurstbrät** gut vermischen. Die Farce mit Salz und Pfeffer abschmecken.

Eine etwa **1,5 kg schwere Kalbsbrust** (vom Metzger vorher eine Tasche hineinschneiden lassen) von außen salzen und pfeffern. Die Farce in die Tasche füllen und die Brust danach mit Küchengarn gut zunähen.

Backofen auf 180 Grad vorheizen. Einen Schmortopf mit ein paar Scheiben Speckschwarte auslegen. **4 Zwiebeln, 4 Karotten** zerkleinern und mit einem **Bouquet garni (Lorbeerblatt, Petersilienstengel und Thymianzweig** zu einem Sträußchen zusammengebunden) dazugeben. Zugedeckt 20 Minuten schmoren. Dann **¼ Liter Weißwein** angießen und einkochen lassen. **125 ml Fleischbrühe** dazugeben und etwas reduzieren. Schmortopf wieder schließen und die Kalbsbrust 2 Stunden im Ofen garen. Nach und nach mit etwas **Fleischbrühe (ca. 75 ml)** aufgießen.

Tarte Tatin

(Tarte Tatin wird streng genommen mit Mürbteig gemacht; dieses Rezept stammt jedoch von einer Hausfrau aus der Normandie, die ihren Kuchen ebenfalls Tarte Tatin nannte; daher auch die – nicht ganz korrekte – Bezeichnung im Roman)

3 bis 4 Scheiben TK-Blätterteig auftauen, etwas ausrollen und eine Tarteform damit auslegen. Mit einer Gabel einige Löcher hineinpiksen, **5 bis 6 säuerliche Äpfel** schälen, entkernen, vierteln und dann in Scheiben schneiden. **1 bis 2 EL Butter** in einer Kasserolle erhitzen, etwa **1 TL Zucker** dazugeben und mit **1 bis 2 EL Calvados** ablöschen. Sofort die Apfelscheiben hineingeben und andünsten, bis sie ein klein wenig (nicht zu!) weich geworden sind.

Backofen auf 200 Grad vorheizen. Die Apfelspalten auf dem Blätterteigboden verteilen; den Rand mit **1 Eigelb** bestreichen. Das Ganze für 10 Minuten auf der mittleren Schiene in den Ofen schieben. Währenddessen **3 Eigelb** verquirlen. **50 g Butter** in einem kleinen Topf schmelzen und mit **3 EL Honig** zur Eigelbmasse geben. Alles gut verrühren und auf der Tarte verteilen. Diese nun noch ungefähr 8 Minuten backen, bis sie leicht goldbraun geworden ist.

Leseprobe aus

Annette Hohberg

Ein Sommer wie dieser

Roman

KNAUR

Juli 1982

Sie hatte immer alles gewollt. Und alles bekommen. Zwei Jahrzehnte ging das schon so. Zwei Jahrzehnte, in denen das Leben es gut mit ihr gemeint hatte.

Jetzt wollte sie, dass der Zug kam. Dass er pünktlich kam. Der Zug, der an den kleinen Badeorten der Cinque Terre Station machte, der durch zahllose Tunnel über Alassio nach Ventimiglia fuhr, bei Menton die Grenze nach Frankreich passierte und schließlich in gemächlichem Tempo die Côte d'Azur entlangrumpelte. Der Zug, bei dem jedes Abteil seinen eigenen Einstieg hatte – gardinenbehängte Flügeltüren mit dicken, schweren Griffen, die nur auf Nachdruck reagierten, drei Stufen, die vom Sitzplatz direkt auf den Bahnsteig führten. Sie mochte diese alten Züge der italienischen Eisenbahngesellschaft SF. Obwohl es so ein Zug gewesen war, der sie vor einer Woche von ihm weggetragen und Kilometer um Kilometer zwischen sie beide gelegt hatte. Jetzt wollte sie, dass genau dieser 20-Uhr-Zug pünktlich kam.

Sie saß in einer kleinen schäbigen Bar gegenüber dem Bahnhof von Aix-en-Provence. Sie hatte sich Wein bestellt. Einen billigen, säuerlich schmeckenden Rotwein für ein paar Francs. Einer der Männer am Tresen fragte, wie sie heiße. »Klara«, erwiderte sie, nahm einen Schluck und sah schnell aus dem großen Fenster. Woher sie denn komme? Aus Deutschland. Mehr sagte sie nicht. Sie wollte allein sein mit ihren Gedanken. Wollte ihre Gedanken auslegen. Wie einen Teppich auslegen, über die Straße direkt vor den Bahnhofseingang werfen und dort unter der riesigen Uhr in Wartestellung bringen. Der große Zeiger stand auf der Sieben. Noch fünfundzwanzig Minuten.

Er komme am Mittwoch, Donnerstag oder Freitag, hatte er gesagt. An einem dieser drei Tage werde er aus dem Zug steigen und direkt in ihre Arme laufen. Heute war der erste Tag. Ein Tag, an dem sie etwas mit sich herumtrug, dem bereits Erinnerung anhaftete. Etwas, das vor einer Woche noch aufregende, aufwühlende Gegenwart gewesen war, hatte sich nahezu unbemerkt in der Vergangenheit niedergelassen, um von dort seine Leuchtfeuer zu senden.

Sie war an einem heißen Julitag in Levanto, einem kleinen Ort in den Cinque Terre, angekommen. Mit einem blauen Rucksack, der schwer wog, weil sie zu viele Bücher mitgenommen hatte. Sie wollte ein paar Tage zum Baden bleiben. Sie wollte lesen. Sie wollte sich mit ihren einundzwanzig Jahren erwachsen fühlen. Danach plante sie, weiter nach Frankreich zu fahren, Gastvorlesungen an der Uni in Aix-en-Provence zu besuchen. Das Vorlesungsverzeichnis hatte sie sich schicken lassen und darin dicke rote Kreuzchen gemacht. Literatur des Existenzialismus. Sartre und Beauvoir. Solche Themen interessierten sie. Sie hoffte, Antworten zu finden, Antworten auf Fragen, die das Leben ihr zu stellen begann. Ein Leben, das sich noch neu anfühlte, ein Leben frei von elterlichen Zwängen und Vorschriften. Die Ermahnungen von zu Hause hatte sie einfach abgehängt und auf ein Abstellgleis manövriert. Dort lagen sie nun, die Sorgen ihrer Mutter, die Strenge ihres Vaters, die behüteten Jahre ihrer Kindheit. Sie brauchte das alles nicht mehr, wollte es nicht mehr brauchen.

Levanto hatte sie mit verschlafener Nonchalance begrüßt. Ein winziger Bahnhof, in dessen Warteraum man für ein paar Lire eine Jukebox bedienen konnte. Einige Andenkenläden, Restaurants und Cafés. Ein Lebensmittelladen mit roter Leuchtschrift, *Alimentari* stand dort, das »m« flackerte unruhig, als würde es der *Bar Tabacchi* daneben heimlich Morsezeichen senden. Eine Tankstelle mit einer einzigen Zapfsäule, die ein alter Mann mit blauer Latzhose bediente. Ein paar Pensionen und Hotels, aber nirgendwo ein Zimmer. Hochsaison, beschied die Frau in dem Tourismusbüro Klara. Es war wohl der verzweifelte Blick des Mädchens, der sie bewog, zum Telefonhörer zu greifen und einige schnelle, unverständliche Sätze mit jemandem zu wechseln.

»Sie können bei meiner Schwester wohnen«, meinte sie schließlich und schrieb Klara eine Adresse auf. »Fünf Minuten von hier, ganz nah am Strand. Nicht besonders komfortabel, aber zum Schlafen reicht es.«

In ein ehemaliges Badezimmer hatte die Wirtin ein Klappbett gestellt. Über der Badewanne lag ein Brett, das als Ablage diente. Unter dem Fenster befand sich ein großes Waschbecken, daneben ein Haken mit zwei Handtüchern. Die Wände waren bis zur Decke gekachelt, rosa mit hellblauen Blümchen. In der Ecke über dem Bett hing eine Madonna mit über der Brust verschränkten Armen und gen Himmel gerichtetem Blick. Und dann war da noch eine Dachterrasse, auf die man gelangte, indem man durchs Fenster stieg. Dort standen unter einer Wäscheleine ein Tisch und zwei Stühle und einige Töpfe mit roten Geranien darin.

Klara beschloss, ihre Unterkunft zu mögen. Sie stellte die Bücher auf die Badewanne, legte Hosen, Blusen, Röcke, Kleider daneben.

Auf dem Weg zum Strand kaufte sie Sonnenmilch und eine Flasche Mineralwasser, außerdem Postkarten und Briefmarken. Sie würde ihren Eltern schreiben, dass sie angekommen war und dass es ihr gutging. Sie trug ein hellblaues weites Kleid mit roten Stickereien an Ausschnitt und Ärmeln. Darunter einen Bikini mit rosa-weißem Vichymuster. Die langen rotblonden Haare hatte sie zum Pferdeschwanz hochgebunden. Badetuch, Buch, Portemonnaie, Sonnenmilch und Wasser lagen in einem Bastbeutel, den sie sonst als Handtasche benutzte.

Sie hielt sich aufrecht, bog den Rücken beim Gehen durch. Der Pferdeschwanz wippte im Takt ihrer schnellen Schritte. Sie neigte schon damals nicht dazu, sich aufzuhalten, Zeit zu verlieren.

Er hatte sie sofort gesehen – und sie ihn. Es war dieses Austauschen von Blicken in Bruchteilen von Sekunden, dieses Hin-und-wieder-Wegschauen, dieses Spiel, das sich mit Möglichkeiten auflud. Ein Spiel, das sich für Klara fremd anfühlte, eines, das sie noch nicht oft gespielt hatte, aber das ihr gefiel. Er saß unter einem Baum in einem Liegestuhl, neben sich ein Tisch mit Buch und Aschenbecher, vor sich ein Schild, auf dem die Preise für Liegestühle und Sonnenschirme standen. Darunter war die aktuelle Wassertemperatur vermerkt. »22 Grad« stand dort in einer ungestümen

Handschrift. Die Schirme und Stühle leuchteten blauweiß, ein paar grüne hatten sich darunter verirrt, als wollten sie das Maritime ein wenig aufmischen.

Als sie ihr Handtuch in den Sand legte, zündete er sich eine Zigarette an. Aus den Augenwinkeln beobachtete sie, wie er den Rauch Richtung Himmel blies. Er hatte schwarze, leicht gelockte, längere Haare, die hinten zusammengebunden waren, und trug blaue Badeshorts. Er war braun gebrannt; das brachte so ein Job wohl mit sich.

Sie begann sich einzucremen. Er verhandelte inzwischen mit einem älteren Ehepaar den Preis für zwei Liegestühle plus Schirm und trug, nachdem die beiden gezahlt hatten, alles Richtung Wasser. Sie sah ihm dabei zu, wie er den Schirm in den Sand pflockte und mit zwei geübten Griffen die Stühle darunter plazierte. Als er zurückschlenderte, griff sie hastig nach ihrem Buch.

»Keine Lust auf Schatten?«, fragte er in akzentfreiem Deutsch. Das überraschte sie. Sie hatte ihn für einen Italiener gehalten.

Sie sah hoch. Sah in blaugraue Augen, die sich offen zur Neugier bekannten. »Ist mir zu teuer«, erwiderte sie und deutete auf die Preistafel.

Er nickte. »Verstehe. Aber pass auf mit der Sonne. Du wärst nicht die Erste, die sich hier einen Sonnenbrand holt.«

»Danke, werde es mir merken.«

Sein Schulterzucken ließ er bei ihr zurück.

Sie ging dreimal schwimmen an diesem Nachmittag. Seine Blicke schwammen mit, begleiteten sie, während sie sich auf den Rücken legte und von den Wellen schaukeln ließ. Legten sich danach zu ihr aufs Handtuch. Irgendwann riskierte sie ein Lächeln – und erhielt dafür ein Grinsen, das nicht länger als eine hundertstel Sekunde dauerte. Als sie ging, spielte sie ihm ein Nicken zu. Er fing es auf. Sein Zwinkern versuchte sich zu verstecken; sie sah es trotzdem, und es war ihr Antwort genug.

Am nächsten Vormittag stand er plötzlich neben ihr, kurz nachdem sie sich in den Sand gelegt hatte. Er trug einen Sonnenschirm in der Hand.

»Ein Geschenk«, erklärte er in ihr Stirnrunzeln hinein. »Ich schenke dir ein bisschen Schatten.«

»Oh, danke.« Sie setzte sich auf. »Und was sagt dein Chef dazu? Du hast doch hier einen Chef, oder?«

Er machte eine wegwerfende Handbewegung. »Der merkt das gar nicht.«

»Also bist du so eine Art Schirm-Herr an diesem Strand?«

Sein Lächeln setzte sich neben sie; es zeigte eine kleine Zahnlücke zwischen den oberen Schneidezähnen.

»Könnte man so sagen. Was liest du da?« Er deutete auf das Buch, das auf ihrem Handtuch lag.

»*Memoiren einer Tochter aus gutem Hause*.«

»Ah, Beauvoir.«

»Kennst du sie?«

Er schüttelte den Kopf. »Habe mich bislang eher an Sartre gehalten.«

»Verstehe. Die männliche Sicht der Dinge.«

»Wenn du so willst. Aber im Moment habe ich's nicht so mit den Franzosen. Sind mir zu artifiziell. Ich mag die Amerikaner lieber. Hemingway, Auster, Salinger – das ist geradeaus, unverstellt, lebendig.«

Dass sie beide Literaturwissenschaften studierten,

fanden sie wenig später heraus. Er kam aus Freiburg, wohnte in den Semesterferien bei Tante und Onkel, die in Levanto ein Haus hatten, und verdiente sich am Strand ein bisschen Geld. Er hieß Stephan. Sie nannten sich nur ihre Vornamen, und Klara nahm seinen am Abend mit in ihr Zimmer, legte ihn in die Geranienblüten auf der Dachterrasse, während sie sich Rotwein aus einer Halbliterflasche in ihr Zahnputzglas goss. Sie hatte den Wein auf dem Heimweg in dem Alimentari ohne m gekauft; es war so eine Flasche mit Bastmantel, wie man sie damals überall in Italien bekam. Sie spürte den Alkohol. Und sie spürte, dass sich etwas in ihr zu regen begann. Wie ein junger Vogel, der erstes Flügelschlagen versuchte. Ein wenig ungelenk noch, aber mit einer unbändigen Lust darauf, das warme Nest zu verlassen, sich endlich aufzuschwingen und den widrigen Winden dort draußen auszusetzen.

Tags darauf nahm Stephan schließlich Anlauf mit einer Frage, auf die Klara ihm insgeheim bereits eine Antwort gegeben hatte. Ob sie heute Abend schon etwas vorhabe? Ob sie mit ihm ausgehen wolle? In Monte Rosso – ein paar Kilometer von hier entfernt; es sei hübsch dort, mal was anderes als Levanto. Sie nickte. Und es fühlte sich gut an, mit diesem Nicken ein erleichtertes Lachen bei ihm auszulösen, ein Lachen, das sie in die Arme nahm. Es war die erste Umarmung. Eine, die noch nicht ganz aus der Reserve kam und gleichzeitig fast schüchtern Berührung in Aussicht stellte.

Sie hatte an diesem Abend einen weiten weinroten Rock mit Pailletten am Saum angezogen. Dazu trug sie eine weiße Bluse mit weinroten Blumen darauf, passend zum Rock. Die sei zu durchsichtig, hatte ihre Mutter gesagt. Doch die Mutter mit ihren Ermahnungen war weit weg, konnte die Tochter nicht mehr erreichen. Das Haar hatte Klara locker zu einem Zopf geflochten.

Er war mit einer Vespa gekommen, einer hellgelben Vespa. »Gehört meinem Onkel«, sagte er, als sie aufstieg, und »Du musst dich schon an mir festhalten«, als er Gas gab. Er trug Jeans und ein weiß-blau kariertes Hemd, das er an den Ärmeln hochgekrempelt hatte. Er roch nach Seife – und nach Sonne; es schien, als hätte seine Haut die Wärme vom Tag gespeichert. All das atmete Klara ein, sog es auf, während sich ihre Arme zögernd um seinen Körper legten, ihre Hände vor seinem Bauch verschränkten. Er fühlte sich fest an, dieser Bauch, und sie registrierte, wie er sich hob und senkte, während sie aus dem Ort hinaus in die Berge fuhren. Die Vespa schraubte sich Serpentinen hinauf und wieder hinunter.

Das kleine Ristorante hatte einige Tische draußen stehen. Tische, auf denen weiße Papierdecken lagen, die an allen vier Seiten mit dicken Metallklammern festgehalten wurden. Sie bestellten Rotwein und das Drei-Gänge-Menü. Das sei gut und günstig, meinte Stephan, er habe schon öfter mit Tante und Onkel hier gegessen. Es war eine gewisse Unsicherheit, Unbeholfenheit, Ungelenkheit, die sich zwischen sie auf die Papierdecke legte und dort raschelte und die sie beide mit vielen Worten zu vertreiben suchten. Worte, die nur ein Ziel kannten – jede Andeutung von Stille zu füllen. Stephan redete von seiner Familie, seinem Studium, seinen Plänen. Er habe vor zwei Monaten die Magisterarbeit abgegeben, und in vier Wochen wolle er aus Freiburg weggehen. Weit weg. Wohin, wisse er noch nicht. Vielleicht nach Südamerika. An einen Ort jedenfalls, wo sein Vater keinen Zugriff mehr auf ihn habe. Der Vater, der immer andere Pläne mit ihm gehabt habe, ihm seine Firma ans Bein habe binden wollen. Eine Firma, die Schrauben herstellte. Schrauben und Muttern. »Der Alte hat nie begriffen, dass das für mich kein Leben ist.«

Klara hielt mit ihrer Biographie dagegen. Ihr Vater sei Schuldirektor an einem Hamburger Gymnasium. Akribisch, pedantisch, mit dem unverbesserlichen Drang zu dozieren, sozusagen die Inkarnation des Oberstudienrates. Er projiziere alles, was er jemals an eigenen Träumen gehabt habe, auf seine einzige Tochter. Und ihre Hausfrauen-Mutter zeige in ihrem Eifer, ihm beizupflichten, fast schon pathologische Züge. Klara sagte wirklich »Inkarnation« und »projizieren« und »pathologisch«; sie hatte Spaß daran, komplizierte Wörter in die Welt zu setzen.

Stephan lächelte und goss Wein nach. Sie tranken viel und aßen wenig. Und sie rauchten, während sie ihrer beider Leben vor sich ausbreiteten. Irgendwann retteten sie sich wieder mit ihrem Lieblingsthema Literatur vor den Schweigeminuten, die sich beharrlich zwischen sie legen wollten, um anderes vorzubereiten. Sie suchten Zuflucht in Hemingways Short Stories, bis der Kellner mit dem Espresso und der Rechnung kam. Stephan legte ein paar große Lire-Scheine auf den Tisch, und dabei fand er wie zufällig Klaras Hand. Und die Sätze, diese sich so klug gebenden Sätze liefen ihnen plötzlich davon.

Auf der Rückfahrt lehnte Klara ihren Kopf an Stephans Rücken, und ihre Hände versuchten ein erstes Streicheln auf seinem festen Bauch.

In Levanto fuhren sie an den Strand, wo noch ein paar Bars geöffnet hatten. Sie wählten die mit der besten Musik. *Blue* von Joni Mitchell mochten beide. Der Schnaps, den sie tranken, hieß Grappa – er schmeckte so anders als das, was sie von zu Hause kannten, und Klara spürte, wie er ihren Willen atomisierte, in kleinste Teilchen zerlegte, die nichts mehr auszurichten vermochten gegen alle Vorbehalte, die ihre Eltern ihr mitgegeben hatten.

Ob sie in Hamburg einen Freund habe, wollte Stephan irgendwann wissen. Sie schüttelte nur den Kopf, und ihr »Nicht mehr« führte zum ersten Kuss. Umleitungen waren jetzt unnötig. Sie verstanden sich.

Zu Tante und Onkel könnten sie nicht gehen, sagte Stephan, als der Mann hinter der Bar die Musik abstellte. Die seien komisch in solchen Dingen. Es kam Klara fast selbstverständlich vor, Stephan in ihr rosa gekacheltes Badezimmer mit dem Klappbett einzuladen. Sie schlichen auf Zehenspitzen die Treppe in der Pension hinauf, und sie kicherten dabei. Die Madonna in der Ecke über dem Bett schickte ihren Blick weiter stoisch gen Himmel, während sie sich auszogen und ihren Händen und Lippen jetzt alles erlaubten. Sie lachten, während sie sich liebten, weil das Bett so merkwürdige Geräusche machte und weil das Leben ihnen in diesem Moment verschwenderisch seine Sonderangebote zuwarf. Es kostete sie nichts, ihre Körper damit spielen zu lassen, diese noch so jungen Körper, die freigiebig herschenkten, was sie gerade erst gefunden hatten.

Als Klara zum Waschbecken ging, um sich ein Glas Wasser zu holen, sah sie in den Spiegel, traf dort auf sein Lächeln, in das er so etwas wie Besitzerstolz legte. Sie streckte die Hand aus. »Komm, ich zeige dir *meine* Terrasse.«

Sie kletterten aus dem Fenster, sie blieben nackt. Die Nacht hatte jegliche Kühle weggeschickt; der Sommer gab sich lau. Klara setzte sich auf Stephans Schoß und zündete eine Zigarette an. Sie nahm einen Zug und reichte sie danach an ihn weiter.

»Es steht dir, wenn du rauchst«, sagte er. »Bei manchen Mädchen wirkt es albern, aber bei dir hat es etwas Selbstverständliches.«

»Mein Vater meint immer, das sei ordinär.«

»Ich glaube, ich mag deinen Vater nicht.« Er gab ihr einen Kuss in den Nacken, dort, wo ein leichter rotblonder Flaum saß und sich unter der Berührung aufstellte. »Willst du mit mir nach Südamerika kommen?«

Sie sah ihn an. »Einfach so?«

»Einfach so.«

»Wie lange?«

»So lange, wie wir Lust haben.«

Sie bog ihren Kopf zurück, bis sie seine Schulterbeuge fand. »Und mein Studium?«

»Du könntest ein, zwei Semester aussetzen.«

»Das darfst *du* dann meinen Eltern erklären.«

»Also doch Tochter aus gutem Hause?«

»Komm, lass deine Anspielungen.«

»Beauvoir hat sich schließlich auch irgendwann befreit.« Er grinste.

»Die Existenzialisten glauben, wenn man eine Entscheidung in seinem Leben getroffen hat, folgen alle anderen unausweichlich«, entgegnete sie. »Es gibt keine Möglichkeit mehr umzukehren.«

»Aber sie sagen auch, in dieser einen Entscheidung ist man völlig frei. Nur seinem eigenen Willen verpflichtet.«

Sie küsste sein Ohrläppchen. »Ah, und du meinst also, ich sollte eine Reise ins Ungewisse mit dir wählen – obwohl wir uns gerade mal drei Tage kennen?«

»Es ist ein Angebot.«

»Bist du sehr freigiebig mit solchen Angeboten?«

Er drehte seinen Kopf in ihre Richtung, zögerte seine Antwort mit einem Kuss hinaus. Ihre Lippen gaben nach, gaben ihm Aufschub. Als sie voneinander ablie-ßen, lehnte er sich zurück. »Du willst wissen, ob ich eine Freundin habe?«

»Natürlich will ich das wissen.« Sie sah in die Geranien, deren Rot in der Dunkelheit fast unheimlich wirkte.

»Ja, ich habe, besser hatte eine, mit der ich ging.«

»Wie lange?«

»Ungefähr ein Jahr. Bevor ich hierherkam, habe ich Schluss gemacht.«

»Warum?«

»Sie passt nicht in mein Leben. Sie denkt ans Heiraten und Zusammenziehen und Kinderkriegen. Und ich lasse mich nun mal nicht gern anbinden.«

»Mir geht's genauso. Mein Freund hat sich zu gut mit meinem Vater verstanden. Da habe ich gewusst, das kann nicht funktionieren mit uns.«

Seine Umarmung nahm Antworten vorweg. »Könnte es sein, dass wir zwei uns gesucht und gefunden haben?«, fragte er schließlich.

Sie lachte. »Ich glaube, für solche Dinge ist es noch zu früh. Nichts mit Conclusio für heute also …«

»Du bist hellwach, Klara.«

Sie rutschte von seinem Schoß herunter und ging an die Brüstung der Terrasse, drehte sich plötzlich zu ihm um und breitete die Arme aus. »Ich würde eher sagen, ich bin hundemüde – und ein wenig betrunken.«

Er stand auf und lief geradewegs auf sie zu, hob sie hoch, so dass ihre Füße für Sekunden den Boden verloren. In dem Moment spürte sie eine nie da gewesene Leichtigkeit; sie war noch zu jung, um für dieses Gefühl einen Namen zu kennen.

Die nächsten Tage verbrachten sie fast jede Minute zusammen. Am Strand lag sie in seiner Nähe und beobachtete ihn dabei, wie er Sonnenschirme und Liegestühle vermietete. Immer wieder verließ er seinen Baum, um sich zu ihr zu setzen. Er brachte Buch und Zigaretten mit, rauchte mit ihr und las ihr vor. *Paris. Ein Fest fürs Leben* hatte er dabei. »Das passt doch. Jetzt, da du bald nach Frankreich fährst«, meinte er. Sie lag mit dem Kopf in seinem Schoß, trank sich satt an Hemingways kurzen, knappen, kargen Sätzen. Sie mochte Stephans Stimme; sie klang weich und ein wenig heiser. Manchmal cremte er sie mit Sonnenmilch ein; ihren Knien widmete er besonders viel Aufmerksamkeit, mit Nachdruck führte er seine Hände über dieses »perfekte Rund« – so nannte er das, und sie lachte darüber. Wenn sie die Augen geschlossen hielt, bat er sie ab und zu, sie zu öffnen, nur für ihn. Sie hatte wasserblaue Augen, wie hundertfach verdünnt, meinte er, und irgendwann sagte er, ihr Blick trage das Meer in sich. An diesem Tag war das Meer hell und licht und transparent.

Sie hatten keine Scheu voreinander; alles, was sie miteinander taten, schien selbstverständlich. Und sie nahmen es an, griffen hungrig zu. Eine andere Option gab es für sie nicht in diesem italienischen Juli.

Am letzten Tag brachte Stephan sie zum Bahnhof. Er trug ihren Rucksack mit den vielen Büchern darin.

Vor dem Schaufenster eines Souvenirladens blieb Klara plötzlich stehen. »Guck mal.« Sie zeigte auf zwei Puppen. Es waren Puppen aus Porzellan, eine Frau und ein Mann, denen irgendwer ein Lächeln auf die kleinen Gesichter gemalt hatte. Die Frau trug ein rotes Kleid mit weißem Kragen. Der Mann steckte in einem dunklen Anzug und schien stolz zu sein auf die kleine Fliege mit weißen Pünktchen, die seinem Auftritt etwas Festliches gab.

Stephan blieb stehen. »Gefallen sie dir?«

»Sie sehen glücklich aus.«

Er holte seinen Geldbeutel aus der Hosentasche. »Dann kaufen wir uns jetzt ein bisschen Glück.«

Sie ließen sich die beiden Püppchen von der Frau in dem Laden in Seidenpapier wickeln. Sie band noch jeweils eine Schleife darum, eine rote und eine blaue. Dann gab sie die zwei in eine Tüte und überreichte sie Klara.

»Du nimmst die Frau und ich den Mann«, sagte Klara, als sie am Bahnhof angekommen waren und auf den Zug warteten. Sie griff in die Tüte und gab ihm die Figur mit der roten Schleife.

»… und in einer Woche sind die beiden wieder vereint«, ergänzte er.

»Wann kommst du?«

»Mittwoch, Donnerstag oder Freitag werde ich in Aix sein, je nachdem, wann hier am Strand mein Nachfolger auftaucht. Und dann werde ich direkt in deine Arme laufen. Und danach fahren wir zusammen nach Paris.«

Ihre letzte Umarmung geriet unbeholfen; sie hatten noch keine Erfahrung im Abschiednehmen. Stephan öffnete Klara die Tür zum Zug, trug ihren Rucksack hinein und verstaute ihn im Gepäcknetz. Der Kuss, den sie sich gaben, war ein kurzer. Sie waren nicht allein; ein Pater saß bereits im Abteil und nickte ihnen freundlich zu.

»Er sieht aus wie Don Camillo«, flüsterte Stephan und strich Klara übers Haar, das sie wieder zum Zopf geflochten hatte.

Sie lachte und setzte sich. »Bis nächste Woche.«

Er sprang die drei Stufen hinunter, als sich der Zug in Bewegung setzte, und warf die Tür zu. »Bis nächste Woche«, rief er. Sein Winken sah sie noch lange. Sie sah es sogar noch, als der Zug bereits viele Kurven genommen, viele Tunnel passiert hatte. Irgendwann wickelte sie die kleine Porzellanfigur aus; der Mann mit der Fliege lächelte sie an. Der Pater ihr gegenüber lächelte auch.

Klara hatte die Puppe mitgenommen an diesem Abend, als sie in Aix-en-Provence auf den 20-Uhr-Zug wartete. Manchmal griff sie mit der Hand in ihre Basttasche, ertastete den kleinen Körper und streichelte ihn behutsam.

Als um kurz nach acht plötzlich viele Reisende aus dem Bahnhof strömten, spürte sie, wie sich eine bislang unbekannte Aufregung in ihr ausbreitete. Und als kurz darauf die letzten Menschen aus dem Eingang tröpfelten und sich in alle möglichen Richtungen verloren, blieb nur Leere in ihr. Eine Leere, die der Hoffnung auf die nächsten beiden Abende Platz machte.

Sie kam wieder, die Leere. Kam am Donnerstag und am Freitag. Nahm die Gedankenspiele, die tagsüber vergnügt Zukunft gespielt hatten, ins Fadenkreuz, um sie mit grausamer Präzision zu erledigen. Längst hatte Klara ein »Ja, ich komme mit nach Südamerika« in Stellung gebracht. Längst hatte sie entschieden, Stephan an die Hand zu nehmen und fürs Erste nicht mehr loszulassen. Sie wollte ihn überraschen mit ihrem Entschluss. Malte sich die Freude auf seinem Gesicht aus, während sie in den Hörsälen der Uni von Aix saß und sich Notizen zu den Vorlesungen machte. Sie war sich so sicher, dass er sich freuen würde. Andere Möglichkeiten verwarf sie in dem Augenblick, in dem sie sich zeigten. Bis zu jenem Freitagabend, an dem die letzten Menschen das Bahnhofsgebäude verließen. Stephan war nicht darunter.

Wie benommen stand Klara da, zunächst unfähig, sich zu rühren. Dann holte sie aus ihrer Tasche ein kleines Notizbuch. Sie blätterte, bis sie fand, was sie suchte – die Telefonnummer der Frau im Touristeninformationsbüro. Sie hatte sie ihr damals aufgeschrieben, unter der Adresse ihrer Schwester, falls sie noch etwas bräuchte. Jetzt brauchte sie etwas. Sie ging ins Bahnhofsgebäude und sah sich suchend nach einem Telefon um. Als sie kurz darauf die Nummer wählte, zitterte ihre Hand. Das Gespräch war kurz. Ob sie sich erinnern könne? *Sí, sí.* Ob sie wüsste, wer am Strand die Liegestühle vermiete? *Sí, sí,* das seien immer Studenten. Vor drei Tagen sei ein neuer gekommen, ein Junge aus England. Und der davor? Keine Ahnung. Ein Deutscher sei das gewesen, stimmt, wie sie, wie Klara. Aber wo der jetzt sei? Nein, da könne sie ihr leider nicht weiterhelfen. Sie habe ihn nicht mehr gesehen hier in Levanto, und hier sehe man eigentlich jeden. *Mi dispiace, Signorina.* Und viel Glück noch ...

Es klackte in der Leitung; das Geld, das Klara eingeworfen hatte, war durchgefallen.

Wie ferngesteuert ging sie zum Cours Mirabeau zurück, diesem platanenbestandenen Boulevard, der die Altstadt von Aix durchschnitt und an dem sich die Leute in einem der zahllosen Cafés auf den Abend einstimmten. Sie setzte sich zu den Leuten, um nicht allein zu sein. Fragen über Fragen tauchten auf, die sie nicht mehr losließen, die eine Endlosschleife in ihrem Kopf drehten. Was war passiert? Warum war er nicht gekommen? Hatte sie sich alles nur eingebildet? Die Antworten blieben aus, versanken Schluck für Schluck in dem Rotwein, den sie sich bestellt hatte und den sie viel zu hastig trank. Sie holte die Porzellanfigur aus ihrer Tasche und stellte sie neben ihr Glas, diesen kleinen Mann in seinem Festtagsanzug, der so stolz seine weiß gepunktete Fliege trug. »In einer Woche sind die beiden wieder vereint.« Wo war seine kleine Frau mit dem roten Kleid jetzt?

Das erste Mal blieb das Leben Klara etwas schuldig, gab ihr nicht mehr verschwenderisch das, wonach sie verlangte. Entzog ihr seine Zuwendung und legte ihr stattdessen Zweifel vor die Füße, große Steine, die sie würde wegräumen müssen. Irgendetwas in ihr wollte weinen, laut und hemmungslos weinen, wie ein kleines

Kind. Aber da war noch etwas anderes, ein fast trotziges Gefühl, das sich dagegen stemmte, das Tränen nicht zuließ. Als sie ihren Wein bezahlte, stand ihr Entschluss fest: Sie würde morgen früh ihre Sachen packen und diese Stadt verlassen. Sie hatte hier nichts mehr verloren. Das Püppchen lächelte, als sie es behutsam wieder in die Tasche steckte.